ハヤカワ・ミステリ文庫

〈HM㉚①-2〉

チェイシング・リリー

マイクル・コナリー

古沢嘉通・三角和代訳

早川書房

6011

CHASING THE DIME

by

Michael Connelly

Translated by
Yoshimichi Furusawa & Kazuyo Misumi
Published 2007 in Japan by
HAYAKAWA PUBLISHING, INC.
This book is published in Japan by
arrangement with
LITTLE, BROWN AND COMPANY(INC.)
New York, New York, U.S.A.
through TUTTLE-MORI AGENCY, INC., TOKYO.

本書をホーリー・ウィルキンスンに捧ぐ

チェイシング・リリー

登場人物

ヘンリー・ピアス…………〈アメデオ・テクノロジーズ〉代表
リリー………………………エスコート嬢
ロビン………………………リリーの友人。エスコート嬢
ニコール……………………ピアスの元恋人
モニカ・パール……………ピアスの専任アシスタント
チャーリー・コンドン……〈アメデオ・テクノロジーズ〉財務部長
クライド・ヴァーノン……〈アメデオ・テクノロジーズ〉セキュリティ担当部長
コーディ・ゼラー…………コンピュータ・セキュリティのコンサルタント
ジェイコブ・カズ…………特許弁護士
モーリス・ゴダード………投資家
ウェンツ……………………アダルト・サイト管理者
ロバート・レンナー………刑事
ジャニス・ラングワイザー……刑事弁護士

1

受話器から押し殺した声が聞こえた。強引でせっぱつまった声音だ。

ヘンリー・ピアスはかけてきた相手に番号ちがいだと告げた。だが、声は執拗になった。

「リリーはどこだよ？」男が訊ねた。

「知りませんよ」ピアスは言った。「そんな女のことは知りません」

「こいつはリリーの番号だろ。サイトに載ってたじゃないか」

「いや、番号ちがいです。ここにはリリーなんて名前の者はいません。それにサイトとやらも、なんのことだか。もういいですか？」

相手は返事をせずに電話を切った。そこでピアスも腹を立てて切った。十五分まえに新しい電話をつないだばかりだったが、リリーという女あての電話がすでに二件もかかっていた。

床に電話を置き、空っぽに近いアパートメントを見まわした。家財は、いま腰かけている黒いレザーのカウチと、寝室にある六箱ぶんの衣類、そして新しい電話だけだった。その電話が問題になりはじめていた。

　ニコールが一切合切を手元に残した――家具、本、CD、アマルフィ・ドライブの家。正確には、彼女が残したんじゃない。ピアスがすべてを与えたのだ。手をこまねいて事態を悪化させたのはこちらの罪だ。なるほど、この新しいアパートメントはいい部屋だった。サンタモニカの一等地にあり、豪華でセキュリティもしっかりしている。それでも、アマルフィ・ドライブの家が恋しくなりかけていた。いまでもそこに住む女のことも。

　ベージュのカーペットに置いた電話を見おろし、新しい電話番号や、自分がホテルからこのアパートメントに移ったことをニコールに電話で知らせるべきかどうか迷った。けれども、首を横に振った。新たな情報はすべてメールで送っている。電話をかければ、一緒に過ごした最後の夜に、ニコールが決めてこちらがしたがうと約束したルールを破ることになる。

　電話が鳴った。身を乗りだし、今度は発信元を知らせるディスプレイを確かめた。また〈カーサ・デル・マール・ホテル〉からだった。さきほどと同じ男だ。新しい電話番号の応答サービスにつながるまでこのまま鳴らしておこうかと思ったが、受話器を取って通話ボタンを押した。

「あのさあ、なにを意地になってるんだ。番号ちがいだって言ってるだろう。ここにはリリーなんて名の――」

　相手は無言で電話を切った。

　ピアスはバックパックに手を伸ばし、アシスタントがボイス・メールの設定方法を書いてくれた黄色のメモ帳を取りだした。電話の手つづきをしたのはモニカ・パールだった。ピアスは来週のプレゼンテーションに向けて、この一週間というものラボで忙殺されていた。それに専任のアシスタントとはそうした仕事のために存在するからだ。

翳りゆく夕陽のなかでメモを読もうとした。太陽はちょうど太平洋に沈んだところで、新居のリビングにまだ照明器具はなかった。新しいアパートメントにはたいてい天井に埋めこみ灯がついているものだが、ここはちがった。最近改装されたばかりでキッチン・セットや窓は新しかったが、建物は古かった。それに内部配線のないコンクリート板の天井では、費用効率の良い改装は無理だろう。ここを借りるとき、そのことは考えなかった。要するに、照明器具を買わねばならないということだ。

電話の発信者名と発信元番号表示の説明書きにすばやく目を通した。モニカはコンビニエンス・パッケージというものを申しこんでいた——発信者名と発信元番号表示、キャッチホン、自動転送など、着信関係のすべてが込みになっている。最優先メール・リストあてに新しい電話番号を通知済みだとおなじページにメモ書きがあった。そのリストには約八十名が名を連ねている。どんなときにも連絡を受けられるようにしておきたい人々で、その多くは仕事の関係者か、友人でもあると見なしている仕事の関係者だった。

ピアスはふたたび通話ボタンを押し、モニカがボイス・メールの設定とプログラムへのアクセス用に記してくれた番号にかけた。電子音声の指示にしたがい、暗証番号を設定する。九二一〇二に決めた——ニコールがふたりの三年間に及ぶ関係は終わりだと告げた日付、〇二年九月二十一日。

応答メッセージは自分の声では吹きこまないことにした。こちらの番号を告げ、メッセージを残すよう指示する実体のない電子音声の陰に隠れるほうがよかった。人間味はないが、ここは人間味のない世界だ。なにもかも個人的なこととして扱う暇はない。

設定を終えると、新たな電子音声にメッセージが九件あると告げられた。この電話が使えるようになったのは今朝だというのに、その数に驚いた。しかし、一件はニコールからかもしれないとすぐさま期待に胸が膨らんだ。ひょっとして何件かがそうかもしれない。ふいにピアスは、モニカがオンラインで注文してくれた家具を自分がすべて返品しているところを思い描いた。アマルフィ・ドライブの家に衣類を詰めた段ボール箱をもどしている自分が見えた。

だが、どのメッセージもニコールからではなかった。ただの一件も、ピアスの仕事仲間からでも、仕事仲間兼友人からのメッセージでもなかった。ピアスあてはただ一件——おなじみとなった電子音声によって届けられた〝ボイス・メールへようこそ〟のメッセージだけだった。

残りの八件はすべてリリーあてで、だれもラスト・ネームを口にしていなかった。すでに三度の電話で名前を聞いたのと同じ女。メッセージはいずれも男からだった。ほとんどが折り返し電話をするようにホテル名と部屋番号を告げていた。数件は携帯電話の番号か、会社の個人オフィスの番号とやらを残していた。数人は女の番号をネットやサイトで知ったと説明していたが、それ以上詳しいことはしゃべっていなかった。

ピアスはメッセージを聞いてからみんな消去した。それからメモ帳のページをめくり、リリーという名を書きつけた。下線を引き、つらつらと考える。リリー――それがだれにしろ――は、この番号を使わなくなったらしい。電話会社が使用可能な番号にもどし、その番号をピアスにあてがったのだ。電話はすべて男性からであること、ホテルからの通話の数、耳にした声に期待ととまどいが感じられたことから判断するに、リリーはおそらく売春婦だ。あるいはエスコート嬢か。両者にちがいがあるとしての話だが。かすかに好奇心をくすぐられ、興味がわき起こった。知るはずのない秘密を知ってしまったときのように。仕事中のコンピュータ画面に防犯カメラの映像を呼びだし、オフィスの廊下と共通エリアで起こっていることをこっそり観察するときのように。

自分にあてがわれるまで、この番号はどのくらい使用されていなかったのだろう。一日にかかってきた数からして、電話番号はまだそこに――数件のメッセージで説明されているように、おそらくウェブサイトに――掲載されているのだろうし、いまでもリリーにつながる番号だと信じられている。

「まちがい電話だ」ピアスは声に出して言ったが、ひとりごとなど、コンピュータ画面を見ているか、ラボで実験に専念しているとき以外、めったに口にしたことがなかった。

メモ帳のページをまえへめくって、モニカが書いてくれた情報を見た。電話会社のカスタマー・サービスの番号が含まれていた。番号を変更するよう連絡できるし、連絡するべきだ。

だが、電話番号を訂正するメールを再送するのも、受け取るのもなかなか煩わしい。

番号を変えることについて、ほかにもピアスをためらわせていることがあった。この件に惹かれていた。それは認める。リリーとはだれだ？　どこにいる？　なぜ電話番号を棄てたのに、ウェブサイトに載せたままにしている？　ロジックの流れに乱れがあり、どうやらそこに惹かれているようだ。ウェブサイトが客にまちがった番号を伝えているなら、リリーはどうやって商売をつづけているのだろう？　つづけていない。それが答えだ。つづけられない。なにかがおかしく、それがなにで、どうしてなのか知りたかった。

いまは金曜日の夜。月曜日までこのままにしておくことにした。週明けに番号変更の連絡をすればいい。

カウチから立ちあがり、空っぽのリビングを横切って主寝室へ向かった。衣類を詰めた段ボール箱六つを片方の壁沿いに並べ、寝袋をもう片方の壁に沿って広げていた。このアパートメントに引っ越しをして必要となるまで、三年近く寝袋を使っていなかった……ニコールとヨセミテを旅したとき以来だ。あの頃は、いろんなことをする時間があった。追求をはじめるまえ、人生がただひとつの目的のために存在するようになる以前の話だ。

バルコニーへ出て、コールドブルーの海をながめた。ここは十二階だ。南のヴェニスから、北のマリブのはずれでゆるやかに海に溶けこんでいる山脈の尾根まで、景色が広がっていた。太陽は沈んでいるが、空にはまだ鮮やかなオレンジと紫の縞模様が残っていた。この高さでは、潮風は涼しく清々しかった。両手をズボンのポケットに入れる。左手の指先でコインをつかんで取りだした。十セント硬貨。これも人生の目的がなんなのか思いださせるものだ。サンタモニカ・ピアの観覧車のネオンが灯り、おなじ模様を繰り返しきらめかせた。すると二年まえのことが脳裏に浮かんだ。分子メモリ・アーキテクチャーに関するもろもろの特許が初めて承認されたことを祝う内輪のパーティーで、埠頭の遊園地を貸し切った。チケットはなし、行列はなし、楽しんでいるかぎり乗り物からおりる必要もなし。ピアスとニコールは観覧車の窓ガラスのない黄色のゴンドラに三十分は乗っていた。あの夜もやはり肌寒く、ふたりは身体を寄せあった。太陽が沈む様子をふたりでながめていた。いまのピアスは埠頭を、いや、夕陽でさえ、見ればニコールを思いださずにはいられなかった。

　自分自身についてこうやって考えていると、まさにニコールを思いださせる光景がそなわっているから、このアパートメントを借りたのだとわかった。追求したくない閾下の病理がそこにある。

　ダイムを親指の爪にのせ、宙にはじき飛ばした。硬貨は暗闇に消えていく。階下には公園がある。アパートメントとビーチのあいだの緑地帯だ。夜にはホームレスがそっと入りこみ、木陰で寝袋にくるまって眠る。そのうちのひとりが、落ちたダイムを見つけるかもしれない。

　電話が鳴った。リビングへもどると暗闇にＬＥＤのちいさなディスプレイが光っていた。受話器を手に取って見た。〈センチュリー・プラザ・ホテル〉からかかってきたものだった。さらに二回ベルが鳴るあいだ考えて、挨拶抜きでしゃべった。

「リリーに用ですか？」ピアスは訊いた。

長く沈黙がつづいたが、電話線の向こうにだれかがいるのはわかった。背後にTVの音が聞こえている。

「もしもし？　リリーに用ですか？」

ようやく男の声が返事をした。

「ああ。彼女、そこにいるのかい？」

「いまここにはいません。この番号をどうやって知りました？」

「サイトで」

「どのサイトです？」

相手は電話を切った。ピアスは一瞬、受話器を耳にあてたままにしていたが、通話ボタンを押して切った。部屋を横切り受話器をもどそうとしたときに、ふたたび電話が鳴った。ピアスは表示を見ないで通話ボタンを押した。

「番号ちがいだよ」ピアスは言った。

「待てよ、アインシュタイン、おまえだろ？」

ピアスはほほえんだ。まちがい電話じゃなかった。コーディ・ゼラー、新しい電話番号を最優先で知らせたうちのひとりの声だった。ゼラーはピアスを大学時代の呼び名でアインシュタインと呼ぶことが多い。ゼラーは第一に友人で、第二に仕事仲間だった。コンピュータ・セキュリティのコンサルタントで、ピアスの会社が次第に成長し、より広いオフィスへと移っていくのに合わせ、ピアスのためにたくさんのセキュリティ・システムを設計してくれた。

「悪い、コード」ピアスは言った。「別の相手だと思った。この新しい番号には、別人あての電話がやたらかかってくるんだ」

「新しい電話番号、新しい住居、つまり、おまえはフリーでまっさらのひとり身に逆もどりってところか？」

「まあな」

「なあ、ニッキとなにがあったんだ？」

「さあな。その話はしたくない」

友人に話せば、ニコールとの関係の終わりが決定的になってしまう。

「なにがあったのかおれが話してやろう」ゼラーは言った。「ラボで過ごす時間が多すぎて、シーツの上で過ごす時間が足りなかった。せっかく忠告してやったのに」

ゼラーは笑い声をあげた。この男はいつも状況や事実にうがった見方をして、茶化してばかりいる。それに笑い声は、ピアスの苦境にさして同情していないと告げていた。ゼラーは独身で、しかも女と長くつづいたことがあったかどうか、ピアスは思いだせない。大学時代までさかのぼると、ゼラーはピアスや友人たちに、生涯、一夫一妻制を実行することはないと誓っていた。ゼラーはいま話題にしている女と知り合いでもあった。セキュリティ専門家としての立場から、ゼラーはピアスのために雇用者と投資家の経歴調査をオンラインで扱っていた。その役割のなかで、しばしば会社の機密情報担当者、もとい、元機密情報担当者のニコール・ジェイムズと緊密に連携して仕事をしていた。

「ああ、わかってるさ」口ではそう言ったものの、この件でゼラーと話したくなかった。

「耳を傾けておけばよかったよ」

「まあ、隠居生活から抜けだしたんだから、そのうち朝にズマ・ビーチで会えるってことだな」

ゼラーはマリブで暮らし、毎朝サーフィンをしている。ピアスがいつも一緒に波に乗っていた頃から、十年近くが過ぎていた。じつはアマルフィ・ドライブの家を出るとき、サーフ・ボードはもちだすことさえなかった。車庫の梁にのせたままだ。

「どうかな、コード。ほら、まだプロジェクトがあるから。スケジュールはたいして変わらないと思うよ、ニコールが——」

「だよな。ニコールはおまえのたんなるフィアンセで、プロジェクトじゃなかった」

「そんなことを言いたかったんじゃない。ただ、ぼくは——」

「今夜はどうだ？　こっちから出向くぜ。むかしみたいに街へ繰りだそう。ブラック・ジーンズを履いてさ、ベイビィ」

ゼラーは誘うように笑った。ピアスは笑わなかった。ゼラーが言うようなむかしなどなかった。ピアスは遊び人だったことはない。ブラック・ジーンズではなく、ブルー・ジーンズ組だった。酒で勢いづきクラブで女を追うより、ラボで走査型トンネル電子顕微鏡をのぞきこんでいるほうがいつだってよかった。

「やめておくよ。やることがたくさんあって、今夜はラボにもどらないとだめなんだ」

「おい、ハンク。分子に休みをやれ。一晩遊ぶだけだ。なあ、きっと目も覚めて、おまえ自身の分子も、たちまち、しゃきっとするさ。ニッキとなにがあったか、おれに話せ。こっちは同情してるふりをしてやろう。約束する」

ゼラーはピアスがことさら嫌っているハンクという名で呼びかける地球上でただひとりの人間だった（ハンクは、ヘンリーの別称）。だがピアスは賢明にも、ゼラーにその呼びかたはやめるように言うのは逆効果だとわかっていた。そんなことを言えば、ことあるごとに、その名前を使われるのがおちだ。

「また今度誘ってくれ、いいな？」

ゼラーはしぶしぶ譲歩し、ピアスは来週の一晩を空けておくことを約束した。サーフィンの約束はしなかった。たがいに電話を切り、ピアスは受話器をもどした。バックパックを拾いあげ、アパートメントの玄関へと歩きはじめた。

2

ピアスはスクランブル・カードを使ってアメデオ・テクノロジーズ社の駐車場に乗り入れ、自分の駐車スペースにＢＭＷ五四〇を駐めた。ビルの入り口に近づくとドアが開いた。両開きのガラスドアの奥の壇に座っている夜警の男が操作したのだった。

「ありがとう、ルドルフォ」ピアスは通り過ぎながら礼を言った。

電子キーを使ってエレベーターに乗り、役員室がある三階へ向かった。顔をあげ、エレベーターの上隅にあるカメラに向かってうなずいた。ルドルフォがこちらを見ているとは思わなかったが、すべてはのちのちのため、デジタル処理され、記録されていた。必要になるときがあるかどうかは別の話だ。

三階の廊下でドアの組み合わせ錠を開け、自分のオフィスへ入った。

「明かり（ライト）を」デスクの奥へまわりながらピアスは言った。

天井灯がついた。コンピュータの電源を入れ、立ちあがったところでパスワードを入力する。仕事に取りかかるまえに手早くメール・チェックができるよう、電話線をつないだ。午後八時だった。ピアスは好んで夜間に仕事をした。ラボにひとりきりでいられるからだ。

セキュリティ上の理由から、使用時以外はコンピュータに電話線をつなげたままにしておくことはなかった。同じ理由から、携帯電話、ポケットベル、パーソナル・デジタル・アシスタント（PDA）も一切もち歩かない。ノートパソコンを一台もってはいるが、そちらもめったにもち歩かない。ピアスは生まれながらの偏執症だった——ニコールによれば、統合失調症から派生したようなものだという——が、慎重で経験豊かな研究者でもあった。コンピュータに外線を接続する、あるいは携帯電話を開くたびに、腕に針を射したり、よく知らない相手と寝たりするのと同様の危険があるとわかっていた。そうした経路からなにが運びこまれるか、わかったものではない。ある者にとってはそれがセックスの興奮の一部となるのかもしれない。だが、ダイムを追う興奮の一部にはならない。

メールは数件届いていたが、今夜は三つしか読まないことにした。一通目はニコールからで、ピアスはすぐさまメールを開けた。ついついあわよくばと思ってしまうのが、めめしさをいっそう思い知らされ、情けない気分になる。

だが、メールは期待していた内容ではなかった。みじかく、要点だけで、仕事上のことに徹しており、ふたりの不幸なロマンスにはまったくふれていなかった。より大きくより条件のいいところ——キャリアでもロマンスでも——へ移るにあたって、元従業員としての別れの挨拶だった。

わたしはここを辞めます。

すべてファイルにあります（ついでながら、ブロンスンの件はとうとうメディアに流出したわ——SJMNが最初に報じたの。べつに目新しいことじゃないけれど、あなたはチェックしたいでしょう）。

いろいろありがとう。幸運を。

ニック

ピアスは長いことメールを見つめていた。ほんの数時間まえ、午後四時五十五分に送られたものだ。返事をしても意味がない。午後五時に、ニコールがスクランブル・カードを返却した際、ニコールのメール・アドレスはシステムから削除されているはずだ。

ニコールはヒューレットと呼びかけており、しばらくそれがふしぎでならなかった。以前ニコールは愛情の表われとしてその名を使っていた。恋人だけが使う秘密の呼び名だ。ピアスのイニシャルのHPをもとに、〈ヒューレット・パッカード〉——ピアスをダビデにたとえるなら、現代の巨人ゴリアテである巨大コンピュータ・メーカーの一社——にちなんで名づけたのだった。ニコールはいつも優しくほほえむようにその名を口にした。ピアスをライバル会社の名で呼ぶという芸当をやってのけたのはニコールだけだった。だが、最後のメールでその名を使うとはどういうつもりだろう？　ニコールはメールを書きながら優しくほほえんでいたのだろうか？　それとも悲しげにほほえんだ？　ためらいながら、考え直そうとしたのだろうか？　まだチャンスが、よりをもどす希望があるのだろうか？

ピアスはニコール・ジェイムズの真意を見抜けたためしがなかった。いまも見抜けない。両手をキーボードにもどし、メールを保存すると、三年間のつきあいで、ニコールから届いたメールすべてを入れてきたファイルへ移動させた。ふたりが共に過ごした歳月の履歴――いいものもあれば悪いものもある――同僚から恋人へ変化していく過程がここにあるメールから読みとれる。ニコールからの千通近いメール。保存しておくのは固執しすぎだとわかっていたが、ピアスにとってはこれがあたりまえだった。仕事関係のメールを保存するファイルも多数ある。はじめはニコールのファイルもそのようにしてできた。しかし、ふたりは仕事仲間から人生のパートナー同士という間柄に変わった。少なくともピアスはそう考えていた。

ニコール・ジェイムズのファイルのメール一覧をスクロールして、むかしの恋人の写真をめくってでもいるように、タイトルを読んでいく。顔が自然とほころぶタイトルがいくつかあった。ニコールはいつも気の利いたものや、風刺に富んだタイトルをつける名人だった。あとになると――必然的にだが――きついタイトルを、次に憎しみのこもったタイトルをつける達人となった。スクロールの途中である文に目が留まり――「あなたはどこに住んでいるの？」――メッセージを開いた。四カ月まえに受け取ったもので、ふたりがどんな結末を迎えるか、これ以上ないほどの暗示を含んだメールだった。思えば、このメールが下り坂のはじまりを象徴していた――引き返せない地点を。

あなたはどこに住んでいるのかと考えはじめたところよ。だって、四晩つづけてアマルフィの家で見かけないから。

これじゃうまくいきっこないわ、ヘンリー。話をする必要があるのに、話をしようにも、家にいやしない。ふたりのことを話すために、わたしはラボへ行かなければならないの？　寂しい話ね。

このメールを受け取って、話をしようとうちに帰り、最初の喧嘩になったのだった。ピアスは着のみ着のままホテルで四日を過ごし、電話とメールと花束でニコールをなだめすかして、ようやくアマルフィ・ドライブの家にもどることを許された。その後も、ピアスは真剣に努力をつづけた。少なくとも一週間は毎晩八時までにうちに帰った。それからずるずると仕事が長引きはじめ、ラボでの勤務時間はふたたび明け方近くまで延びるようになった。

ピアスはメールを閉じ、次にファイルを閉じた。そのうちメールを全部プリントアウトして、小説のように読もう。ひとつのことに夢中になったために、自分にとってなによりも大事なものを失うというごくありきたりで、ごく陳腐な話になるはずだ。これが小説ならば、『十セント硬貨を追って(チェイシング・ザ・ダイム)』と名づけたところだ。

今日届いたメールのチェックを再開して次に読んだメッセージは、パートナーのチャーリー・コンドンからのものだった。たいしたメールではなく、来週予定されているプレゼンテーションに関する週末の念押しメールだった。まるでピアスに念押しする必要があるかのようだったが、形式的なものにすぎない。掲題は〝RE：プロテウス〟となっていた。ピアスが数日まえにチャーリーに送ったメールへの返信だった。

神(ゴッド)がらみの手配はすべて完了した。ゴッドは、木曜十時のプレゼンテーションのために、水曜にこっちへ来る予定。銛(もり)は研ぎすまされ、準備万端整っている。必ず出席するようにな。

CC

返事をするまでもなかった。出席は当然のことだ。多くのことがかかっている。いや、すべてがかかっている。メールに出てきたゴッドとは、モーリス・ゴダードのことだ。会社のために、銛を打ちこんで捕える鯨にしたいとチャーリーが願っているニューヨーカーで、先端技術投資家だ。最終決断を下すまえにプロテウス・プロジェクトを見学することになっている。ピアスたちはゴダードにプロテウスを初披露することで、契約の決定打になればと願っていた。来週の月曜日にプロテウスの特許保護を出願し、もしゴダードが乗ってこなかったら、ほかの投資家を探すことになる。

最後に目を通したのはアメデオのセキュリティ担当部長、クライド・ヴァーノンからのメールだった。開けるまえから内容は想像できた。思ったとおりだった。


連絡を取りたし。ニコール・ジェイムズについて相談の必要あり。至急連絡乞う。

クライド・ヴァーノン

ヴァーノンはニコールが内情をどのぐらい知っているのか、また、突然の辞職の事情を知りたがっている。自分がどんな対処をしなければならないのか知りたがっているのだ。

ピアスはセキュリティ責任者がフルネームを書いていることに苦笑した。それからほかのメールで時間を浪費しないことにして、コンピュータの電源を切り、慎重に電話線を抜いた。オフィスをあとにして、廊下を歩いていき、〝栄光の壁〟を通り過ぎてニコールのオフィスへ向かった。元オフィスへ。

ピアスは三階のドアすべてに対する解除番号を知っている。それを使ってドアを開け、オフィスに入った。

「ライト」

しかし、天井灯は反応しなかった。このオフィスの音声認識装置はまだニコールの声に対応しているようだ。月曜日に変更されるだろう。ピアスは壁のスイッチに近づき、手で明かりをつけた。

デスクの上にはなにもなかった。ニコールは金曜日の五時には出ていくと話しており、約束をしっかり守っていた。きっとピアスあてのメールを送ることがアメデオ・テクノロジーズでの最後の仕事だったのだろう。

ピアスはデスクの向こうへまわり、椅子に腰をおろした。まだニコールの香水の香りがする——かすかなライラックの芳香。ひきだしの最上段を開けた。クリップ一個しか、入っていなかった。ニコールは行ってしまった。それは確かだった。残りの三つのひきだしも調べると、いちばん下の段に小さな箱がひとつだけ入っていた。手に取って開けてみる。箱の半分まで名刺が詰まっていた。名刺を取りだし、見おろした。

ニコール・R・ジェイムズ
競合分析広報部長
アメデオ・テクノロジーズ
カリフォルニア州サンタモニカ市

しばらくして、ピアスは名刺を箱にもどし、箱をひきだしにもどした。椅子から腰をあげ、デスク向かいの壁沿いに並んだファイル・キャビネットへと向かった。

ニコールはすべての情報ファイルのハードコピーを取るよう主張していた。二段ひきだしのキャビネットが四本ある。ピアスは自分の鍵束を取りだし、そのうちのひとつを使って〝ブロンスン〟のラベルがあるひきだしの鍵を開けた。ひきだしを開け、ブルーのファイルを取りだした——ニコールのファイリング・システムでは、すべてのライバル会社に関する最新の情報は、いずれもブルーのファイルに分類だった。ファイルをひらき、プリントアウトと《サンノゼ・マーキュリー・ニュース》の経済面に載った記事のコピーをざっと見ていった。大部分は以前に見たことがあるものだったが、ひとつの記事の抜粋だけはちがった。

民間部門で最大のライバル会社のひとつが資金援助を受けることになったというみじかい記事だった。日付は二日まえ。すでにその件については、ニコールからおおまかに聞いていた。先端技術の世界では話が広まるのが早い。ニュース媒体に伝わるよりずっと早いのだ。それでも、ピアスがすでに耳にしていた情報をその記事がすべて確認させてくれた——さらに初耳の話も少々あった。

ブロンスン社に日本企業出資

ブロンスン・テクノロジーズ（本社サンタクルーズ市）は、日本のタガワ・コーポレーションとの提携合意に達した。ブロンスン社は分子エレクトロニクス開発に対し、タガワ社より出資を受けることになる。この決定は水曜日に発表された。

合意条件に基づき、タガワ社は今後四年間にわたって研究費用として千六百万ドルを提供し、見返りにブロンスン社株の二十パーセントを保有することになる。

創立六年になるブロンスン社の社長であるエリオット・ブロンスンは、初の分子コンピュータ実用化に向けて過熱するレースにおいて、この資金は同社がトップに立つことを促すだろうと話している。ブロンスンをはじめとする多数の民間企業や大学、政府機関が分子ベースのランダム・アクセス・メモリ（RAM）開発および、それを集積回路と結びつける競争に参加している。分子コンピュータの実用化は少なくとも十年先だと考えている向きもいるが、提唱者たちは、エレクトロニクス世界に革命をもたらすと信じている。また、数十億ドル規模のシリコン・ベースのコンピュータ業界の脅威になるとも見られている。

分子コンピュータの潜在価値と応用範囲は無限であると考えられるため、開発競争は激化している。分子コンピュータのチップは、現在エレクトロニクスの分野を支えているシリコン・ベースのチップよりはるかに強力で小型なものになるだろう。

「血液中に投入できる診断コンピュータから、アスファルトにマイクロチップ・コンピュータを内蔵した〝賢い道路〟の創造にいたるまで、分子コンピュータは、この世界を変えることでしょう」火曜日にブロンスン氏はこう語った。「そして世界を変えるその手助けを当社がするのです」

民間部門でのブロンスン社の主要競合会社には、ロサンジェルスのアメデオ・テクノロジーズやノースカロライナ州ローリー市のミダス分子工業がある。また、ヒューレット・パッカードはカリフォルニア大学ロサンジェルス校の科学者グループと提携。さらに十指に余る数の大学や民間企業が、ナノテクノロジーと分子RAM研究に巨費を投じている。米国国防総省高等研究計画局はこうした研究の多くに一部、あるいは全額の資金を提供している。

政府や大学を頼るかわりに、個人からの資金援助を探す道を選択する企業も若干存在する。ブロンスン氏によると、そのような選択をすることで会社は、政府や大学の承認を求めずにプロジェクトや実験に迅速に取りかかることが可能になり、ずっと小回りが利くようになるという。

「政府や大きな大学といったものは、戦艦のようなものですからね」ブロンスン氏はこう語る。「いったん正しい方角に動きはじめると、あとは見張っています。ところが、進路を変更し、正しい航路に合わせるには、長い時間がかかるのです。その方法で行くには、この分野はあまりにも競争が激しく、変化が速い。現時点では、小型のスピードボートでいるほうがいいのですよ」

政府や大学の資金を頼らない場合、今後この分野の特許にさらに価値が出た際に富の分配を少なく抑えることが可能になる。

分子コンピュータ開発では、この五年間に重要な前進がいくつかあった。この分野をリードしていると見られるアメデオ社によるものである。

アメデオ社は分子コンピュータの開発競争にもっとも早くから参加している企業だ。化学者ヘンリー・ピアス（34）は、スタンフォード大卒業の一年後にアメデオ社を創立。コンピュータ計算の基本構成要素である分子メモリと論理ゲートの創案、および分子回路の分野において、数々の特許を取得してきた。

ブロンスン氏は、タガワ社からの出資を得たいま、同じスタートラインに立てればと語っている。

「長く興味深いレースになるでしょうが、ゴールラインに飛びこむのはうちですよ」ブロンスン氏はこうつづけた。「今回の契約によって、それを保証しましょう」

資金援助の大口供給源――先端技術投資分野の用語でいう〝鯨〟――に対するアプローチは、比較的小規模の企業に好まれるようになっている。ブロンスン氏のアプローチは、今年の早い時期にカナダの投資家から千六百万ドルの資金援助を確保したミダス分子工業に追随したものだ。

「選択肢はありません。競合していくためには資金が必要なのです」ブロンスン氏は語る。「この分野に必要な装置類は高価です。研究に取りかかる以前に、ラボを整えるだけで百万ドル以上かかるんです」

本紙の問い合わせにアメデオ社のピアス氏から回答はなかったが、分子コンピュータ産業の情報筋によれば、アメデオ社もやはり大口投資家を探しているらしい。

「どこも捕鯨に乗りだしていますね」ナノテクノロジーの出現をずっと注意深くながめてきた投資会社（本社フロリダ州）、デーリー＆ミルズ社のダニエル・F・デーリー氏は語る。「十万ドル規模の投資家からの資金は、あっという間になくなってしまいます。だから、だれでも一カ所で買い物を済ませようとするんですよ。つまり、プロジェクトの面倒を最後まで見てくれる投資家ひとりを探すのです」

（ラウル・プイグ）

ピアスは新聞の切り抜きをしまい、ファイルを閉じた。記事の大部分はすでに知っている話だったが、ブロンスンの言葉の最初の引用で、分子診断にふれた部分はかなり気にかかった。ブロンスンはナノテクに関して、注目を集めやすい分野に参入するつもりで、その話をもちだしたのか。それとも、プロテウスについてなにか知っているのか？　直接、こちらに話しかけているのか？　新聞取材と新たに見つけた日本の金を利用して、挑戦しているつもりだろうか？

もしそうなら、ブロンスンはもうすぐ手ひどいショックを受けるだろう。

ピアスはファイルをひきだしの元の場所にもどした。

「安売りしたな、エリオット」そう言ってひきだしを閉めた。

オフィスをあとにする際、ピアスは手でスイッチを消した。

廊下に出ると、社内で〝栄光の壁〟と呼ばれているものをしばし見つめた。アメデオ社やピアス自身や取得特許、研究に関する報道記事を額におさめたもので埋め尽くされた長さ六メートルほどの壁だ。ピアスは、社員が会社にいる就業時間中に足を止め、この壁をながめようとはけっしてしなかった。栄光の壁を一瞥して誇らしく思うのは、ひとりきりのときだけだ。ここは一種のスコアボードだ。記事の大半は科学雑誌に掲載されたもので、門外漢には意味不明の単語が並んでいる。しかし、会社とその業績が一般メディアにまで取りあげられたことも幾度かあった。個人的にもっとも誇らしく感じている額のまえで立ち止まる。五年近くまえの《フォーチューン》誌の表紙だ。ポニーテールだった頃のピアスの写真で、当時、特許を取ったばかりの単純な分子回路のプラスチック模型をかかげている。笑顔の右側にある見出しが問いかけていた。『次のミレニアムにおける最重要特許？』

その下に小さな文字がつづき、こう付け加えていた。『写真の人物はそう考えている。二十九歳の鬼才ヘンリー・ピアスが手にしているのは、コンピュータとエレクトロニクス分野において、新時代の鍵になり得る分子スイッチである』

ほんの五年まえのことなのに、額縁におさまった雑誌の表紙を見ていると、懐かしさが込みあげてきた。鬼才のレッテルには気恥ずかしい思いをさせられたが、この雑誌が売店に並ぶと、ピアスの生活は一変した。それ以降、本格的に追いかけられるようになった。こちらから出むくのではなく、投資家たちのほうからやって来るようになった。ライバル会社もやってきた。チャーリー・コンドンもやってきた。ジェイ・レノのTV番組のスタッフまで、長髪のサーファー化学者と、その男が研究する分子に関して、電話をかけてきた。なかでもピアスが胸に刻んでいる最高の瞬間は、走査型トンネル顕微鏡の支払いを完済する小切手を切ったときだ。

その後はプレッシャーもやってきた。目標を達成し、次の一歩、さらにもう一歩を踏みださねばというプレッシャー。選択の機会があるとしても、過去にはもどりたくない。絶対に。しかし、その後どうなるか当時はわかっていなかった栄光のときを思いだすのは悪くなかった。なにも害はあるまい。

3

ラボのエレベーターはごくゆっくりと下降するため、動いているときも身体に感じる刺激はなかった。扉上部の電光表示だけが、確かに動いていると確認できる唯一の手段だ。このエレベーターは意図してそのように設計されている。可能なかぎりの震動を排除するためだ。震動は敵だ。ラボの計器と測定数値をゆがませる。

地階で扉がゆっくりとひらき、ピアスはエレベーターをおりた。スクランブル・カードを使って最初のマントラップ・ドアを開け、なかの狭い通路に入り、次のドアのロックを解除する十月用の暗証番号を打ちこんだ。ドアを開けてラボに入った。

ラボは実際には一部屋ではなく、つづき部屋になっている。通称デイ・ルームのメイン・ルームのまわりを、さらにいくつか小型のラボが取り囲む形だ。どのラボからも完璧に窓をなくしてある。壁の外側は、外部からの電子ノイズを遮断する銅の削り屑を埋めこんだ絶縁板張りだ。壁の表面に装飾物はほとんどなく、飾ってあるものの大部分は、ドクター＝スースの絵本『ぞうのホートン　ひとだすけ』の額入り複製画のつづき絵だけだ。

左手にある小型ラボは、化学ラボとなっている。ここは無菌の〝クリーン・ルーム〟で、分子スイッチの化学溶液を作って冷却する場所だ。細胞飼育場（ファーム）と呼ばれているプロテウス・プロジェクト用の培養器も置いてある。

　化学ラボの向かいはワイヤー・ラボだが、この研究室（ラボ）に入り浸っている者（ネズミ）の大半は、かまど部屋と呼ぶ。その隣がイメージング・ラボで、電子顕微鏡が鎮座している。デイ・ルームのつきあたりはレーザー・ラボが占めていた。この部屋は外から侵入してくる電子ノイズに対する二重の防護を目的として、すっぽり銅で包まれていた。

　ラボは無人のようだった。どのコンピュータもオフで、どの測定ステーションにも人はいない。だが、なじみのある加熱されたカーボンのにおいがした。ラボへのサイン・インのログを調べると、グルームズが入室していたが、まだサイン・アウトはしていなかった。ピアスはワイヤー・ラボへ行き、小さなガラス戸越しになかをのぞいた。だれの姿もない。ドアを開けてなかに入ると、たちどころに熱とにおいに襲われた。真空炉が作動中で、新たなカーボン・ワイヤーが形成されているところだった。おそらくグルームズは製造をはじめてから、休憩か腹ごしらえのためにラボをあとにしたのだろう。気持ちはよくわかる。カーボンを加熱するにおいは耐えがたい。

　ピアスはワイヤー・ラボを出てドアを閉めた。測定ステーションの隣にあるコンピュータの席につき、パスワードを打ちこむ。自分が電話の設置のため先に帰宅した後に、グルームズがおこなっていたスイッチのテストに関するデータを引きだした。コンピュータのログによると、グルームズは二十のスイッチからなる新たなグループで二千回のテストを実施していた。化学的に合成されたこのスイッチ群は、ベーシックなオン／オフ切り替えをおこなう論理ゲートで、いつの日かコンピュータ回路を構築できるようになる——あるいは、なるはずの——ものだった。

　ピアスは椅子にもたれた。モニター横のカウンターにコーヒーが半分残ったカップがあった。ブラックコーヒーなので、ララビーのカップだ。プロテウス・プロジェクトに関わるこの免疫学者をのぞくと、ラボの者は全員クリームをいれる。

　このまま論理ゲートの確認テストのチェックをつづけるか、それともイメージング・ラボへ行き、ララビーのプロテウスに関する最新の研究成果を引きだすか。そう考えながら、ピアスはコンピュータの向こうにある壁を見るともなしに見た。壁には十セント硬貨（ダイム）がスコッチテープで貼られていた。グルームズが二年まえに貼ったものだ。そう、ジョークだ。だが、研究者たちの目標をはっきりと思いださせる。ときには、その十セント硬貨（ダイム）がピアスたちをあざ笑っているようにも見えた。硬貨に刻まれたルーズヴェルト大統領は横顔を見せ、あらぬかたを見て、こちらを無視している。

　このとき初めて、ピアスは自分が今夜働けそうにないことを悟った。仕事で幾晩もラボに閉じこもってきたせいでニコールを失った。ほかのものも。そしていま、ニコールは去り、ためらいもやましさも覚えずに好きなだけ働けるようになったが、働こうにも働く気分になれないことにふと気づいた。もしふたたびニコールと話をする機会があれば、このことを話してみよう。ひょっとして、変わりはじめている徴候かもしれない。ニコールにとって意味があることかもしれない。

　ふいに背後で大きな物音がして、ピアスはぴくりと椅子から腰を浮かせた。グルームズがもどってきたのだろうと予想して振り返ると、そうではなく、クライド・ヴァーノンがマントラップを通ってくるところだった。ヴァーノンは恰幅のよいがっしりした男で、生え際だけにぐるりと髪が残っている。もともと赤ら顔をしているため、いつもうろたえているように見える。五十代なかばで、ヴァーノンはこれまでのところ、社内最高齢だった。ヴァーノンの次は、四十歳のチャーリー・コンドンがおそらく最年長だろう。

　今回ヴァーノンが見せているうろたえた顔色は本物のようだった。

「おい、クライド。脅かすなよ」と、ピアスは言った。

「そんなつもりでは」

「ここでは高感度の測定をいくつもおこなっているんだ。あんなふうにドアを思い切り開けられたら、実験を台無しにするかもしれない。たまたま、実験中じゃなくて、測定結果を見ていただけだからよかったが」

「申し訳ありません、ドクター・ピアス」

「その呼びかたはやめてくれよ、クライド。ヘンリーでいい。ところで、あててみせようか。ぼくに〝指名手配〟をかけていて、こちらがのこのこ現われたとたん、ルドルフォから連絡がいったんだろう。それで、はるばる自宅からお出ましになったんだな。住んでるところがそう遠くない場所であることを祈るよ、クライド」

ヴァーノンはピアスの名推理を無視した。

「相談しないと」ヴァーノンはピアスには反応せず、こう言った。「お送りしたメールをご覧いただけましたか？」

ふたりはたがいのことをまだよく知らなかった。ヴァーノンはアメデオに勤める最年長だが、同時に一番の新入りでもあった。ピアスはとっくに気がついていたが、どうやらヴァーノンはピアスをファースト・ネームで呼びづらいようだった。年齢差が関係しているのかもしれない。ピアスはこの会社の社長だがヴァーノンより二十歳は年下だった。ヴァーノンはＦＢＩに二十五年奉職したのち、数カ月まえにアメデオにやってきたばかりだった。

ヴァーノンがピアスをファースト・ネームで呼ぶのは不作法だと考えているのはまちがいない。だが、ピアスのほうが年下で実社会の経験がみじかいため、ミスター・ピアスとも呼びにくい。ドクター・ピアスと呼ぶのは、いくぶん受けいれやすいのだろう。ドクターといっても、医学の資格ではなく、学位に基づいたものだ。本当のところ、できればどんな名前でもピアスに呼びかけずにすめばいいとヴァーノンは思っているようだ。最近はそれが目立ってきて、メールや電話のやりとりではとくに顕著だった。

「メールは十五分まえに見たばかりなんだ」ピアスは言った。「オフィスを留守にしていたのでね。ここの仕事が終わったら電話するつもりだった。ニコールのことを話したいんだね？」

「ええ。なにがあったんですか？」

ピアスはやれやれとでも言うかのように肩をすくめた。

「なにがあったかというと、彼女は出ていった。仕事を捨て、その、ぼくも捨てた。先にぼくを捨てたと言っていいだろうな」

「いつの話です？」

「なんとも言えないな、クライド。しばらくまえからその兆候はあった。スローモーションのように。だが、本決まりになったのは二週間まえだ。ニコールは今日までは出勤すると言ってくれた。今日が最後の日だった。きみを社に迎え入れたとき、社内の魚を釣るのはどうかと警告されたね。たしか、そんな言いかただった。きみの言うとおりだったようだ」

ヴァーノンはピアスに一歩近づいた。

「なぜ、知らせてくれなかったんです？」ヴァーノンは抗議した。「連絡があってしかるべきだったのに」

ヴァーノンの頰の赤みが広がっていった。怒りを感じてそれを抑えようとしているらしい。怒っているのはニコールの件でも、社内での地位を固める必要があるからでもない。それはもちろん、長年勤めたＦＢＩを辞めたのは、週末にマリファナでも吸っていそうな青二才の科学者なんぞに隠し事をされるためではないからだ。

「その、知らせるべきだったのはわかってるが、個人的な事情が絡んでいたので……とにかくこの件で話をしたくなかった。正直に言うと、今夜きみに電話するつもりもなかった。まだこの話をしたくないからだ」

「この件はちゃんと話し合いをしなければなりませんよ。彼女はこの会社の情報担当部長だった。職務の最終日に、なにくわぬ顔でドアから出ていかせてはならなかったのに」

「ファイルはちゃんと全部ここにある。ぼくがチェックした。その必要はなかったがね。ニッキはそちらがほのめかしているようなことをやるはずがない」

「なにか不穏なことをほのめかしてるんじゃありません。この件を充分に調べて、用心しようとしているだけです。他意はありません。彼女は再就職したんですか？」

「最後に話をしたときはまだだった。だが、雇ったときにニコールは辞職後に競合会社に就職しない契約に署名している。その点は心配ないさ、クライド」

「それはあくまであなたの考えです。辞職に際して、金の問題はどうなってます？」

「それがきみにどんな関係が？」

「金を必要とする人間は誘惑に弱いからですよ。プロジェクトの詳しい知識をもつ元社員や現社員が、誘惑に弱いかどうか知っておくことはわたしの仕事です」

　ヴァーノンの矢継ぎ早の質問と丁寧だが偉そうな態度が気に障りはじめた。もっとも、ピアスはこのセキュリティ部長に同様の丁重かつ尊大な態度で日々接していた。

「まず最初に、プロジェクトに関するニコールの知識は限られていた。ライバルたちの情報を集めていたのであって、うちの情報を集めていたんじゃない。そうすることによって、ぼくらがこのラボでどんなことをやっているのか予想がつくのは仕方ない。だが、なんの実験をしているか、もしくはプロジェクトがどこまで進んでいるか、正確なところを知る立場にはなかったはずだ。きみが知らないようにね、クライド。そうするほうが安全なんだ。第二に、そっちが訊くまえに答えておこう。ノーだ。ぼくはプライベートでニコールに実験の詳細を話したことはない。話題にのぼったことすらない。それどころか、ニコールが気にかけていたとも思えないね。彼女は仕事は仕事と割り切っていた。たぶんその点がぼくらふたりの最大の問題だったんだな。ぼくは実験を仕事として扱っていない。まるで人生そのもののように扱っている。さて、ほかになにかあるかい、クライド？　もう少し仕事を片づけたいんだが」

ピアスは長々とまくしたてることで、ひとつの嘘をごまかし、憤りをヴァーノンに理解してもらえるよう願った。

「チャーリー・コンドンはこの件をいつ知ったんですか？」ヴァーノンは訊ねた。

コンドンは会社の財務部長だが、さらに重要なことに、ヴァーノンを雇った男でもあった。

「昨日話したよ」ピアスは言った。「ニコールと一緒に。今日会社を去るまえにコンドンと最後に話をする約束をしていたようだ。チャーリーがきみに話さなかったとしても、ぼくにできることはなにもないな。チャーリーも、きみに話す必要はないと思ったんじゃないか」

きつい一撃。ヴァーノンに自身の庇護者から蚊帳の外に置かれたと思い知らせるセリフだ。だが、元ＦＢＩの男は一瞬顔をしかめただけで、軽く流した。

「先ほどの質問に答えていませんね。退職手当を出したのですか？」

「あたりまえだ。イエスだ。六カ月ぶんの給与、二年間の医療生命保険。それに彼女は家を売却して代金を全額ひとりでとるんだ。ご満足かい？　ニコールが誘惑に流されるとは考えづらい。あの家だけで十万ドル以上になる」

ヴァーノンはいくらか落ち着きを取りもどしたようだった。チャーリー・コンドンがニコールの辞職を知っていたことで、ヴァーノンにとって話は容易になった。ヴァーノンは、チャーリーを会社の実務担当とみなす一方、ピアスは短命な研究担当と考えている。さらに、ピアスが研究担当であることで、どうしてだかピアスに対する点数は辛くなっていた。チャーリーはちがう。ビジネス一筋だ。ニコール・ジェイムズの辞職に際して、チャーリーがサインしたのならだいじょうぶ、というわけだ。

だが、得心したとしても、ヴァーノンはピアスにそう話すつもりはないだろう。

「いろいろ訊いて申し訳ありません」ヴァーノンは言った。「ですが、これがわたしの仕事でして。わたしの職務はこの会社と、このプロジェクトのセキュリティを守り抜くことなのです。投資を守らねばと考える人や企業は多いですから」

ヴァーノンはラボに来た理由をほのめかしていた。チャーリー・コンドンはヴァーノンを格好のお飾りとして雇った。会社のプロジェクトは強固に守られており、それゆえに投資も強固に守られると安心したがっている潜在的な投資家たちを懐柔するための存在だ。ヴァーノンの経歴こそが感銘を与えるのであって、実際に本人がおこなっているセキュリティ業務などより、よっぽど会社にとって重要なのだった。

モーリス・ゴダードを初めてニューヨークから招いて社内を見学してもらい、最初のプレゼンテーションをおこなった際にヴァーノンにも紹介したところ、先方は設備のセキュリティと社員に関する話に二十分を費やした。

ピアスはクライド・ヴァーノンの顔を見て、どなりつけてやりたい気分になった。重要な資金がいまにも尽きようとしていること、諸々の計画においてヴァーノンがいかに取るに足りない存在であるか、知らせてやりたかった。

けれども、それは口にしなかった。

「きみの懸念事項はよくわかったよ、クライド。だけど、ニコールの件を心配するにはおよばない。万事クールさ」

うなずいたヴァーノンは、おそらくピアスの瞳の奥で高まっていく緊張を感じとったのだろう。ついに引き下がった。

「ま、あなたのおっしゃるとおりなのでしょう」

「それはどうも」

「で、家を売却するつもりだとおっしゃいましたが」

「ニコールが売るつもりだと言ったんだ」

「そうでした。もう引っ越しは済ませたんですか？　あなたに連絡のつく電話番号は？」

ピアスはためらった。新しい電話番号と住所を知らせた最優先リストにヴァーノンは含まれていなかった。敬意というものは、相互的なものだ。ヴァーノンを有能だと見なしているが、この男を雇ったのはＦＢＩの経歴があるためだった。ヴァーノンはＦＢＩでの二十五年のうち半分で、LA支部でのホワイト・カラー犯罪と産業スパイの捜査にあたっていた。

だが、ピアスはヴァーノンのわざとらしさを嫌っていた。ヴァーノンはつねに動きまわり、特別な任務を帯びた男のように廊下を走り回り、ドアを音高く開け閉めする。だが、要するに、従業員数がたった三十三名で、そのうちマントラップを抜けてすべての機密事項が保管してあるラボへ入室することができるのは十名しかいない企業には、プロジェクトのセキュリティを確保する任務などろくすっぽないのだ。

「新しい電話番号はあるんだけど、まだ覚えてないんだ」ピアスは言った。「わかったらすぐに知らせるよ」

「住所はどうです？」

「ビーチ沿いのサンズ・アパートメントだ。部屋番号一二〇一」

ヴァーノンは小型の手帳を取りだし、情報を書きとめた。古い映画の警官そっくりだ。走り書きをする大きな手は小さな手帳には窮屈に見えた。〝なんであの連中は、いつもあんな小さな手帳をもってるんだ？〟コーディ・ゼラーとふたりで刑事物の映画を見たあと、コーディからそんな疑問を投げかけられたことがある。

「もう仕事にもどるよ、クライド。なんと言っても、投資家連中はうちを頼りにしているんだからね、だろう？」

ヴァーノンは手帳から顔をあげて片方の眉をあげ、ピアスが皮肉を言っているかどうか判断しようとした。

「そのとおりですよ」ヴァーノンは言った。「では、仕事のつづきをどうぞ」

だが、セキュリティ部長がマントラップを抜けて出ていくと、ピアスはやはり仕事にもどれないことに気づいた。気力がわいてこない。この三年間で初めて、ラボの外の関心事に妨げられず、好きに仕事ができるようになった。それなのに、この三年間で初めて、仕事をしたくなかった。

コンピュータの電源を切って、席を立った。ヴァーノンが通っていったマントラップをピアスもまた通り抜けた。

4

ピアスは自分のオフィスへもどり、手でスイッチを入れて、明かりをつけた。声紋認識装置はかっこうつけだ。それはわかっていた。チャーリー・コンドンが数週おきに社内を案内する投資家候補らに感銘を与えるためだけに、設置させたものだ。ただのギミック。防犯カメラやヴァーノンと同じだ。だが、チャーリーに言わせると、全部必要なものだった。最先端をいく事業の象徴なのだ。投資家が会社のプロジェクトや重要性を思い描く助けになる。連中にご機嫌で小切手を切らせる小道具だった。

だが、その結果、オフィスはハイテク仕様になる一方で、人間味に欠けるように思えることがままあった。ピアスはウエストチェスターの安家賃の倉庫でこの会社をスタートさせた。ロサンジェルス国際空港の発着陸の合間に、実験の測定をしなければならない場所だった。最初はひとりきりの会社だった。現在は人事担当者を必要とするほど社員が増えている。あの頃はフェンダーのへこんだ——旧式の——フォルクスワーゲン・ビートルを運転していた。いまではBMWを運転している。ピアスとアメデオ社が大いなる前進を遂げたことは疑いようがない。だが、十七番滑走路の飛行経路の下にあった倉庫のラボを、ますます頻繁に懐かしく思いだすようになっていた。友人のコーディ・ゼラーはいつも映画から気の利いたセリフを引用する男で、〝十七番滑走路〟はおまえにとっての〝薔薇のつぼみ〟になるぜ、と言われたことがある。いまわの際に新聞王のくちびるからもれる言葉。《市民ケーン》との他の類似性はともかく、ゼラーの話が現実になる可能性はありそうだ。

デスクに向かい、ゼラーに電話をして気が変わったから出かけようと誘おうかと考えた。ニコールが話したがっているかどうか、家へ電話をしてみることも考えた。だが、それはできない。アクションがあるならニコールからで、ピアスは待つしかなかった。たとえ、そんなことが永久に起こらなくとも。

バックパックから手帳を取りだし、外出先から自宅のボイス・メールにつながる番号に電話をした。パスワードを入力すると、メッセージが一件ある、と電子音声が告げた。再生すると、知らない男の緊張した声が流れた。

「ええと、その、どうも。わたしの名はフランクだ。ペニンシュラにいる。六一二号室だ。都合がつけば電話してほしい。この番号はウェブサイトで見たんだ。今夜空いているかどうか知りたい。時間が遅いのはわかっているが、電話するだけしてみようと思ってね。とにかく、ペニンシュラの六一二号室のフランク・ベイマーだから。なるべく早く電話をくれたらありがたい」

ピアスはメッセージを消去したが、またもや、他人の隠された世界をこっそりのぞくうしろめたい魅力を感じた。一瞬考えてから番号案内に電話をして、ビヴァリー・ヒルズのペニンシュラの番号を教えてもらった。フランク・ベイマーは緊張していたらしく、メッセージを残してもホテルの電話番号をしゃべっていなかった。

ホテルに電話をかけて、六一二号室のベイマーを頼んだ。呼び出し音が五回鳴ってから応答があった。

「もしもし」

「ミスター・ベイマー？」

「はい？」

「どうも。あなた、リリーに電話をしましたか？」

ベイマーは一瞬ためらってから、答えた。

「あんたはだれだ？」

ピアスはためらわなかった。その質問は予想していた。

「ハンクだ。リリーへの取り次ぎを担当してる。リリーはいまのところふさがってるけどね、おれが取り次いでやろう。お膳立てをしてやろうというわけさ」

「そうか。携帯電話にもかけたが、彼女はかけ直してこなかったんだよ」

「携帯の番号だって？」

「サイトにあった番号だよ」

「ああ、なるほど。リリーは複数のサイトに載ってる。どのサイトで電話番号を見たか聞いていいかい？　どのサイトがいちばん効率がいいのか知りたいんだ。わかるだろ？」

「わたしはLAダーリンのサイトで見た」

「LAダーリンね。なるほど。うちのサイトのなかでも、できのいいほうだ」

「あそこに載っているのは、本当にリリーなんだね？　あの写真の女は」

「そうだよ、旦那。本物さ」

「美人だ」

「ああ。それじゃ、リリーと連絡が取れしだいそちらに電話させるよ。長くはかからない。ただ、一時間以内に、おれからもリリーからも連絡がなかったら、もう連絡はないものと思ってくれ」

「そうなのか」

失望して相手の声は小さくなった。

「リリーはとても忙しくてね、ベイマーさん。でも、ベストは尽くすよ。じゃあ、さよなら」

「その、リリーに伝えてほしい。わたしは仕事で二、三日しかこの街にいないんだ。それに、なんと言うか、わかるだろ、紳士的に扱うから、と」

今度は懇願するような調子がかすかに加わった。ピアスは相手をだましているのがやましかった。ベイマーとその生きかたについて知りすぎたとふいに思った。

「わかるよ」ピアスは言った。「じゃあ」

「ああ」

ピアスは電話を切った。やましさはひとまず脇に置くとしよう。なにをしているのか、あるいはなぜなのかわからずにやってしまったこととはいえ、なにかに引きずられて、引き返せなくなったのだ。ふたたびコンピュータの電源を入れると、電話線をつないだ。それからネットにつなぎ、アドレスのパターンをいくつか試して、ようやくwww. la-darlings. comを探り当て、サイトに接続した。

最初のページは文章のみだった。警告／権利放棄のフォームで、このサイトはあからさまな成人向けの内容が含まれていると説明してある。ENTERをクリックすることにより、閲覧者は十八歳以上であり、ヌードや成人向け内容を閲覧しても法律に反しないと認めることになる。細かい字をすべて読んだりせずに、ENTERをクリックすると、画面はサイトの表紙に変わった。左の仕切り線に沿って、まえをタオルで隠し、〝秘密よ〟風に指をくちびるにあてたポーズの女たちの写真が並んでいた。サイトのタイトルは大きな紫のフォントだった。

LAダーリン

「成人向け娯楽とサービス：閲覧無料リスト」

その下に、利用できるサービス名を記した赤いタブが並んでいた。あらゆるジェンダーと性的志向を網羅し、人種と髪の色で分類したエスコート・サービスから、マッサージとフェチ専門まで幅広かった。私的な集まりに、現役のポルノ俳優を貸しだすタブまである。インターネット中にこうしたサイトが無数にあることは知っていた。どの都市、どの町の、どんなプロバイダーにも、多くのサイトに混じってこうしたサイト――いわばオンライン売春宿――がひとつはあるようだ。自分でこの手のサイトを探索した経験はなかったが、チャーリー・コンドンが一度こうしたサイトを使って、投資家候補のためにエスコート嬢を雇ったことがあった。その決定を後悔し、二度と繰り返さなかったが。投資家は酒に薬を盛られ、まだなにも事に及んでいなかったのにエスコート嬢に金を盗られたのだ。言うまでもなく、アメデオへの出資はなかった。

ピアスはとくに理由もなく、リリーを捜す手始めとして「ブロンド・エスコート嬢」のタブをクリックした。ひらいたページは半分に区切られていた。左側は、ブロンドのエスコート嬢たちの小さなサムネイル写真がスクロールするパネルになっており、ファースト・ネームが各写真の下にあった。写真をクリックすれば、そのエスコート嬢のページが右側にひらくのだろう――はっきりした見やすい拡大写真が。

ピアスはパネルをスクロールさせ、名前を見ていった。四十人近いエスコート嬢がいたが、リリーという者はひとりもいなかった。ページを閉じ、次のブルネットの項に移った。パネルを半分ほどスクロールさせたところで、タイガー・リリーという名が書かれた写真に行き当たった。写真をクリックすると、右側にページがひらいた。電話番号を確かめたが、ピアスと同じ番号ではなかった。

ページを閉じ、またサムネイルのパネルにもどった。さらに下のほうに、ただのリリーと書かれた写真があった。クリックしてページをひらいた。当たりだ。現在ピアスが使っている電話番号の元の持ち主であるリリーを見つけた。

広告の写真は二十代なかばの女のものだった。肩に届く長さの黒髪にブラウンの瞳、深い褐色の肌。真鍮の柵のベッドにひざまずき、粗い目のネットでできた黒いネグリジェの下は裸だった。胸の曲線がはっきり見える。褐色の股間のラインも見えた。視線はまっすぐカメラに向けられていた。豊かなくちびるを誘うようにとがらせていた。

もし写真に修整が加えられておらず、これが本当にリリーだとしたら、リリーは美しかった。フランク・ベイマーが言ったとおりだ。まさしくファンタジー、夢のエスコート嬢。自宅の電話をつなげて以来、ベルが鳴りつづけた理由が理解できた。このサイトをはじめとするインターネット中にライバルが大勢いても問題じゃない。女をショッピングするように写真をスクロールしていく男は、受話器を手に取らずにここを通り過ぎることは困難だろう。

リリーの写真の下に青いリボンがつけてあった。カーソルを移動させると説明文が飛びだし、そこには「スタッフが写真を確認済み」と書いてあった。つまり、この写真のモデルは、実際にここに広告を出した本人であるという意味だ。言いかえれば、このエスコート嬢と会う約束を取り付ければ、見たままの女が得られると。まずそういうことだろう。

「写真は確認済み」ピアスは口にした。「悪くないやりかただ」

視線を写真下の広告文に移し、スクロールして読んだ。

とびきりの欲望を

ハロー、みなさん。わたしはリリー。ウエストサイド一、あなたを和ませ、喜ばせてあげられる気さくなエスコートよ。歳は二十三。サイズは上から八十六‐六十‐八十六（ぜんぶ本物）で、身長は百五十五センチ、体重は四十七キロ。煙草は吸わないわ。スペインとイタリアの血が混じっているアメリカ生まれのアメリカ育ち。最高にいい思いをしたいのならわたしに電話をして、ビーチのそばにある清潔で安全なテラスハウスを訪ねてきてちょうだい。絶対に急かさないし、満足を保証するわ！　どんな特別な要求でも相談に応じるわね。それから、お楽しみを倍にしたかったら、ブロンド・エスコート嬢の欄にいる女友達のロビンのページも見てね。チームで仕事をしているの——あなたと一緒に三人でも、わたしとロビンのふたりだけでもいいわよ！　わたしはこの仕事が気に入っているし、仕事が好きなの。

だから、で・ん・わ、して！

出張なし。ＶＩＰのみ。

広告の下に、いまはピアスのアパートメントにつながる電話番号、さらに携帯電話の番号もあった。

ピアスは受話器を取り、携帯電話の番号にかけた。ボイス・メールが応答した。

「どうも、リリーよ。名前と電話番号を残してね。すぐにかけ直すわ。公衆電話には、かけ直さないわよ。それからホテルからなら、忘れずフルネームを残してね。そうじゃないと、取り次いでくれないから。よろしくね。いますぐあなたに会いたいわ。じゃあね」

ピアスは伝えたいことを決めるまえに、電話をしてしまっていた。ビーッという音がしてピアスはしゃべりはじめた。

「ええっと、その、リリー。ヘンリーという者です。ちょっと困っています。きみの古い電話番号を使っているもので。いやその、電話会社があの電話番号をよこしたってことだが――うちのアパートメントにあって……その……どうするかな……その件で話をしたい」

ピアスは電話番号を口走って電話を切った。

「くそっ！」

しどろもどろもいいところだ。なぜリリーに電話したかさえも、はっきりしなかった。リリーがあの電話番号を放棄したのなら、こちらに手を貸そうとしてもできることはなにもないじゃないか。ウェブサイトから番号を削除することくらいか。そこで根本的な疑問が頭に浮かんできた。なぜあの番号はまだリリーのウェブサイトにある？

画面のリリーの写真に視線をもどした。しげしげとながめた。リリーは目が覚めるほど美しい。股間に衝撃を感じ、飢えた欲望が頭をもたげた。そこでひとつの思いがこみあげてきた。いったい、自分はなにをしている？

それはなかなか的を射た疑問だった。やるべきなのは、コンピュータから電話線を抜き、月曜日に新しい電話番号を手に入れ、つづいて仕事に集中して、この件はすべて忘れることだ。

だが、できなかった。ふたたびキーボードを叩き、リリーのページを閉じて、サイトの表紙にもどった。次にブロンド・エスコート嬢のパネルをもう一度ひらき、パネルをスクロールしていって、ロビンの名が下についた写真を見つけた。

ページをひらいた。ロビンという名の女性はうたい文句どおりブロンドだった。ベッドに裸であおむけになっている。赤い薔薇の花びらを腹に積みあげ、うまく胸と股間を隠すように使っている。赤い口紅を塗ってほほえんでいた。写真の下には青いリボンがあり、この写真は確認済みだと知らせていた。ピアスは広告文に目を通した。

アメリカン・ビューティ

ハロー、みんな。あたしはロビン、あなたが夢に見つづけていた女よ。あたしは生まれつきのブロンドで青い目、まさにアメリカン・ガールなの。歳は二十四、サイズは上から九十六－七十六－九十一、身長は百八十近くあるわ。煙草は吸わないけれど、シャンパンは好き。こちらから行ってもいいし、来てもらってもいいわ。どちらでもいいのよ、絶対に急かさないから。掛け値なしのＧＦＥ。それから、お楽しみを倍にしたかったら、ブルネット・エスコート嬢の欄にいる友達のリリーのページも見てね。チームで仕事をしているの――あなたと一緒に三人でも、あたしとリリーのふたりだけでもいいわよ！

だからあたしに電話してね。満足を約束するわ！

ＶＩＰだけお願い。

電話番号とポケベルの番号が広告の下にあった。深く考えずに、ピアスは両方を手帳に書きとめた。それから、ふたたび写真をながめた。ロビンはいい女だったが、リリーのように心がうずく類の美人ではなかった。口元と目元にきついしわがあり、リリーより醒めた顔をしていた。まさしく、ピアスがこうしたサイトにいかにもいそうだと考えていた女だった。リリーはちがった。

広告をもう一度読んだが、〝掛け値なしのＧＦＥ〟の意味はわからないままだった。あてずっぽうでも浮かばない。そのとき、ロビンとリリーのページの広告文は両方とも同じ人間が書いたことに気づいた。繰り返されるフレーズと構成からわかる。また、ロビンの写真を見て両方の写真に同じ真鍮のベッドが写っていることにも気づいた。ブラウザの履歴をたどり、確認のためにすばやくリリーのページへもどった。

ベッドは同じだった。だが、どんな意味があるのかわからない。ふたりの女性は一緒に仕事をしていることをさらに確認しただけだ。

リリーの広告文からわかった大きなちがいは、リリーは自宅でのみ客をもてなすことだった。ロビンは、客のもとに行ってもいいし、自宅に客を呼んでもいい。ロビンたちが暮らし働いている世界では、それにどんな意味があるのか、やはり見当もつかなかった。

椅子にもたれ、コンピュータの画面を見つめて、次にどうするか考えた。腕時計を確かめた。夜十一時近かった。

唐突にピアスは身体を起こすと、受話器を取った。メモを確認しながらロビンのページにあった番号に電話をかけた。怖じ気づいて四度目の呼び出し音のあとに電話を切ろうとしたそのときに、眠たげなくぐもった女の声が聞こえた。

「えっと、ロビン？」

「ええ」

「すまない、起こしてしまったかな」

「いいえ、起きてたわ。どちら？」

「あ、ハンクだ。ぼくは、その、ＬＡダーリンできみのページを見たんだ。電話するのが遅すぎたかな？」

「あら、だいじょうぶ。アメデオ・テクノってなんなの？」

ロビンは発信者名を表示させている。恐怖がピアスの身体を走り抜けた。スキャンダルへの恐怖。ヴァーノンのような連中に秘密を知られる恐怖だ。

「正確には、〈アメデオ・テクノロジーズ〉だ。きみの表示は途中までしか出ていないんだね」

「あなたが働いている会社？」

「ああ」

「あなたは、ミスター・アメデオ？」

ピアスはほほえんだ。

「いや、もうミスター・アメデオはいないんだ」

「そうなの？　お気の毒。なにがあったの？」

「アメデオとは、アメデオ・アヴォガドロのことでね。二百年ほどまえの化学者で、世界で初めて分子と原子のちがいに言及した。重要な区別だったんだが、アメデオが本気で相手にされたのは五十年ほど経ってからだった。その頃にはもう亡くなっていた。時代に先んじた男だった。アメデオという社名はその男に由来するんだ」

「そこでどんな仕事をしてるの？　原子や分子と遊んでるの？」

ロビンのあくびが聞こえた。

「そんなところだね。ぼくも化学者なんだ。分子でコンピュータを作ろうとしている」

ピアスはあくびをした。

「へえ。すごい」

ピアスはふたたびほほえんだ。ロビンの声は感心したようでも、興味をもったようでもなかった。

「それはいいとして、ぼくが電話をしたのは、きみがリリーと仕事をしていると知ったからなんだ。ブルネット・エスコートの」

「仕事してたわ」

「もうちがうってことかい」

「ええ、もう一緒にはやってない」

「なにがあった？　ずっとリリーに連絡しようとしているんだが――」

「あなたとリリーの話をするつもりはないね。面識もないのに」

ロビンの声の調子が変わった。さらなるとげとげしさが加わった。ピアスはうまく立ちまわらないとロビンはこのまま心を閉ざすと本能的に感じた。

「わかった、すまない。ただ、リリーのことが好きだったから訊いてみただけなんだ」

「お相手したことがあるのね」

「ああ。二度ほど。いい子のようだったから、どこに行ったんだろうって。それだけだ。最後に会ったときに、今度はきみもいれて三人で会えるかもしれないと、リリーはほのめかしていたんだ。リリーに伝言を頼めるだろうか？」

「いいえ。あの子は行ってしまったし、たとえなにが起こったとしても……起こってしまったことはどうしようもない。それだけの話」

「どういう意味だい？　なにが起こったのか、ちゃんと説明してくれないか」

「ちょっと、ミスター。質問ばかりで、うっとうしいわよ。それにね、あんたに話す義理なんかない。自分の分子と夜を過ごしたらどう？」

ロビンは電話を切った。

ピアスは受話器を耳に当てたまま、じっと座っていた。もう一度電話しようかと考えたが、ロビンから情報を引きだそうとしても無駄だと勘でわかった。やりかたがまずかったために、台無しにしてしまった。

ようやく受話器をおろし、集めた情報について考えた。まだコンピュータの画面に映っているリリーの写真に目をやった。ロビンはリリーに起こったことについて謎めいた言葉を残した。

「きみになにが起こったんだ？」

ピアスは画面にふたたびサイトの表紙を表示させ、〝広告を載せる〟のタブをクリックした。リンクの先は、このサイトに広告を掲載するための説明ページだった。クレジット・カードの番号、広告文、デジタル写真を提出すれば、このページを通じて手つづきができる。だが、広告に確認済み写真だと示す青いリボンをつけるには、広告主が写真の本人だと確認できるように、対面で提出しなければならない。サイトの事務所の場所は、ハリウッドのサンセット大通り沿いだった。どうやらリリーとロビンもこの手つづきを踏んだらしい。事務所の営業時間は、月曜日から金曜日の九時から五時、土曜日の十時から三時とページに記載されていた。

ピアスは住所と営業時間を手帳に書き留めた。ページを閉じかけたが、もう一度だけリリーのページをひらくことにした。インクジェットプリンタを使い、リリーの写真をカラーでプリントアウトした。そこでコンピュータを終了させ、電話線を抜いた。またもや内なる声が、すでにできるところまでやったじゃないか、と告げた。やるべきところまでは。電話番号を変えてこの件は忘れる頃合いだ。

だが、別の声——過去からのもっと大きな声——が、べつのことを告げている。

「ライト」ピアスは言った。

オフィスは暗闇に包まれた。ピアスは身動きをしなかった。暗闇は好きだった。暗闇にいるときがいつも最高に頭が働く。

5

階段は暗く、少年は怯(おび)えていた。道路を振り返ると、待っている車が見えた。義理の父が少年のためらいを見て取り、車の窓から手を突きだした。少年に行けと、先に進めと手を振った。少年は父に背を向けて暗闇を見あげた。懐中電灯をつけて歩きはじめた。

懐中電灯を下向きにして、階段を照らすようにしておいた。上の部屋を照らして、自分があがっていくことを知らせたくなかった。階段を半分ほどあがったところ、足元で踏み板が大きくきしむ音がした。少年はその場に凍りついた。心臓が早鐘のように鳴る音が聞こえた。イザベルと、おそらくイザベルが毎日毎晩、胸に抱いている恐怖を想像した。すると、腹が据わり、少年はふたたび階段をあがりはじめた。

最上段まで残り三段になると、少年は明かりを消して目が暗闇に慣れるのを待った。やがて目のまえの部屋にかすかな灯りが見えたような気がした。天井と壁にゆらめく蠟燭の灯りだった。少年は横の壁に身体をぴたりとつけ、残りの三段をあがった。

部屋は広く、散らかっていた。間に合わせの寝床が長手の壁二面につけて並べられている。微動だにしない人影が、中古セールの服を山と積んだように、それぞれの寝床で眠っていた。

部屋の奥には蠟燭が一本きり灯されていた。そして、少年より二、三歳年上で、汚い格好をした少女が蠟燭の炎に墁の王冠をかざして熱していた。少年はゆらめく灯りに浮かびあがる少女の顔をじっくりながめた。イザベルじゃない。

少年は寝袋と新聞紙の寝床の間を部屋の中央へ向かって歩きはじめた。左右に目をこらしながら、なじみのある顔を探した。暗かったが、わかるはずだった。見ればイザベルだときっとわかる。

突きあたりにたどり着いた。王冠の少女がいるところだ。だが、イザベルはここにはいなかった。

「あんた、だれを捜してるの?」少女が訊いた。

少女は注射器のプランジャーを引いて、煙草のフィルターからとった王冠のなかの黒っぽい茶色の液体を吸いあげていた。ぼんやりした灯りのなかで、少女の首に針の痕が見えた。

「だれでもいいだろ」

少女は手元から顔をあげ、少年の声に驚いて顔を見つめた。そこには、大きすぎる汚れた服で変装したおさない顔があった。

「あんたまだ子どもだね」少女は言った。「管理人がもどってくるまえに、出てったほうがいいよ」

少年は少女の言わんとすることがわかった。ハリウッドのどの不法占拠建築物にも、取り仕切っている者がいる。管理人。金かクスリか身体で宿代を強要するのだ。

「見つかったら、あんたの新品のケツにぶちこまれるよ。それからよってたかって――」

少女はふいに言葉を切って蠟燭を吹き消し、少年を暗闇に残した。ドアと階段を振り返ると、花を握りつぶす拳のように恐怖が少年をつかんだ。男のシルエットが階段の最上段にあった。大きな男。乱れた髪。管理人。少年は思わず後ずさり、だれかの脚につまずいた。転んで、懐中電灯が床に音を立てて落ち、明かりは消えた。

戸口の男が動いて少年のほうへ歩きはじめた。

「ハンクぼうず！」男は叫んだ。「こっちに来い、ハンク！」

6

ピアスは夜明けに目覚めた。太陽のおかげで、顔の見えない男に追われる夢から救われた。部屋にはまだカーテンがなく、窓越しに入った日差しが、まぶたをじりじりと照らしていた。寝袋から這いでると、床に置いたままにしていたリリーの写真に視線をやってからシャワーを浴びにいった。体を洗い終えると、服の段ボール箱から掘りだしたTシャツ二枚で身体を拭くはめになった。タオルを買い忘れていた。

メイン・ストリートへ出て、コーヒーとシトラス・スムージーと新聞を手に入れた。ゆっくりと新聞に目を通して飲み物に口をつけていると、罪悪感めいたものを覚えた。いつもならば、土曜日は夜明けまでにラボ入りしている。

新聞を読み終えると、九時近くになっていた。サンズへもどって車に乗りこんだが、ふだんとちがって、ラボへは向かわなかった。

九時四十五分に、書き留めておいたLAダーリンのハリウッドの住所に着いた。そこは高層オフィスビルで、マクドナルドなみに健全に見えた。LAダーリンは三一〇号室。曇りガラスのドアには、大きな赤文字で〈起業コンセプト・アンリミテッド〉とあった。その下に、小さな文字でウェブサイトのアドレスが十個並べてある。〈起業コンセプト〉の傘下にあるウェブサイトらしい。そのなかにはLAダーリンも含まれていた。サイトのタイトルから察するに、すべて性的志向のサイトで、アダルト産業というインターネットの暗い領域の一部のようだった。

ドアには鍵がかかっていたが、営業時間より数分早く着いている。時間まで近くをぶらついて、なにを話すか、切り口はどうするか考えることにした。

「ども、すぐ開けるよ」

振り返ると、鍵をもった女がドアに近づいてきた。年齢は二十五歳ほどで、ブロンドをあらゆる方向に立てたような奇抜な髪型をしていた。カットオフのジーンズとサンダル、ピアスをしたへそを露出したみじかいシャツのいでたちだ。煙草のパッケージは収まるがマッチまでは無理のようなちいさなバッグを肩から提げていた。そして十時はこの女にとって、まちがいなく早すぎる時間のようだった。

「お早いお越しだね」

「ああ」ピアスは言った。「ウエストサイドから来たんだが、道がもっと混んでいると思っていたから」

ピアスは女につづいてなかに入った。そこは待合室で、一段高くなった受付カウンターのうしろにパーティションがあり、奥の廊下へ通じる入り口を目隠ししていた。右手の目隠しされていない場所には、〝部外者立入禁止〟の表示がある閉じたドアがあった。女はカウンターの奥へまわり、ひきだしにバッグを投げこんだ。

「準備するまで、二分ほど待ってちょうだい。きょうはあたしひとりだから」

「土曜日は暇かい？」

「たいていは」

「そう、ひとりしかいないのなら、だれがマシンを見ているんだい？」

「あら、奥にはいつも人がいるんだよ。表にいるのがひとりって意味」

女はカウンター奥の椅子に滑るように腰をおろした。へそから突きでているシルバーのリングがピアスの目に留まり、ニコールを思いださせた。ニコールがアメデオで働くようになって一年以上が経った頃、ある日曜の午後に、メイン・ストリートのコーヒー・ショップでばったり会ったことがあった。ニコールはスポーツ・ジムで汗を流した直後でグレーのスウェットパンツとスポーツ・ブラを身につけ、へそを貫くゴールドのリングをさらしていた。まるで永年の知人の秘密を初めて知ったような体験だった。日頃から美しく好ましい女性だという目で見てはいたが、コーヒー・ショップでのあの瞬間から、すべてが変わった。ニコールはエロティックな存在となり、ピアスはあとを追いかけまわした。隠されたタトゥーがあるかどうか確かめたかった。ありったけの秘密を知りたかった。

ピアスが待合室部分をぶらぶらと歩いているあいだ、カウンターの女は準備めいたことをやっていた。コンピュータが立ちあがり、ひきだしがいくつか開いて閉まる音がした。片側の壁に〈起業コンセプト〉が運営しているさまざまなウェブサイトのロゴが飾ってあった。

LAダーリンやほかのロゴが並んでいる。大半はポルノ・サイトのようだ。月に十九ドル九十五セントで、好みの性行為やフェチの写真を思う存分ダウンロードできるサイトへのアクセス権を買う場所だ。それらがみんな厚かましくも完璧な合法性をもって壁に飾られている。ピンクミンク・コムのバナーは、ニキビ軟膏の広告にも同じものが使えそうなほどだった。

ロゴの壁の隣が〝部外者立入禁止〟と記されたドアだった。ちらりと振り返るとカウンターの女はコンピュータ画面に現われたなにかに没頭していた。ピアスはドアに視線をもどし、ドアノブを動かしてみた。鍵はかかっておらず、ドアは開いた。明かりのついていない廊下に通じていた。左側に五、六メートル間隔で観音開きのドアが三つあった。

「あの、ちょっと」女が背後から呼びかけた。「そこには入らないで」

三つのドアのまえには天井から細いチェーンで吊った標示に、スタジオA、スタジオB、スタジオCとあった。

ピアスは後ずさり、ドアを閉めた。受付へもどった。女は名前を書いたバッジをつけているところだった。

「トイレだと思ってね。奥にはなにがあるんだい？」

「撮影スタジオよ。ここに化粧室はないの。ビルのロビーにおりたところにあるわ」

「あとにするよ」

「それで、ご用は？」

ピアスはカウンターに両肘をついた。

「ちょっと困っていてね、ウェンディ。LAダーリン・ドットコムの、ある広告主のページに、ぼくの電話番号が載っているんだ。その人につながるはずの電話がかわりにぼくにつながっている。ぼくがだれかの客室のドアのまえに現われたら、がっかりさせることになりそうだろ」

ピアスはにっこりしたが、笑いを取ろうとした試みは評価されなかったらしい。

「誤植？」受付嬢は言った。「それならあたしが訂正できるけど」

「正確には誤植とはちがうな」

ピアスは新しい電話番号に変えたところ、リリーという名の女の広告ウェブページにある番号と同じだったとわかった経緯を話した。

ウェンディはカウンターの椅子に腰かけていた。怪訝（けげん）な目つきでピアスを見あげた。

「番号を新しくしたばかりなら、別の番号に変えたらいいじゃん」

「それがだね、この件に気づかず、電話番号を印刷した引っ越し通知をもう送ってしまったんだ。また新しい番号にしてそっくりやり直すのは、かなり高くつくし、時間の無駄だ。その人に連絡をつける方法をここで教えてもらえれば、向こうでウェブページを訂正してくれるはずだ。電話がぼくに全部かかってくるんじゃ、向こうも商売できないだろうから。そうだろ？」

ウェンディはピアスの説明と理論は理解不能だと言いたげに、首を横に振った。

「わかった、確かめさせて」

ウェンディはコンピュータに向かい、LAダーリンのサイトにつなぎ、ブルネット・エスコート嬢のリストを呼びだした。リリーの写真をクリックすると、スクロールして電話番号を表示させた。

「これが本人じゃなくて、おたくの番号だっていうのね。むかしこの女が使っていた番号だと」

「そのとおりだ」

「じゃあ、この人は電話番号を変えたのなら、なんでサイトの番号も変更しないの？」

「わからない。だからここに来たんだ。ほかに連絡のつく方法がないだろうか？」

「おたくに教えてあげられるのはない。うちの客の情報は明かせないの」

ピアスはうなずいた。予想していたことだった。

「それはいいんだ。でも、ほかに連絡のつく番号がないかどうか調べてもらえないかな。そうしたら、きみから連絡してこの問題を伝えられるだろう」

「この携帯の番号はどうよ？」

「もう試した。ボイス・メールだったよ。この件を説明するメッセージを三つ残したが、電話はかかってこなかった。伝言を聞いてないらしい」

ウェンディは画面を上へスクロールさせ、リリーの写真を見た。

「ホットな娘」ウェンディは言った。「電話がじゃんじゃんかかってきてるでしょうね」

「電話をつないでまだ一日だが、頭がどうにかなりそうだよ」

ウェンディは椅子をうしろへ引き、立ちあがった。

「ちょっと調べてくる。すぐにもどるわ」

ウェンディはカウンター奥のパーティションをまわり、奥の廊下へ消えた。歩くとサンダルが床を叩く音が小さくなっていった。ピアスは一呼吸待ってからカウンターに身を乗りだし、目につくところをざっと調べた。受付で働くのはウェンディだけではないとピアスは踏んでいた。おそらくこの仕事は二、三人の最低賃金労働者で分担されている。ログインのパスワードを思いだすヒントを必要とする労働者で。

ポストイットが貼られていないかとコンピュータとカウンターの裏面を調べたが、見つからなかった。手を伸ばしてデスクマットをもちあげたが、下には一ドル札が一枚あるだけだった。クリップ皿に指を突っこみ探ったが、怪しいものはなにもなかった。さらにカウンター奥に腕を伸ばして平ひきだしがないかどうか確かめた。なかった。

あることがひらめいた瞬間に、サンダルの音が聞こえた。ウェンディがもどってくる。ピアスは急いでポケットに手を入れ、一ドル札を見つけると、またカウンターに手を伸ばした。デスクマットをもちあげ、一ドルを置くと、先にあったほうの一ドルをつかんだ。札を見もせずにポケットにしまった。ウェンディが薄いファイルを手にしてパーティションをまわってきたときは、まだ手をポケットに突っこんだままだった。ピアスは腰をおろした。

「うん、問題の一部がわかった」ウェンディは言った。

「どんな?」

「この子は金を払っていない」

「いつから？」

「六月に八月分まで払ってるね。でも、九月分を払ってない」

「じゃあ、まだサイトにページがあるのはなぜかな？」

「滞納者たちを整理するのに時間がかかることもあるから。こんなルックスの女なら、なおさらじゃん」

ウェンディはコンピュータの画面をファイルで指し、ファイルをカウンターに置いた。

「ミスター・ウェンツが、未払いでもこの子を載せておきたがってもふしぎじゃないよ。サイトにこんな女が載ってたら、男は何度でもアクセスするだろうね」

ピアスはうなずいた。

「そして、サイトへのアクセス数が広告料を決める。だろ？」

「そういうこと」

ピアスは画面を見た。ある意味ではリリーはまだ働いている。自分のためではないとしても、〈起業コンセプト〉のために。視線をウェンディにもどした。

「ミスター・ウェンツは奥にいるのかい？　話をしたいんだが」

「いいえ、土曜だから。平日でもここで会えたらツイてるぐらい。でも、土曜に見かけたことは一度もないね」

「では、この件はどうしてくれるんだ？　ぼくの電話は鳴りっぱなしなんだよ」

「そうね、メモに残して、だれかが月曜日に――」

「あのさ、ウェンディ。月曜日まで待ちたくない。いま問題を抱えているんだ。ミスター・ウェンツがここにいないのなら、サーバーの管理をしている奴を連れてきてくれ。サーバーを扱ってページを削除できる人間がいるはずだ。簡単な作業じゃないか」

「奥にひとりいるけど、なにかやる権限はないだろうね。それに、あたしがさっき見たときは寝てるみたいだったけど」

ピアスはカウンターに身を乗りだし、力のこもった調子でしゃべった。

「リリー――いや、ウェンディ、聞いてくれ。奥に行ってそいつを起こし、連れてきてくれないと。ひとつ、理解してもらわないとならないことがある。きみは法的に危うい立場にある。ここのウェブサイトに、ぼくの電話番号が掲載されていることを伝えたね。この誤りのために、不快かつ困惑させられる性質を持つ電話が繰り返しぼくにかかってきている。あまりにも多いので、今朝きみがオフィスを開けるより早くここを訪れたほどだ。この件を修正してほしい。月曜日まで延ばすのなら、ぼくはきみも、この会社も、ミスター・ウェンツも、この会社に関わっている者ならだれでも訴えてやる。わかったかい？」

「あたしは訴えられないよ。たんにここで雇われてるだけだもん」

「ウェンディ、この社会ではだれでも訴えたい相手を訴えることができるんだ」

ウェンディは目に怒りの色を浮かべて立ちあがり、一言も話さず、パーティションをくるりとまわっていった。ウェンディが怒ってもピアスは気にしなかった。気にしていたのは、ウェンディが例のファイルをカウンターに置いていくことだけだ。サンダルの音が消えたとたんに、ピアスは身をかがめてファイルをひらいた。リリーの写真を添えて、広告文のプリントアウトと広告主の申込用紙があった。これこそほしかったものだった。アドレナリンが身体を駆けめぐり、ピアスは用紙を読んですべてを記憶しようとした。

名前はリリー・クインランだった。連絡先はサイトに掲載している携帯電話の番号と同じだった。住所欄にはサンタモニカの住所とアパートメントの部屋番号があった。ピアスは無言で素早く三度読み、サンダルと別の靴がパーティションの向こうから近づいてくる音がすると、一式をファイルにもどした。

7

ピアスが車にもどってまずやったことは、灰皿からペンをつかみ、リリー・クインランの住所をレストランの古い駐車券に書きつけることだった。その後ポケットから一ドル札を取りだしてじっくり調べた。デスクマットの下に伏せてあったものだ。よくよく見ると、札の表のジョージ・ワシントンの額に、〝ラブダカラブア〟と書いてあった。

「アブラ・カダブラ」ピアスは逆さまに読んだ。

この言葉が〈起業コンセプト〉のコンピュータ・システムに入るためのユーザー名兼パスワードである確率は高いとみた。パスワードを見つけだすという前進は嬉しかったが、その反面、リリー・クインランの名前と住所をプリントアウトで見つけた今となっては、どの程度役立つものか確信はなかった。

車を出し、サンタモニカへもどった。リリーのアパートメントの住所はサード・ストリート・プロムナード近くのウィルシャー大通り沿いになっていた。近づくにつれ、建物の番地を読んでいったが、広告主の申込用紙にリリーが記入した住所のあたりにアパートメントなどなかった。ようやく、一致する番地がドアについた店のまえに車を寄せてみると、そこは私書箱サービスの〈オール・アメリカン・メール〉だった。リリー・クインランが用紙に書いたアパートメントの番地は、実際には私書箱の番地だった。ピアスは道路脇に車を寄せて駐めたが、なにができるか自信はなかった。行き詰まったようだ。二、三分、作戦を練ってから車をおりた。

店に入り、メールボックスがある凹所(アルコーブ)へ直行した。できれば個々のボックスの扉がガラス張りで、リリー・クインランのボックスをのぞいて郵便があるかどうか確かめられたらと思った。しかし、ボックスはすべてガラスのないアルミニウムの扉になっていた。リリーはアパートメントの三三三号と用紙に記入していた。ボックス三三三を探し当てると、ピアスはボックスが返事でもしてくれるかのように一瞬見つめた。返事はやってこなかった。

ややあって、ピアスはアルコーブをはなれ、受付へ向かった。にきび痕が両頬にあり、〝カート〟と書かれたネームタグをつけた若い男が用件を訊ねてきた。

「少々変わった頼みなんだが」ピアスは切りだした。「メールボックスが要るんだけど、ほしい番号があるんだ。うちの社名と関係していてね。〈スリー・キューブ・プロダクションズ〉というんだよ」

若者はとまどった顔をした。

「それで、何番がいいんですか」

「三三三。その番号のボックスはあるよね。空いているかい？」

車で座っているあいだに考えつけたのは、これが精一杯だった。カートはカウンターの下に手を伸ばして青いバインダーを取りだすと、ボックスの番号と空き状況がリストになったページをひらいた。番号の欄をたどる指が止まった。

「ああ、これか」

ピアスはページに書いてあることを読もうとしたが、逆さまで距離もあった。

「どうした？」

「ええ。いまはふさがってますが、じきに空くんじゃないかって」

「どういう意味だい？」

「このボックスを借りている人がいるんですが、その女性は今月のレンタル料を払ってないんですよ。だからいまは猶予期間なんです。この人が店に来て支払いをしたら、ボックスはそのまま使えます。もし今月末までに現われなかったら、この人は出ていき、お客さんが入れますよ。もし、月末まで待てればですけど」

ピアスは思案顔をしてみせた。

「月末まで時間がありすぎるな。いま決めてしまいたいんだ。その人の電話番号か住所はわからないのかな？　連絡を取って、まだボックスを使いたいのかどうか訊けるような」

「督促状を二通送って、ボックスにも一通入れてあるんです。うちでは、ふつう電話は使いません」

ピアスは興奮したが顔には出さなかった。カートの発言は、リリー・クインランにつながる別の住所があるということだった。だがその興奮は、住所を知る若者からどうやって聞きだせばいいか見当もつかないという事実にすぐさましぼんだ。

「でも、電話番号はわかっているんだろう。いますぐきみがその女性に電話をして話をつけてくれれば、ボックスをすぐ借りるんだけど。一年ぶん前払いするよ」

「うーん、番号を調べないといけないですね。ちょっとかかりますよ」

「かまわない。もう一度足を運ぶより、この場で手つづきを済ませたほうがいいからね」

カートはカウンター奥の壁につけてあるデスクへ行き、腰をおろした。ひきだしを開け、厚いハンギング・ファイルを取りだした。やはりピアスからは距離があり、カートが目を通している書類は読めなかった。カートはあるページを指でたどり、一カ所を指さした。もう片方の手でデスクの受話器を取り電話をかけようとしたところ、店に入ってきた女性客にじゃまされた。

「ファクスをニューヨークへ送りたいの」その客が言った。

カートは立ちあがり、カウンターにもどってきた。カウンター下からファクスの送り状を取りだすと、必要事項を埋めるように言った。ふたたびデスクへもどると書類を指でたどり、受話器をもちあげた。

「この送り状のぶんもファクス代を請求されるの？」

先ほどの客だった。

「いいえ。料金がかかるのは、お客さんが元々送りたいぶんだけです」

カートは同じ言葉を百万回は繰り返したように言った。

やっとカートは電話番号を押した。ピアスは指の動きを観察して番号を判別しようとしたが、動きが速すぎた。カートはかなり待ってから、ようやく電話にしゃべりはじめた。

「リリー・クインランさんへの伝言です。〈オール・アメリカン・メール〉まで連絡されるようお願いします。メールボックスのレンタル料が未納で、ご連絡がなければ、ほかのお客さまにボックスを貸すことになります。ぼくはカートといいます。よろしくお願いします」

カートは電話番号を告げると受話器を置き、カウンターのピアスのほうへやってきた。ファクスの女がカートを手招きした。

「とても急いでいるのよ」女は言った。

「すぐに参ります」カートは言った。

カートはピアスを見て、首を横に振った。

「留守番電話でした。向こうから連絡が来るか、月末になるまでは、もうぼくにはなにもできません。店の方針ですから」

「わかるよ。手を尽くしてくれてありがとう」

カートはまたバインダーのファイルに指を走らせた。

「お客さんの電話番号を聞いておきましょうか。向こうから連絡があったらお知らせしますよ」

「明日こちらからまた確認するよ」

ピアスはカウンターのプラスチックのラックから店のカードを取り、ドアへ向かおうとした。カートが呼びかけた。

「二十七はどうです？」

ピアスは振り返った。

「なんだって」

「二十七ですよ。三の三乗ですよね」

ピアスはゆっくりとうなずいた。カートは見かけより賢かった。

「もし二十七でよければ、ボックスは空いてますから」

「考えてみるよ」

ピアスは手を振り、ふたたびドアのほうを向いた。背後で、金を払ってくれる客を待たせるべきではないと、女性客がカートに説教を垂れていた。

車に乗るとピアスはシャツのポケットに店のカードをしまい、時間を確かめた。正午になろうとしていた。自分のアパートメントにもどり、アシスタントのモニカ・パールに会わなければならない。注文しておいた家具の搬入をモニカがアパートメントで待つことになっていた。配達時間帯は正午から午後四時のあいだになっており、金を払って自分のかわりに他人を待機させておけば、その時間をラボで来週のゴダード向けプレゼンテーションの準備に使える、と金曜日の朝に考えたのだった。いま現在自分がラボに行くつもりかどうか確信はなかったが、それでも配達に備えてモニカには部屋にいてもらうつもりだった。それにモニカに頼むことをほかにも思いついていた。

サンズへもどると、モニカがロビーで待っていた。入り口を守る警備員は、モニカが訪ねていくという住居者の許可なしでは、どうしても十二階にあがらせなかったのだという。

「それはすまなかった」ピアスは言った。「長いこと待ったかい」

モニカは配達を待つあいだに読めるよう、雑誌を抱えてきていた。

「ほんの数分です」モニカは答えた。

ふたりでエレベーター・ホールへ向かいそこで待たなければならなかった。モニカ・パールは背の高い痩せたブロンドで、抜けるように色が白いため、ふれたら跡が残りそうな肌をしていた。二十五歳で、二十歳から会社に勤めている。ピアスの個人アシスタントになってまだ六カ月で、五年間の勤務経験を買われ、チャーリー・コンドンが昇進させたのだ。体つきと色の白さが発散する弱々しいオーラは見せかけにすぎないと、すでにピアスは学んでいた。モニカは有能で強い意志をもつしっかり者だった。

エレベーターの扉がひらき、ふたりは乗りこんだ。ピアスが十二階のボタンを押すと、エレベーターはすばやく動いて上昇をはじめた。

「大きな地震があっても、このアパートメントで生活したいと本気で思われます？」モニカが訊ねた。

「この建物はマグニチュード八・〇に耐え得るよう設計されてるんだ」ピアスは答えた。

「借りるまえに確かめた。ぼくは科学を信じてるからね」

「ご自分が科学者だからですか？」

「たぶんね」

「でも、その科学を実行する建築業者は信用できるんですか?」

鋭い指摘だった。切り返しようがなかった。十二階で扉がひらき、ふたりは部屋へ向かって廊下を進んだ。

「家具はどこへ置くように業者に伝えたらいいでしょう?」モニカは訊ねた。「平面図か配置図のようなものは考えてらっしゃいます?」

「とくにないよ。きみがいいと思う所に置くよう伝えてくれ。ここをお願いするまえに、ひとつ別の頼みもあるんだ」

ピアスはドアをひらいた。

「どんな頼みです?」モニカは疑うように言った。

口説こうとしていると思われたらしい。ニコールとはもう終わったからだ。魅力的な女はみな、男はだれだって自分を口説くつもりだと考えているという自説をピアスは持っていた。思わず吹きだしそうになったが、こらえた。

「電話をかけるだけさ。内容は書くから」

リビングでピアスは受話器を取った。断続的にダイアル・トーンが聞こえる。メッセージを確認すると一件だけ残されており、リリーあてだった。ところが、〈オール・アメリカン・メール〉のカートが入れたメッセージではなかった。またもや顧客候補がリリーの身体が空いているかどうかチェックしてきただけだった。メッセージを消去してどういうことか思いめぐらしたあげく、リリーがメールボックスの申込用紙に記入したのは携帯電話の番号だったのだと結論づけた。カートが電話したのは携帯電話にだった。

それでもピアスの計画は変わらなかった。

電話をカウチまでもっていき、腰をおろして、手帳の白いページにリリー・クインランの名前を書いた。次に、ポケットからメールボックス店のカードを取りだした。

「この番号に電話して、自分はリリー・クインランだと言うんだ。カートという男を呼び出し、メッセージを聞いたと言ってくれ。支払いが滞っていたのは、電話をもらうまで知らなかったからで、どうして督促状を郵送しなかったのかと。いいかい？」

「なぜ……なにが目的なんです？」

「詳しくは話せないが、重要なことなんだ」

「だれかになりすますのはちょっと。あまりいいことでは――」

「きみがやることは、まったく害のないことだよ。ハッカーがソーシャル・エンジニアリングと呼ぶものと同じさ。カートはきみに、確かに督促状は送ってあると言うはずだ。そうしたら、きみはこう言うんだ。〝あら、本当？　どの住所に送ったの〟と。カートから住所を聞いたら、書き留めてほしい。それが必要なんだ。住所が。住所を聞いたらすぐに電話を切っていいから。払えるようになったらすぐ行くとカートに伝えて切ってくれ。ぼくに必要なのは住所だけなんだ」

モニカは直属で働くようになって六カ月で一度も見せたことのない目つきを見せた。

「頼むよ、モニカ。たいしたことじゃないだろう。だれも傷つけない。それどころか、人を助けることになるかもしれないんだ。事実、ぼくはそう思ってる」

ピアスは手帳とペンをモニカの膝に置いた。

「いいかい。ぼくが番号をダイアルするよ」

「ドクター・ピアス。これは正しいことでは――」

「ドクター・ピアスはよしてくれ。その呼びかたは」

「では、ヘンリー。こんなことはやりたくありません。自分がなにをしているかもわからずに」

「じゃあ、わかったよ、話そう。新しい電話番号の手つづきをしてくれただろう」

モニカはうなずいた。

「その番号だが、元々は、失踪したか、なにか事件に巻きこまれた女のものだったらしいんだ。その女あての電話が何度もかかってきた。ぼくはその人になにがあったのか調べようとしてるんだ。わかるかい？　そしてきみにかけてもらいたい電話で、住所がおそらくわかる。住所を知りたいだけなんだよ。さあ、電話してくれるね？」

モニカはあまりにも多すぎる情報を振り払うように首を横に振った。まるでピアスから宇宙船にさらわれてエイリアンにカマを掘られたと言われたような顔つきをしている。

「ばかげてます。どうしてそんなことに関わるんです？　その女性は知りあいだったんですか？　失踪したとどうしてわかるんです？」

「いや、知らない。まったくの偶然だ。まちがい電話がかかってきただけさ。でもいまでは、その人になにかあったのか、あるいは無事かどうか、調べなければならないと思っている。ぼくのために電話をしてくれないか、モニカ？」

「電話番号を変えればいいじゃないですか」

「そのつもりだ。月曜の朝一に変更の手つづきをしてもらいたい」

「そうして、警察にまかせればいいんですよ」

「警察に知らせるほどの情報はない。どう話せというんだい？　頭のおかしなやつだと思われるのが関の山さ」

「そう思われて当然だと思いますけど」

「ねえ、かけてくれるのか、くれないのか、どちらなんだ？」

モニカは諦めてうなずいた。

「それであなたが喜ぶのなら、わたしの仕事も安泰でしょうし」

「おいおい。ちょっと待ってくれ。きみの首が危ないと脅してなんかいないぞ。やりたくないのなら、それでいい。ほかにだれか探すから。きみの仕事とは関係のないことだ。その点は、はっきりさせておこう」

「ええ、はっきりしました。でも、ご心配なく。かけます。さっさと終わらせましょう」

ピアスはモニカと通話内容をもう一度おさらいしてから、〈オール・アメリカン・メール〉の番号をダイアルし、受話器をモニカに手渡した。モニカはカートを頼み、多少の行き違いや混乱はあったものの、打ち合わせどおりに会話を運んだ。モニカは住所を手帳に書きつけた。ピアスは小躍りしたい気分になったが、顔には出さなかった。モニカは電話を切り、手帳と受話器をピアスに手渡した。

ピアスは住所を確かめた——ヴェニスだ。手帳からそのページを破りとり、折りたたむとポケットにしまった。

「カートは感じのいい人のようでしたね」モニカが言った。「嘘をついて気が引けます」

「機会さえあれば、カートのところへ行って、デートを申しこんでやればいいさ。ぼくはカート本人に会っている。誓ってもいいが、きみと一度デートできれば、カートの一生の思い出になるだろう」

「会ったですって？　カートが電話で話していたのはあなたのことだったんですね。男性がやってきてわたしの——いいえ、リリー・クインランのメールボックスをほしがっていたと話していたわ」

「ああ、それがぼくだ。そうやってぼくは——」

電話が鳴り、ピアスが受話器を取った。しかし、相手は電話を切った。発信者名を見た。マリーナ・デル・レイの〈リッツ・カールトン〉からだった。

「いいかい」ピアスは言った。「電話線はつなげたままにしておかないとならない。家具が届いたときに警備員が承認の連絡を取り、業者をあげられるように。でも、おそらくリリーあての電話が山ほどかかってくると思う。きみは女性だから、そいつらは、きみがリリーだと思うだろう。だから、すぐに〝リリーじゃありません、番号ちがいです〟とでも話したほうがいい。さもないと――」

「でもリリーのふりをして、情報を集められるかもしれませんよ」

「いや、そんなことはしたくないだろう」

ピアスはバックパックを開けてリリーのサイトでプリントアウトした写真を取りだした。

「これがリリーだ。電話をしてくる連中相手に、本人のふりはしたくないだろう」

「そんな！」モニカは写真を見て叫んだ。「売春婦かなにかですか？」

「だろうね」

「この売春婦を見つけだそうなんて、なにをやってるんですか？　やるべきことが――」

モニカはふいに言葉を切った。ピアスはモニカを見て、つづきの言葉を待ったが、モニカは口をひらかなかった。

「なんだい？」ピアスは言った。「ぼくがなにをやるべきだって？」

「なんでもありません。わたしが口出しすることじゃありませんでした」

「ニッキとぼくのことで、ニッキと話をしたのか？」

「してません。あの、なんでもないんです。いったいわたしはなにを言うつもりだったのかしら。ただ、あなたがこの売春婦が無事かどうか見つけだそうと、かけずりまわっているのがふしぎだったんです。変な話なのに」

ピアスはカウチにもたれた。モニカがニコールのことで嘘をついているのはわかった。ふたりは仲がよくなっていた。ピアスがラボから出られないあいだ、いつも一緒にランチへ出かけていた。ほぼ毎日。ニッキが辞めたからといって、なぜその友情まで終わる？　きっとふたりはいまでも毎日おしゃべりして、ピアスの話を交換しているのだろう。

それに自分の行動について、モニカから指摘されたことは正しいとも承知していた。けれども、すでに引き返せないところまで来てしまっている。好奇心を追いつづけてこの人生とキャリアを築きあげてきた。スタンフォード大での最後の年に、ピアスは次世代マイクロチップに関する講義を受けた。ナノチップはとても小さいから、その当時のスーパーコンピュータをダイムの大きさに作ることが可能なはずであり、いずれ可能になるだろうと教授は話していた。ピアスはすっかり魅了され、好奇心を追求しはじめたのだった——ダイムを追いかけろ——それ以来ずっと。

「ヴェニスに寄ってみるよ」ピアスはモニカに告げた。「ただ調べるだけで、おかしなまねはしないから」

「約束ですよ」

「ああ。家具が届いたらラボのほうへ電話してくれ。そしたら帰っていい」

ピアスは立ちあがり、肩にバックパックをかけた。

「ニッキと話すことがあっても、この件は秘密にしてほしい。頼むよ」

「もちろんです、ヘンリー。言うもんですか」

それはあてにできないとわかっていたが、いまはよしとしなければならないだろう。アパートメントのドアへ向かい、部屋をあとにした。廊下を歩いてエレベーターへ向かいながらモニカが口にしたことを考え、個人的な調査と個人的な強迫概念のちがいについて考えこんだ。両者のあいだにはどこかに境界線があるはずだ。だが、それがどこなのかはっきりしなかった。

8

住所にはおかしなところがあった。どこかしっくりこなかった。だが、具体的にどこがとは指摘できなかった。悩みながら車でヴェニスに到着しても、まだぴんとこなかった。シャワー・カーテンの奥になにかが隠されているようなものだった。ぼやけているが、確かにそこに存在している。

リリー・クインランが〈オール・アメリカン・メール〉に連絡先として伝えていた住所は、はやりのアンティーク・ショップやレストランが立ち並ぶアボット・キニー大通りから一ブロック先のアルタイル・プレイスにあるバンガローだった。小さな白い家で開口部が灰色に縁取りされており、カモメを思わせた。前庭には太いロイヤル・パームの木がどっしりと根を生やしていた。ピアスは道の向かいに車を停め、数分ほど車のなかから家をうかがって、最近人が生活していた気配があるかどうか観察した。

芝生と木は整然と刈りこまれていた。だが賃貸だとしたら、大家が手入れをしたのかもしれない。ドライブウェイにも、扉がひらいた裏の車庫にも車はなく、縁石の近くに積まれた新聞紙もなかった。表面上は不審な点などないようだ。

ピアスは直接訪問してみる決心を下した。ＢＭＷをおりると道を渡り、玄関へと歩道を進んだ。呼び鈴のボタンがあった。それを押すと、なんの変哲もないチャイムが屋内で鳴った。応答を待つ。

応答はなかった。

ふたたび呼び鈴を鳴らし、つづいてドアをノックした。

応答を待った。

やはり応答はなかった。

周囲を見まわした。表の窓のベネシャン・ブラインドはおりたままだった。ピアスは振り返ると何気ないそぶりで道の向かいの家々に視線を走らせながら、後ろ手にドアノブを動かしてみた。鍵がかかっていた。

ここまで足を伸ばして、なんの新しい情報や進展も得られずに終わりたくない。ドアからはなれ、ドライブウェイのほうへ歩いた。道は家の左手に通じ、その先は裏庭の独立した車庫になっている。ドライブウェイは家を小さく見せている巨大なモンテレーマツの根ででこぼこになっていた。根は家のほうへ向かっており、あと五年したら土台にダメージを与え、木と家のどちらを救うかが問題になりそうだった。

車庫の扉はひらいていた。扉は木製で、時と自らの重さで傾いでいた。ひらいた位置で永久に固定されたように見える。車庫には奥の壁に並んだペンキの缶以外なにもなかった。

車庫の右手には猫の額ほどの庭があり、隣との境界線を囲んだ背の高い生け垣のおかげで人目にふれない場所だった。芝生にラウンジ・チェアがふたつある。小鳥の水飲み場があったが、水は入っていなかった。ピアスはラウンジ・チェアを見て、ウェブページの写真にあったリリーの褐色の身体のラインを想像した。

　庭でいっしゅん躊躇してから裏口にまわり、ここでもノックをした。ドアは上半分が窓になっていた。応える者がいるかどうか待たずに、丸めた両手を目の縁にあててなかをのぞきこんだ。キッチンだった。整理整頓されているようだ。左手の壁につけた小さなテーブルにはなにもなかった。ふたつある椅子のひとつに、新聞紙がきちんとたたんで置いてある。カウンターには、トースターの横に大きなボウルがあり黒い物体が山盛りになっていた。腐った果物だった。

　そこでなにかを感じた。なにか釈然としないもの、どこか正常ではないと示すものを。応える者はだれもいないだろうとわかっていたが、ドアの窓ガラスを強くノックした。ピアスは振り返り、窓ガラスを破ることができそうな物を探して庭を見渡した。身体をねじりながら、なんとなくドアノブをつかんでまわしていた。

　ドアに鍵はかかっていなかった。

　ピアスはくるりと振り向いた。ドアノブはつかんだままだった。押してみると、ドアは十五センチほど開いた。防犯ベルの音がするかと身構えたが、ピアスの侵入を出迎えたのは静寂だけだった。一拍おいて、胸の悪くなるような甘ったるい腐った果物の悪臭がした。あるいは、ほかの臭いかもしれない。ドアノブから手をはなすと、ドアを大きく開け、身体を突きだして大声をあげた。

「リリー、リリー？　ぼくだ、ヘンリーだ」

近所の手前やっているのか、それとも自分への言い訳か、わからずに声をはりあげていた。さらに二度ほど名前を呼びかけて返事を期待したが、なにも起こらなかった。室内へ足を踏みいれるまえに、ピアスはあたりを見まわし、ドアのまえの階段に腰をおろした。入るべきか、やめておくべきか、じっと考える。自分の行動に対して先刻モニカが示した反応と、モニカが口にしたことを思いだした。警察にまかせればいい。

いまがそのときだった。このアパートはどこかがおかしく、通報するだけの根拠が確かにある。だが、実際には、ピアスはこの件を手放す準備ができていなかった。まだ、だめだ。なにが待っているにしろ、いまはまだ自分のものであり、追いかけたかった。自分を突き動かしているのは、リリー・クインランに関することだけではない。はるか遠くの過去と絡み合っている。あのときできなかったことを、いまおこない、現在と過去を取り替えようとしていた。

階段から立ちあがり、裏口のドアをめいっぱいひらいた。キッチンに入ると後ろ手にドアを閉めた。

音楽が家のどこからか、小さな音で聞こえてきた。その場に立ち止まったまま、もう一度ざっとキッチンをながめ、ボウルの果物以外におかしな点はないことを確認した。冷蔵庫を開けると、オレンジジュースが一カートンと低脂肪乳のプラスチック・ボトルがあった。低脂肪乳の品質保持期限は八月十八日。ジュースのほうは八月十六日だった。期限が切れてから優に一ヵ月以上が過ぎている。

ピアスはテーブルへ向かい、椅子を引いた。椅子の上にあるロサンジェルス・タイムス紙は八月一日付けだった。

キッチンの左側から家の表へと伸びる廊下があった。廊下へ移動すると、玄関ドアの郵便差しこみ口の下に郵便物が山を作っているのが見えた。けれども玄関ドアへ直行するまえに、廊下の途中にある三つの出入り口を調べた。ひとつは浴室で、あらゆる水平面に所狭しと香水や女性向け化粧品が並べてあり、そのどれもがかなりの埃をかぶっていた。小さなグリーンの瓶を選んで開けてみた。鼻に近づけるとライラックの香水のにおいがした。ニコールが使っていたものと同じ品だった。瓶に見覚えがあった。しばらくして蓋を閉めると瓶をもとあった場所にもどし、また廊下へ出た。

ほかのふたつのドアは寝室だった。ひとつが主寝室のようだった。部屋にあるクローゼットはふたつとも扉が開いており、ハンガーにかかった服でいっぱいだった。先ほどの音楽は、右側のナイトテーブルに置かれた目覚まし付きのラジオから流れていた。電話か、できれば留守番電話がないかと両側のナイトテーブルを調べたが、見あたらなかった。

もうひとつの寝室はワークアウト用に使われているようだった。ベッドはなかった。人工芝マットにステッパーとローイングマシンがあり、そのまえに小型テレビが置いてある。ひとつきりのクローゼットを開けると、やはりハンガーにかかった服があった。扉を閉めようとしたときに、あることに気づいた。ここにある服は異なっていた。ハンガーの並んだ幅六十センチほどのスペースには小物だけを集めてあった――ネグリジェやレオタード。見覚えのある物を目にして、ハンガーに手を伸ばした。ウェブサイトの写真でリリーが身につけポーズをとっていた目の粗い黒いネグリジェだった。

ネグリジェを見て思いだした。元の場所にハンガーをもどし、先ほどの寝室へとって返した。ちがうベッドだった。写真にあった真鍮の手すりがない。その瞬間、ピアスはなにがおかしかったか、ヴェニスの住所のどこが気にかかっていたのか気づいた。リリーの広告文だ。リリーは、客とはウエストサイドの清潔で安全なテラスハウスで会うと書いていた。ここはテラスハウスじゃないし、ベッドもちがう。つまり、リリー・クインランにつながる住所がほかにまだあるのだ。

家の表で音がしてピアスは凍りついた。アマチュア押しこみ名人の自分は、ヘマをやらかした。裏からはじめてのろのろと表へ移動などせず、すばやく家全体を調べてだれもいないことを確かめるべきだった。

身構えたが、もう音はしなかった。さきほどの音は、一度だけトンといい、つづいてなにかが板張りの床を転がったように聞こえた。寝室のドアへとゆっくり進み、廊下の先を見た。玄関ドアの床には郵便物の山があるだけだった。

廊下の壁際に寄った。そこならば、おそらく床がきしみにくいと思ったからだ。そしてじりじりと家の表部分へと歩いていった。廊下は左手がリビングに通じ、右手はダイニングに通じていた。どちらにも人はいなかった。耳にした音の説明がつくものはなにもなかった。

リビングは片づいていた。この家にふさわしいクラフツマン様式の家具がいくつもあった。場ちがいなのは、壁掛けプラズマ・テレビの下にあるハイエンド・オーディオ製品のダブルラックだった。リリー・クインランはおそらく二万五千ドルほどするホーム・エンターテインメント・システムを所有している。オーディオ・マニアの夢のまた夢だ。これまで室内で目にしてきたものとは、性質がまったく異なっているように思えた。

ピアスは玄関ドアに近づいて郵便物の山のそばにしゃがみ、調べはじめた。ほとんどは〝現在お住まいの方〟にあてたDMだった。〈オール・アメリカン・メール〉からの封筒が二通あった。最後通牒だ。クレジット・カードの請求書と銀行口座の明細があった。南カリフォルニア大学からの大型封筒がある。とくに電話会社からの手紙——請求書——を探したが、一通もなかった。怪しいと思ったが、すぐさま電話代の請求書は〈オール・アメリカン・メール〉の私書箱に届くのだろうと思いあたった。銀行口座明細とビザ・カードの請求書を一部ずつ、深く考えずにジーンズの尻ポケットにしまった。押しこみに罪を加えようとしている。連邦郵便物窃盗罪。その件は深く考えないことにして、立ちあがった。

ダイニングには奥の壁につけてロールトップ・デスクがあった。テーブルの椅子をうしろ向きにしてデスクに寄せ、デスクの蓋を開けて椅子に腰かけた。手早くひきだしを調べていき、ここは請求書支払いの作業をする場だと判断した。中央のひきだしには小切手帳、切手、ペン類が収納してあった。デスク両袖に並ぶひきだしはクレジット・カード会社、公共料金といったもろもろの請求書の封筒であふれていた。〈起業コンセプト〉からの封書一束を見つけたが、これは例の私書箱あてになっていた。どの封筒にも、リリーは料金を支払った日付を書きつけていた。やはり明らかに欠けているのは、古い電話代の請求書の束だ。仮にこの住所あての郵便で請求書を受け取っていなかったとしても、支払いの作業は確かにこのデスクでおこなっていたようだ。なのに、電話代の支払い日を書きつけた領収書も封筒も見あたらない。

じっくり考えたり、すべての請求書に目を通したりする時間はなかった。どちらにしても、リリーになにが起こったかを判断する手がかりがこのなかに見つかるとはかぎらない。中央のひきだしをふたたび開け、小切手帳の記録をざっと見ていった。七月末以来、どの口座にも動きはなかった。小切手帳の一冊にいまいちどすばやく目を通すと、六月末の電話会社への支払い控えが見つかった。つまりリリーは、ピアスが手にしている小切手の口座で、そしてかなりの確率でピアスが腰かけているデスクで電話代の小切手を切ったのだ。けれども、ひきだしにほかの記録は見つからなかった。電話機すら見つからない。

不法侵入中なので気が急き、矛盾点を考えるのは諦め、ひきだしを閉めた。ロールトップの蓋をおろそうと手を伸ばして、小さな手帳がデスク最上段の薄い収納棚のひとつに押しこんであるのが見えた。取りだしてみると、それは小型の個人用アドレス帳だった。親指でパラパラとページをめくると手書きの書きこみでいっぱいだった。深く考えずにその手帳を、先ほどもちだすことに決めた郵便と一緒に尻ポケットに突っこんだ。

デスクの蓋を閉めて立ちあがり、この表の二部屋を最後にもう一度ながめて電話を探したが、見あたらなかった。そのとき、リビングの窓の閉じたブラインドの向こうで動く影が見えた。だれかが玄関ドアへ向かっていた。

ピアスは身体を切り裂かれるような激しい動揺を感じた。隠れるべきか、廊下を駆けもどり裏口から逃げるべきか。結局、なにもできなかった。立ちつくし、足を動かせずにいる状態で、玄関ドアの外のタイル張りの階段に響く足音を聞いていた。

金属音が聞こえ、ピアスはどきりとした。つづいて薄い郵便物の束がドアの差しこみ口から押しこまれ、ほかの郵便物の上に落ちた。ピアスは安堵の思いから、目をつむった。

「やれやれ」ピアスは息を吐きながらつぶやいて、身体の力を抜こうとした。

影はふたたびリビングのブラインドの向こうを横切り、もと来たほうへ進んだ。そして消えた。

ピアスはドアに近づき、押しこまれたばかりの郵便物を見た。請求書も何通かあったが、ほとんどはDMだった。それだけかどうか確認しておこうと足で封筒の山をつつくと、宛名を手書きした小さな封筒が見えた。かがんでその封筒を拾いあげた。封筒の左上部分に〝V・クインラン〟と書いてあったが、差出人住所はなかった。消印は一部がにじみ、〝フロ〟、〝パ〟という文字しか判読できない。封筒を裏返し、のりづけ部分を調べた。開封するには封筒を破らないとだめらしい。

私文書であることが明白な手紙の開封は、ここまでのどの行動よりも、立ち入った罪深い行為に思えた。だが、ためらいは長くつづかなかった。爪で封をこじ開け、折りたたまれた小さな便箋を取りだした。四日まえの日付になっていた。

リリー

おまえのことが心配でならないよ。この手紙を受け取ったら、お願いだから電話をよこして、だいじょうぶだと知らせておくれ。たのむよ、いい子だから。おまえが電話をかけてこなくなってから、あたしはいてもたってもいられないんだよ。おまえのことがそりゃあ心配さ、それにおまえの仕事のことも。こっちでのことがいい思い出でもないし、あたしがなにもちゃんとしてやれなかったのは承知してるよ。だからって、無事に暮らしてるかどうか、知らせてこないでいいってことにはならないだろう。この手紙を受け取ったら、電話しておくれ。

愛をこめて
ママ

ピアスは手紙を二回読んでから、便箋を折りたたみ、封筒へもどした。腐った果物も含め、このアパートメントにあるなによりも、この手紙によっていやな予感が決定的になったと痛感した。V・クインランからの手紙に返事が出されることも、電話がかけられることもないだろう。

できるだけ封を強く閉じて、手紙を床の郵便物の山にすばやく埋めた。郵便配達人の闖入で、この家でおこなっていることの危険性がじわじわと身に沁みてきていた。もう充分だ。くるりと振り返り、廊下をキッチンへと引き返した。

裏口から出てドアを閉じたが、鍵はかけないままにした。アマチュア犯罪者としてできるだけ平然と家の角をまわり、通りへ向かって私道を歩いていった。

家の横を半分ほど進んだところで、屋根の上でトンと大きな音がして、すぐさま大きな松ぼっくりがひさしを転がり落ち、ピアスのまえに落下した。近づいてみて、室内で驚かされた音の正体に気づいた。納得しながらピアスはうなずいた。少なくとも、ひとつの謎はとけた。

9

「ライト」

ピアスは勢いよくデスクの奥へまわり、椅子に座った。リリー・クインランの家からもちだしたものをバックパックから取りだした。ビザ・カードの請求書と銀行口座明細、アドレス帳だ。

まずアドレス帳をめくることからはじめた。ファースト・ネームだけ、あるいはファースト・ネームとつづくイニシャルのみの男たちの名が連ねてあった。電話番号にはさまざまな市外局番がついていた。多くは地元だが、ロサンジェルス以外の局番もある。また、市内のホテルやレストランがいくつか、それにハリウッドのレクサスの販売店の番号もあった。ロビンとECUの番号もあった。ECUは〈起業コンセプト〉のことだ。

〝ダラス〟の見出しの下に、ホテル、レストラン、男のファースト・ネームにつづく番号が数個あった。ラスヴェガスの見出しの下も同様だった。

ヴィヴィアン・クインランの名が見つかった。市外局番は八一三、住所はフロリダ州タンパだった。これで手紙のにじんだ消印の謎がとけた。手帳の最後のほうにウェインライトという名の項目があり、電話番号とヴェニスの住所が記されていた。アルタイル・プレイスからさほど遠くない場所だ。

ピアスはページをつかんでQの見出しにもどり、デスクの電話でヴィヴィアン・クインランの番号にかけた。二度目の呼び出し音で女性が出た。歩道を掃くほうきのようにしゃがれた声だった。

「もしもし？」

「ミセス・クインラン？」

「そうですが」

「あの、どうも。ロサンジェルスからかけてます。ヘンリー・ピアスと申しますが――」

「リリーのことかい？」

母親の声はたちまち切迫したものになった。

「ええ。居所を突き止めようとしているのですが、ご協力願えないかと思いまして」

「ああ、ありがたい！　警察の人かい？」

「いいえ、奥さん、ちがいます」

「それでもいい。とうとう気にかけてくれる人が現われたんだ」

「あの、ぼくはただリリーさんを見つけようとしているだけなんです、ミセス・クインラン。最近、連絡はありましたか？」

「七週間ものあいだ音沙汰なしで、こんなことはあの子らしくないんだ。いつも連絡をくれたのに。あたしは心配でたまらなくて」

「警察とは連絡を取られましたか？」

「ああ、失踪人課の人たちに連絡して話をしたよ。あの子は大人だし、仕事が仕事だからって相手にしてくれなかった」

「どんな仕事ですか、ミセス・クインラン？」

ためらいがあった。

「あの子を知ってると言ったんじゃなかったかい？」

「ぼくはただの知人なんです」

「男性相手のエスコートだよ」

「なるほど」

「体の関係なんかはなしだよ。たいていは、タキシードを着た男と夕食に行くって聞いたね」

ピアスはわかりきったことを母親が否定しているだけだと、深く追及しないでおいた。ピアス自身の家族にも以前あったことだ。

「警察は娘さんのことをどう話していましたか？」

「たぶん客のひとりと出かけてるんだろうって。きっとすぐ連絡があると言われてね」

「それはいつのことです？」

「ひと月まえだね。あのねえ、リリーは毎週土曜の午後にあたしに電話をかけてくるんだよ。

二週間、連絡がなくて、あたしは警察に電話したんだ。警察は電話をよこさなかった。三週間目にもういっぺん警察に連絡して、失踪人課の人と話をした。届けを受理しようともしなかった。ただ、待ってなさいと言うだけ。警察は気にかけちゃくれないんだよ」

どういうわけか、ある光景がピアスの頭に浮かびあがり、心が乱れた。あれはスタンフォード大から家へもどった夜だった。母親がキッチンでピアスを待っていた。明かりは消えていた。暗闇のなかで姉のイザベルのことを知らせようと母は待っていたのだ。

リリー・クインランの母親が口をひらくと、自分自身の母親がしゃべっているようだった。

「私立探偵を頼んだけれど、なんの役にも立ちやしなかった。探偵もあの子を見つけられなかった」

話の内容に、ようやくピアスは我に返った。

「ミセス・クインラン、リリーのお父さんはそこにいらっしゃるんですか？　話はできますか？」

「いや、ずっとむかしに出ていったよ。あの子が連絡を取ってるはずはないね。あいつが出ていって十二年ほどになるかね——あの子と一緒のところを、あたしが捕まえた日から」

「服役されてるんですか？」

「いや、ただ出てったただけさ」

ピアスには言うべき言葉が見つからなかった。

「リリーさんはいつＬＡに来られたんでしょう」

「三年ほどまえに。最初はダラスにある客室乗務員の専門学校に行ったんだけど、その仕事はやらなくてね。それであの子はＬＡに引っ越した。客室乗務員になればよかったのに。お客さんとセックスはしないにしても、エスコートなんて仕事をしたら、あの子が客と寝てると思われるからね」

ピアスはうなずいた。母親らしい忠告に聞こえると思った。髪をふくらませ、がっしりした女が、口の端に煙草をくわえているところを想像した。その母親と父親のあいだにいたら、リリーがタンパからできるだけ遠くはなれようとするのも、ふしぎじゃない。リリーが家を出てまだ三年にしかならないとは驚きだ。

「どこで探偵を雇われましたか？　タンパですか？　それともこのＬＡで？」

「そっちだよ。ここで雇っても役には立たないからね」

「どうやってここの探偵を雇ったんですか？」

「失踪人課の警官がリストを送ってきてね。そこから選んだんだよ」

「この街に来て、娘さんを捜そうとしましたか、ミセス・クインラン？」

「あたしは身体の具合がよくないんだよ。肺気腫があって、装置につながれて酸素を手に入れているのさ。そっちに出かけても、あたしにできることはほとんどないんだよ」

ピアスは母親の想像図を作り替えた。煙草は消え、酸素チューブがかわりを務めた。ふくらませた髪はそのまま。ほかにこの女になにを訊ね、どんな情報が引きだせるか考えた。

「リリーさんはあなたにお金を送っていたそうですね」

これはあてずっぽうだった。母娘の関係をどの角度から見ても、ありそうな話だった。

「ああ。あの子を見つけたら、もう手持ちがずいぶん少なくなってると伝えてくれないかね。ほんとに少なくなってるんでね。手元にあった金はミスター・グラスに渡さないとならなかったからね」

「ミスター・グラスとは?」

「私立探偵だよ、あたしが雇った。けど、もう連絡はしてこない。もう支払う金がないから」

「フルネームを教えてもらえますか。それに電話番号も」

「探さないと」

ミセス・クインランは受話器を伏せ、二分してからまた電話に出て、私立探偵の電話番号と住所を教えてくれた。フルネームはフィリップ・グラスだった。オフィスはカルヴァー・シティ。

「ミセス・クインラン、ロサンジェルスで、娘さんに連絡がつきそうなところはありませんか? 友人だとか、そういった」

「いいえ、あの子は友だちの名前も電話番号もあたしには教えなくてね。ただ、たまに仕事を一緒にするロビンって子の話は一度出たね。ロビンはニューオーリンズ出身で、共通点があるって話をしてたね」

「どんな共通点か聞かれましたか?」

「ふたりともごく若いころに、家庭内の男と同じ手合いの厄介ごとがあったんじゃないかね。そういう話だったと思ったがね」

ピアスは探偵のように考えようとした。ヴィヴィアン・クインランはパズルの重要なピースのようだが、ほかになにを訊ねたものやら見当がつかなかった。この母親は四千八百キロはなれた場所にいて、文字どおり、そして比喩的にも、娘の世界からは明らかに遠い世界にいる。ピアスはデスクに置いた目のまえのアドレス帳を見おろし、ようやく訊ねるべきことを思いついた。

「ウェインライトという名に聞き覚えはありますか、ミセス・クインラン？　娘さんかミスター・グラスがその名前を口にしませんでしたか？」

「いやあ、知らないね。ミスター・グラスはだれの名前も出さなかったね。だれなんだい？」

「わからないんです。リリーさんのちょっとした知り合いじゃないかと思うのですが」

それで終わりだった。ほかになにも質問はなかった。

「では、ミセス・クインラン、娘さんのことは捜しつづけますから。見つかったら、あなたに電話するよう伝えます」

「ありがたい。それからお金のことを忘れずあの子に伝えておくれよ。すっからかんになりかけてるって」

「ええ、伝えますよ」

電話を切り、手に入れた情報のことをしばし考えた。リリーのことを多く知りすぎたようだ。憂鬱で悲しい気分になった。客のひとりが豪華で贅沢な約束をしてリリーを連れだしたことを祈った。リリーはハワイかどこか、あるいはパリの資産家のペントハウスにいるのかもしれない。

だが、ピアスはそう信じてはいなかった。

「タキシードの男たちか」ピアスは口に出して言った。

「なんだって？」

ピアスは顔をあげた。チャーリー・コンドンが戸口に立っていた。ドアを開けたままにしていたのだ。

「いや、なんでもない。ただのひとりごとだ。ここでなにをしてるんだ？」

リリー・クインランのアドレス帳と郵便物を目のまえに広げたままにしていた。素知らぬ顔で、いつもデスクにのせているスケジュール帳を手に取り、予定をチェックするふりをしてのぞきこみ、リリーの名前が印字された封筒の上にスケジュール帳を重ねた。

「新しい電話番号にかけたら、モニカが出てね。家具の配達を待っているが、きみはこっちにいるはずだと言われた。だが、ラボもきみのオフィスも、だれも電話を取らないから来てみた」

チャーリーはドア枠に寄りかかった。顔立ちの整った男で、一年じゅう日焼けしているように見える。数年間ニューヨークでモデルとして働き、それに飽きると学校にもどって財政学の修士課程に入った経歴の持ち主だ。チャーリーが資金不足の先進技術企業を引き受け、条件の合う投資家を見つけだす能力に長けていると知る投資銀行の行員から、ピアスは紹介を受けた。そしてチャーリーと組むことにした。ピアスの企業支配力を投資家たちに渡すことなく、〈アメデオ・テクノロジーズ〉のために投資家を見つけるとチャーリーが約束したからだ。見返りに、会社がレースで勝利を収め、株を公開することになった暁には、チャーリーは会社の株の十パーセントをもつことになっていた。最終的には何億ドル単位の価値が出るだろう報奨だ。

「電話に間に合わなかったようだな」ピアスは言った。「ここに来たばかりなんだ。まず腹になにか入れようと道草してね」

チャーリーはうなずいた。

「きみはラボにいると思っていたがな」

つまり、なぜラボにいないのかと言いたいのだ。やるべき仕事があるだろう。おれたちはレース中だ。鯨に見せてやるプレゼンテーションがあるんだぞ。オフィスからはダイムを追えないぞ、と。

「ああ、心配するなよ。これからラボに行くから。郵便に目を通していただけさ。わざわざぼくをチェックしに来たのかい？」

「まさか。だが、モーリスに備えるには木曜日までの時間しかない。すべて抜かりないよう、確実にしておきたくてね」

自分たちはモーリス・ゴダードを重要視しすぎている。チャーリーはメールでこの投資家を神と呼んでいたが、それも潜在意識の表われだ。木曜日の大がかりなショーが一世一代の大がかりなショーであることにまちがいないが、今度の契約に対するチャーリーの依存ぶりに、ピアスの不安は増していた。会社が探してきたのは、最低でも三、四年のあいだ、年に少なくとも六百万ドルの資金提供をいとわない投資家だった。ニコール・ジェイムズとコーディ・ゼラーがおこなった信用調査によると、ゴダードは早くにマイクロソフトをはじめとする複数の企業に投資していたおかげで、二億五千万ドルを所有していた。たしかにゴダードには金がある。だが、木曜日のプレゼンテーション後にゴダードが重要な資金計画に同意しなければ、次の投資家をあたることになる。外へ出ていき投資家を見つけるのはコンドンの仕事になる。

「心配はいらない」ピアスは言った。「準備できるさ。ジェイコブもこの件でやって来るのか？」

「ここに来る手はずになっている」

ジェイコブ・カズは会社の特許弁護士だった。すでに承認がおりたか、あるいは出願中の特許が会社には五十八あり、カズはゴダードへのプレゼンテーション後、さらに九つを出願する予定となっている。特許がレースの鍵だった。特許を支配すれば、有利となり、市場の支配につながる。九つの新しい特許はプロテウス・プロジェクトから生まれる最初のものとなる。ナノワールドに衝撃を与えることになるだろう。ピアスはそう考えて、にんまりしそうになった。チャーリーはその考えを読んだようだった。

「もう出願書類は見たのか？」チャーリーが訊ねた。

ピアスはデスク下のスペースに手を伸ばし、床にボルト付けしたスチール製金庫のてっぺんを拳でノックした。特許の草案はそこにあった。出願のまえにピアスは署名しなければならないが、あまりにも無味乾燥な文面で、リリー・クインランの件がもちあがるより早く、すでにほかのことに気を取られていたのだった。

「ここにある。きょうのうちにやってしまうか、明日また出直してやるか、どちらかにするつもりだよ」

ピアスが特許出願を家にもちかえって読むと、社の規定に反することになる。

チャーリーはわかったとうなずいた。

「よし。それで、万事抜かりないな？　うまくやってるんだな？」

「ニッキやもろもろのことか？」

チャーリーはうなずいた。

「ああ、だいじょうぶだ。ほかのことに集中しようとしている」

「たとえばラボに。願わくは」

ピアスは椅子にもたれ、両手を広げてほほえんだ。チャーリーがアパートメントに電話をしてきた際に、モニカはどこまで話をしたことやら。

「ぼくはちゃんとここにいるじゃないか」

「ああ、そうだな」

「ちなみに、ニコールはブロンスンのファイルに新しい切り抜きを残していったよ。タガワとの契約の件。マスコミに発表されたんだ」

「なにかあったか？」

「すでにわかっていることばかりだ。エリオットが生物学についてなにか話していた。ごく一般的な内容だったが、ひょっとしたらってこともある。プロテウスの噂を耳にしたのかもしれない」

こう話しながらピアスはチャーリーの背後、オフィスのドア横の壁にかけた額入りのポスターを見た。一九六六年制作の映画《ミクロの決死圏》のポスターだった。白い潜水艇プロテウス号が、複数の色味が混ざった体液の海におりてゆく場面だ。オリジナルのポスターだった。コーディ・ゼラーから入手したもので、コーディはオンラインのハリウッド記念品オークションで手に入れていた。

「エリオットはしゃべるのが得意だからな」コンドンは言った。「プロテウスの件を少しでも探り当てたかどうか、それはわからん。だが、特許が承認されたら、すべて知ることになるな。地団駄を踏むだろう。それにタガワは賭ける馬をまちがえたと知るのさ」

「ああ、そう願うよ」

年の初めに、アメデオはタガワ社と接触していた。だが、この日本企業は資金提供と引き替えに会社の株をあまりにも多く望み、交渉はすぐに決裂した。プロテウス・プロジェクトを早いうちからミーティングで話題にしていたが、タガワ社の代表はしっかりした説明を受けようとも、ラボに近づこうともしなかった。そしていまピアスは、プロジェクトの件を正確にはどれだけ話題にしていたか心配になっていた。情報がタガワ社の新しいパートナーであるエリオット・ブロンスンに知らされるのは当然の理だ。

「必要なものがあれば、なんでも知らせてくれ。手配するから」チャーリーは言った。

その言葉にピアスは我に返った。

「ありがとう、チャーリー。まっすぐ家に帰るのか？」

「たぶんな。今夜はメリッサと〈ジャー〉で外食にするつもりだ。一緒に行くか？　電話して席を増やしてもらうが」

「いやあ、いいんだ。でも、ありがとう。きょうは家具が届いているから、片づけをしなきゃならない」

チャーリーはうなずき、一瞬ためらってから次の質問をした。

「電話番号を変えるつもりか？」

「ああ、そうするしかなさそうだ。月曜の朝一番にやるよ。モニカに聞いたんだな？」

「ちょっとばかりな。売春婦の古い電話番号にあたって、男たちがひっきりなしにかけてくるらしいな」

「彼女はエスコートだ、売春婦じゃない」

「ほう、そのふたつは大差ないと思っていたが」

ピアスは知りもしない女を自分が熱心に弁護するとは信じられなかった。頬が赤らむのを感じた。

「差はないかもな。とにかく、月曜日に会うときに新しい番号を教えるよ。ここの雑用を済ませてしまいたいんだ。きょうはラボでやることがあるから」

「わかった。じゃあ、月曜日に」

チャーリーは立ち去った。廊下の奥まで歩いていったと確信してからピアスは立ちあがり、ドアを閉めた。モニカはほかになにをチャーリーに話したのだろう？　上司の行動について警告を広めているんだろうか？　モニカに電話をかけることも考えたが、後で直接話すことにした。

ピアスはふたたびリリーのアドレス帳を調べはじめ、ページをめくった。最終ページ近くで、先ほどは気づかなかった項目が目に飛びこんできた。ＵＳＣとだけ書かれた文字と電話番号。リリーの家で目にした封筒を思いだした。受話器を手にしてその番号にかけた。南カリフォルニア大学事務局の録音テープがまわった。事務局は週末で休みだった。

ピアスは電話を切った。失踪した当時、リリーはＵＳＣに入学する手つづきを取っていたのだろうか？　エスコート業界から抜けようとしていたのかもしれない。それが失踪の原因となったのかもしれない。

アドレス帳を脇に押しやり、ビザ・カードの明細をひらいた。八月の利用回数はゼロで、滞納金の警告があった。三百五十四ドル二十六セント。八月十日が支払い期日だったものだ。

次はワシントン貯蓄貸付組合の口座明細だった。明細は、当座口座と預金口座の取引を統合して示す形式だった。リリー・クインランは八月に預け入れはしていないが、預金額は少なくなかった。当座口座に九千二百四十ドル、預金口座に五万四千五百四十二ドル。南カリフォルニア大学での四年ぶんの学費には足りないが、リリーが進む道を変えようとしていたのなら、スタートを切ることはできただろう。

口座明細と、銀行が返送してきた記帳済み小切手の束を調べた。ヴィヴィアン・クインランにあてた二千ドルの小切手が目についた。おそらく母親の生活費として月々支払っているのだろう。ほかにもこんな小切手があった。ジェイムズ・ウェインライトあてに四千ドル。但し書きにリリーは〝家賃〟と書いていた。

その小切手であごを軽く叩きながら、どういう意味か考えた。四千ドルはアルタイル・プレイスのバンガローの賃貸料には高すぎると思った。この小切手でひと月以上の家賃を払ったのだろうか？

小切手を束にもどし、口座明細の調べを終えた。ほかに気にかかるものはなく、ピアスは小切手と明細を封筒にもどした。

三階のコピー室はピアスのオフィスから廊下のすぐ先にある。コピー機やファクスと並んで、小さな部屋には強力なオフィス・シュレッダーもあった。ピアスはコピー室に入るとバックパックを開け、開封したリリー・クインランの郵便物類をシュレッダーにほうりこんだ。機器のたてる音は警備員の注意を引きつけてもおかしくない音に思えた。だが、だれもやって来なかった。罪悪感が生まれた。連邦郵便物窃盗法についてはなにも知らないが、最初の郵便物を盗んだ犯罪に、さらに郵便物を破棄した犯罪も加わったはずだった。

シュレッダーの作業を終えると、廊下に頭を突きだして、やはりフロアに自分しかいないことを確かめた。それからオフィスへもどり、保管キャビネットのひとつをひらいた。そこにはコピー用紙を収納した包みをストックしている。バックパックからリリー・クインランのアドレス帳を取りだし、キャビネットに収まった用紙の包みの下に置いた。そこならひと月は見つからずに済むことだろう。

自分がやらかした犯罪の証拠の隠蔽と湮滅を終えると、すぐさまピアスはラボ行きのエレベーターで地下におり、ラボへのマントラップを抜けた。サイン・インの記録を調べると、今朝グルームズがララビーやほかの下級ラボ職員たちとここにいたことがわかった。全員すでに帰ったあとだった。ピアスはボールペンを手にして、いまにもサイン・インしようとしたところで考え直し、ペンを下に置いた。

コンピュータに向かい、三つのパスワードを土曜日にはこれと決まっている正しい順序で打ちこみ、ログインした。プロテウス・プロジェクトのテスト記録を呼びだす。今朝ララビーがおこなった細胞エネルギー転換比率の最新テストの要約に目を通しはじめた。

しかし、すぐにピアスは読むのを止めた。やはりできない。仕事に集中できない。別件に心を奪われていた。そして過去の経験から――プロテウス・プロジェクトが一例だ――仕事にもどろうとするのなら、まずは心を奪われているものをとことん追うしかないとわかっていた。

　コンピュータの電源を切ってラボをあとにした。オフィスにもどるとバックパックから手帳を取りだし、私立探偵フィリップ・グラスの番号にかけた。土曜日の午後なので予想どおり留守番電話につながり、メッセージを残した。

「ミスター・グラス、ヘンリー・ピアスという者です。早急にリリー・クインランの件で話をしたいんです。そちらの名前と電話番号はリリーの母親から聞きました。すぐにお話しできればと思っています。いつ電話してくれても結構ですので」

　ピアスはアパートメントの電話番号とオフィスへの直通番号の両方を伝えて電話を切った。ひょっとして、グラスはアパートメントの番号がかつてリリー・クインランのものだったと気づくかもしれない。

　デスクの端を指でとんとんと叩いた。次の行動を決めようとしていた。海辺へ行き、コーディ・ゼラーに会うことにしよう。だが、まず自宅のアパートメントに電話をした。モニカがぶっきらぼうな声で応えた。

「なに？」

「ぼくだ、ヘンリーだよ。もう荷物は届いたかい？」

「いま届いたところです。やっとですよ。まずベッドを運びこんでいます。あの、わたしが指示した置き場所が気に入らないと、あとで文句を言わないでくださいよね」

「ちょっと訊かせてほしい。きみはベッドを寝室に運ばせているかな？」

「あたりまえです」

「じゃあ、ぼくが気に入ることまちがいなしだ。なにをそんなにふてくされてるんだい？」

「この頭にくる電話ですよ。十五分おきに、どこのだれとも知れないエロおやじがリリーにかけてくるんです。これだけは言えます。リリーがどこにいるにしろ、まちがいなくお金持ちですよ」

ピアスはリリーがどこにいるにしろ、金は問題ではなくなっているという思いを強めていた。だが、それは口にしないでおいた。

「電話はまだかかってくるのか？　三時までにウェブサイトからリリーのページを削除すると言われたんだが」

「五分まえに電話があったんです。わたしはリリーじゃないという暇もなく、そいつに前立腺マッサージをしてくれるかと訊かれましたよ。いったいなんのことですか、それは。ガチャンと切ってやりました。まったくいやらしいんだから」

ピアスはほほえんだ。ピアスもまた、なんのことやらわからなかった。だが、声におもしろがっている調子が出ないよう努めた。

「迷惑をかけるね。家具の設置に手間取らず、終わったらすぐにきみが帰宅できるといいんだが」

「ほんとですよ」

「ぼくはマリブに行く用事があってね。それがなければ、今頃そっちにもどっていたんだが」

「マリブですって。マリブになにがあるんです？」

ピアスは話題にしたことを後悔した。自分のおこないに先だってモニカが興味をしめし、いい顔をしなかったことを忘れていた。

「心配しないでくれ。リリー・クインランとはまったく関係のないことだよ」ピアスは嘘をついた。「ちょっと話があってコーディ・ゼラーに会うんだ」

あまり説得力はないとわかっていたが、いまは気にしないでおこう。電話を切り、ピアスはバックパックに手帳をしまいはじめた。

「ライト」

10

パシフィック・コースト・ハイウェイの北行きは、車の流れはゆっくりだったが走ると快適だった。この道は海岸線に沿っており、太陽はピアスの左肩あたり、空の低い位置に留まっていた。暑かったが、窓を開けてサンルーフをひらいていた。最後にこうして走ったのはいつのことだろう。時間をかけてランチを取ろうとニコールと会社を抜けだして、太平洋に臨み、マリブを舞台にした映画でよく利用されているレストラン〈ジェフリーズ〉へドライブしたとき以来かもしれない。

海辺の町に差しかかると、海の景色は海岸際まで隙間なく埋める家々にさえぎられた。ピアスはスピードを落としてゼラーの家を探した。手元に住所を控えておらず、一年以上見ていない家を外見だけで見分けなければならなかった。このあたりの家々はぎっしりと並んでいて、全部同じに見えた。前庭なし、道路の間近に建てられ、シューズ・ボックスのようにたいらな家だ。

ゼラーの黒地黒彩（ブラック・オン・ブラック）のジャガーXKRが目に留まって、助かった。自宅の扉を閉めた車庫まえに駐車してあった。ゼラーはずっと以前に車庫を作業所として不法改築しており、九万ドルの車を守るため近所の者に賃貸駐車場代を払わねばならなかった。その車が外に出してあるということは、ゼラーは帰宅したばかりか、いまにも外出しようとしているかのどちらかだった。ちょうどいいタイミングで訪れたのだ。Uターンをすると、ゼラーがおさない妹のように扱っているジャガーにぶつけないよう注意してうしろに駐車した。

　家の玄関はピアスがたどりつくまえにひらかれた。ゼラーが軒下につけている防犯カメラのひとつで見たか、ピアスが動作センサにひっかかったかだ。偏執症にかけては、知人のなかでゼラーただひとりがピアスと張り合えた。その点がスタンフォード大でふたりの絆を作ったのだろう。一年生のときに、ゼラーが何度も口にした仮説があった。レーガン大統領は就任した年の暗殺未遂で昏睡状態に陥り、極右の操り人形である替え玉が代役を務めているのだ、と。仮説は大いに笑いを呼んだが、ゼラーはいたってまじめに話していたのだ。

「ストレンジラブ博士とお見受けするが」ゼラーは言った。

「総統、わたしは歩けます（映画《博士の異常な愛情》の最後の場面のセリフ）」ピアスは答えた。

　スタンフォード時代からつづくいつもの挨拶だった。サンフランシスコのキューブリック回顧展で、一緒にあの映画を見たとき以来だ。

　ふたりは大学でつるんでいた、いかれた仲間内――ロス・マクドナルドの小説『運命』にあやかって自分たちを運命を司るもの（ドゥームスターズ）と呼んでいた――で考えだした握手を交わした。路面電車の連結部分のように指をフック状にして合わせ、つづいて、血液バンクで採血時にゴムのボールを握るようにすばやく三度握りしめる――ドゥームスターズは在学中にビール、マリファナ、コンピュータ・ソフトを買うため、定期的に血漿を売っていた。

数カ月ぶりに会うが、ゼラーは散髪をしていなかった。日射しで色褪せたぼさぼさの髪をうなじで無造作に束ねている。服装はサーフィン・ショップ〈ズーマ・ジェイ〉のTシャツ、バギーショーツ、レザーサンダル。肌はスモッグがかった夕焼けの赤褐色。ドゥームスターズのなかで、ゼラーの風貌はつねに仲間の憧れの的だった。それがいまは少々、衰えはじめていた。三十五歳となり、年齢を感じながら諦めきれないサーファーのように見えだしている。かえってそこが憎めなくてよいとピアスは思った。多くの面でピアスは自分を裏切り者だと感じていた。ゼラーが貫いてきた一本道の人生を尊敬していた。

「体をあらためろ、ストレンジ博士がマリブに来たぞ。おい、ウェットスーツは着てないし、ボードも見あたらないじゃないか。となると、この予想外のご来駕はどういうわけかな?」

ゼラーに招きいれられ、ふたりは広いロフト形式の家に入った。なかは半分に区切られ、右手が生活空間、左手が作業空間だった。このはっきり異なるエリアの奥は床から天井までガラス張りになった壁で、デッキに面し、そのすぐ向こうは海になっていた。波の寄せる一定した音がこの家の鼓動だった。かつてゼラーから、この家では耳栓をして顔に枕をかぶせないと眠れやしないと聞いたことがある。

「ちょっとドライブして、それからここでいろいろ調べたいと思ったんだ」

ふたりでブナ材のフローリングを横切り、海が見えるほうへ向かった。こうした家ではごく自然な行動だ。人はこの景色に、太平洋の紺碧の水面に惹きつけられる。水平線にぼんやりとした明かりは見えるが、船は一艘も見あたらなかった。ガラス張りの壁に近づくと、デッキの手すりの向こうに寄せてくる大波が見えた。色とりどりのウェットスーツを着たサーファーの小集団がボードに座り、ときが訪れるのを待っている。ピアスはひたすら懐かしくなった。最後にあの場に行ってから、もうずいぶんになる。大波を待つ時間、仲間たちとの友情は、いつだって実際に波に乗るより多くの充足感を与えてくれた。

「あそこにいるのは、おれの仲間だ」ゼラーが言った。「マリブ・ハイスクールのティーンたちのようだな」

「そうだ。おれもな」

ピアスはうなずいた。若々しく感じ、若々しくありつづけろ——言い古されたマリブ・ライフの哲学。

「ここの暮らしがどんなにすばらしいものか、つい忘れがちだよ、コード」

「大学中退者としては、文句は言えん暮らしだな。自分のエキスの純潔を一袋二十五ドルで売るよりマシさ」

血漿のことだ。ピアスは窓辺の風景に背を向けた。リビング部分には無機質なコンクリート仕上げの自立式暖炉のまえに、揃いのカウチ、それにコーヒーテーブルがあった。その奥がキッチン、左手が寝室コーナーだった。

「ビールでいいか？　パシフィカと〝セント・マイク〟がある」

「ああ、もちろん。どっちでも」

ゼラーはキッチンへ行き、ピアスは作業エリアに歩いていった。電子機器をのせた床から天井までの大型ラックは、屋外の明かりをさえぎり、ゼラーの生活スペースとの仕切りの役割を果たしていた。デスクがふたつあり、ほかにコードブックとソフトウェアやシステムのマニュアルを収納した棚もあった。ピアスは元車庫へ通じるドアのかわりにかけられたビニール・カーテンをくぐった。一歩足を踏みいれると、そこはサーモスタット付きのコンピュータ・ルームだ。部屋の左右に完璧なコンピュータ・システムがひと揃いずつ設置され、どちらもマルチ・スクリーンになっている。両システムとも稼働中のようだった。映しだされるデータの軌跡がどの画面でもゆっくりと動いていた。現在のゼラーのプロジェクトのなかを這うデジタルの尺取り虫たち。この部屋の壁は外部からの雑音を軽減すべく、黒い発泡プラスチックのパッドで覆われていた。小型スポットライトでぼんやりと照らされた部屋だ。目には見えないが、ピアスが十年は聴いていないむかしのガンズ・アンド・ローゼズのCDをかけているステレオがあった。

奥の壁の緩衝材に、企業のロゴと商標名を記載したステッカーがずらりと並んでいる。ほとんどは見慣れた名前で、日々の生活に浸透している企業だ。前回ここを訪れたときからさらにステッカーは増えていた。ゼラーは企業のコンピュータ・ネットワークへの侵入に成功するたびに、ロゴを貼る。ロゴはガンマンが銃につけた刻み目と同様のものだった。

ゼラーは善玉ハッカーとして一時間に五百ドルを稼ぐ。ゼラーの右に出る者はいない。フリーランスで働き、通常はビッグ・シックスの会計事務所の一社の仕事をして、事務所のクライアントの侵入テストをおこなっている。ある意味では不正だ。ゼラーに破れないネットワークはまれだった。そしてゼラーが侵入に成功するたびに、雇い主の会計事務所は、侵入されておきながらありがたがるクライアントとたんまり金の絡むデジタル・セキュリティ契約を結べ、ゼラーにはたっぷりボーナスが入ってくる寸法だった。デジタル・セキュリティは法人会計業界において最速で伸びている分野だと一度ゼラーに聞いたことがある。ゼラーはあちこちの大手企業から、専属で仕事をしないかとひっきりなしに高額のオファーを受けているが、そのたびにひとりで働くのが性に合っていると断わっていた。こっそりピアスに語ったところでは、法人勤めにはつきものの、抜き打ち薬物検査を避けたいためでもあった。

ゼラーが茶色いサンミゲルのボトルを二本手にしてクリーン・ルームへやってきた。ふたりは口をつけるまえに、ボトル同士を二度軽く合わせた。これも大学時代からのならわしだ。喉ごしがよく、きんきんに冷えており、ピアスにはしみじみうまく感じられた。ボトルをもった手で、壁に貼られた赤と白の四角を指した。企業のシンボルマークとしては世界一有名なものだ。

「あれは新しいんじゃないか？」

「ああ。あいつはやっつけたばかりなんだ。アトランタから仕事がきた。例の飲料を作るのに、この会社は秘密の製法をどうやって完成させるか知ってるだろ？　そいつは——」

「ああ、コカインだ」

「都市伝説だな。とにかく、連中は製法がどれだけ厳重に守られているか、確かめたかったんだ。おれはまったくのゼロからはじめた。七時間かかったが、ＣＥＯに製法をメールしてやったよ。侵入テストをやってることは知らなかったらしい——もっと下の連中が手配していたんだな。ＣＥＯは危うく心臓発作を起こしかけたらしいぜ。製法がネット中に出まわって、ペプシやドクター・ペッパーの奴らが手に入れた幻想を見たんだろうよ」

ピアスはほほえんだ。

「クールだ。いまなにか仕事をやってるのか？　忙しいようだが」

ピアスはボトルで画面を示した。

「いや、とくには。ちょいと流してるだけさ。おれの知ってるやつが、あそこに隠れてるんでね」

「だれが？」

ゼラーはピアスを見てほほえんだ。

「そいつを漏らしたら、おまえを永遠に黙らせないとならなくなる」

それがビジネスだった。ゼラーは自分が売るものの一部は慎重さだと話していた。ふたりはよいときも、ひどく悪いときも——少なくともピアスにとっては——大学時代まで遡ることのできるつきあいをつづけてきた。だが、ビジネスはビジネスだ。

「わかった」ピアスは言った。「じゃましたくないから、単刀直入に言わせてくれ。ほかの仕事もできないくらい忙しいのか？」

「いつはじめなくちゃならん仕事だ？」

「まあ、昨日がよかったんだが」

「急ぎだな。急ぎの仕事は好きだ。それにアメデオ・テックの仕事をするのも好きだぜ」

「会社の仕事じゃない。個人的な仕事だ。でも、金は払うから」

「ますますいいね。どんな仕事だ？」

「ある連中とあるビジネスを調べたい。なにが出てくるか確かめたい」

ゼラーは考え深げにうなずいた。

「手強い連中か？」

「よくわからないが、自分ならあらゆる予防措置はとる。アダルト娯楽産業関係ってやつなんだ」

ここでゼラーは大きく顔をほころばせた。目元の日焼けした肌にしわがよった。

「おい、ぼうや。おまえの息子をまずいところに突っこんだんじゃないだろうな？」

「いや、そんなことじゃないって」

「じゃあ、なんだよ？」

「座ろう。それにメモするものをもってきたほうがいい」

リビングでピアスは出所を説明せずにリリー・クインランの情報をすべて話した。また、〈起業コンセプト〉やその経営者のウェンツについて情報を探すよう頼んだ。

「ファースト・ネームはわかるか？」

「いや、ウェンツだけだ。対象となる業界じゃそう多い名じゃないだろう、たぶん」

「徹底的に調べるか？」

「できるだけやってくれ」

「ラインの内側に留まるのか？」

ピアスはためらった。ゼラーは冷静にピアスを見つめつづけている。法律の境界線内に留まるのかと訊いているのだ。ピアスは経験から、ゼラーがラインを超えて、許可を得ていないネットワークに侵入したら、さらに多くの情報が得られることを知っていた。そしてゼラーはラインを超える達人だ。ドゥームスターズは大学の二年生のときに結成された。ハッキングは当時の自分たちの世代とグループ内の流行となった。大部分はゼラーに指揮され、内輪に留まらないことまで手を出していた。たいていは悪ふざけで、最高傑作は地元の電話会社の四一一番号案内に侵入して、キャンパスからもっとも近いドミノ・ピザの番号を、コンピュータ・サイエンス部学生部長の自宅の番号に書き換えたことだった。

しかし、最高の時は最低の時でもあった。ドゥームスターズの六人全員が逮捕された。刑罰面では、全員が起訴され保護観察処分を受けたが、六カ月のあいださらなるトラブルを起こさなければ起訴は消滅することになった。メンバーは各々、百六十時間の地域奉仕をこなさなければならなかった。学校面では、全員が一学期間の停学となった。ピアスは停学と保護観察の期間を終えて学校へもどった。警察と学校当局に拡大鏡で監視されるなか、コンピュータ・サイエンスから化学の履修課程へ専攻を変え、決して振り返らなかった。

ゼラーもまた、決して振り返らなかった。スタンフォードにはもどらなかった。コンピュータ・セキュリティ会社にすくいあげられ、かなりの給料を手にした。プロになるため早くに学校をあとにする才能ある運動選手のように、いったん金を手にし、得意なことで稼ぐ喜びを味わったあとでは学校にもどることはできなかった。

「こう言おうか」ピアスはようやく答えた。「手に入るものは、なんでも入手してくれ。そうだ、〈起業コンセプト〉では、〝アブラ・カダブラ〟のバリエーションが侵入の役に立つと思う。まず逆向きに試してくれ」

「とっかかりをどうも。いつまでに必要だ？」

「さっきも言ったが、昨日ならよかった」

「わかった。急ぎで。なにかやばいことに手を出してないのは、まちがいないな？」

「ぼくの知るかぎりでは」

「ニコールはこの件を知ってるのか？」

「いや、ありえないだろ。ニコールとは終わったんだ、忘れたのか？」

「わかった、わかった。それがこの件を調べてる理由か？」

「しつこい奴だな。ニコールとはなんの関係もないんだ」

ピアスはビールを飲み終えた。長居をしたくなかった。ゼラーにいま与えた仕事をやらせたかったからだ。けれども、急いではじめる気配はゼラーになかった。

「もう一本どうだ、司令官？」

「いや、やめておく。アパートメントにもどらないと。アシスタントに家具配達人のお守りをさせてるからな。それに、おまえは仕事をはじめないといけないだろ?」

「ああ、そうだな。すぐにやるよ」

ゼラーは作業スペースのほうに手を振った。

「いまはマシンが全部ふさがってる。けど、今晩できるだろう。明日の夜までに電話するよ」

「わかった、コード。恩に着るよ」

ピアスは立ちあがった。握手した手を勢いよく振った。固い絆。ドゥームスターズふたたび。

11

ピアスがアパートメントへもどるころには、業者の姿はすでになかったが、モニカはまだ残っていた。彼女の家具配置はまずまずだった。リビングとダイニングの片側を走る、床から天井までの窓からのながめを活かしきっていなかったが、さほど気にならなかった。どのみち、アパートメントで過ごす時間はほとんどないだろう。

「いい感じだな」ピアスは言った。「ありがとう」

「どういたしまして。お気に召したらいいんですが。いま帰るところでした」

「なぜ残っていたんだい？」

モニカは雑誌の束を両手であげてみせた。

「雑誌を読み終えたかったんです」

雑誌を読むのにアパートメントに留まる必要性があるのかピアスには解せなかったが、追及しないでおいた。

「いいかい、帰るまえにひとつ頼みがある。ちょっと腰をおろしてくれないか？」

モニカはそう頼まれて迷惑な顔をした。おそらく、またリリー・クインランのふりをして電話するところを想像したにちがいない。それでもモニカは自分がカウチとつりあうように注文したレザーのクラブチェアのひとつに腰をおろした。

「わかりました、どんな頼みですか？」

　ピアスはカウチに座った。

「〈アメデオ・テクノロジーズ〉でのきみの肩書きはなんだい？」

「どういうことです？　ご存じでしょう」

「きみが自覚しているかどうか、知りたいんだよ」

「社長付きの個人アシスタントです。なぜです？」

「ただのアシスタントじゃなくて、個人のアシスタントだという点をしっかりと思いだしてほしいからだ」

　モニカは目をしばたたき、長いあいだピアスの顔を見つめてから返事をした。

「わかりました、ヘンリー。なにか不都合でも？」

「不都合な点は、きみがうちの電話番号の問題や、ぼくがなにをやろうとしているかを、チャーリー・コンドンに話すのは感心しないってことだ」

　モニカは背筋を伸ばし、驚きのポーズをとったが、下手な芝居だった。

「話してなんかいません」

「チャーリーはそう言わなかったな。それに、きみが話をしていないなら、チャーリーがきみと話をしたあとで、すべてを知っていたのはどういうわけだ？」

「あの、いいですか、わたしが話したのは、あなたが売春婦の古い電話番号を割り当てられてしまい、あれこれ電話がかかってくるってことだけです。少しは事情を説明しないとならなかったんです。だって、チャーリーが電話してきたときおたがいにだれの声かわからなくて、あの人はこう言ったんですよ。『きみはだれだ?』って。それで、てっきりリリーあての電話だと思ったので、わたしはきついことを言ってしまって」

「なるほど」

「それで、とっさに嘘を思いつけなかったんです。だれかさんみたいに、そんなことは得意じゃないんですよ。嘘や、ソーシャル・エンジニアリングというのか、そんなことは。で、チャーリーには本当のことを話しました」

最初にチャーリーには話をしていない、とあからさまに嘘をついたじゃないかと指摘しそうになったが、火に油を注ぐようなまねはしないことにした。

「じゃあ、チャーリーに話をしたのはそれだけなんだね、ぼくにその女の電話番号がまわってきたって? それしか言ってないんだね? ぼくのために住所を聞き出した方法や、ぼくが女の家に行ったことは話してない?」

「ええ、話してません。でも、話さないのが重要なことなんですか? おふたりはパートナーじゃないですか」

モニカは立ちあがった。

「もう帰っていいでしょうか?」

「モニカ、もう少しだけ座ってくれ」

ピアスは椅子を指さし、モニカはしぶしぶもう一度腰をおろした。

「重要なのは、うっかり口を滑らせて、船を沈めてしまうことだ。それはわかってくれているだろうか？」

モニカは肩をすくめ、ピアスを見ようとしなかった。膝に置いた雑誌の束に視線を落としている。いちばん上の雑誌の表紙はクリント・イーストウッドの写真だった。

「ぼくの行動は会社の評判に跳ね返ってくる」ピアスは言った。「いまはとくに。ぼくがプライベートでやったことさえもだ。ぼくの行動が誤ったり、誇張されたりして伝えられると、会社に重大な疵がつくことになるかもしれない。現在うちの会社は利益をあげていないんだよ、モニカ、投資家に頼っているんだ。投資家が研究を援助し、賃料や給料、なにもかもを払ってくれる。もし投資家たちがうちは危ないと考えたら、会社にとって大きな問題になる。ぼくに関する事柄――正しかろうがなかろうが――が、好ましくない人々に知れたら、うちはトラブルを抱えることになるだろう」

「チャーリーが好ましくない人々だとは知りませんでした」モニカがむっとした声で言った。

「チャーリーはそんな人じゃない。だが、ぼくが心配しているのは、きみがぼくの行動やいまの状況をほかのだれかに言いやしないかってことさ。相手はだれであれだ、モニカ。会社の内外にかかわらず」

ニコールを筆頭に、日常生活で出会うすべての人について話していることをモニカが理解してくれたらいいのだが。

「話すわけがありません。だれにも言いません。それから、そちらのプライベートな生活にわたしを巻きこむようなことを、もう頼まないでください。配達用の留守番でもなんでも、社外の仕事はやりたくないんです」

「わかった。もう頼まない。きみが嫌がると考えなかったぼくのミスだ。きみは自分で残業できると話していたから」

「残業はできますけど、こんなややこしいことはごめんです」

ピアスはずっとモニカを見つめ、間をおいてしゃべりはじめた。

「モニカ、きみはアメデオがなにをやっているか知ってるのかい？　つまり、今度のがなんに関するプロジェクトなのか？」

モニカは肩をすくめた。

「なんとなくは。分子コンピュータについてでしょう。栄光の壁で記事を少し読みました。でも、あの記事はとても……科学的だし、なにもかもがあまりにも秘密にされているので、訊いてみようとも思わなかったんです。ただ、わたしは自分の務めを果たそうとしているだけです」

「プロジェクトは秘密じゃないよ。ぼくらが開発している過程は秘密だが。ふたつは別の話だ」

ピアスは身を乗りだし、混乱させることも保護された領域に足を踏みいれることもなく、説明する最良の方法を考えだそうとした。チャーリー・コンドンが科学の理解にとまどいそうな投資家候補によく使う方法を試すことにした。チャーリーがかつてコーディ・ゼラーとプロジェクトについて一般的な話をしたあとに思いついた説明だ。コーディは映画の大ファンだ。そしてピアスも。もっとも、最近では映画館で観る機会などめったになかったが。

「《パルプ・フィクション》を観たことがあるかい？」

モニカはいぶかしげな顔をして、ぎこちなくうなずいた。

「ええ。でもそれにどんな関係が――」

「ギャングたちが好き勝手にやり、人を撃ちまくり、ドラッグを打つ映画だったろう。でもすべての中心はあのブリーフケースだ。そしてブリーフケースのなかにあるものは明らかにされないが、だれもがほしがっている。だれがブリーフケースを開けても観客になかは見えないが、中身がなんにしろ黄金のように輝いている。だれがなかをのぞきこんでも心を奪われてしまうものなんだ」

「覚えてます」

「そうか、それがアメデオで追いかけているものなんだ。追いかけているのは、黄金のように輝くが、だれにも見えないものだ。それを追っているんだよ――そしてほかにも大勢の人々が追いかけている――それが世界を変えると心から信じているからだ」

ピアスは間をおいたが、モニカは理解した様子がなく、ただピアスを見ているだけだった。

「現在は世界中どこでも、超小型演算処理チップはシリコンで作っている。それがスタンダードだ、そうだろ？」

　モニカはまた肩をすくめた。

「そうなんですか」

「ぼくらがアメデオでやろうとしていること、それに、うちが張り合っている〈ブロンスン・テクノロジーズ〉や〈ミダス分子工業〉、世界中の何十もの企業、大学、政府がやろうとしていることは、分子を使用した新世代のコンピュータ・チップを創りだすことだ。コンピュータの回路全体を、たったひとつの有機分子で作りあげるんだ。コンピュータはいつの日か化学物質の大桶のなかから現われる。大桶に正しいレシピを投入すれば、自己組織化によってコンピュータができあがるんだ。シリコンも磁粉もないコンピュータの話をしているんだよ。これまでと比較にならないほど安価で製造でき、天文学的なパワーがある——ティースプーンたった一杯の分子に、現在最大のコンピュータよりも多くのメモリを載せることができるんだよ」

　モニカはピアスの話が終わったことがはっきりするまで様子を見ていた。

「すごいわ」言葉とは裏腹の口調だった。

　ピアスはモニカの扱いづらさにほほえんだ。たぶん、あまりにもセールスマンめいた話ぶりだったかもしれない。正確には、チャーリー・コンドンのように。もう一度やってみることにした。

「コンピュータのメモリとはなんなのか知ってるかい、モニカ？」

「えーと、ええ、たぶん」

モニカの表情から察するに、ごまかしているだけのようだった。きょうびのこの世代は、ほとんどの者がコンピュータのようなものに説明を求めず、最初からあってあたりまえのものだと考えている。

「どうやって動作するかってことなんだよ」ピアスはモニカに言った。「メモリとはただの連続した1と0なんだ。どのデータにも、数字にも、文字にも、1と0の特定の並びかたがある。その1と0の配列によって、言葉や番号ができる。四、五十年まえには、基本的な演算を保存するために、コンピュータはこの部屋のサイズが必要だった。現在ぼくらは、シリコン・チップにまでサイズを落とした」

ピアスは親指と人差し指をあげて、ほんの一センチほどあいだをはなした。それからぎゅっとくっつけた。

「だが、もっと小さくできる」ピアスは言った。「ずっとずっと小さくね」

モニカはうなずいたが、ピンときたのか、それともただうなずいているだけなのか、ピアスにはわからなかった。

「分子ですね」モニカは言った。

ピアスはうなずいた。

「そのとおりだ、モニカ。そして、いいかい、最初にそこへ到達する者が現在の世界を変えることになる。シリコン・チップより小さいコンピュータを作ることが可能だと考えられるんだ。現在は部屋いっぱいを占めるコンピュータが十セント硬貨（ダイム）の大きさになる。それがぼくらの目標だ。だからラボでぼくらは〝ダイムを追って〟と呼んでるのさ。その言葉は社内で聞いたことがあるはずだ」

　モニカは首を横に振った。

「でも、どうしてダイムの大きさのコンピュータをほしがる人がいるんですか？　読めもしないじゃないですか」

　ピアスは笑い声をあげかけたが、すぐさまやめた。この女性を怒らせることなく、味方につけておかねばならない。侮辱すべきではない。

「たんなるたとえにすぎない。可能性なんだよ。肝心なのは、この種のテクノロジーにおける計算とメモリの能力には限界がないってことなんだ。きみの言うとおりだ。ダイムの大きさのコンピュータを必要としたり、ほしがったりする者はいない。だけどね、この進歩がパームパイロットやノートパソコンではどんな意味をもつか考えてみるんだ。どちらも、もち歩く必要がないとしたら？　コンピュータがシャツのボタンや眼鏡のフレームに収まるとしたら？　オフィスではデスクトップ・コンピュータがデスクになくて、オフィスの壁にかかった絵画のなかにあるとしたらどうだい？　壁に向かって話をしたら、返事がかえってくるとしたら？」

　首を横に振るところをみると、モニカはまだその可能性も実用性も理解できないらしい。現在親しみ、理解し、受けいれている世界をはなれることができないのだ。ピアスは尻ポケットに手をいれ、札入れを取りだした。アメリカン・エキスプレスのカードを出してモニカに見せた。

「このカードがコンピュータだとしたら？　このカードのすべての購入記録が、日付、時刻、購入店こみで残るほど強力なメモリ・チップを搭載しているとしたらどうだい？　ユーザーの一生ぶんの記録ってことだよ、モニカ。この薄いプラスチックに載る底なしのメモリだ」

　モニカは肩をすくめた。

「それはすごいでしょうね」

「五年とかからぬうちにそうなる。すでに分子RAMは存在している。ランダム・アクセス・メモリだね。そして目下、論理ゲートを完成させつつある。動作回路だ。このふたつ——論理ゲートとメモリ——を一緒にすると集積回路になるんだよ、モニカ」

　こうした可能性をしゃべっていると、いまでもピアスは興奮する。クレジット・カードを札入れにしまい、札入れをポケットにもどした。そのあいだもモニカから目をはなさなかったので、いぜんとしてモニカに衝撃を与えられなかったことがわかった。ことの大きさを認識させようとするのはやめて、要点を話すことにした。

「モニカ、肝心な点は、ぼくらだけじゃないってことなんだ。この分野はとても競争が激しい。〈アメデオ・テクノロジーズ〉と同じ民間企業だけでもライバルがたくさんいるんだよ。多くはうちより大手で資金も豊富だ。それにDARPAはいるし、UCLAを始めとする大学もいるし、それに——」

「DARPAってなんです？」

「米国国防総省高等研究計画局のことだ。政府だよ。あらゆる先端技術に目を配っている機関だ。うちが扱っている分野で、いくつかの異なるプロジェクトを支援している。ぼくは会社を興したとき、意識して政府をボスにしない道を選んだ。だが、ライバルのほとんどは、たっぷりと資金があり、潤っているってことを忘れちゃだめだ。うちはちがう。だから開発を進めるには、枯れることのない資金源が必要なんだよ。さもないと、レースから脱落して、〈アメデオ・テクノロジーズ〉は消えてしまう。わかるかい？」

「わかりました」

「これが自動車販売のようなビジネスなら話は別だろう。でも、うちは世界を変えようとしているからね。あのラボに集めたチームはかけがえのないものだ。ぼくらは――」

「もうたくさんです。それほど大事なことならば、ご自分の行動に気をつけたほうがいいんじゃないですか？　さっきもお話ししたじゃありませんか。その女の家に行ってこそこそしているのは、そちらでしょう」

怒りが身体のなかで燃えあがり、ピアスは落ち着くまで一呼吸おいた。

「いいかい、ぼくはちょっと気になって、無事かどうか確かめたいと思っただけだ。それがこそこそするってことなら、いいさ、ぼくはこそこそしていたよ。だが、もうやるべきことは終わった。月曜日にはきみにここの電話番号を変えてもらい、できればそれで終わりにしたいと思ってるよ」

「結構です。もう帰っていいですか？」

ピアスはうなずいた。お手上げだ。

「ああ、どうぞ。家具の配達を待っていてくれてどうも。残りの週末を楽しく過ごしてくれ。じゃあ、月曜日に」

こう話をしているときも、モニカが椅子から立ちあがったときも、ピアスはモニカのほうを見なかった。モニカはなにも言わず立ち去り、ピアスの怒りは収まらないままだった。決めた。プロジェクトのほうが落ち着いたら、新しい個人アシスタントを見つけよう。モニカは社の一般アシスタントの群れにもどればいい。

しばらくカウチに腰かけていたが、電話のベルが鳴り、とりとめのない考え事からはっと我に返った。またリリーへの電話だった。

「手遅れだな」ピアスは言った。「リリーは商売をやめて、USCへ行った」

そして電話を切った。

ややあってまた受話器を手に取ると、ヴェニスの番号案内にかけてジェイムズ・ウェインライトの番号を訊ねた。つぎにかけた電話には男が出て、ピアスは立ちあがると話ながら窓辺へ歩いた。

「リリー・クインランの家主を捜しています」ピアスは言った。「ヴェニスのアルタイル・プレイスの」

「そりゃ、おれだろうな」

「ピアスと申します。リリーの居場所を突き止めようとしているのですが、先月あたり、そちらがリリーと連絡を取られたかどうかと思いまして」

「ふむ、まず言っておくがね、あんたとは面識はないようだな、ミスター・ピアス。それに用件を聞いて納得しないかぎりは、うちの賃借人について、赤の他人の質問に答えることはできねえな」

「ごもっともです、ミスター・ウェインライト。よろしければ、喜んでそちらにおうかがいしますが。ぼくはリリーの家族の友人なんです。リリーの母親のヴィヴィアンは娘を心配していましてね。二カ月近くも連絡がないんですよ。調べるよう頼まれたんです。確認なさりたいなら、フロリダのヴィヴィアンの電話番号をお教えしますが」

賭けだったが、ピアスはウェインライトが話をする気になるならば、いちかばちかやってみるだけの価値はあると考えた。それに真実からさほどかけはなれているわけではない。ソーシャル・エンジニアリングだ。真実を少しばかり曲げて、自分に都合がいいようにする。

「契約書に母親の番号は載ってる。電話する必要はないだろう。あんたの助けになる情報はなにもないからだ。リリー・クインランは今月末まで家賃を払ってる。厄介ごとでも起こさないかぎり、会うことも話すこともない。この二カ月は、リリーと話したことも、本人を見かけたこともないぜ」

「今月末まで家賃を？　確かですか？」

これまで調べた記録と一致しない。

「まちがいないさ」

「先月の家賃はどうやって支払われていますか？　小切手、それとも現金で？」

「あんたには関係ないだろう」

「ミスター・ウェインライト、関係あるんです。リリーは姿を消して、母親から捜してくれと頼まれたんだから」

「あんたがそう言ってるだけだな」

「母親に電話してみてください」

「電話してるヒマなんかねえんだよ。三十二のアパートメントと戸建てをもってるんだ。いちいち――」

「あの、家の芝生の手入れをしている人がいませんか？　その人に話を聞いてもいい」

「あんた、もうそいつと話をしているところだよ」

「じゃあ、アルタイル・プレイスの家ではリリーを見かけなかったんですね？」

「よくよく考えてみると、おれが芝を刈ったり、スプリンクラーの点検をしていると、家から出てきて挨拶することは何回もあったな。ペプシやレモネードをもってきてくれたりな。一度は冷えたビールのときもあった。だが、おれがあの家に行った最近の何回かは、留守だったよ。車がなかった。べつにおかしいとは思わなかったね。人にはそれぞれ生活があるだろう」

「どんな車に乗っていたんでしょう？」

「ゴールドのレクサスだよ。どのモデルかはわからんが、レクサスにはちがいない。いい車だ。よく手入れされてたよ」

ピアスはほかに質問を思いつかなかった。ウェインライトはたいして助けにならなかった。

「ミスター・ウェインライト、お願いですから、契約書を見て母親に電話をして確認してくれませんか？　そうしたら、またこっちに電話してください。この件で話をしたいんです」

「警察が絡んでるのか？　失踪届は出てるのか？」

「母親は警察と話をしていますが、たいしてあてにできないと思っています。だからぼくに頼んだんですよ。なにか書くものがありますか？」

「あるさ」

ピアスはためらった。自宅の電話番号を教えたら、リリーの番号と同じことに気づかれるかもしれない。かわりに、会社のピアスへの直通番号を教えた。そこで礼を言うと、電話を切った。

座ったまま電話を見つめ、繰り返しいまの会話を再現し、毎回同じ結論にたどり着いた。ウェインライトはごまかそうとしていた。なにかを知っているか、なにかを隠そうとしているか、あるいはその両方ではないかと思えた。

バックパックを開け、リリーのエスコート業のパートナーであるロビンの電話番号を書いておいた手帳を取りだした。

今回はロビンが電話に出た際に自分の声を低くしてみた。前夜の電話と同じ声だとばれないように願った。

「今夜どうかなと思っているんだが」

「あら、空いてるわよ、ベイビー。デートしたことがあった？　声に聞き覚えがあるみたい」

「なにがお望み？」

「い、いや。会ったことはないよ」

「ええとだな、夕食をとってからきみの家とか。そんなところかな」

「あのね、ハニー。あたしは一時間四百ドルなの。たいていの男の人は夕食を省いて、うちに来たがるのよ。それか、あたしが出むくか」

「じゃあ、きみに会いに行くだけにしよう」

「ええ、いいわよ。名前を教えて」

ロビンに発信者名がわかることを知っていたので、嘘をつけなかった。

「ヘンリー・ピアスだ」

「それで、何時頃にと思ってるの？」

ピアスは腕時計を見た。六時だった。

「七時でどうだろう」

それだけあれば、計画を立て、現金自動支払機へ行けるだろう。いくらか現金の手持ちはあったが、足りない。一回に最高四百ドルを引きだせるカードを使おう。

「早寝早起きさんスペシャルね」ロビンは言った。「あたしは構わないわ。もっとも、割引はないけどね」

「結構だよ。どこに行けばいい？」

「鉛筆はある？」

「ここにある」

「きっと硬い鉛筆ね」

ロビンは笑ってマリーナ・デル・レイのリンカーン大通りにある〈スムーズ・ムーヴズ〉の住所を教えた。店へ行き、ストロベリー・ブリッツを買ってから、六時五十五分に表の電話ボックスから電話をかけろという。ピアスが意図を訊ねると、ロビンはこう答えた。「用心のため。家に入れるまえに、あなたを見てみたいの。それにあたしはストロベリーのスムージーが好きだし。花束をもってくるようなものよ、シュガー。あたしのために、エネルギー・サプリのパウダーを入れてもらってね。あなたとは、どうも必要になりそう」

ロビンはまた笑い声をあげたが、あまりにもとってつけたようで虚（むな）しく響いた。ピアスはいたたまれない気持ちになった。スムージーを買って電話すると伝えて礼を言い、それで会話は終わりだった。受話器をもどしながら、狼狽の波に襲われているのを感じた。自分がモニカにぶちあげたスピーチと、アシスタントがどれほど真実を突いて言い返したかを考える。

「このまぬけが」ピアスはひとりごちた。

12

約束の時間にピアスは〈スムーズ・ムーヴズ〉まえの電話ボックスから、ロビンの番号に電話をかけた。電話を背にして、リンカーン大通りを渡ったところにあるマリーナ・エグゼクティヴ・タワーズという大規模団地をながめた。もっとも、建物そのものはタワーズという名にふさわしくなかった。低層で横に広く、駐車場の上に建てた三階建てのアパートメントだ。団地はそのブロックの半分を占め、横方向は色のグラデーションで分断されている。外壁は三色のパステルカラー――ピンク、ブルー、イエロー――で縦に塗り分けてあった。屋根から短期高級賃貸と無料メイド・サービスの広告の垂れ幕が下がっていた。売春婦が仕事をするにはうってつけの場所だとピアスは気づいた。これだけ大型で賃借人の回転が早ければ、ひっきりなしにちがう男たちの出入りがあっても目立たないだろうし、ほかの住民の注意も引かないだろう。

三回呼び出し音が鳴ってからロビンは電話に出た。

「ヘンリーだ。店のまえから電話を――」

「どうも、ベイビー。ここからあなたのことを見せて」

　あまりあからさまにならないように、ピアスは道の向かいの団地の窓に視線を走らせ、こちらを見ている者がいないか捜そうとした。人の姿も、カーテンの動きも目につかなかったが、反射ガラスをはめた窓が数部屋あった。この団地でロビンのような仕事をしている女性はひとりじゃないのかもしれない。

「あたしのスムージーを買ってくれたのね」ロビンは言った。「約束のサプリメントを入れてくれた？」

「ああ。打ち上げ（ブースター）ロケットというそうだ。きみがほしかったのはそれかい？」

「それよ。いいわ、あなたはまともな人に見える。おまわりじゃないね？」

「いや、ちがうよ」

「確かね？」

「ああ」

「じゃあ、そう言って。会話を録音してるから」

「ぼくは警察官じゃない。これでいいかい？」

「いいわ。じゃあ、あがってきて。道を団地のほうへ渡って、正面入り口で二〇三号室を呼びだして。じゃね」

「わかった」

　ピアスは電話を切り、道を渡ってロビンの指示にしたがった。ドア横の二〇三の印があるボタンには、バードという名前が書かれていた。コマドリ（ロビン）だからか。ボタンを押すと、インターコムで再確認されることもなく、ドアロックが音を立てて解除された。なかに入ると階段が見つからなかったので、エレベーターであがった。ロビンの部屋はエレベーターから二軒目だった。

ピアスがノックするまもなく、ドアがひらいた。のぞき孔があり、ロビンはそこから見ていたらしい。スムージーを渡すと、なかに招かれた。

家具がまばらに置かれ、個人的な物は排除してあるような部屋だった。カウチ、椅子、コーヒーテーブル、それに床置きの照明スタンドがあるだけだ。複製画が額に収まり、壁に飾られていた。中世の絵のようだった。新たな死者を隧道(すいどう)の終点の明かりへと導くふたりの天使。

室内へ足を踏みいれると、バルコニーに面したガラス張りの掃き出し窓に反射フィルムが貼ってあった。〈スムーズ・ムーヴズ〉のほぼ正面に位置するようだった。

「あたしにはあなたが見えたけど、あなたには見えなかったわね」ロビンが背後で言った。

「あなた、こっちを見てた」

ピアスは振り返った。

「段取りがおもしろいと思ってね。その、きみがどんなふうに進めているのか」

「そう、もうわかったでしょ。座って」

ロビンはカウチへ歩いていき、隣に座るようピアスに手招きした。ピアスは座った。周囲を見渡そうとした。部屋はホテルの客室を彷彿させるが、このアパートメントで通常おこなわれる商売には、雰囲気は重要じゃないのだろう。ロビンの手があごにふれて、ロビンと向き合うよう顔の向きを変えられた。

「あたしのことが気に入った？」ロビンは訊ねた。

ロビンはサイトの写真の女性にまずまちがいない。リリーの写真ほど何度も観察しなかったので、絶対とは言いづらかった。裸足で、ライトブルーの袖なしのTシャツと、赤いコーデュロイのショートパンツ姿だった。ショートパンツのカットはかなり大胆で、水着のほうがまだ奥ゆかしいぐらいだ。ノーブラで豊満な胸をしていた。おそらく注入手術の結果だろう。乳首はガールスカウト・クッキーなみの大きさで、Tシャツにくっきりと形が浮かびあがっていた。ブロンドの髪はまんなか分けにされ、巻き毛が顔の両側に流れ落ちている。見たかぎりでは化粧はしていないようだった。

「ああ、気に入ったよ」ピアスは答えた。

「メグ・ライアンに似てると言われるの」

ピアスはうなずいたが、似ているとは思わなかった。映画スターのほうが年上だが、目元がずっと優しかった。

「もってきてくれた？」

最初はスムージーのことだと思ったが、すぐに金のことを思いだした。

「ああ、ここにある」

ピアスはカウチにもたれてポケットに手を入れた。自動支払機で引きだしたばかりの二十ドル札を束ねた四百ドルを準備していた。ここはリハーサルしておいた箇所だ。四百ドルを失っても構わないが、ロビンに渡したあげく、ここに来た本当の理由を明かして追いだされるのはごめんだった。

ロビンに見えるよう金を取りだし、すぐそこにあり、いつでもロビンのものになるとわかるようにした。

「初めてね、ベイビー？」

「なんだって？」

「エスコートよ。初めてでしょ？」

「どうしてわかるんだい？」

「封筒に入れておくのが普通なの。贈り物のようにね。それは贈り物でしょ？　なにかの行為に対して支払うんじゃないの」

「ああ、そうだね。贈り物だ」

「ありがとう」

「GFEのGはそのことかい？　ギフトのG？」

ロビンはほほえんだ。

「本当に慣れてないのね。GFがガールフレンド。GFEっていうのは、〝とっても積極的なガールフレンドとの体験〟。なんでも好きなことができるわけ。奥さんになるまえのガールフレンド相手のようにね」

「結婚はしていない」

「それはどうでもいいのよ」

ロビンはそう言いながら金に手を伸ばしたが、ピアスは手を引っこめた。

「その、これを……贈り物を渡すまえに、話しておくことがあるんだ」

たちまち、警戒の色がロビンの顔にありありと浮かびあがった。

「心配しないでくれ、警官じゃない」

「じゃあ、なに、ゴムを使いたくない？　だめよ、それはぜったいに譲れないナンバーワンのルールだわ」

「いや、そうじゃない。じつはきみとセックスしたいわけじゃないんだ。きみはとても魅力的だが、情報がほしいだけでね」

ロビンの物腰が険を増し、腰をおろしているというのに背が高くなったように見えた。

「いったい、なんの話？」

「リリー・クインランを見つけないとならないんだ。手を貸してほしい」

「リリー・クインランってだれ？」

「おいおい、自分のサイトに名前を載せているじゃないか。お楽しみを倍だっけ？　だれのことかわかっているはずだ」

「あなた、ゆうべの男ね。ゆうべ電話してきた男だ」

ピアスはうなずいた。

「じゃあ、とっとと出てって」

ロビンはさっと立ちあがり、ドアのほうへ歩いた。

「ロビン、そのドアを開けるんじゃない。ぼくと話さないのなら、警察と話すことになる。これでだめなら、次は警察に相談するつもりだ」

ロビンは振り返った。

「警官が気にかけるもんですか」

しかし、ロビンはドアを開けなかった。そこに立ったままで、ドアノブに手をかけて怒りをあらわに返事を待っていた。

「現時点ではそうかもしれないが、ぼくが話しに行けば、関心を示すさ」

「どうして？　あんたは何者なの？」

「コネがあってね」ピアスは嘘をついた。「それだけわかっていたらいい。ぼくが警察の元へ行けば、警察はきみのところにやって来るだろう。ぼくのように親切じゃないだろうね……それにきみの時間を使っておいて四百ドルを払うこともない」

ピアスはロビンが座っていたカウチに金を置いた。ロビンの視線が金に吸い寄せられた。

「情報だけなんだ、ぼくがほしいのは。ぼくからよそに漏れることもない」

反応を待っていると長い沈黙のあとに、ロビンがカウチへもどってきて金をわしづかみにした。その金をちっぽけなショートパンツにどうにか押しこんだ。だが、腕組みをして立ったままでいた。

「どんな情報？　あの子のことは、ろくに知らないのよ」

「なにか知ってるはずだ。きみはリリーのことを過去形で話していた」

「なにも知らない。あの子が行ってしまったことしか知らないの。あの子はただ……消えた」

「それはいつのことだい？」

「ひと月以上まえ。いきなり姿を消してしまって」

「それほどまえに消えたのなら、どうしてサイトにリリーの名前を載せたままにしてるんだ？」

「あの子の写真を見たでしょ。客を呼びこんでくれるのよ。最初はリリーめあてでも、あたしだけでもいいって納得してくれる客もいるから」

「それはわかったが、なぜリリーがいきなり消えたと言える？　ふつうに荷物をまとめて出ていったのかもしれないだろう」

「わかるんだって。あるとき電話でしゃべったのに、あの子は姿を見せなかったから」

「姿を見せなかったって、どこに」

「出番だったのよ。ふたりで。あの子が手配して、あたしに電話をよこした。待ち合わせの時間を知らせてきたのに、あの子は現われなかった。あたしが待ち合わせ場所にいたら客もやってきた。機嫌よくなかったわね。最初は駐車スペースがなかったからだし、おまけにあの子もいないし。あたしは駆けずりまわってほかの女の子を手配して、このあたしのアパートメントにもどってこなくちゃならなかった――でもリリーみたいな子はいないからね。客はどうしてもリリーがよかったのよ。大失敗だったわ、あれは。ほんとに」

「どこで起こったことなんだ？」

「あの子のところ。仕事場。あの子はほかの場所じゃ仕事をしなかった。出張はなし。うちでさえ、だめだった。あたしがいつもあの子の家に行かなきゃならなかった。ダブルをやりたがったのがあたしの客でもね。あの子の仕事場に行くか、ダブルはなしか、どっちかだった」

「リリーの仕事場の鍵をもっていたのかい？」

「いいえ。ねえ、もう四百ドルぶんの情報は手に入れたでしょ。なにも考えずにファックして、あんたのことを忘れるほうがずっと簡単。もう終わりよ」

ピアスは怒ってポケットに手を伸ばし、残っている現金を取りだした。二百三十ドルある。車で数えておいた。その残金をロビンのまえにかかげた。

「じゃあ、これを取ってくれ。まだ聞きたいことが残ってるんだ。リリーの身になにかが起こった、ぼくはそれを突きとめるつもりだ」

ロビンは金をつかみ、数えもせずにしまいこんだ。

「どうして気にかけるの？」

「ほかのだれも気にかけていないからだろうな。さて、リリーの仕事場の鍵をもってないのなら、その夜リリーが現われなかったことがどうやってわかったんだい？」

「十五分間もドアをノックしつづけて、あたしと客はさらに二十分も待ったのよ。だれでもわかるでしょ、あの子は仕事場にはいなかったんだと」

「きみとの仕事のまえに、ほかの約束があったかどうか知らないか？」

ロビンはしばし考えてから返事をした。

「やることがあるって話していたけど、客と一緒かどうかは知らない。あたしはもっと早い時間にしたかったんだけど、あたしが希望した時間はふさがってると言われた。だからあの子の希望時間で約束をしたの。だからあの仕事場にいるはずだったのに、あの子はいなかった」

ピアスは警官なら訊ねそうな質問を考えだそうとしたが、警察がこの状況でどんなアプローチを使うか想像すらできなかった。ピアスはこの件を仕事上の不都合だと仮定して、問題解決と仮説組み立てのいつもの細かなアプローチを考えてみた。

「では、リリーはきみと会うまえに、やることがあったと」ピアスは言った。「それは客との約束だったかもしれない。それから、きみの話ではリリーは自分のアパートメント以外では仕事をしなかったのだから、この客とはリリーのアパートメントで会っていたはずだ。ほかのどこでもない、そうだね？」

「そうよ」

「さらに、きみがリリーの部屋へ行ってドアをノックしたとき、まえの客がいたかいないかは別にして、リリーは部屋にいた可能性もある。ただ返事をしなかっただけで」

「そうかもしれない。でも、こっちの約束の時間までには終わらせてたはずだし、返事をするはずだったのよ。ぜんぶ決まってたんだから。だから、客との約束じゃなかったのかもね」

「あるいは、返事をする状況になかったか。返事できなかったのかもしれない」

この言葉にロビンは口をつぐんだ。リリーにどんな運命が訪れたにしても自分がどれだけそれに接近していたか気づいたようだった。

「その場所とはどこなんだい、リリーのアパートメントは？」

「ヴェニスよ。高速道路から入ったところ」

「正確な住所は？」

「覚えてない。ただ道を知ってるだけ」

ピアスはうなずいた。ほかに訊くべきことを考えた。ロビンから聞きだせるのはこれっきりだという勘がしていた。二度目はないだろう。

「どうやって、その、出番で一緒に仕事を？」

「ウェブサイトに相互リンクを張ってるでしょ。あたしたち両方がお望みだったら、客がそう依頼してきて、あたしたちふたりとも空いていれば、段取りをつけるの」

「いや、きみたちふたりはリンクを張っているが、どうやって出会ったのかってことだよ。そもそもどうやって出会ったんだ？」

「撮影で会って、まあ、気があったのね。それがはじまり」

「撮影？　どういう意味だい」

「モデル。女同士（ガール・ガール）のからみの撮影で、あたしたちはスタジオで出会ったの」

「つまり、雑誌用の撮影？」

「いえ、ウェブサイト」

　ピアスは〈起業コンセプト〉で開けたドアのことを思いだした。

「それは〈起業コンセプト〉のウェブサイト用かい？」

「ねえ、そんなことは関係ない――」

「サイトの名前は？」

「フェティッシュ・キャッスル・ドットなんとか、そんな名前。よく知らない。うちにコンピュータはないから。それが大事なことなわけ？」

「撮影はどこでやったんだい、〈起業コンセプト〉でかい？」

「そうよ。スタジオで」

「じゃあ、きみはＬＡダーリンとミスター・ウェンツ経由で仕事をもらってるんだな？」

　その名前を出したことで一瞬ロビンの表情が変化したが、返事はなかった。

「ウェンツのファースト・ネームはなんだ？」

「あんたにはあの男のことは話さない。あいつに、あたしからなにか情報を手に入れたなんて話をしないでよ。いいわね？」

　ロビンの瞳におびえが浮かんだように見えた。

「言っただろう、きみがここで語ってくれたことは、すべてここだけの話だ。それは約束する。ウェンツの名前は？」

「いい、ウェンツは組織とつながりがあって、奴の下で働く連中はそりゃ凶悪なの。あいつはやばい男なんだ。話したくない」

「名前だけ教えてくれたら、ここを出ていくから。頼むよ」

「ビリー。ビリー・ウェンツ。たいていの連中は、ビリー・びびらせ（ウィンス）と呼んでいるよ、人を痛めつけるのが好きなの」

「ありがとう」

ピアスは立ちあがり、室内を見まわした。リビングの隅へ行き、寝室へ通じるらしき廊下をのぞいた。そして浴室をはさんで寝室がふたつあると知って驚いた。

「どうして寝室がふたつあるんだい？」

「もうひとりの女の子と部屋をシェアしてるから。それぞれに寝室があるの」

「ウェブサイトで一緒のルームメイトか」

「そう」

「ルームメイトの名は？」

「クレオ」

「ビリー・ウェンツはその子もきみと組ませたんだな？」

「いいえ、グレイディが組ませたの」

「グレイディって？」

「ビリーと働いているの。実際に経営しているのはグレイディなの」

「じゃあ、クレオとダブルで働けばいいじゃないか。ずっと便利だろうに」

「きっとそうなるでしょうよ。でもくどいみたいだけど、リリーとなら仕事がたくさん来るのよ。あんなルックスの子はめったにいないからね」

ピアスはうなずいた。

「きみの住まいはここじゃないんだな？」

「そうよ。ここは職場」

「住まいはどこだい？」

「教えるもんですか」

「ここに服は置いてるのかい？」

「どういう意味？」

「それのほかに服はあるのかい？　それに、靴は？」

ピアスはロビンが着ているものを指さした。

「もちろん、ここに来てから着替えたのよ。こんな格好で出歩くわけない」

「よかった。着替えて、出かけよう」

「なに言ってんのよ？　どこへ行くって？」

「リリーのアパートメントに案内してほしい。リリーの元アパートメントかもしれないが」

「ばか言ってんじゃないわ。情報は手に入れたでしょ、それで終わりよ」

ピアスは腕時計を見た。

「いいかい、きみは一時間四百ドルだと言ったね。ぼくがここに来てせいぜい二十分だ。つまりあと四十分残ってるってことだ。いやなら、金の三分の二を返してくれ」

「そんな理屈は通じるもんですか」

「きょうは通じるんだ」

ロビンは長いこと怒った目でピアスを見つめていたが、黙ってピアスの横を通り過ぎ、寝室へ着替えに行った。ピアスはバルコニーの掃き出し窓へと歩き、リンカーン大通りを見おろした。

〈スムーズ・ムーヴズ〉まえの電話ボックスに、スムージーを手にしてピアスがいる建物の窓を見あげている男がいた。さらなるスムージー、さらなる客。この建物で何人の女が働いていることか。全員がウェンツの元で仕事をしているのか？　部屋の所有者はウェンツなのか？　ひょっとしたら、あのスムージーの店まで所有しているかもしれない。

振り返ってウェンツのことをロビンに訊ねようとしたところ、ピアスがいる角度から、廊下とひらいた寝室のドアまでが見とおせた。ロビンは裸で色褪せたブルー・ジーンズを腰に引っ張りあげているところだった。着替えながら上体を折ると、むらなく日焼けした胸が重たげに垂れさがった。

身体を起こし、たいらな腹と金色の恥毛の狭い三角形を覆うファスナーを引きあげようとしたとき、ロビンは戸口からまっすぐにピアスのほうを見た。ひるむ様子はなかった。それどころか、挑むような表情を浮かべた。ベッドに手を伸ばして白いTシャツを拾いあげると、裸の身体をピアスからそむけようとも隠そうともせずに、頭からかぶった。

ロビンは寝室から出てくるとコーヒーテーブルの下から引きだしたサンダルに足を滑らせた。

「楽しめた？」ロビンが訊ねた。

「ああ。楽しんだよ。わざわざ言うこともないだろうけど、きみはすばらしい身体をしてる」

ロビンはピアスの横を通り過ぎ、ミニ・キッチンへ向かった。シンク上の戸棚をひらき、小さな黒いバッグを取りだした。

「行くわよ。残り時間は三十五分」

ロビンは玄関へ歩き、ドアを開けて外廊下に出た。ピアスもあとにつづいた。

「スムージーをもっていくかい」

スムージーは手つかずのまま朝食カウンターに置いてあった。

「いいえ。スムージーは嫌い。脂肪が多すぎる。あたしがやめられない悪徳はピザなのよ。次はピザをもってきて」

「じゃあ、どうしてスムージーを頼む？」

「たんに客を調べる手段。あたしになにをしてくれるか、確かめるため」

そして力関係を作るためだな――ピアスはそう考えたが、口にはしなかった。いったん金が支払われ、服を脱いだら、長くつづくとはかぎらない力関係。

外廊下に出たピアスは、ロビンが生計を立てている場所を振り返った。居心地の悪さを感じる。悲しみさえも。ロビンのサイトを思い浮かべた。とっても積極的なガールフレンドとの体験とはなんだ？　こんな場所でどうやったらそんな体験が生まれる？

ピアスはドアを閉め、ロックされたことを確かめてから、ロビンのあとをついてエレベーターへと向かった。

13

ピアスが運転し、ロビンが指示した。マリーナ・デル・レイからヴェニスの高速道路へはみじかい旅だった。ピアスは道中を最大限に有効活用しようとした。だが、ロビンが話したがらないのは承知していた。

「じゃあ、きみは個人で仕事をしてるんじゃないんだな？」

「なんの話？」

「きみはウェンツの元で働いているだろう──例のウェブサイトを運営している男。デジタル世界のヒモのようなものじゃないか。きみたち女性をあの団地に住まわせ、きみらのサイトを運営して。やつはいくら取るんだ？　サイトに写真を載せるには、月に四百ドルかかると書いてあったが、もっと取ってるんじゃないかって気がするね。ああした男はたぶん、アパートメントも、あのスムージー・ショップも所有してるんだろう」

ロビンは無言だった。

「きみに渡した最初の四百ドルからピンハネされるんだろう？」

「ねえ、あの男のことはあんたと話したくないの。あたしも殺させる気なの？　リリーの家に着いたら、それで終わり。あたしたちはそれっきり。あたしはタクシーを拾う」

「あたしも？」

ロビンは黙りこんだ。

「リリーの件でなにを知ってる？」

「なにも」

「じゃあ、いましがた、〝あたしも〟と言ったのはなぜだ？」

「あのねえ、なにが身のためかわかっていれば、あんたもこの件はほうっておくはずよ。まっとうな世界へ、もどることね。快適で安全なところへ。あの連中のことや、あいつらがなにをやれるか、あんたはわかってない」

「想像はつく」

「へえ？　あんたみたいな世間知らずに、どうして想像がつくの？」

「ぼくには姉がいた……」

「そして？」

「そして、姉はきみの同業者のようなものだった」

ピアスは道路からロビンへ視線を移した。ロビンはまっすぐまえを見つめたままだった。

「ある朝、マルホランド・ドライブを走っていたスクールバスの運転手が、ガードレールの向こう側にある姉の死体を見つけた。ぼくがスタンフォード大にいた頃の話だ」

ピアスは道路に視線をもどした。

「この街のおかしなところさ」ややあってピアスは先をつづけた。「姉はあれほど見通しのよい場所に横たわっていたんだ。裸で……警察の話では、物証から、少なくとも二日は現場に放置されていたと推定されたそうだ。何人が姉を見たんだろうと、いつもふしぎでならなかったよ。姉を見かけながら、なにもしなかった。だれにも知らせなかった。この街はときに、ひどく冷たくなれる」

「どんな街でもそうよ」

ピアスはロビンに視線をもどした。瞳に苦悩が浮かんでいる。自分自身の人生の一幕を見ているような目。おそらくは最終章だ。

「犯人は捕まったの？」ロビンが訊いた。

「なんとかね。だが、さらに四人を殺したあとだった」

ロビンは首を左右に振った。

「ここでなにをしてるの、ヘンリー？　その話はリリーの件とはなんの関係もないでしょ」

「自分でもなにをしているかわからない。ただ……なにかを追いかけているんだ」

「自分を痛めつけるにはいい方法」

「なあ、きみがしゃべったとは、だれにもわかりはしないさ。教えてくれ、リリーになにがあったと聞いたんだ？」

沈黙。

「リリーは抜けようとしたんだろう？　充分蓄えたから、学校へ行こうとしていたんだ。いまの生活から抜けだしたかったんだ」

「だれだって抜けたがってる。あたしたちが楽しんでると思ってるの？」

ピアスはロビンに話をさせようとしている方法を恥じた。ロビンを利用しているやり口は、金を払うほかの客たちと大差なかった。

「すまない」

「嘘、口先だけよ。あんたもほかの連中と同じ。ほしいものがあって、どうしても手に入れたがってる。ただ、あんたがほしがっているものを与えるより、ほかのものを与えるほうが、あたしにはずっと簡単」

ピアスは黙りこくった。

「ここで左に曲がって突きあたりまで進んで。あの子の部屋用の駐車スペースが一台ぶんだけあるから。あの子はそこを客のために空けたままにしてた」

指示どおりに高速道路をおりるとそこは路地で、両側に小さなアパートメントが並んでいた。四世帯から六世帯入っている建物のようで、建物と建物のあいだに九十センチ幅の歩道があった。狭苦しい場所だった。吠える犬が一匹でもいようものなら、住民全員がキレそうになるような界隈だった。

最後の建物のまえまで来ると、ロビンが言った。「だれかが使ってる」

ロビンはアパートメントのドアに通じる階段下のスペースにある駐車場を指さした。

「この上がリリーのアパートよ」

「あれはリリーの車かい？」

「いえ、あの子のはレクサスよ」

そうだった。ウェインライトが言ったことを思いだした。駐車場の車はボルボのワゴンだった。ピアスはバックして、自分のＢＭＷを二列に並んだごみ箱のあいだに押しこんだ。違反だろうが、車が路地を通行する余地はあるし、さほど長居をするつもりはなかった。

「きみはシートを乗り越えて、こちら側からおりないとだめだな」

「最高。どうも」

ふたりは車をおりた。ロビンがシートを乗り越えるあいだ、ピアスはドアを押さえていた。車をおりたとたんに、ロビンは路地を高速道路へと、元きた道を引き返しはじめた。

「待ってくれ」ピアスは言った。「こっちだ」

「いえ、あたしの役目は終わり。高速道路まで歩いてもどって、タクシーを拾うわ」

説得することもできただろうが、行かせることにした。

「あの、手を貸してくれてありがとう。見つけたら知らせるよ」

「だれを。リリー、それともお姉さん？」

その言葉に一瞬ピアスはめんくらった。予想もしない相手から見抜かれるとそうなるものだ。

「帰りはだいじょうぶかい？」ピアスはロビンの背中に声をかけた。

ロビンはぴたりと立ち止まり、振り向いて大股歩きでピアスのほうへもどってきた。またもや目に怒りが燃えあがっていた。

「ちょっと、あたしの心配するふりはやめなよ、いいね。その嘘っぽい芝居は、顔射したがる男よりもムカつくわ。少なくとも、ああいう男は正直だからね」

ロビンはきびすを返し、ふたたび路地を引き返していった。振り向きはしないかとピアスはしばらく見守っていたが、それはなかった。ロビンは歩きつづけ、タクシーを呼べるようにバッグから携帯電話を取りだしていた。

ピアスがボルボの横を通ると、荷台の毛布が目についた。段ボール箱ふたつと、なにか見えないふくらんだ物体の覆いに使ってある。階段をあがってリリーの部屋へ向かった。着いてみると、ドアが少しひらいていた。手すりに身を乗りだして路地を見たが、ロビンは高速道路近くに達していて声をかけるには距離がありすぎた。

ピアスはふたたびドアのほうを向き、ドア枠近くに耳をつけたが、なにも聞こえなかった。ポーチでじっとしたまま人差し指でドアを押した。ドアが内側に向かってひらいていく。ひらいてしまうと、家具のまばらなリビングと、突きあたりの壁にロフトへあがる階段が見えた。ロフトの下部が小さなキッチンで、リビングとのあいだの壁に配膳用の窓がくり抜いてあった。窓の奥に、動きまわって酒のボトルをカウンターの段ボール箱に詰める男の身体が見えた。

ピアスは身を乗りだし、室内に入ってしまうことなくのぞきこんだ。リビングの床に段ボール箱は三つ置いてあったが、キッチンの男以外には室内にだれもいないようだった。男は物を片づけ、すべてを箱詰めしているらしい。

ピアスは手を伸ばしてドアをノックし、呼びかけた。「リリー？」

キッチンの男は驚き、手にしていたジンのボトルを落としそうになった。それからそっとボトルをカウンターに置いた。

「もうここにはいないよ」男はキッチンから返事をした。「引っ越したんだ」

けれども男はキッチンをはなれず、微動だにしなかった。ピアスは妙なことだと思った。まるで顔を見られたくないかのようだ。

「じゃあ、あんたはだれなんだ？」

「家主だよ。それに取りこみ中だ。出直してくれ」

ピアスは考えを巡らせた。アパートメントに入り、キッチンへ向かった。戸口まで来ると、長い白髪をポニーテールにまとめた男がいた。汚れた白いTシャツと、さらに汚れた白い短パンを身につけていた。まっ黒に日焼けしていた。

「リリーが引っ越したのなら、どうして出直す必要があるんだい？」

また男を驚かせたようだった。

「おれが言いたかったのは、あんたはここに入れないってことだ。リリーはいないし、おれは仕事をしてる」

「名前を訊いていいかな？」

「おれの名前なんかどうでもいい。さあ、出て行ってくれ」

「あんたはウェインライトなんだろう？」

男がピアスを見あげた。目にそうだと書かれていた。

「あんたは何者だ？」

「ピアスという。きょう電話で話した者だ。リリーが消えた話をした」

「ああ。そうか、あんたは正しかったよ。あの女はずいぶんまえに消えたらしい」

「リリーが払っていた金は両方の家賃だったんだな。四千ドル。その話はしてくれなかったな」

「あんたは聞かなかったからな」

「この建物はおたくのものなのかい、ミスター・ウェインライト？」

「あんたの質問に答えるつもりはない、以上だ」

「それとも、ビリー・ウェンツが所有して、おたくはビリーのために管理しているだけとか」

ふたたび承認の色が目に現われ、そして消えた。

「もういい、帰れ。出て行け」

ピアスは首を横に振った。

「まだ帰らない。警察を呼びたければ、そうすればいい。今月末まで家賃を受け取っていると言いながら、あんたがリリーの物を片づけていることを、警察がどう考えるか確かめてみようじゃないか。車の荷台にある毛布の下も見たほうがいいかもしれない。リリーがアルタイル・プレイスで借りている家の壁にかかっていたプラズマ・テレビが見つかるはずだ。たぶん向こうの家へ先に行ったんだろう?」

「女はアパートを放棄したのさ」ウェインライトはいらだたしげに言った。「向こうの家でキッチンを見れば、あんたもわかっただろうに」

「荒れていたにちがいないな。思うに、あまりに荒れていたから、あんたは片づけることにしたんだろう。それに、家賃の二重取りができると考えたのかもしれんな、え? ヴェニスの賃貸は貸し手市場だ。もう新しい入居者を決めてるんだろう。あててみせようか、またLAダーリンの女なんじゃないか?」

「おい、あんたにおれの商売のことをとやかく言われたくないね」

「そんなことは夢にも思ってない」

「なにが望みなんだ?」

「室内を見てまわりたい。あんたがもちだそうとしている物も含めて」

「じゃあ、急げよ。終わりしだいおれは帰るから。そしてあんたがなかにいようがいまいが、ドアに鍵をかけるつもりだ」

ピアスは男のほうへ近づき、キッチンに入ってカウンターにある箱に視線を落とした。酒瓶や揃っていないガラス食器が詰めこまれており、意味あるものは皆無だった。茶色のボトルを一本引きだしてみると、十六年ものスコッチだった。いい酒だ。無造作にボトルをはなして箱にもどした。

「おい、気をつけろよ！」ウェインライトが抗議した。

「それで、ビリーはあんたがアパートを片づけていることは知ってるのかい？」

「おれはビリーなんぞ知らないね」

「では、あんたはアルタイル・プレイスとここの家をもっていると。〝ウェインライト不動産〟には、ほかにどんな地所があるんだろうか？」

ウェインライトは腕組みをしてカウンターにもたれた。口をひらこうとしない。突然ピアスは、箱からボトルを取りだして顔に叩きつけてやりたい衝動に駆られた。

「マリーナ・エグゼクティヴ・タワーズはどうだ？　あれもあんたのかい？」

ウェインライトはズボンの脇ポケットに手をいれて、キャメルのパッケージを取りだした。振って煙草を一本出すと、パッケージをポケットにもどした。ガスコンロのバーナーを点火し、煙草に火をつけると、箱に手を伸ばして目当ての物が見つかるまでガラス製品をさぐった。ガラスの灰皿を取りだし、カウンターに置くと、煙草の灰を落とした。

ピアスはその灰皿に印字された文字に気づいた。わずかに身を乗りだして読んだ。

カリフォルニア州ハリウッド、
〈ナットのイナゴの日バー〉から盗まれた

その店の噂は耳にしたことがあった。かなり俗っぽく、かつ高級なクラブだという。ハリウッドの夜を徘徊する黒ずくめの連中の御用達だ。この店は〈起業コンセプト〉のオフィスの近くでもある。手がかりだろうか？　ピアスにはさっぱりわからなかった。

「なかを見せてもらうよ」ピアスはウェインライトに言った。

「ああ、見ればいい。急げよ」

ウェインライトがガラス製品やボトルを箱詰めしてガチャガチャたてる音を聞きながら、ピアスはリビングへ入り、すでに梱包された箱のまえにかがんだ。食器類やキッチン用品の詰まった箱がひとつ。残りの二箱にはロフトのものが詰まっていた。寝室の品々だ。さまざまなコンドームをいれたバスケットがある。ハイヒールが数足。革製のストラップや鞭、目と口の部分にファスナーがついた顔をすっぽり包む革のマスク。LAダーリンのウェブページでは、リリーはSM趣向のサービスの宣伝はしていなかった。ひょっとして、ほかにもサイトがあるということだろうか。もっと怪しいサイトで、リリーの失踪に関して考慮すべきまったく新たな要素が見つかるかもしれない。

最後に調べた箱には、ブラジャー、透けた下着、ネグリジェ、ハンガーにかかったミニスカートがぎっしり詰めこまれていた。アルタイル・プレイスの家のクローゼットで見た衣類とよく似ている。ふと、この箱をウェインライトはどうするつもりかという疑問が頭をよぎった。風変わりなガレージ・セールですべてを売り払うのか。それとも、このアパートメントと向こうの家をふたたび貸しに出すあいだ、たんに保存しておくつもりだろうか。

箱の中身を改めて満足し、ロフトを調べることにした。立ちあがるとたまたま視線の先に玄関のドアがあり、デッドボルトに気づいた。両面シリンダーの錠だった。外からもなかからも、施解錠には鍵が必要になる。ここで初めて、ピアスが調べを終えていようがいまいが、ドアに鍵をかけるつもりだと言ったウェインライトの脅しの意味を理解できた。鍵がなければ、外から入れないのと同様になかから出ることができない。どんな意味があるのかふしぎに思った。リリーは自分と一緒に客をアパートメントのなかに閉じこめていたのか？　ひょっとしたら提供したサービスへの支払いを確実にする方法か。だが、なんの意味もないのかもしれない。

ピアスは階段へ移動し、ロフトに向かってのぼりはじめた。最上段の床面までくると小さな窓があり、屋根の向こうに路地が、その向こうに海岸と太平洋が見渡せた。路地を見おろすと、自分の車が見えた。路地から高速道路のほうへと目でたどった。信号の下にロビンの姿がぼんやりと見えた。ロビンがグリーンと黄色のタクシーに乗りこみ、タクシーは走り去った。

窓に背を向け、ロフトを見た。この上階はほんの十八平方メートルほどの広さで、シャワーつきの小さな浴室のスペースもあった。きつい香と、すぐには特定できないなにかの香りが溶け合って不快なにおいがした。まるで電源を切った冷蔵庫のなかの腐ったにおいのようだ。たしかに腐敗臭があるが、幽霊のように部屋に残っている香のにおいのほうが勝っていた。

仕切りのないフロアにはヘッドボードのないキングサイズのベッドがある。使えるスペースをほぼ占領し、あとは小さなサイドテーブルと読書ライトを置く余裕しか残していない。テーブルに香炉があった。香炉は『カーマスートラ』の彫刻で、太った男と痩せた女がバックでことに及んでいる。燃え尽きたインセンス・スティックの長い灰が彫刻の香炉とテーブルの上に折り重なっていた。ウェインライトがこの香炉を箱詰めしなかったとは驚きだ。ほかの品はすべて運びだそうとしているようだが。

ベッドカバーはライトブルーでカーペットはベージュだった。小さなクローゼットに近づき、ドアを引き開けた。空っぽだった。いま中身は階下の箱のひとつに収まっている。

ピアスはベッドを見た。丁寧に整えられたようで、カバーはきっちりマットレスの下にたくしこまれていた。しかし枕が見あたらず、変だと思った。エスコート業界のルールのひとつなのかもしれない。ナンバーワンのルールは、無防備なセックスはしないことだとロビンが話していた。ナンバーツーが、枕は使わないことなのかもしれない——簡単に窒息死させられてしまうからだ。

ピアスはカーペットにしゃがみ、ボックス・スプリングの下をのぞきこんだ。埃しかなかった。

だが、そのときだった。ベージュのカーペットに黒い染みを見つけた。好奇心が頭をもたげ、ピアスは身体を起こしてベッドを奥の壁まで押して染みをあらわにしようとした。キャスターのひとつがつぶれており、ベッドはカーペットの上で滑ったり、つっかかったりして、苦労した。

カーペットに飛び散ったか、こぼれたかした液体は乾いていた。茶色っぽい黒で、ふれたくなかった。なぜなら、おそらく血だと考えたからだ。それに、部屋にたちこめる香のにおいにまじっていた臭気の源はここだとわかった。ピアスは立ちあがり、ベッドを染みの上に押しもどした。

「あんた、いったいそこでなにしてるんだ？」ウェインライトが呼びかけてきた。

ピアスは返事をしなかった。やるべきことにすっかり心を奪われていた。ベッドカバーの片隅をもち、ひっぱりあげて、下のマットレスをむきだしにした。マットレス・カバーもシーツもなかった。毛布も。

ピアスはベッドカバーをはがしはじめた。マットレスを見たかった。シーツと毛布は簡単にアパートメントからもちだして破棄できる。枕だって捨てられる。だが、キングサイズのマットレスとなるとそうはいかない。

ベッドカバーをはがしながら、自分がやみくもに追いかけている勘を疑問に思った。自分がどうやら知っているらしいことをどうして知っているのか、理解できなかった。けれども、ベッドカバーがマットレスから滑り落ちると、身体のなかではらわたがねじれるような気がした。マットレスの中央は、凝固し、乾き、死の色をしたもので黒く染まっていた。血液でしかありえなかった。

「なんだそりゃ！」ウェインライトが言った。

上で引きずる音がなにか確かめようと階段をあがってきたのだ。彼はピアスの背後に立っていた。

「そいつは、あれだよな？」

ピアスは返事をしなかった。なんと言ったらいいか、わからなかった。昨日、新しい電話をつないだ。二十四時間を少々過ぎたところで、それが身の毛もよだつような発見につながった。

「まちがい電話だった」

「なんだって？」ウェインライトが言った。「あんた、なにを言ってるんだ？」

「気にしないでくれ。ここに電話はあるかい？」

「いや、おれの知るかぎりないな」

「携帯電話は？」

「車にある」

「とってきてくれ」

14

レンナー刑事が入ってくると、ピアスは顔をあげた。できるだけ冷静に振る舞えば、それだけ早くここを出て帰宅できるとわかっていたから、怒りを抑えておこうとした。そうは言っても、二時間以上も五日まえのスポーツ欄しか読むものがない二・五メートル四方の部屋にいると、忍耐力も切れかけていた。すでに供述は二回おこなっていた。最初はウェインライトの通報に応じたパトロール警官に。つぎは現場に到着したレンナーとそのパートナーに。ピアスはパトロール警官のひとりにパシフィック署まで連れてこられ、取調室のひとつに閉じこめられたのだった。

レンナーはファイルを手にしていた。テーブルのピアスの向かいに腰かけ、ファイルをひらいた。ファイル・ボックスには手書きの警察書類のようなものが詰まっていた。レンナーは度が過ぎるほどに時間をかけて用紙を見つめ、それから咳払いをした。人より多く犯罪現場を見てきた警官のようにだ。五十代初めでまだまだ屈強だ。無口である点がクライド・ヴァーノンを思いださせる。

「年齢は三十四歳？」

「住所はオーシャン・ウェイ二八〇〇番地、一二〇一号室」

「ええ」

「ああ、そうですよ」

今度はいらだちが声に忍びこんでしまった。レンナーの視線があがり、つかのまピアスの視線と絡んだが、ふたたび書類へもどった。

「だが、運転免許証にある住所じゃない」

「じゃないですね。引っ越したばかりなんですよ。オーシャン・ウェイは現在の住まいです。アマルフィ・ドライブは以前の住まい。いいですか、もう真夜中をまわってます。こんな時間にこんな場所に座らせどおしなのは、そんなわかりきった質問をするためだったんですか？　供述は済んでいるでしょう。ほかになにが望みなんです」

レンナーは椅子にもたれ、厳しい目でピアスを見た。

「いや、ミスター・ピアス。ここにあなたを引き留めていたのは、こちらは犯罪現場らしき場所を隅々まで捜査する必要があったからですよ。それで苦情を言われても困ります」

「それで苦情を言ってるんじゃない。ここに容疑者のように引き留められていることに苦情を言っているんだ。そこのドアを開けてみようとした。鍵がかかっていた。ノックしたが、だれも来なかった」

「それは申し訳ない。刑事部にだれも人がいなかったので。真夜中ですからね。だが、パトロール警官はドアに鍵をかけるべきじゃなかった。あなたは逮捕されていないのですから。

その警官かわたしかに対し、不当行為で苦情を申し立てるなら、必要書類をもってきますよ」

「苦情なんか申し立てたくない。書類はごめんだ。とにかくさっさと終わらせて、早く帰るようにしてください。あれは彼女の血だったんですか？」

「どの血です？」

「ベッドの」

「どうしてあれが血だとわかるんです？」

「推測ですよ。ほかにどんな可能性が？」

「あなたが答えてください」

「なんですって？　それはどういう意味です？」

「先ほどのは質問だったんですが」

「待ってくださいよ、ぼくは容疑者じゃないと、言われたばかりじゃないですか」

「あなたは逮捕されていない、と言ったのです」

「じゃあ、ぼくは逮捕されていないが、この件の容疑者だと？」

「わたしはそんなことは言ってませんよ、ミスター・ピアス。ただ質問をしているだけです。あのアパートでなにが起こり、現在なにが起こっているのか探ろうとして」

ピアスは募っていく怒りを抑え、口を閉じたままでいた。レンナーが書類を参照して、顔をあげずにしゃべりはじめた。

「さて、先に作ったあなたの供述書に、オーシャン・ウェイの新しい電話番号はかつてこの女性が使っていた番号で、その人のアパートメントに今夜あなたは行かれたとありますね？」

「そのとおりですよ。だからあの場所に行ったんです。なにがその女性に起こったか見つけだそうと」

「このリリー・クインランとは知り合いですか？」

「いや、一度も会ったことはないです」

「一度も？」

「ただの一度も」

「じゃあ、なぜこんなことをしたんです？　アパートメントへ行くとは。すすんでトラブルに飛びこむようなものでしょう。電話番号を変えるだけにしなかったのはなぜです？　どうしてこの女のことが気になったんです？」

「正直言うと、この二時間というもの、同じ質問を自分にぶつけつづけていますよ。ある人物の無事を確かめようとして、たぶんいいことをしようとしたのに、結果はどうだった？　警察に二時間、部屋に閉じこめられた」

レンナーはなにも言わなかった。ピアスに好きにわめかせていた。

「ぼくにそうするだけの理由があろうがなかろうが、そんなことが問題ですか？　あなたが心配しなきゃならないのは、この女性になにがあったかじゃないんですか？　どうしてぼくにあれこれ質問するんです？　どうしてぼくじゃなくて、ビリー・ウェンツがこの部屋に座ってないんです？　そいつのことはお話ししたでしょう」

「ビリー・ウェンツとは話をしますよ、ミスター・ピアス。ご心配なく。だが、目下の所は、あなたに話をしているんです」

　レンナーはそこで一瞬しずかになり、二本の指で額をかいた。

「そもそも、あのアパートメントのことをどこで知ったか、もう一度、聞かせてください」

　ピアスがすでにおこなった供述は、これまでの違法行為をごまかすよう意図し、真実にかなり濃淡ができたものだった。だがアパートメントを発見した経緯として語った話は、ロビンを捜査に巻きこまないよう意図した完全なでっちあげだった。ピアスは情報源としてロビンの名を出さないという約束を忠実に守っていた。四時間にわたってしゃべってきたが、その点だけは安堵を感じていた。

「電話をつないだとたん、リリーに会いたがる男たちから電話がかかりはじめたんです。数人は以前からの客で、もう一度リリーに会いたがってました。こうした男たちを会話に引きこむことで、リリーについてなにかわからないかと、思ったんですよ。今日、ひとりの男があのアパートメントと住所について口にしたんです。それでアパートへ向かいました」

「なるほど。で、その以前からの客の名は？」

「わかりません。名乗らなかったから」

「新しい電話では、発信者ＩＤはわからないのですか？」

「わかりますが、その相手はホテルからかけていました。発信元IDには〈リッツ・カールトン〉としか表示されなかったんです。あのホテルは客室が多い。どれか一室にはいたんでしょうが」

レンナーはうなずいた。

「ミスター・ウェインライトの話では、あなたから今日の夕方に電話があり、ミス・クインランについて、それにミスター・ウェインライトが貸している別の貸家について訊かれたということですが」

「ええ。アルタイル・プレイスの家のことですね。そこが住まいで、高速道路近くのアパートメントは仕事に使っていたんです。アパートメントは客に会う場所だったんですよ。ミス・クインランが行方不明だとぼくから連絡が行くと、すぐさまウェインライトはアパートメントに行き、荷物を片づけたんですよ」

「あのアパートメントには以前にも行かれたことはありますか？」

「いえ、一度も。お話ししたじゃないですか」

「アルタイル・プレイスの家のほうはどうです？　行かれたことは？」

ピアスは足の置き場を選びながら地雷地帯を抜けるように、言葉を選んだ。

「行きましたが、だれも呼びかけに応えなかったんです。だからウェインライトに連絡したんですよ」

声の変化にレンナーが気づかなければいいが。刑事は最初の供述時よりも、ずっと踏みこんだ質問をしている。ピアスは不安定な地面に立っていた。口数が少なければ少ないほど、無傷で切り抜けるチャンスが増える。

「出来事のつながりを正しくつかみたいんですよ」レンナーは言った。「まず、このECUというハリウッドの会社に行かれたと話されましたね。リリー・クインランの名前とサンタ・モニカの私書箱の住所をそこで知った。つぎに私書箱の住所へ行き、あなたがいうところのソーシャル・エンゲージメントとやらを使って――」

「エンジニアリングです。ソーシャル・エンジニアリング」

「まあ、なんでもいいです。あなたは私書箱の店員からアルタイル・プレイスの家の住所を引き（エンジニア）だした、そうですね？　つづいて家に行き、それからウェインライトに電話をした。それからアパートメントでウェインライトにばったり出会った、と。これであっていますか？」

「ええ」

「さて、今夜ここまでの供述で二度とも、あなたはノックをしたがだれも応えなかったので、その場を去ったと話しています。それは本当ですね？」

「ええ、あってます」

「あなたがノックしたがだれも応えなかった時点と、あなたが敷地を立ち去った時点のあいだに、アルタイル・プレイスの家に入りましたか、ミスター・ピアス？」

来た。この質問だ。イエスかノーを必要とする質問。真実の答えか、たやすくばれるだろう嘘のどちらかを必要としている。あの家には指紋を残していると考えざるを得ない。とくに、ロールトップ・デスクの把手を覚えている。それに調べた郵便物類。

　警察には二時間以上まえにアルタイル・プレイスの住所を教えている。きっと、あの家は調べられたあとで、指紋を発見されているのだろう。すべての質問は自分を陥れる罠なのだ。

「ドアに鍵はかかっていませんでした」ピアスは言った。「リリーがなかにいないことを確かめたかったんです。助けを必要としていないかどうかと思って」

　レンナーがわずかにテーブルへ身を乗りだした。下から見あげるようにピアスと目を合わせ、見据えた。レンナーのグリーンの虹彩の下に白目のラインが見えた。

「あの家に入ったんですか？」

「そのとおりです」

「なぜ早くそれを言わなかったんです？」

「そうだな、言う必要があると思わなかったんでしょう。手早く済まそうとしていましたから。だれにも手間を取らせたくなかったんだと思います」

「ふむ、そりゃご配慮をどうも。鍵がかかっていなかったのはどのドアです？」

　ピアスは一瞬くちごもったが、返事をしなければならないとわかっていた。

「裏です」

　ピアスは公判で有罪答弁をする被告のように言った。頭を垂れ、声は低かった。

「聞こえませんが」

「裏口です」

「見ず知らずの相手の家に裏口から入るのが、習慣なんですか？」

「いえ、鍵がかかっていないのは、たまたまそのドアだったんですよ。表には鍵が。言ったでしょう、不都合がないかどうか確かめたかったんです」

「そうでしたね。あなたは救出者になりたかった。ヒーローに」

「そうじゃありませんよ。ぼくはただ――」

「室内でなにを見つけましたか？」

「たいしたものは。腐った食べ物、郵便物が山ほど。リリーは長いこと家を留守にしているようです」

「なにか、もちだしましたか？」

「いいえ」

躊躇せず、まばたきもせず、ピアスはそう言った。

「なにかをさわりましたか？」

ピアスは肩をすくめた。

「わかりません。郵便物の一部。デスクも。ひきだしを開けました」

「ミス・クインランがデスクのひきだしで見つかるとでも思っていたんですか」

「ちがいますよ、ぼくはただ……」

ピアスは終わりまで言わなかった。自分は崖っぷちを歩いているのだと肝に銘じた。返事はできるだけみじかくしなければならない。

レンナーが姿勢を変えた。今度は椅子にもたれ、姿勢と同じく質問の方針も変えた。

「教えてほしいんですが」レンナーは言った。「ウェインライトに電話すればいいと、どうしてわかったんです？」

「家主だからですよ」

「ええ、ですが、あなたにどうしてそれがわかったんですか？」

ピアスは凍りついた。アルタイル・プレイスの家から持ち去ったアドレス帳か郵便物にふれずに返答することは不可能だ。オフィスのコピー・ルームにある用紙の奥に隠したアドレス帳。初めて、頭皮を伝う冷たい汗を感じた。

「あの、それは……そう、あの家のデスクのどこかに書き留めてあったんですよ。メモかなにか」

「メモかなにかが、見えるところに出してあったということですか？」

「ええ、そうだったと。ぼくは……」

ここでもピアスはレンナーから一撃を加えられるようなネタをさらに与えるまえに、自分に待ったをかけた。ピアスはテーブルに視線を落とした。罠へと誘導されており、出口を見つけださないとならない。メモなどでっちあげたのは失敗だった。だが、もう前言撤回はできなかった。

「ミスター・ピアス、わたしはたったいま、アルタイル・プレイスの家からもどったばかりなんですよ。あのデスクは調べ尽くしました。メモなど、どこにもなかったんですが」

ピアスは正反対のことを言ったばかりだが、同意するようにうなずいた。

「そうでした、ぼくが頭において話していたのはぼくの手帳なんですよ。ヴィヴィアンと話したあとに書き留めたんです。ヴィヴィアンにウェインライトのことを聞いたんでした」

「ヴィヴィアン？　ヴィヴィアンとはだれです？」

「リリーの母親です。フロリダのタンパにいる。リリーを捜すよう頼まれたときに、そういえば、心当たりの名前や連絡先を聞いたのでした。そのとき、ウェインライトの名前を聞いたんですよ」

またもや驚きを示して、レンナーの眉が大きく跳ねあがった。

「それはまったくの初耳ですな、ミスター・ピアス。リリー・クインランの母親が娘を捜すようあなたに頼んだと言うのですか？」

「ええ。ヴィヴィアンは警察がなにもしないと話していました。ぼくにできることをやるよう、頼まれたんです」

ピアスは気分がよかった。返答は真実だった。少なくとも、ピアスがしゃべっていることの大半に比べ、真実度は高かった。この件を切り抜けられるかもしれない。

「そしてタンパにいる母親が娘の家主の名を知っていたと？」

「ええ、きっとリリーを捜すために以前雇っていた私立探偵から、名前と連絡先を聞いたんじゃないですか」

「私立探偵」

レンナーは私立探偵のことが書かれていない供述書を、自分へのあてつけのようにがっかりして見おろした。

「名前はわかりますか?」

「フィリップ・グラスです。車にある手帳に電話番号を書き留めてます。リリーのアパートメントへ連れて行ってくれれば——車はあそこにあるので——電話番号を教えてさしあげられるんですが」

「ありがたいが、ミスター・グラスとの連絡方法はたまたま知っていましてね。話をしたことはありますか?」

「いいえ。メッセージを残したんですが、向こうから電話がなかったんです。ですが、ヴィヴィアンから聞いたところでは、リリーを見つけることに関しては、たいした前進はなかったようです。だからべつに期待していませんでしたけどね。この探偵の腕がいいのか、それともヴィヴィアンから巻きあげようとしているのか、判断できなかったので」

レンナーがグラスについて知っていることを話すいいきっかけだったが、刑事はのってこなかった。

「ヴィヴィアンについては?」かわりに刑事はそう訊ねた。

「ヴィヴィアンの電話番号も車に行けばわかります。ここを出ることができたら、ぼくにわかることはなんでも教えてさしあげますよ」

「いや、わたしはヴィヴィアンがフロリダにいることについてはどうかと訊きたかったんですよ。フロリダの女に連絡をとればいいと、どこでわかったんですかね」

ピアスは咳きこんだ。まるで腹を蹴られたようだった。レンナーにまた罠にはめられた。またアドレス帳だ。話題にすることはできない物。寡黙な刑事への尊敬が増すのと同時に、自分自身の嘘と混乱の重みで気力がくじけていた。いまや出口はひとつしか残っていなかった。

15

結局、ピアスはロビンの名前を告げるしかなかった。自分自身の嘘で、ほかの出口をふさいでしまった。どうあがいたところで、レンナーは最後には自力でロビンを見つけだすだろうと、ピアスは自分に言いきかせた。リリー・クインランのサイトはロビンのサイトにリンクされている。どう見ても関係がある。少なくともいまロビンの名を出すことで、打てる手があるかもしれない。レンナーにはここから出られるだけのことを告げ、それからロビンに電話をかけて警告できる。

「ロビンという女から」

レンナーはかろうじてわかる程度に首を横に一度振った。

「やれやれ、また新しい名前ですか」レンナーは言った。「どうしてわたしはそれに驚かないんでしょうね、ミスター・ピアス。さあ、話してください。ロビンとはだれです？」

「リリー・クインランのウェブページに、組んで働けるもうひとりの女として名前があがっているんですよ。こう書いてあります。〝お楽しみを倍にする〟とね。このもうひとりの名がロビンです。リリーのページにロビンのページへのリンクがあります。ふたりは組んで仕事をしているんです。ぼくはページを見て、ロビンの番号に電話しました。たいして役には立たなかった。リリーはタンパにもどったんだろうと言われました。母親が住んでいる場所へ。それで、あとからぼくはタンパの番号案内に電話して、クインランという名の人々の電話番号を入手しました。こうやって、ヴィヴィアンに連絡することになったんです」

レンナーはうなずいた。

「さぞやたくさんの名前があったでしょう。クインランのようなアイルランド系の名は珍しくないですからね」

「ええ、たくさんありました」

「それにヴィヴィアンのVはアルファベットの最後のほうですからね。タンパの番号案内へは何度も電話されたはずです」

「ええ」

「ちなみに、タンパの市外番号は何番ですか？」

「八一三です」

ようやく嘘もつかず、答えがすでについた嘘に適合するかどうか心配もせずに返事ができて、ほっとした。だがそのとき、レンナーが革のボマー・ジャケットのポケットに手をいれて携帯電話を引っぱりだした。電話をひらくと、八一三の番号案内の数字を押した。

ピアスは気づいた。もし、ヴィヴィアン・クインランの電話番号が電話帳に掲載されていなかったら、嘘をついたことがばれてしまう。

「なにをしてるんです？　タンパは朝の三時過ぎですよ。電話でもしようものなら、どんなに驚かせる——」

レンナーは片手をあげてピアスを黙らせ、それから電話に向かってしゃべった。

「タンパの個人宅番号を。名前はヴィヴィアン・クインラン」

レンナーは返答を待ち、ピアスは反応を探ろうと顔をじっと見ていた。数秒が過ぎ、ピアスには胃が二重らせんの形にねじれたように感じられた。

「どうも、ありがとう」レンナーが言った。

レンナーは電話を閉じ、ポケットにもどした。ピアスをちらりと見て、シャツのポケットからボールペンを取りだし、ファイルの外に電話番号を書き留めた。ピアスは逆さまに番号が読めた。リリー・クインランのアドレス帳で見つけた番号だった。

ピアスは大きすぎるぐらいに息を吐きだした。助かった。

「おっしゃるとおりでしょうな」レンナーは言った。「ヴィヴィアンにはもっと常識をわきまえた時間にかけることにします」

「ええ、そのほうがいいですよ」

「すでにお伝えしたと思いますが、刑事部ではインターネットへアクセスする環境が整っていませんので、いまうかがったウェブサイトは見てないんです。帰宅したらすぐにチェックしてみましょう。ですが、そのページは、このもうひとりの女、ロビンにリンクされているんですね？」

「そうです。ふたりは組んで働いていました」

「それであなたはリリーと連絡がとれずに、ロビンに電話をした」

「そうです」

「電話で話した際、ロビンはリリーがタンパのママに会いに行ったと話した」

「ロビンはわからないと言いました。タンパに行ったのかもしれない、ぐらいで」

「その会話のまえに、ロビンと面識はあったんですか？」

「いえ、まったく」

「当てずっぽうで言ってみましょう、ミスター・ピアス。賭けてもいい、ロビンは金でプレイする女でしょう。売春婦です。ですから、あなたがわたしに話したことは、この類の仕事に従事する女がまったくの他人から電話を受け、その他人に、犯罪に巻きこまれて消えたパートナーがどこへ行ったかしゃべったということですよ。なんとも、ありそうにない話じゃないですか、え？」

　ピアスはうめき声をあげそうになった。レンナーは断じて見逃してくれない。容赦なく、供述のほつれた端をつまんで、全体をほどいてやると脅している。ピアスはただここを出て、帰りたいだけだ。望みをかなえるには、なにかしゃべるか行動する必要があると悟った。もはや、これから先がどうなるか気にしていなかった。とにかく部屋を出たかった。レンナーより早くロビンに連絡を取れたら、そのときはうまく対処できると希望的観測をもった。

「その……ロビンにしゃべってもらえるくらい説得できたんじゃないですかね。リリーを見つけて問題がないかどうか確かめたいと、ぼくは心から思っていましたから。ロビンもリリーを心配していたんでしょう」

「それで、やりとりは電話でだったんですね？」

「ええ、電話です」

「そうですか。わかりました、この件はロビンに確かめましょう」

「ええ、確かめてください。もうぼくは――」

「では、進んで嘘発見器のテストを受けてくれますね？」

「は？」

「嘘発見器です。長くはかかりません。ダウンタウンに行けば、受けられますから」

「今夜？　いますぐですか？」

「それはないですな。あなたにテストを受けさせるために、ベッドから職員を引っ張りだすのは無理でしょうからね。ですが、明日の朝ならできます。朝一で」

「いいでしょう。明日の手配をしておいてください。もう帰っていいですか？」

「もう少し待ってください、ミスター・ピアス」

レンナーの視線はふたたび供述書に向けられていた。〝そうとも〟とピアスは考えた。〝供述書にあるものはすべてチェックしたじゃないか。なにが残ってるっていうんだ？〟

「わからないなあ。なにかほかに話すことが残ってます？」

頭や顔をまったく動かさずに、レンナーの視線がピアスの目に注がれた。

「ええ、あなたの名前は二度ほどコンピュータのデータベースに現われています。その件を話せるのでは」

ピアスは頬が熱と怒りで紅潮したのを感じた。むかしの逮捕記録は消去されているはずだった。法律用語で〝抹消〟だ。保護観察を終え、百六十時間の奉仕活動をやった。あれはずっとむかしのことだ。なぜレンナーが知っている？

「パロアルト（スタンフォード大の所在地）でのことですか？」ピアスは訊ねた。「ぼくは公式には起訴されなかった。回避されたんです。一学期間、学校を停学になった。奉仕活動と保護観察。それだけです」

「警官を詐称した疑いで逮捕されている」

「十五年近くまえのことですよ。大学生だったんだ」

「ですが、わたしの目にどう映るかわかるでしょう。当時、警官を詐称している。現在は探偵のまねごとをして走りまわっている。あなたはヒーロー・コンプレックスがあるのかもしれませんな、ミスター・ピアス」

「ちがいます。それとこれとはまったく事情がちがう。大学時代の件では、電話で情報を引きだそうとしたんです。ソーシャル・エンジニアリングを——ある電話番号を知りたかったんですよ。キャンパス警官のふりをして、電話番号を手にいれようとした。それだけです。わけのわからないヒーロー・コンプレックスなんかじゃありません」

「だれの電話番号を？」

「教授です。自宅の番号を知りたかったが、電話帳に掲載されていなかった。たいしたことじゃないですよ」

「報告書には、あなたと友人たちはその番号を教授を苦しめるのに使ったとあります。凝ったいたずらをしかけて。ほかに五人の学生が逮捕されている」

「害はなかったのに、ぼくらは見せしめにされたんですよ。当時はハッカー行為が大きな問題になりはじめた頃でした。ぼくらは全員停学処分を受け、保護観察処分になり、地域に奉仕することになりましたが、処罰は罪よりずっと重いものだったんです。ぼくらがやったことは無害だった。些細なことでした」

「お言葉ですが、警官を詐称することは無害だとも些細だとも思いませんな」

ピアスはさらに言い返そうとしたが、口をつぐんだ。レンナーを納得させることなどできないだろう。次の質問を待っていると、しばらくして刑事が先をつづけた。

「記録では、あなたはサクラメントの州司法省（DOJ）のラボで地域での奉仕をおこなったとあります。警官になろうとでも考えていたんですか？」

「それはぼくが専攻を化学に変更したあとでしたから。血液ラボで働いただけですよ。血液型判別や照合など、基本的な作業をやったんです。警察の仕事からはほど遠いものだ」

「ですが、おもしろかったんじゃないですか？　警官とやりとりをして、重要な事件の証拠を調べる。奉仕期間が終了したあとも、ラボに留まるくらいおもしろかった」

「ぼくが留まったのは、ラボのほうから仕事をしないかともちかけられ、スタンフォードは物いりだったからです。それに重要な事件はまわってこなかった。ぼくが担当する事件のほとんどは、フェデックスの箱に入ってやって来るものだった。ぼくは作業をして、荷物を送り返す。たいした作業じゃありません。正直言うと、退屈なぐらいでしたよ」

レンナーは前置きなしに話を進めた。

「警官詐称での逮捕から一年後にも、ここにある犯罪記録に名前が現われていますな。コンピュータに記録されている」

ピアスは首を左右に振りはじめた。

「まさか。ほかに逮捕されたことなんかない。スタンフォード時代だけです」

「あなたが逮捕されたとは言ってません。お名前が犯罪記録にあると言っただけです。いまはすべてがコンピュータに記録されてますからね。あなたはハッカーだからご存じでしょう。名前をいれて飛びだしてくるものに驚くこともありますよ」

「ぼくはハッカーじゃありません。もう初歩だってわかりません。それにどんな犯罪記録のことを話されているにしろ、それは別のヘンリー・ピアスにちがいないですよ。覚えがない」

「そうは思いませんね。シャーマン・オークスのケスター・アヴェニューですが？　イザベル・ピアスという名の姉妹がいませんでしたか？」

ピアスは動けなかった。レンナーが関連を見つけたことに驚愕していた。

「殺人事件の被害者です。一九八八年五月」

ピアスにはうなずくことしかできなかった。秘密が暴露されているような、包帯が引きちぎられて傷口がさらされているような気がした。

「ドールメイカーとして知られる殺人犯の犠牲者と信じられています。のちにノーマン・チャーチと確認された殺人犯だ。一九九九年の九月九日、チャーチの死によって事件終了（クローズ）となっている」

事件終了か。まるでイザベルが閉じる（クローズ）ことができ、ひきだしにしまい、忘れられるたんなるファイルのように。殺人が本当に解決できるかのように。

ピアスは我に返り、レンナーを見た。

「ええ、ぼくの身内です。それがどうかしましたか？　この件になにか関係があるんでしょうか？」

レンナーはためらってから、ゆっくりと疲れた顔にかすかな笑みを浮かべた。

「それこそこの件のすべてであり、まったくの無関係でもあるのでは」

「矛盾してますよ」

「確かにそうですな。イザベルはあなたのお姉さんだったんですね？」

「数歳上です」

「家出人だった。あなた、捜されたことがありますね。そうコンピュータにありますから、正しいにちがいない。そうでしょう？　夜に。お父さんと一緒に。お父さんは――」

「義理の父です」

「では、義理のお父さんとしましょう。その人に、廃墟となった建物へお姉さんを捜しに行くよう、当時子どもだったあなたは言われた。そうした不法占拠ビルにいる子どもたちは、子どもが相手ならば逃げないから、と。そう報告書にあります。あなたはお姉さんを見つけることはできなかった。だれにも見つけられなかった。手遅れになるまで」

ピアスは腕組みをして、テーブルに身を乗りだした。

「あの、その話のポイントはなんです？　よろしければ、この部屋から出たいと切に願ってるんですが」

「ポイントは、あなたはかつて消えた少女を捜したことがあるということですよ、ミスター・ピアス。あなたがこのリリーという女で、なにか償いをしようと試みないほうがふしぎだ。おわかりでしょう？」

「いいえ」ピアスは我ながら消え入りそうだとわかる声で答えた。

レンナーはうなずいた。

「よろしいでしょう、ミスター・ピアス。お引き取りになって結構です。いまのところは。ですが、はっきりさせておきましょう。あなたがここで話されたことすべてが真実であるとは、まったく信じていません。人が嘘をつくのを見抜くことがわたしの仕事であり、あなたは嘘をついているか、なにか隠しているか、あるいはその両方ではないでしょうかね。けれども、焦ってはいません。こうしたことは、おいおいわかってくるものです。わたしの進み具合は遅いかもしれません、ミスター・ピアス。確かに、あなたをここに長く待たせ過ぎました。あなたのように立派で正直な市民を。ですが、それはわたしが徹底的にやりたいからで、目的を達成できることにかなり自信をもっています。遠からぬうちに全体像をつかんでみせますよ。保証します。その全体像のなかで、少しでもあなたが一線を越えているのを見つけたら、しめたものだ。なにを言わんとしているか、おわかりですな」

レンナーは立ちあがった。

「嘘発見器の件は連絡します。それから、もしわたしがあなたの立場なら、オーシャン・ウェイの立派な新居に帰り、アパートメントに留まって、この件に近寄らずにいようと思うでしょうね、ミスター・ピアス」

ピアスは立ちあがり、テーブルとレンナーの横をぎこちなく歩いてドアへ向かった。立ち去るまえにあることを思いついた。

「ぼくの車はどこです？」

「あなたの車？　どこかあなたが置いた場所にあるんじゃないですか？　受付に行ってください。タクシーを呼んでくれますよ」

「そりゃどうも」

「おやすみなさい、ミスター・ピアス。連絡します」

空っぽの刑事部屋を通り抜け、受付と出口に通じる廊下を進みながら、ピアスは腕時計を確かめた。午前零時三十分だった。レンナーより早くロビンに連絡しなければならないが、電話番号は車のバックパックのなかだ。

さらに受付カウンターへ近づきながら、ピアスはタクシーに払う金がないことに気づいた。もっていた現金はすべてロビンに渡してしまった。ピアスは一瞬立ち止まった。

「ご用でしょうか？」

カウンターの警官だった。こちらを見つめていた。

「いや、なにも」

ピアスは警官に背を向けて警察署をあとにした。そしてヴェニス大通りをビーチへ向かって西に走りはじめた。

16

ピアスが車を置いた路地にもどってみると、リリー・クインランのアパートではまだ捜査活動がさかんにおこなわれていた。数台の車が路地にくっつきあって停められ、可動照明がアパートメントの正面を照らすよう設置されていた。

レンナーが正面に立っていた。パートナーの、ピアスが名前を思いだせない刑事と会話をしている。つまり、レンナーはこの犯行現場にもどる途中でピアスの真横を車で通ったはずで、ピアスに気づかなかったか、あるいは故意に乗せてやらなかったかだ。ピアスは後者の可能性を選んだ。いくら夜間でも、通りに出た警官ならばきっちりした服装でジョギングする男には目を留めるだろう。レンナーは故意に通り過ぎていったのだ。

自分の車の横に立って――というより、隠れて――ここまで走ってきた疲れを癒しながら数分ほど観察していると、レンナーとパートナーがアパートメントのなかへ入った。ピアスはようやくキーレス・エントリーでBMWのドアのロックを解除した。

車に乗りこみ、静かにドアを閉めた。手探りでキーをイグニションに差そうとしながら、室内灯がオフになっていることに気づいた。電球が焼き切れたにちがいない。ドアがひらくと明かりがつくように設定しているからだ。手を伸ばし、一応、ボタンを押してみたが、変化はなかった。もう一度押すと、明かりがついた。

ピアスは座ったままで長いこと室内灯を見あげ、この出来事についてじっくり考えた。室内灯は、横についた天井のボタンを押すことで三段階の設定ができるようになっている。最初の位置は便利設定で、ドアがひらくと明かりがつくよう作動する。いったんドアが閉まると、明かりはその十五秒後か、エンジンがかかるか、どちらか先にあった状況に反応してしだいに消えていく。二番目の位置は、明かりがついたままになる。ドアが閉まっていてもだ。三番目の位置は、自動的に便利な反応をすることなしに、明かりは消えたままになる。

ピアスはつねに最初の位置に室内灯をセットしているから、ドアを開けた際に室内に明かりがつくはずだった。だが、車に乗ったとき明かりはつかなかった。室内灯は三番目の位置に設定されていたことになる。そこでピアスはボタンを再度押してみたところ——最初の位置へと——明かりはつかなかった。なぜならすでにドアは閉まっているからだ。もう一度ボタンを押すと、照明は二番目の位置になり、明かりがついた。

ドアを開け閉めしながら、ピアスは自分の仮説に確信がもてるまで設定を試しつづけた。結論は、何者かが車に乗り、室内灯の設定を変えたというものだった。

そう悟ってふいにパニックを起こし、ピアスはフロントシートのあいだから、バックシートに手を伸ばした。バックパックに手がふれた。前方に引っ張り、すばやく中身をあらためた。手帳はまだあった。消えたものはなかった。

車内にあるもっとも高価なものはレザーのバックパックだったが、盗られていなかった。このことから、車は捜索されたが、盗難にあったのではないと結論づけた。そう考えると、車がふたたびロックされていた説明もつく。

おそらく車上荒らしならば、わざわざ車内でなにがあったか繕おうとはしないだろう。ピアスは照らされたアパートメントの戸口を見あげ、なにがあったのか悟った。レンナー。警察だ。車を捜索された。まちがいない。

この件を熟考し、どのように捜索がおこなわれ、どのように手がかりを残すミスが起こったか、ふたつの可能性があると判断した。最初の可能性は、捜索した者がドアを開け――たぶんプロ用の〝スリム・ジム〟、窓開閉器具で――車内にいるところを目撃されないよう、照明ボタンを二度押して明かりを消したという説。

二番目の可能性は、捜索した者が車に乗り、ドアを閉めたところ、しばらくして室内灯が消えたというもの。捜索者は頭上のボタンを押して、明かりをつけた。調べが終わると、ボタンをふたたび押して明かりを消し、ピアスが気づいたボタン位置のままにした。

あとの説のほうがありそうだった。だが、それは重要じゃない。アパートメントのなかにいるレンナーのことを考える。すると、なぜ刑事が車に乗せてくれなかったかわかった。レンナーはこの車を調べたかったのだ。ピアスより早く現場にもどり、車を捜索したのだった。

本人の許可を得ないこの捜索は、おそらく法に反している。しかし、実際のところ、ピアスは怒りとは反対のものを感じていた。車にはリリー・クインランの失踪はもとより、いかなる犯罪においても、ピアスの告発につながるものは載ってない。レンナーと、この車になにもないとわかっておそらく刑事が感じたであろう失望のことを考えた。

「いい気味だ、くそったれ」ピアスは声に出して言った。

ようやくエンジンをかけようとしたまさにそのとき、アパートメントからマットレスが運びだされてきた。事件現場の担当者らしき二名が、かさばる品を垂直にして慎重にドアを通し、階段をおろし、ロサンジェルス市警（LAPD）科学捜査課と記されたヴァンへ運んだ。

マットレスはシャワー・カーテンのように不透明な厚いビニールでくるまれていた。中央の大きな黒い染みがビニール越しにはっきり見える。ぎらつく照明のなかでマットレスが抱えられている光景にピアスの気持ちはたちまち沈みこんだ。リリー・クインランのためになにか行動するには遅すぎたと声高に非難するビルボードが抱えられているかのようだった。

マットレスはヴァンに収納するには幅も長さもありすぎた。科学捜査課の担当者たちは、ヴァンの屋根にあるラックにマットレスを慎重にのせ、ロープで固定した。ビニールで包んでいるから、証拠の状態は損なわれないのだろう。

ヴァンから視線をそらすと、アパートメントの戸口にレンナーが立ってこちらを見ていることに気づいた。ピアスは長いあいだ見つめ返してから、車のエンジンをかけた。路地に並んだ警察の車のおかげで、ピアスは高速道路までずっとバックしなければならず、そこでようやく方向を変えて家へ向かった。

十分後に自宅アパートメントに着いて受話器を取るとすぐさま、メッセージが入っていると示す断続的なダイアル・トーンが聞こえた。メッセージをチェックするまえに、リダイアル・ボタンを押した。ここからかけた最後の電話はロビン宅だと覚えていたからだ。電話は呼び出し音なしでボイス・メールにつながった。電話をつないでいないか、話し中ということだ。

「聞いてくれ、ロビン。ぼくだ、ヘンリー・ピアスだ。ぼくのことを怒っているのはわかっているが、これから話さねばならないことをどうか聞いてほしい。きみが帰ってから、ぼくはリリーのアパートメントのドアが開いているのに気づいた。家主がなかにいて、荷物を片づけていたんだ。ベッドで血のようなものを見つけた。警察に通報しなければならなかった。きみを巻きこまないようにしようとそりゃあ――」

ブザー音が鳴り、電話は切れた。ロビンが応答サービスでこんなみじかいメッセージ時間を設定しているわけをふしぎに思いながら、リダイアル・ボタンを押した。話し中のシグナルが聞こえた。

「くそっ！」

ピアスはふたたびかけ直したが、やはり話し中だった。いらだちながら寝室からバルコニーへ歩いた。潮風はきつく、肌を刺すようだった。遊園地は真夜中に閉まるが、観覧車の照明はまだ灯っていた。再度リダイアル・ボタンを押すと、呼び出し音一度のあとに、ロビン本人が出た。声は眠たげだった。

「ロビン？」

「あら、ヘンリー？」

「ああ、切らないでくれ。いまきみにメッセージを残していたところなんだ。ぼくは――」

「知ってる。いまちょうど聞いてたから。あたしのメッセージは聞いた？」

「え、メッセージだって？　まだだ。たったいま家に帰ってきたんだ。夜中までずっと、警察にいた。いいかい、きみがぼくに怒り狂っているのは知っているが、さっきのメッセージでも伝えようとしたように、警察からきみに連絡が行くと思うんだ。きみを巻きこまないようにがんばった。きみがアパートメントに連れて行ってくれたことなんかは漏らさなかった。だが、リリーがタンパ出身で母親がタンパにいることをどうして知っているか訊かれて、きみに教わったと話してしまったんだ。それしか切り抜ける方法がなかったんだ。ぼくが切り抜ける方法だ、認めるよ。けど、話してもきみに不利になるとは思わなかった。つまり、きみたちのページは相互リンクされているから。どのみち、警察はきみに話を聞きに行くことになったと思う」

「構わない」

ピアスは一瞬、押し黙った。ロビンの反応に仰天していた。

「ぼくはリリーの無事を確かめたいときみに納得させ、きみはぼくを信じたから、タンパの件を話してくれたんだと警察に話した」

「ねえ、あんたは確かにあたしに納得させたよ。だから電話をしてメッセージを残したの。うちで発信者名と電話番号がわかってよかった。あの路地で言ったことを、謝りたかった。

あまりにも感情的だったわ」

「気にしなくていい」

「ありがとう」

一瞬、ふたりのあいだに沈黙が流れた。

「いいかい」ピアスは言った。「あのアパートメントにあったマットレスは――血まみれだった。リリーになにがあったか知らないが、学校へ行くために仕事を抜けようとしていたのなら……きみがビリー・ウェンツを恐れているのはわかっているが、いま以上に警戒しないとだめだ、ロビン。なにをするにしても、用心するんだ」

ロビンは無言だった。

「きみはウェンツといまの仕事から手を切らないとだめだ。だけど、いいかい、実行するときは、だれひとりとして、打ち明けちゃだめだ。あいつらにきみは消えると知らせずに、黙って姿を消すんだ。リリーはそこで失敗したんだと思う。きっとウェンツか、ウェンツに告げ口するだれかに話してしまったんだろう」

「じゃあ、これはビリーの仕業だと考えてるんだ？　リリーは金のなる木だったのよ。それをどうして――」

「わからない。どう考えたらいいかわからないんだよ。犯人は、きみと会うことになっていた直前に、リリーが一緒にいた人物かもしれない。多くの可能性があると思う。あのアパートメントにあった物を見たよ。鞭やらマスクやらなにやらね。リリーになにがあったか、わかりゃしない。だが、ウェンツのメッセージである可能性はある。だれも商売を抜けるなとね。ぼくに言えることは、きみが働いているのは危険な世界だってことだ、ロビン。抜けないとならないが、実行するときは細心の注意を払うべきだ」

ロビンは黙っていた。ロビンがとっくに承知していることしか、自分はしゃべっていないのだ。そのとき、ロビンの泣き声が聞こえたように思ったが、自信はなかった。

「だいじょうぶかい？」

「ええ」ロビンが言った。「問題はそれほど簡単じゃないってこと。抜けるのは。足を洗って、まともになるのは。だってね、ほかにあたしになにができる？　この商売で大金を稼いでるのよ。これから先どんな仕事をしても、これ以上稼げることはないよ。どうしたらいいの、マクドナルドで働く？　マクドナルドの仕事でさえ、ありつけるかどうか。履歴書になんて書くの、この二年間どんな仕事をしていたか？」

こんなことまでロビンと語ろうと思ってはいなかった。バルコニーからリビングへ入った。真新しい椅子が二脚あったが、いつもの古いカウチに座った。

「ロビン？　ぼくはきみの名字さえも知らない」

「ラポルよ。それにあたしの名前はロビンじゃないわ」

「なんていうんだい」

「ルーシー」

「そうか、そのほうがいい感じだ。ルーシー・ラポル。うん、気に入った。いい響きだ」

「あたしは男たちにすべてを与えないとならないから。名前はとっておこうと決めたの」

泣きやんだようだった。

「そうか……ルーシー、そう呼んでいいかな。ぼくの電話番号をなくさないように。その生活から抜ける準備ができたなら、ぼくに電話するんだ。助けるためにできることはなんでもする。金、仕事、アパートメント、なんでも必要なものを。電話してくれさえすれば、手に入れるからね。ぼくにできることはなんでもするよ」

「あんたがそうするのは、お姉さんのことがあるからなのね」

ピアスは考えを巡らせてから答えた。

「どうだろう。たぶんそうなんだろう」

「どっちでもいいわ。ありがとう、ヘンリー」

「いいさ、ルーシー。ぼくはそろそろ横になるよ。長い一日でくたびれた。起こしてすまなかった」

「気にしないで。それに警察のことも。うまく相手するから」

「よかった。おやすみ」

ピアスは電話を切り、それからボイス・メールのメッセージをチェックした。五件あった。正確には、リリーあてが三件でピアスあてが二件だった。自分あてではないと判断するやいなや、リリーあてのメッセージは消去した。ピアスあての最初のメッセージはチャーリーからだった。

「きょうはラボでどんな具合だったか、ちょっと聞きたくてね。それに特許出願書をもう見直したかどうか訊ねたくて。問題があれば、月曜の朝一で知らせてくれ。修正する時間がもてるように――」

ピアスはこのメッセージを消去した。特許出願書は朝になったら見直すつもりだった。チャーリーにはそれから電話しよう。

ピアスはルーシー・ラポルからのメッセージに最後まで耳を傾けた。

「ハイ、ロビンよ。あの、最後にあんたに言ったことで謝りたくて。このごろは鬱陶しくてたまらない世のなかに、とにかく、むかつきっぱなしなの。でも正直言うと、あんたがリリーを心配していて、無事を確かめたがってるとわかったせいだと思う。きっと、世界のどこかに、そんなふうにあたしのことを心配してくれる人がいたらと思ったから、あんな態度をとったんだ。その、だから、そういうこと。いつでも電話してちょうだい。ふたりで、ただぶらぶらするのもいいじゃない。それから、次はスムージーを買わせたりしないから。じゃね」

なぜだかわからないが、このメッセージを保存して通話を切った。もう一度聞きたくなるかもしれないと思ったからだ。数分ほど受話器であごを軽くこづきながら、ルーシーのことを考えた。ルーシーには内に秘めた優しさがあり、辛辣な口調や、この世界で生き抜くためにやっている現実のなかでもそれが力強く感じられる。ルーシーはロビンの名を使い、ルーシーの名は自分のためにとっておくと話していた。

〝あたしは男たちにすべてを与えないとならないから。名前はとっておこうと決めたの〟

ピアスはリビングで腰をおろし、母親、そして義理の父親と話をしていた刑事のことを思いだした。その場には実の父親もいた。刑事はイザベルが街娼として相手をして金をもらう男たちには偽名を使っていたと告げた。イザベルがエンジェルという名を使っていたとも話していた。

レンナーが言ったことは図星だった。何年もまえに起こったことはつねにピアスの意識の表層のすぐ下にあった。リリー・クインランの謎が出現したときに、ふつふつと表面に出てきたのだ。リリーを見つけ、できれば救いたいという願望のなかで、ピアスは自分自身の消えた姉を見つけ、救いたがっていた。

この世界は驚くべき残酷な場所だ。どれほどの被害を人は他人にもたらすものか。それだけでなく、さらにひどい害をみずからにもたらす。このことが、ラボに閉じこもり毎日何時間も過ごしている理由なのかもしれない。世界から、ひどい出来事を知ったり考えたりすることから、自分を隔離している。ラボではあらゆることが明確で単純だ。定量化できる。科学理論はテストされたら、確認されるか反証されるかどちらかだ。灰色のエリアはない。影はない。

ふいにたまらなくニコールと話したくなった。以前には知るよしもなかったことを学んだこの二日間について語りたい。言葉にするのはむずかしいが、胸にはっきりと存在していることがあった。もはやダイムを追うつもりはないのだとニコールに話したかった。ピアスに関するかぎり、ダイムのほうがピアスを追ってくるだろう。

　電話の通話ボタンを押し、ニコールの番号にダイアルした。自分の以前の電話番号に。アマルフィ・ドライブの家に。三度の呼び出し音のあとに、ニコールが電話に出た。警戒した声に聞こえたが、寝起きの声だとピアスにはわかった。

「ニコール、ぼくだ」

「ヘンリー……なんなの？」

「遅いのはわかっているが、だが――」

「やめて……この件は話をしたはずよ。こんなことはしないと、言ったじゃないの」

「わかっているよ。でもきみと話をしたいんだ」

「飲んでるの？」

「いや。ただ、伝えたいことがある」

「夜中じゃない。非常識だわ」

「これ一度きりだ。きみに伝えなくちゃならないことがある。そっちに行かせてくれたら――」

「だめよ、ヘンリー、おことわり。ぐっすり眠っていたのに。話をしたかったら明日電話して。おやすみなさい」

　ニコールは電話を切った。ピアスは決まり悪さで顔が赤らむのを感じた。絶対にやらないと請け合い、そんなことをするとは自分でも想像さえできなかったことを、たったいまやってしまった。

ピアスは大きなうめき声をあげ、立ちあがって窓辺へ向かった。北の桟橋の向こうに、パシフィック・コースト・ハイウェイだと知らせる街灯のネックレスが見えた。その上部にそびえる山々は、夜空の下ではほとんど識別できない黒々とした形をしている。海は視覚より聴覚で明確に存在を意識できた。水平線はどこか暗闇のなかに消えていた。

憂鬱で疲れ切っていた。思いはニコールからルーシーへ、そしていまやリリーの運命として明白なことへと、うつろっていった。闇を見やりながら、ルーシーに言ったことを忘れまいと誓った。ルーシーが足を抜きたいと決意し、準備が整ったら、たとえ結局は自分のためという理由しかなくても、手を貸そう。先のことなどわからない。それが人生最良の行動になる可能性もあるだろう。

視線を向けたとたん、観覧車の照明が消えた。それを合図と受け取って、アパートメントのなかへもどった。カウチに座り受話器を手にすると、自分のボイス・メールへかけた。ルーシーからのメッセージをもう一度聞いてから、ベッドへ向かった。まだシーツも毛布も枕もなかった。新しいマットレスに寝袋をひっぱりあげ、なかにもぐりこんだ。そのとき、一日中なにも口にしなかったことに気づいた。ラボの外で過ごした日に、そんなことがあったのは、覚えているかぎり初めてだった。朝に目覚めたらするべきことのリストを頭のなかで作りながら眠りに落ちた。

ほどなくすると、ピアスはひらいたドアが両側に並ぶ暗い廊下にいる夢を見た。廊下を進みながら、すべてのドアをのぞいていった。のぞきこむどの部屋も、ホテルの客室のようにベッドと書き物机とテレビがあった。そしてどの部屋にも人がいた。ほとんどはピアスの知らない人々で、見られていることに気づかなかった。言い争っている男女、ファックしている男女、泣いている男女がいた。あるドアの向こうに、自分の両親がいるのに気づいた。実の母親と父親で、義理の父ではない。離婚してからずいぶん経っているというのに。ふたりはカクテル・パーティへ出かける支度をしているところだった。

ピアスは廊下を進み、ほかの部屋でレンナー刑事を見かけた。ひとりきりで、ベッド脇を行ったり来たりしていた。シーツとベッドカバーはベッドからはがされ、マットレスには大きな血液の染みがあった。

さらに廊下を進むと、別の部屋でリリー・クインランがマネキンのようにじっとベッドに横たわっていた。部屋は暗かった。リリーは裸で視線をテレビに向けていた。ピアスの角度からは画面に映っているものは見えなかったが、顔を照らす青い光がリリーを死人のように見せている。ピアスは部屋に一歩足を踏みいれ、リリーの様子をうかがおうとすると、リリーがピアスのほうを見あげた。リリーがほほえみ、ピアスもほほえみ、ドアを閉めようと振り返ったが、部屋に入ってきたドアは見つからなかった。わけを知りたくてリリーのほうを振り返ると、ベッドは空っぽで、テレビだけがついていた。

17

日曜日の正午ちょうどに、ピアスは電話で起こされた。男がこう言った。「リリーと話すには早すぎるかい？」

ピアスは答えた。「いや、反対に遅すぎたよ」

電話を切り、腕時計を見た。見ていた夢を思いだして分析をはじめたが、そこでうめき声をあげた。夢以外の昨夜の最初の記憶が思考に入りこんだ。深夜にニコールへかけた電話。ピアスは寝袋から這いだしてベッドをおりると、長く熱いシャワーを浴び、ニコールにもう一度電話をして謝るべきかどうか考えた。だが、ヒリヒリするほど熱い湯でも、このばつの悪さを洗い流せなかった。ニコールに電話せず、自分自身に言い訳をしないことがいちばん良いと心に決めた。やってしまったことを忘れるよう努力しよう。

服を身につけるころには胃が執拗に食料を求めていたが、キッチンにはなにもなく、手持ちの現金はなく、クレジット・カードは月曜まで使えなかった。レストランか食料品店へ行き、クレジット・キャッシュ・カードを使えばいいのはわかっていたが、時間がかかりすぎるのはまずい。ニコールへ電話をした気まずさも、リリー・クインランのエピソードを置き去りにして、警察にまかせるための清めのシャワーも終わった。仕事にもどらなくてはならない。アメデオ到着が遅れると、決意が鈍るかもしれなかった。

午後一時には、オフィスに足を踏み入れていた。正面ドア奥の台座にいる警備担当者にうなずいてみせたが、名前では呼びかけなかった。クライド・ヴァーノンが新たに雇ったうちのひとりで、ピアスには決まって冷淡な態度を取る男だ。喜んで、こちらも同じ態度でいてやろう。

ピアスは余分な小銭をいっぱいにためたコーヒー・マグをデスクに置いていた。仕事をはじめるまえにバックパックをデスクにどさりと置くと、マグをつかみ、階段で二階へおりた。スナック類とソーダ・マシンがランチルームにある。コーラを二本、ポテトチップスを二袋、オレオをひと包み買うと、マグはほぼ空っぽになった。つぎに、ランチルームの冷蔵庫をのぞいて、だれかが食べられるものを残していないか調べたが、失敬できるものはなにもなかった。警備スタッフが毎週金曜日の夜に冷蔵庫をからにするのが通例だった。

オフィスにもどるころには、ポテトチップスが一袋からになっていた。もう一袋も割いて開け、コーラをぽんと開けてから、デスクの奥へ滑るように立った。デスク下の金庫から特許出願の新たなひと束を取りだした。ジェイコブ・カズは優れた特許弁護士だが、法的書類の序文や要約はつねに科学者が読み返すことを求めた。ピアスはいつも特許出願の最終的な署名をおこなっていた。

これまでピアスと〈アメデオ・テクノロジーズ〉が申請し、過去六年間にわたって認められてきた特許は、複雑な生物学的構造の特有の設計を保護する分野が中心だった。未来のナノテクノロジーの鍵は、設計を保持し、運ぶナノ構造を創りだすことにある。これこそ、ずっと以前に、ピアスが分子コンピューティングの分野でアメデオの得意分野として選んだものだった。

ラボでピアスとチームのほかのメンバーは、論理ゲート――コンピューティングの基本的な入り口――の作成に、高度技術を駆使して配列した分子スイッチのさまざまな種類のディジーチェーンを設計し、組み立ててきた。ピアスとアメデオが所有している特許のほとんどは、この分野か、あるいは付随する分野の分子RAMが対象だった。その他の特許には、少数だが、つないだ分子の開発を中心にしたものがある。これは格子状になった丈夫なカーボン・チューブで、いつの日か無数のナノスイッチを結合できるだろうし、ナノスイッチがあれば、十セント硬貨(ダイム)ほども小さく、デジタルの大型トラックほども強力なコンピュータを作ることができるだろう。

新たな特許の束を読み返すまえに、ピアスは椅子にもたれ、コンピュータのモニター奥の壁を見あげた。壁にかかっているのはピアスが顕微鏡をかかげている風刺画だった。ポニーテールがなびき、両目はたったいま素晴らしい発見をしたばかりのように大きく見ひらかれていた。上部にあるキャプションには〝化学者のヘンリー　ひとだすけ〟と書いてあった。

絵をくれたのはニコールだった。桟橋の絵描きに描かせたものだ。ピアスが子ども時代のお気に入りの思い出を話したあとのことだ。父親がピアスと姉に読み聞かせをしてくれた思い出。両親が離婚する以前。父親がポートランドへ引っ越し、まったく新しい家庭をもつ以前。イザベルにとって物事が悪くなりだす以前のことだ。

当時ピアスの気に入っていた絵本はドクター＝スースの『ぞうのホートン　ひとだすけ』だった。村まるごとひとつの世界が、ちっぽけなたったひとつの埃の上に存在していることを発見した象の物語だ。ナノワールドは、ナノワールドという概念が生まれるずっと以前から存在していたのだ。ピアスはいまでもこの絵本のセリフの多くを暗記していた。そして仕事の途中で思いだすことがよくあった。

物語のなかで、ホートンは発見のことを信じてくれないジャングル社会でつまはじきにあう。ホートンは猿たち――ウィッカーシャム一族として知られる――にひどいいじめを受けるが、結局はその猿からちっぽけな埃の上の小さな世界を救い、ほかの種族にその存在を証明することになる。

ピアスはオレオの袋を開け、クッキー二枚を全部食べて、糖分補給をして仕事に集中できるようになることを願った。

ピアスは興奮と期待とともに、出願書類を吟味しはじめた。この出願がアメデオを新たな活躍の舞台へ、そして科学を新しい段階へと動かすだろう。こいつはナノテクノロジーの世界を徹底的に揺るがす。ライバルたちの反応を想像して口元がゆるんだ。情報担当者が彼らのものではない出願のコピーをとってみせるか、科学機関誌でプロテウスの製法について読んだときが楽しみだ。

出願内容は、分子エネルギー変換の製法を保護するためのものだった。平たく言えば、最初の出願書の要約で使われているように、アメデオは〝パワー供給システム〟に対する特許の保護を求めていた。いつの日か人類の血流をパトロールし、そのあるじを脅かす病原体を破壊するバイオ・ロボットにエネルギーを与えるシステムだ。

会社では映画《ミクロの決死圏》に敬意を表して、製法をプロテウスと呼んでいた。この一九六六年の映画では、医療班がプロテウス号という潜水艇に乗りこんで縮小光線で小型化され、人体に注射で送りこまれ、脳にある手術不可能な血栓を破壊する。

映画はＳＦで、縮小光線はいつまでたっても想像の範囲内に収まっているかに見えた。しかし、想像においてプロテウス号とさほどかけはなれていないバイオ・ロボット、あるいはセル・ロボットで体内の病原体を攻撃するというアイデアは、科学の現実の遠い水平線上に存在していた。

ナノテクノロジーが産声をあげて以降、医療への応用の可能性は、この科学のなかでつねにもっとも注目を浴びる分野となってきた。演算処理の飛躍的向上よりも関心を集めたのは、癌、エイズ、それにあらゆる疾病の治療に使える可能性だ。体内の臓器（デバイス）をパトロールし、化学反応を通じて病原体を発見し、識別し、削除する可能性は、この科学が夢見る聖杯だった。

しかし、ネックは――多くの研究員が分子ＲＡＭと集積回路を追う一方、この科学の医療応用をあくまでも理論に留めているのは――動力供給の問題だった。人体の免疫系と拒絶反応を起こさない自然の動力源で、いかにして分子潜水艇を血液中で移動させるか。

ピアスは免疫研究者のララビーとともに、原始的だが高い信頼のおける製法を発見した。宿主自身の細胞を使用して――この場合研究のためにピアスの細胞を採取し、培養器で複製した――ふたりの研究者は採取細胞と結合するタンパク質の配合を開発し、そこから電気的刺激を引きだした。つまり、ナノデバイスを動作させる動力を内部から引きだすことができ、さらに人体の免疫系と拒絶反応を起こさないというものだ。

プロテウスの製法は単純で、そこに美しさと価値があった。ピアスはこの分野の今後のナノ研究すべてが、このひとつの発見に基づくことになると予想していた。実験とさらなる発見や発明を重ねたら以前は二十年先、いや、もっと遠くの水平線に見えていた実用化がその半分の時間で達成できるだろう。

ほんの三カ月まえ、ニコールとの関係がむずかしくなっていた時期に成し遂げた発見は、ピアスが生涯でもっとも興奮した瞬間だった。

「わたしたちの家は、きみにはひどく小さく見えることだろう」ピアスは特許の吟味を済ませるとつぶやいた。「でも、ちっぽけなわたしたちにとっては、すばらしく大きな家なんだよ」

ドクター＝スースの絵本にあった言葉。

ピアスは書類に満足した。いつものようにカズは、各特許の一枚目で科学用語と法律用語を織り交ぜる一流の仕事をしていた。しかしながら、どの出願も本体は科学と製法を図表で示した細切れの集まりだ。本体はピアスとララビーが書いたもので、ふたりの研究者は念入りにチェックしていた。

ピアスの考えでは、出願の準備は完璧だった。ピアスは興奮していた。ナノワールドにこのような特許出願のニュースを流せば、ばつぐんの効果のパブリシティとなり、その結果、投資家の関心を呼び起こすだろう。計画では、この発見をまずモーリス・ゴダードに提示し、投資を確保してから、特許を出願することになっていた。万事うまく運べば、ゴダードは自分がめったにないチャンスとリードを手にしたことを悟り、先手を打ってアメデオの主要財政援助源として契約するだろう。

ピアスとチャーリー・コンドンは入念な演出を考えていた。ゴダードに発見を見せる。ゴダード自身の目でトンネル電子顕微鏡に見えるものを確かめさせる。それから決意を固めるまでに二十四時間を与える。ピアスは最低限、三年間で千八百万ドルを望んでいた。ライバルより速く、遠くへ前進するのに必要な額。交換条件として、ゴダードへは会社の株の十パーセントの提供を申し入れていた。

黄色のポストイットにジェイコブ・カズあてのねぎらいの言葉を書き、プロテウスの出願書類のカバー・シートに貼りつけた。それから、金庫へもどして施錠した。翌朝、センチュリー・シティのカズのオフィスへ安全な輸送方法で届けさせよう。ファクスもメールもだめだ。自分で運転して持参してもいいぐらいだ。

椅子にもたれ、口にオレオをもう一枚ほうりこみ、腕時計に目をやった。午後二時。オフィスに来てから一時間が過ぎているが、ほんの十分ほどに感じていた。この感覚をふたたび味わうのは気分がいい。やる気を味わうのは。のってきたところで、ラボへ場所をかえて実際の作業をおこなうことにした。残りのオレオをつかんで立ちあがった。

「ライト」

廊下に出て、暗くなったオフィスのドアを閉めようと引き寄せていると、電話が鳴った。ピアスへの直通番号特有のみじかく二度つづけて鳴る呼び出し音だった。ピアスはドアを押しもどして開けた。

「ライト」

オフィスの直通番号を知る者は数少ないが、そのひとりがニコールだった。ピアスは急いでデスクの奥へ行き、電話の発信者ＩＤ表示窓を見た。個人、となっており、ニコールではないとわかった。ニコールの携帯電話も、アマルフィ・ドライブの家の電話も表示されるようになっているからだ。躊躇したが、コーディ・ゼラーもこの番号を知っていると思いだした。ピアスは受話器を取った。

「ミスター・ピアス？」

コーディ・ゼラーではなかった。

「そうですが？」

「フィリップ・グラスだ。昨日電話をもらったようで」

私立探偵だ。すっかり忘れていた。

「ああ。そうでした、そうでした。お電話いただきどうも」

「今日になってメッセージを聞いてね。どんな用件かね？」

「リリー・クインランのことで話をしたかったんです。行方不明の女性。母親が数週間まえに、あなたを雇っていますね。フロリダから連絡して」

「ああ、だが、もうその件では仕事をしていないが」

ピアスはデスクの奥に立ったままだった。片手をコンピュータのモニターの上部に置いて、しゃべりつづけた。

「それはわかっているんです。けれど、あなたとお話しできないものかと思っていたんですよ。ヴィヴィアン・クインランの許可はもらっています。お望みなら問い合わせてみてください。まだヴィヴィアンの電話番号は手元にありますか？」

グラスの返事を待ったがひとしきり間が空いた。あまりに時間がかかるので、そっと電話を切られたかもしれないとピアスは思った。

「ミスター・グラス？」

「ああ、聞こえているよ。考えていたんだ。いったいこの件のどんな点に関心をもっているのか、聞かせてもらいたいな」

「その、リリーを見つけたいんです」

そう答えるとさらなる沈黙に遭遇し、ピアスは自分が弱い立場で交渉していることを理解しはじめた。グラスにはなにかがあるが、ピアスはそれがなにか知らないので不利だった。自分の願望を主張することにした。会って話をしたい。

「ぼくは家族の友人なんです」ピアスは嘘をついた。「ヴィヴィアンから、なにか見つけだせないかと頼まれたんです」

「ロス市警とは話したかね？」

ピアスはためらった。グラスが協力してくれるかどうかは、直感でこの返事にかかっていると思った。昨夜の出来事を思い返し、すでにグラスの耳に入っているかどうか考えを巡らした。レンナーはグラスを知っていると言った。もちろん電話するつもりでいただろう。いまは日曜日の午後だ。あの刑事は、月曜日まで問い合わせを待つかもしれない。グラスは事件のわき役にすぎないようだから。

「いえ」ピアスはまた嘘をついた。「ヴィヴィアンの話で、ロス市警はこの件に関心がないと理解していました」

「あんた、何者なんだ、ミスター・ピアス？」

「というと？　どういうことだか――」

「だれの下で働いている？」

「だれの下でもありません。まあ、自分の下ですかね」

「あんた、ピーアイかい？」

「なんですか、それは？」

「冗談きついぜ」

「本気ですよ。ぼくにはなんのことか――ああ、私立探偵（PI）。いや、ぼくはＰＩじゃありません。お話ししたように、友人なんです」

「仕事はなんだ？」

「研究者です。化学者。それがどう関係して――」

「きょう会ってもいいぞ。だが、うちのオフィスはやめよう。きょうは出るつもりはない」

「わかりました。で、どこにします？　何時に？」

「いまから一時間後に。サンタ・モニカの〈カソード・レイズ〉って店を知ってるか？」

「十八丁目のですね。そこで会いましょう。どうやったら、あなただとわかります？」

「帽子とか、なにか目立つ小物をもってないか？」

ピアスはかがんで鍵をかけていないデスクのひきだしを開けた。つばの部分に青い字が刺繍してある野球帽を取りだした。

「灰色の野球帽をかぶっていきますよ。つばに青くモールズと刺繍してあります」

「モールズ？　穴を掘る小さな生き物の？」

ピアスは笑い声をあげるところだった。

「分子の略ですよ。ファイティング・モールズというのがうちのソフトボール・チームの名前だったんで。むかしはチームがあったんです。うちの会社がスポンサーで。ずっと以前のことですが」

「〈カソード・レイズ〉で会おう。ひとりで来てくれよ。あんたがひとりじゃなかったり、罠だと思ったら、おれの顔は見られないぜ」

「罠？　いったいなんの——」

グラスが電話を切り、ピアスは物音ひとつしない空間に耳を澄ませていた。

受話器をおろし、帽子をかぶった。探偵が訊ねたおかしな質問を反芻し、会話の最後でグラスが口にした内容と口調を思い返した。グラスはまるでなにかを怖がっているようだった。

18

〈カソード・レイズ〉はコンピュータ世代の溜まり場だ——客のほとんどが、ノートパソコンかPDAを、テーブルのダブルサイズのラテの隣に置いている。店は一日二十四時間営業で、どのテーブルにも電源と高速の電話線ジャックがついている。接続できるのは地元のインターネット・プロバイダーのみだ。サンタモニカ・カレッジ、映画プロダクション、ウエストサイドの誕生して間もないソフトウェア地区に近く、企業はいっさい提携していない。こうした特色が相乗効果をあげて、ここを人気のインターネットカフェにしていた。

ピアスはこれまでに幾度となくこの店を訪れているが、グラスがここを待ち合わせ場所に選ぶとはしっくりしない気がした。電話で聞いたかぎりでは、グラスは年配の男のようだった。しわがれ、倦んだ声をしていた。もしそうだとしたら、〈カソード・レイズ〉のような店ではグラスは目立つだろう。電話の向こうから伝わってきた妄想めいた懸念を抱いていたことを考えると、待ち合わせにこのコーヒー・ショップを指定するとは、ちぐはぐな選択のように思われた。

三時にピアスは店に入り、すばやく店内をながめて年配の男を探した。目についた男はいなかった。だれもこちらを見ていない。ピアスはコーヒーを注文する列に並んだ。オフィスを出るときに、ピアスはデスクのマグに残っていた小銭をポケットに突っこんでいた。注文の順番を待ちながら小銭を数え、プレーンのコーヒーのミディアム・サイズと、チップ入れに少々いれるぶんがぎりぎりあると判断した。

カップにたっぷりクリームと砂糖をいれ、パティオ席へ移動して、隅の空いたテーブルを選んだ。ゆっくりコーヒーに口をつけたが、それでもブラック・ジーンズと黒いTシャツ姿の背の低い男が近づいてきたのは二十分経ってからだった。さっぱりとひげを剃り、落ちくぼんだ黒い険しい目をしている男だ。ピアスが想像したよりずっと若かった。せいぜい三十代後半だ。男はコーヒーをもたずに、まっすぐテーブルにやってきた。

「ミスター・ピアス?」

ピアスは手を差しだした。

「ミスター・グラス?」

グラスは椅子を引き、腰をおろした。テーブルに身を乗りだした。

「よければ、あんたのIDを見せてほしい」

ピアスはカップを置き、札入れを取りだそうとポケットに手を入れた。

「ところで」ピアスは言った。「よければ、あなたのも見せてください」

ふたりの男は正しい相手とテーブルについていると納得し、ピアスは椅子にもたれ、グラスを観察した。小柄な男に詰めこまれた大柄な男のように見えた。激しさを発散している。

まるで身体全体を覆っている皮膚が裂けそうなくらい張りつめているかのようなのだ。

「話をはじめるまえにコーヒーを買われます？」

「いや、いい。おれはカフェインを摂らない」

なるほど、必要ないように思えた。

「じゃあ、本題に入りましょう。このスパイごっこは、どういうことなんです？」

「なんだって」

「ほら、〝かならずひとりで来いよ〟だの、〝仕事はなんだ〟だの、そういう芝居がかった詮索ですよ。どうも、少々ピントがずれたことに思えるんですが」

グラスはピアスの意見に同意するかのようにうなずいてから、口をひらいた。

「リリー・クインランのなにを知っている？」

「生活のためになにをしていたかを。聞きたいのはそういうことですか？」

「それはどんな仕事だ？」

「リリーはエスコート嬢でした。インターネットに広告を出してます。それから、ビリー・ウェンツという男の下で働いているのは確かなようだ。デジタル世界のポン引きみたいな奴。この男はリリーのページがあるウェブサイトを管理している。リリーをほかのページにも載せているでしょう。ポルノ・サイトのようなところに。それに、リリーはＳＭ方面にも携わっていたようだ」

ウェンツの名前を出すと、グラスの顔に新たな激しさが加わった。グラスはテーブルに肘をついて腕組みし、身を乗りだした。

「ミスター・ウェンツとじかに話をしたのか？」

　ピアスは首を横に振った。

「いいえ、でも話そうとはしましたよ。昨日〈起業コンセプト〉に行きました――裏にウェンツがいる会社です。ウェンツに会いたいと申し入れましたが、会社にいなかった。とっくにあなたがご存じのことをぼくはしゃべっているような気がしてるんですが、なぜでしょうね？　いいですか、ぼくは答えるんじゃなくて、質問をしたいんだ」

「あんたに話せることはないも同然だよ。おれは失踪人調査を専門にしている。ロス市警の失踪人課の知り合いが、おれをヴィヴィアン・クインランに推薦した。失踪人課は調べないことにしたんだよ。ヴィヴィアンは一週間ぶんの仕事の料金を払ってきた。おれはリリーを見つけられなかったし、失踪についてもたいした発見はなかった」

　ピアスは時間をかけて頭を働かせた。自分は素人だが、四十八時間足らずでかなりの発見をした。グラスは本人が見せかけようとしているほど無能だとは考えにくい。

「ウェブサイトのことはご存じですよね？　ＬＡダーリンを？」

「ああ。リリーはエスコートとして働いていたと聞いたから、見つけるのはごく簡単だった。ＬＡダーリンは人気サイトと言っていいだろう」

「リリーの家はわかりましたか？　家主と話は？」

「どちらもノーだ」

「ルーシー・ラポルのことは？」

「だれだって？」

「ウェブサイトではロビンの名を使っています。リリーのページからリンクしてある」

「ああ、なるほど、ロビンね。ああ、電話で話をしたよ。かなりみじかい会話だった。協力的じゃなかったからな」

グラスが本当に電話をしたかどうか怪しいものだ。すでにリリーの件で調査をしている探偵がいれば、ルーシーが口にしそうなものだった。この探偵が電話したかどうかあとでルーシーに確かめよう。

「どのくらいまえのことです、ロビンへの電話は？」

グラスは肩をすくめた。

「三週間まえ。仕事をした週のはじめのほうだ。最初に電話した数人のひとりだよ」

「直接会いにいきましたか？」

「いや、ほかのことがもちあがってね。それにその週の終わりには、ミセス・クインランはそれ以上の調査料の支払いを渋った。それで終わりさ」

「ほかにもちあがったことってなんです？」

グラスは返事をしなかった。

「ウェンツと話をしたんでしょう？」

グラスは組んだ腕を見おろし、返事をしなかった。

「ウェンツはあなたになんと言ったんです？」

グラスは咳払いをした。

「心して聞くんだ、ミスター・ピアス。ビリー・ウェンツには近づかないほうが身のためだ」

「なぜです？」

「奴は危険な男だからだよ。あんたは、自分でなにもわかっちゃいない領域を動いているからだ。気をつけないと、こっぴどい目に遭うぞ」

「あなたの身に起こったのはそれなんですか？　こっぴどい目に遭ったんですか？」

「いまここでは、おれのことを話しているんじゃない。あんたのことを話しているんだ」

アイス・ラテを手にした男が、ピアスたちの最寄りのテーブルに腰をおろした。グラスはそちらを見やり、猜疑心に取り憑かれた目で男を観察した。男はポケットからパームパイロットを取りだしてひらいた。スタイラス・ペンをはずして、パームで作業をはじめた。グラスにもピアスにも、まったく注意を払っていなかった。

「ウェンツに会われたときに、なにがあったのか教えてください」ピアスは言った。

グラスは腕組みをほどいて、手をすりあわせた。

「こんなことを知っているか……」

グラスは口を閉じ、先をつづけなかった。ピアスはうながす必要があった。

「知っているってなにを？」

「これまでのところ、インターネットで莫大な利益が出ているのは、成人向けの娯楽部門だけだと知っているか？」

「聞いたことはありますよ。それがどう──」

「年に百億ドルの取引が、この国の電子セックス産業でおこなわれている。その多くはネットを通じてだ。一流企業国家アメリカと結びついたビッグ・ビジネスさ。どこにでもある。どのコンピュータからでも、どのテレビでも使える。テレビをつければ、AT&Tのおかげでハードコア・ポルノを注文できる。オンラインに行けば、リリー・クインランのような女を玄関先までやって来させるよう注文できる」

　グラスの声は、説教壇の司祭を彷彿とさせる熱意を帯びていた。

「ウェンツが国中でフランチャイズ権を販売しているのを知ってるか？　おれは調査した。一都市につき、五万ドル。いまではニューヨーク・ダーリンとヴェガス・ダーリンがある。マイアミ、シアトル、デンバー、まだまだつづくのさ。こうしたサイトにリンクする想像できるかぎりの性的嗜好とフェチのポルノ・サイトをウェンツはもっている。奴は──」

「そうしたことは全部わかっていますよ」ピアスは口をはさんだ。「でも、ぼくが関心をもっているのは、リリー・クインランだ。その話がリリーに起こったことと、どんな関係があるんです？」

「わからん」グラスは言った。「だが、あんたに伝えようとしているのは、莫大な金が行き交う業界だってことさ。ビリー・ウェンツには近づくな」

ピアスは椅子にもたれ、グラスを見た。

「奴が接触してきたんですね。なにをされたんです、脅された？」

グラスは首を横に振った。その話をする気はないらしい。

「おれのことは忘れろ。おれがきょうここに来たのは、あんたを助けたかったからだ。火元にどれだけ近づいているか警告するためだ。ウェンツには近づくな。いくら言っても、言い足りないぞ。**近づくな**」

グラスの瞳を見ると、誠意をもって警告してくれていることがうかがえた。瞳には恐れの色も浮かんでいた。ウェンツがなんらかの方法でグラスに接触し、クインラン事件から手を引くよう脅したのはまちがいなかった。

「わかりました」ピアスは言った。「近寄らないようにします」

19

ピアスはフィリップ・グラスとのコーヒータイムを終え、ラボへもどろうかと考えてはみたものの、結局、私立探偵との会話で、ほんの一時間まえには感じていたやる気が萎えてしまったと認めざるを得なかった。ラボへもどるかわりに、オーシャン・パーク大通りの〈ラッキー・マーケット〉へ行き、ショッピング・カートを食料と新しいアパートメントで必要になる日用品で埋めつくした。クレジット・カードで支払い、いくつもの袋をBMWのトランクへ運んだ。サンズのガレージの駐車スペースに着いてはじめて、買った品々をすべて部屋に運ぶには、エレベーターで三往復はする必要がありそうだと気づいた。ほかの住民たちが小型の簡易カートを使い、洗濯物や食料品をエレベーターで運んでいるのを見かけたことがある。あれはじつにもっともなアイデアだったわけだ。

まず、買ったばかりのプラスチックの洗濯かごを準備し、そのなかに食料品の六袋をぎっしりと詰めた。真っ先にもってあがって冷蔵庫にしまいたい傷みやすい品物を全部いれた。

エレベーター・ホールへやって来ると、各戸にそれぞれそなわったトランクルームへ通じるドアのそばに、ふたりの男が立っていた。ピアスは自分のトランクルームに錠を取りつける必要があること、それに、ニコールがまだアマルフィ・ドライブの家の車庫に保存してくれているレコードや記念の品々の段ボール箱を移さなければならないことを思いだした。サーフボードもだ。

　男のうちひとりが、エレベーターを呼ぶボタンを押した。ピアスはふたりと会釈をかわし、きっとゲイのカップルだろうと想像した。ひとりは四十代で、背は低く、腰回りにたっぷり贅肉がついていた。ヒールで五センチ余計に背が高く見えるつま先の尖ったブーツを履いている。もうひとりの男はずっと若く、背も高く、精悍な体つきだったが、ボディ・ランゲージから察するに年上のパートナーにしたがっているようだ。

　エレベーターの扉がひらくと、ふたりはピアスを先に乗せて、小さいほうの男が何階かと訊ねた。扉が閉まってからピアスは気づいた。その男はピアスのために十二階を押したあとに、ほかのボタンを押していない。

「そちらも十二階にお住まいですか？」ピアスは訊ねた。「ぼくは二、三日まえに越してきたばかりなんですよ」

「客でね」小さいほうの男が言った。

　ピアスはうなずいた。注意を扉の上で点滅する数字に向けた。グラスから忠告を受けた直後だからか、あるいは、小柄な男が扉のクロームの縁取りに映るピアスを盗み見る目つきのせいだろうか、エレベーターが上昇して数字が大きくなっていくにつれて、ピアスの不安も増していった。ふたりがトランクルームのドアのそばに立っていて、ピアスが近づいて初めって、エレベーターに寄ってきたことを思いだした。まるでなにか理由があって、あそこで待っていたかのように。

あるいは、だれかを待っていたかのように。

エレベーターが十二階に到達し、扉が左右に開いた。男たちは片側に寄り、最初にピアスをおろそうとした。両手で洗濯かごを抱え、ピアスは前方にあごをしゃくった。

「どうぞお先に」ピアスは言った。「ついでに一階を押してもらえませんか。郵便物をとってくるのを忘れたんで」

「日曜日に配達はないよ」小柄な男が言った。

「いや、昨日の郵便なんですよ。取り忘れてるんです」

だれも動かなかった。三人は立ちつくしてたがいを見ていたが、扉が閉まりだすと大きな男が手を伸ばし、ゴムの緩衝材を引き締まった前腕で叩いた。扉は震え、手ひどいパンチから回復するように、ゆっくりと開いた。そこで小柄なほうがしゃべった。

「郵便なんかほっとけ、ヘンリー。おまえはここでおりる。だよな、シックス・エイト？」

明らかに身体の縦方向の寸法六フィート八インチ（約二メートル）から名づけられたらしい男は、返事をすることなく行動に移し、ピアスの二の腕をつかんだ。その場でくるりとむきを変え、ピアスをひらいた扉から十二階の廊下へ押しだした。勢いのついたピアスは廊下を横切り、〝配電盤〟の表示がある閉まったドアにぶつかった。肺から空気が一気に抜け、洗濯かごは手からすべり落ちて派手な音をたててフロアに着地した。

「手加減しろ、手加減を。キーだ、シックス・エイト」

ピアスはまだ息ができなかった。シックス・エイトと呼ばれた男がやって来ると、片手をピアスの背中にあて、ドアに押しつけた。もう片方の手で、ピアスのズボンのポケットを平手で叩いた。キーの感触をさぐりあて、大きな手をポケットに突っこみ、鍵束を引っぱりだした。それをもうひとりの男へ渡した。

「よし」

小柄な男が先頭に立ち——方向を知っていたことになる——ピアスは自分の部屋へ向かって廊下を押されていった。息ができるようになると、なにかしゃべろうとしたが、大きなほうの男の手が背後から伸びて顔と言葉をふさいだ。小さなほうの男が振り返らずに人差し指をあげた。

「まだだ、天才坊や。ご近所に余計な迷惑をかけんよう、なかへ入ろう。なんてったって、おまえは引っ越してきたばかりだからな。悪い印象を与えたくなかろう」

小柄な男はうつむいて歩いていた。どうやら鍵束のキーを調べているようだった。

「ビーマー（BMW）か」小柄な男が言った。

キーレス・エントリーのリモコンにはBMWのエンブレムがついている。

「おれはビーマーが好きでね。なんでも揃ってる。パワー、高級感、じつにしっかりした走り。あれにかなう車はない——あれにかなう女も」

男は振り向いて、片眉をあげてほほえんだ。ドアまでやって来ると、小柄な男が試してみた二個目の鍵でドアを開けた。シックス・エイトはピアスをアパートメントのなかに押しこみ、手荒にカウチへ座らせた。それから脇に寄り、今度は小柄な男がピアスの目のまえに立った。カウチのひじ掛けにある電話に気づくと、手にした。男はボタン類をいじり、発信者IDの一覧を見ていった。

「忙しかったようだな、ヘンリー」男はリストをスクロールさせながら言った。「フィリップ・グラス……」

男の視線は、アパートメントの玄関ホール近くに陣取り、巨大な腕を胸のところで組んでいるシックス・エイトへもどった。小柄な男は問いかけながら眉間にしわを寄せた。

「こいつは、二、三週間まえに話をした男じゃなかったか？」

シックス・エイトはうなずいた。グラスはアメデオにいたピアスと連絡を取るまえに、アパートメントにかけてきていたのだ。

小柄な男は電話の情報の読みとりを再開し、まもなくべつの見慣れた名前に目を光らせた。

「ほう。じゃあ、ロビンはおまえに電話したんだな。すばらしい」

しかし、ピアスは男の声の調子から、ちっともすばらしくないことがわかった。ルーシー・ラポルに、すばらしいことだけは起こりそうにない。

「それはなんでもないんだ」ピアスは言った。「ロビンはただメッセージを残しただけで。聞きたいなら、メッセージを再生してやるよ。保存してある」

「ロビンに惚れたんだな、ええ？」

「いや」

小柄な男は振り返り、シックス・エイトにそらぞらしい笑顔を見せた。

そこで突然腕をふりかぶり、受話器でピアスの鼻頭を殴った。渾身の力をこめた一撃だった。

赤と黒の閃光が視野を横切り、刺すような痛みが頭を貫いた。目をつむったのか、それとも目が見えなくなったのかわからない。本能的にふらふらと後ずさってカウチへしゃがみこみ、さらなる一撃がくる場合に備えて、顔をそむけた。目のまえの男がなにか叫んでいるのがぼんやりと聞こえるが、話の内容は伝わってこない。そのとき、力強く、大きな手にふたたび二の腕をがっしりとつかまれたかと思うと、もちあげられ、完全にカウチから尻が浮いた。

シックス・エイトの肩にかつがれ、運ばれている。口に血があふれてきて、なんとかして目を開けようとしたが、まだ無理だった。バルコニーの引き戸のガラガラという音がして、海からの冷たい空気が肌に触れた。

「なにを……」ピアスは、かろうじてそう言った。

ふいに腹にあたっていた硬い肩が消え、ピアスは頭からまっさかさまに落ちはじめた。筋肉がこわばり、人生最後のすさまじい叫び声を発しようと口が開いた。その瞬間、足首を巨大な手がつかみ、握りしめた。ピアスの顔と肩は、建物の外壁の荒い材質のコンクリートに激しくぶつかった。

　だが、とにかく、もう落下はしていなかった。

　数秒が過ぎた。ピアスは両手を顔へもっていき、鼻と目をさわった。鼻は垂直にも水平にも裂けて、大量に出血している。十二階下に、海沿いの緑地帯の青々した芝生が見えた。そこには毛布を敷いた人々がいた。ほとんどはホームレスだ。自分の血が大きなしずくとなって真下の植えこみに落ちていく。上のほうで声がした。

「よう、そこの奴。聞こえるか？」

　ピアスが無言でいると、足首をつかんでいる手が激しく揺れて、ふたたびピアスは外壁に叩きつけられた。

「聞く気になったか？」

　ピアスは口いっぱいの血を外壁に吐きだして言った。「ああ、聞いてる」

「よし。おれがだれだかもう想像ついてるな？」

「と思う」

「よし。じゃあ、自己紹介の必要はねえな。おれは共通の認識と理解に達していることと、はっきりさせておきたかっただけだ」

「なにが望みだ？」

　逆さまでしゃべるのはむずかしかった。血が喉の奥と口蓋にたまっていく。

「おれの望みがなにかって？　そうだな、まず、てめえのツラを拝みたかった。おれのケツを嗅ぎまわるのに二日間かける男だ、そんな奴のツラなら見物したくなるだろ？　そういうことよ。それに、てめえにメッセージを伝えたかった。シックス・エイト」

急にピアスはもちあげられた。逆さまのまま、顔がバルコニーの手すりの柵の位置までできた。柵と柵のあいだから、柵をはさんで顔が向かいあうように、話し手がかがむのが見えた。

「おれが伝えたかったのは、てめえがまちがった電話番号にあたったただけじゃなく、まちがった世界に入りこんだってことだよ、兄弟。元の世界にもどるか、それとも次の世界に進むか決めるのに、三十秒やろう。言いたいことはわかるな？」

ピアスはうなずくと、呟きこみはじめた。

「ぼく……わかっ……ぼくは……ぼくは身に沁みた」

「身に沁みて大正解だな。本来ならこの男に、ここからまっすぐ落とさせるべきなんだがな。だが、騒ぎはごめんだから、やらせるつもりはねえ。だが、言っておくぞ、天才坊や。てめえがまたぞろこそこそ嗅ぎまわっているのを見つけたら、落としてやる。わかったな？」

ピアスはうなずいた。ビリー・ウェンツにまちがいない男はそこで柵のあいだに手を伸ばし、手ひどくピアスの頬を平手打ちした。

「じゃあ、いい子にしてろよ」

男は立ちあがり、シックス・エイトに合図をした。ピアスはバルコニーに引きあげられ、床に落とされた。両手を前に突きだして落下の衝撃を和らげると、隅のほうへ逃げた。そして襲撃した男ふたりを見あげた。

「いいながめだな」小柄な男が言った。「いくら払ってる?」

ピアスは海を見やった。床に血のかたまりを吐きだした。

「三千」

「たまげたな! それだけあれば、おれはファッキンなアパートを三軒手にいれられるぞ」

今にも意識がなくなろうとするなかで、ピアスはウェンツが〝ファッキン〟という言葉をはさんだ意図はなんだろうと思った。ファックのためのアパートと言いたかったのか、それともたんなるありきたりな毒づきの言葉なのか。じわじわと意識に広がってくる雲を振り払おうとした。そのとき、自分への脅しはさておき、ルーシー・ラポルを守ろうとすることが重要だとはっとひらめいた。

ピアスはまたバルコニーの床へ血を吐きだした。

「ルーシーのことは? なにをするつもりだ?」

「ルーシー? だれだ、そのルーシーってのは?」

「ロビンのことだ」

「ああ、うちのロビンちゃんか。ああ、そいつはいい質問だぞ、ヘンリー。なぜって、ロビンはよく稼いでくれるんだよ。ちゃんと計算せねばならんな。あの女のことでは、おれは怒りを鎮めないとならん。心配するな、おれたちがなにをしようと、跡を残さないようにする。そうさな、せいぜい、二、三週間もしたら新品同様に商売にもどれるだろう」

ピアスは懸命に立ちあがろうとコンクリートの上で足をばたつかせたが、身体がふらついて、弱っていた。

「彼女に手を出すな」ピアスはできるだけ力をこめて言った。「利用したのはぼくだ。彼女は利用されたことも知らなかった」

ウェンツの黒い目が新たな光を帯びたように見えた。怒りが湧いてきている。自分自身を抱きしめるように片手をバルコニーの手すりに置いている。

「彼女に手を出すな、だとよ」

ピアスは支配されそうになる力を振り払うように、ふたたび首を横に振った。

「頼む」ピアスは訴えた。「彼女はなにもしなかった。悪いのはぼくだ。彼女に手を出さないでくれ」

小柄な男はシックス・エイトを振り返ってほほえみ、首を横に振った。

「信じられるか？　おれにこんな口のきき方をするとは」

ウェンツはピアスのほうへ振り返り、一歩踏みだし、きつい蹴りをいれようともう片方の足をあげた。蹴られると予想したピアスは、前腕を使って蹴りの威力を和らげることはできたが、ブーツの尖った先端が右側の肋骨をとらえた。少なくとも肋骨が二本やられたようだった。

ピアスは身体を滑らせて隅へ逃げ、身を守ろうとした。さらに蹴られると思ったし、胸に広がる燃えるような痛みを抑えたかった。ところが、ウェンツは蹴ろうとはせずにかがみこんだ。唾を飛ばしながら、ウェンツは叫んだ。

「おれの商売のやりかたに口を出すんじゃねえ。百年早いぜ！」

ウェンツは立ちあがり、パンと両手を合わせた。

「もうひとつ言っておく。きょう、ここでのささやかな相談事についてだれかに言おうものなら、報いがあると思え。ひどい報いだ。おまえに。ロビンに。おまえの大事な連中に。おれの言うことを肝に銘じておけ」

ピアスは弱々しくうなずいた。

「ちゃんと言葉にして言え」

「報いがあることはよくわかった」

「よし。じゃあ、行くとするか、シックス・エイト」

そしてピアスはひとり残され、空気と明晰な頭の働きを求めて大きく息をし、明かりのなかに留まろうともがいていたが、四方に闇が迫ってくるのを感じた。

20

ピアスは寝室の段ボールからTシャツをつかみとり、顔にあてて、出血を止めようとした。身体を起こし、浴室へ向かい、鏡で顔を見た。顔はすでに腫れはじめており、色が変わりだしていた。鼻が腫れて視界をふさぎかけ、鼻と左目周辺の傷を広げていた。出血のほとんどは内部からのようで、とぎれなく血がどくどくと喉の奥へ流れていく。病院へ行かねばならないのはわかっていたが、まずルーシー・ラポルに警告しなければ。

リビングの床に受話器が転がっていた。発信者名一覧を見ようとしたが、表示窓になにも映しだされなかった。スピーカーフォンにしようとしたが、呼び出し音が聞こえなかった。電話は壊れていた——ピアスの顔にぶつかった衝撃か、ウェンツが床にほうり投げたときだろう。

Tシャツを顔にあてたまま、勝手にあふれてくる涙を流しながら、家具と一緒に注文していた地震用の避難キットの箱を求めて室内を探しまわった。注文するまえにモニカがキットの一覧表を見せにきた。キットの内容は、救急セット、懐中電灯、電池、二ガロン入りの水、さまざまなフリーズドライの食料その他だった。そして、電源を使用しない基本機能だけの電話も含まれていた。壁のモジュラー・ジャックにつなぎさえすれば使えるものだ。

避難キットの入った箱を寝室のクローゼットで見つけ、箱一面に血を滴らせて、おぼつかない両手で箱を破り開けた。平衡感覚をなくして、倒れるところだった。気絶しかけている。失血、アドレナリンの枯渇。ようやく電話を見つけ、ベッド横の壁のジャックにつないだ。トーン音が聞こえた。残る必要なものはロビンの番号だけだ。

手帳に書きつけてあるが、手帳はバックパックのなかで、バックパックは車庫の車にある。途中で気絶せずに下まで行くのは無理だ。キーがどこにあるかすらも、わからない。最後に覚えているのは、ビリー・ウェンツが手にしていたところだった。

壁にもたれ、まず、ヴェニスの番号案内にかけて、ルーシー・ラポルの名前をさまざまなスペルで調べてもらうようオペレーターに頼んだ。しかし、掲載されていないのか、番号はなかった。

そこでピアスは壁をずるずると滑り、ベッド脇の床にへたりこんだ。パニックを起こしかけていた。連絡しないとならないのに、連絡がつかない——ひとつ思いつき、ラボに電話をかけた。だが、だれも電話を取らなかった。日曜日はラボ・ネズミたちの神聖なる一日だ。みんな長時間、しかもたいてい週に六日働いている。だが、日曜日に働くことはめったになかった。チャーリー・コンドンのオフィスと自宅にかけてみたが、どちらの番号も留守番電話になっていた。

コーディ・ゼラーにかけるか？　あいつは絶対電話に出ないじゃないか。連絡をとる唯一の方法はポケベルで、向こうから電話してくるのを待つしかない。

残る手段はひとつだけだ。ある番号を押していき、相手が出るのを待った。四度の呼び出し音のあとで、ニコールが応えた。

「ぼくだ。助けてほしい。お願いだから——」

「だれなの？」

「ぼくだ、ヘンリーだよ」

「あなたじゃないみたいな声ね。いったいなにが——」

「ニッキ！」ピアスは叫んだ。「聞いてくれ。緊急事態できみの助けが必要なんだ。細かいことはあとで話せる。あとで説明するよ」

「いいわ」ニコールは納得していない口調でそう言った。「緊急事態ってなんなの？」

「まだコンピュータをつなげているかい」

「ええ、まだ家を売る契約もしてないもの。わたしは——」

「よし、よかった。コンピュータのまえへ行ってくれ。早く！」

ニコールはDSLで接続していた。ピアスはセキュリティ面からいつも不安で仕方がなかった。しかし、いまはそのおかげでサイトにより速く接続できるだろう。

ニコールはコンピュータのまえに行くと、デスクに置いているヘッドセット・フォンに切り替えた。

「よし、あるウェブサイトをひらいてほしい。LA、ダッシュ、ダーリン、ドットコムだ」

「からかってるの？　いたずらかなにかの――」

「いいからやってくれ！　そうしないと、人が死ぬかもしれないんだ！」

「わかった、わかったわよ。LA、ダッシュ、ダーリン……」

ピアスはニコールが終えるのを待った。

「いいわ、ひらいたわよ」

ピアスはニコールのパソコンの画面に映ったウェブサイトを思い描いてみた。

「よし、エスコートのフォルダをダブルクリックして、ブロンドへ行くんだ」

さらにピアスは待った。

「終わったかい」

「できるだけ急いでる――出たわ、次は？」

「サムネイルをスクロールして。ロビンという名をクリックするんだ」

ふたたびピアスは待った。自分の息づかいが荒くなり、喉から低いヒューッという音がしているることに気づいた。

「いいわ、ロビンのページが表示されたわよ。このバストは偽物でしょうね」

「いいから、そこにある電話番号を教えてくれ」

ニコールが番号を読みあげた。聞き覚えのある番号だった。たしかに同じロビンの番号だ。

「かけなおすよ」

ピアスは電話の通話ボタンを押し、三秒間そのままにしてから指をはなし、ふたたびトーン音が聞こえるようにした。ロビンの番号にかけた。頭がふらついてきた。残された視野の周囲がぼやけはじめた。五回呼び出し音が鳴ったあとに、ボイス・メールが応答した。

「くそっ！」

どうしたらいいかわからなかった。警察を送りこむわけにはいかない。実際の住まいがどこかさえも知らない。ロビンの挨拶のあとに、メッセージを吹きこむ合図が鳴った。しゃべりはじめると、舌が口のなかでとてつもなく重く感じられた。

「ルーシー、ぼくだ。ヘンリーだよ。ウェンツがここに来た。こっぴどく痛めつけられた。次はきみのところへ行くはずだ。このメッセージを聞いたらそこを出るんだ。いますぐに！とにかくそこを出て、どこか安全な場所に着いたらぼくに電話してくれ」

ピアスはメッセージに自分の電話番号を追加して電話を切った。

血まみれのTシャツを顔にふたたびあてて、壁にもたれた。ウェンツに痛めつけられたあいだ体内に満ちたアドレナリンとエンドルフィンの噴出は引いていき、重く脈打つ苦痛が、冬の到来のようにはじまっていた。苦痛は身体全体を貫いていた。筋肉という筋肉、関節という関節が痛むようだ。激しい炎がリズミカルに燃えあがるのに合わせて脈打つネオンサインのように顔がほてっている。もう動けないと思った。このまま意識を失い、ふたたび目が覚めたときには、治療がすみ、全身がもっとましな状態になっていてほしかった。

腕以外は動かさずに、受話器を受け台からふたたび取りあげ、キーパッドが見える位置にあげた。親指でリダイアルボタンを押し、返答を待った。電話はふたたびルーシーのボイス

・メールに通じた。声に出して悪態をつきたかったが、そろそろ口を動かすと顔が痛みそうになっていた。電話の受け台を手で探りあて、通話を切った。
まだ受話器を手にしているあいだに電話のベルが鳴り、ピアスはふたたび受話器を耳へ運んだ。

「もひもひ？」

「ニッキよ。話せる？　うまくいってる？」

「いや」

「かけ直したほうがいいのね？」

「いや、うまくひってないって、ひみだ」

「どうしたの？　なぜそんな変なしゃべりかたをしているの？　なぜあ、あ、あんな女の番号が必要だったの？」

これだけの苦痛と恐怖にもかかわらず、ピアスはニコールの〝あんな女〟という言いかたに怒りを覚えていた。

「なぎゃい話で、ぼくにひゃ……ぼく……」

気絶しかかったが、壁から床へとずり落ちる途中で身体の角度の具合で胸に鋭い痛みが走り、身体の奥深くからピアスはうめき声をあげた。

「ヘンリー！　怪我をしているのね！　ヘンリー！　聞こえる？」

ピアスはカーペットの上に腰を滑らせて、あおむけに横たわれるようにした。なぜだかわからないが、本能が頭に警告を浮かべた。いまのままの姿勢では、自分自身の血で窒息する可能性がある。意識を失って自分の吐いたもので窒息するロック・スターたちのことを考えてみるといい。ピアスはもう受話器を落としており、それはカーペットの顔の横に転がっていた。遠くのほうでピアスの名を呼ぶ小さな声が右耳に届いた。声の主がだれだかわかると、ほほえみが浮かんだ。ジミ・ヘンドリックスが自分の吐いたもので窒息したことを考えれば、自分の血で窒息したほうが、まだましだ。ピアスは歌おうとした。声は湿っぽいささやきになった。

「スーズ・ミー・ホワイル・アイ・イス・ザ・スアイ……（《紫の煙》の一節）」

どういうわけか、〝K〟の発音ができなかった。変だな。けれども、すぐにどうでもよくなった。右耳の小さな声がどこかへ流れていき、まもなく暗闇のなかでけたたましい音がした。その音が完全に消えきらないうちに、周囲は暗闇ばかりになった。そしてピアスはその暗闇が気に入った。

21

一度も会ったことのない女がピアスの髪を指で梳ってていた。そんな親しげな動作なのに、ふしぎと超然として情感がこもっていないようだった。女はそこで顔をさらに近づけてきたので、キスするつもりだろうと思った。しかし、女がとった行動は片手をピアスの額にのせることだった。次になにか器具のようなもの、つまりペンライトで片目を照らし、つづいてもう片方の目を照らした。そのとき男の声がした。

「肋骨骨折」男が言った。「第三と第四。肺が傷ついているかもしれない」

「この鼻にマスクをつけたら、痛がってかなり暴れるでしょうね」

「なにか与えよう」

ここで男の姿が見えた。手袋をした手で皮下注射を上に向け、空気中に細かなしぶきを押しだしている。つぎにピアスは腕に注射されていた。すぐさま温かみと理解が身体中にあふれ、胸をくすぐった。ピアスはほほえんだ。笑い声をあげそうになったほどだ。注射針のなかの温かさと理解。化学のすばらしさよ。自分は正しい道を選んだんだ。

「余分にストラップをつけて」女が言った。「垂直にしましょう」

どういう意味なんだろう。ピアスの目は閉じかけていた。温かみのなかへ逃げこむまえに最後に目にしたものは、こちらを見おろして立っている警官だった。

「この男は助かりますか？」警官が訊ねた。

返事は聞こえなかった。

次に意識をとりもどしたとき、みんな自分の近くに集まっていた。しかし、実際に立っているのとはちがう。目をひらくと、ピアスは立っていた。ペンライトをもった女と注射器をもった男。そして警官。ニコールもそこにいた。黒みがかったグリーンの瞳に涙を浮かべてピアスを見あげていた。泣き顔でさえ、ニコールは美しい。肌は茶色でなめらか、髪はうしろで束ねてポニーテールにし、ブロンドのハイライトが輝いていた。

エレベーターが下がりはじめると、ふいに吐き気を覚えた。周囲に知らせようとしたが、あごを動かせなかった。まるで壁にきつく縛りつけられているようなものだ。もがきだしたものの、動けなかった。頭すら動かせない。

ニコールと目が合った。ニコールは手を伸ばしピアスの頰にふれた。

「がんばって、ヒューレット」ニコールは言った。「きっとよくなるわ」

ピアスは自分がずいぶんニコールより背が高いことに気づいた。それほど身長差はなかったはずだ。頭のなかで響いているような金属音がする。エレベーターの扉が滑るように開いた。男と女に両側からはさまれ、ピアスは歩いてエレベーターからおろされた。いや、実際には歩いていなかった。ようやく、〝垂直にしましょう〟の意味がわかった。

　エレベーターをおりるとただちにピアスは水平にされ、ロビーを転がされていった。通り過ぎる際に多くの顔がこちらをじっと見ていた。転がされたまま正面ドアを出るときに、名前を知らないドアマンが重苦しい顔つきで見おろしていた。救急車に乗せられた。痛みはまったく感じなかったが、息をするのがむずかしかった。ふだん以上に労力を必要とした。

　ややあって、隣にニコールが座っていることに気づいた。どうやらさめざめと泣いているようだった。

　水平の姿勢ならば、ほんの少しだけ動くことができた。しゃべろうとしたが、声はくぐもったこだまのように聞こえた。女、いや、救急救命士が、身を乗りだして視界に入り、ピアスを見おろした。

「話さないで」救急救命士は言った。「マスクをつけているんですよ」

〝なにを言ってるんだ〟とピアスは思った。〝マスクぐらいつけていても話はできるじゃないか〟。もう一度しゃべろうとした。今度はできるだけ大声で。やはりくぐもって聞こえた。

　救急救命士がふたたび近づいて、酸素マスクをもちあげた。

「はやく話して。なにが言いたいんです？　マスクははずせないんですよ」

　救命士の腕の向こうにニコールが見えた。

「ルーシーにでんばを。そこからにえろと」

　マスクが元の位置にもどされた。ニコールが身体を寄せて話した。

「ルーシー？　ルーシーってだれなの。ヘンリー？」

「すぐに……」

マスクがもちあげられた。

「ロービン。でんば」

ニコールはうなずいた。わかってくれた。マスクがもどされ鼻と口を覆った。

「わかったわ、電話する。病院に着いたらすぐね。電話番号をメモしてきたのよ」

「いや、いまだ！」ピアスはマスク越しに叫んだ。

ニコールはバッグをひらき、携帯電話と小さならせん綴じの手帳を取りだした。手帳の番号を見ながら携帯のボタンを押していき、耳元に電話をあてて応答を待った。それから電話をピアスの耳元へあてた。ルーシーの声がした。ボイス・メールだった。ピアスはうめき声をあげ、首を横に振ろうとしたがそれはできなかった。

「じっとして」救急救命士が言った。「もう、じっとしてください。ERに着いたらすぐに、ストラップをはずしますから」

ピアスは目を閉じた。暖かさと暗闇へもどりたかった。理解に。だれもなぜかと訊ねない場所に。とくに自分自身が。

たちまち、ピアスはその場所へもどった。

つぎの二時間は意識がもどったりなくなったりを繰り返した。ERに運びこまれ、シーザー・カットの髪型をした医師に診察され、治療され、入院させられた。ようやく頭がはっきりして、白い病室で目覚めた。仕切りに使われているビニール・カーテンの向こう側から、だれかの断続的な咳がしてびっくりして起こされた。あたりを見まわすと、ニコールが椅子に腰かけ、耳に携帯電話をあてていた。いまは髪はおろされ、肩のあたりに落ちかかっていた。電話のアンテナがシルクのようなつややかな髪から突きだしていた。ニコールはなにも言わず電話を閉じた。

「ニッィ」ピアスはしゃがれた声で言った。「あんしゃする……」

まだ〝K〟の音を痛みなしに発音することはむずかしかった。ニコールは立ちあがり、ピアスのかたわらにやってきた。

「ヘンリー。あなた――」

カーテンの向こうから、咳が聞こえた。

「個室の準備をしているところよ」ニコールはささやいた。「保険でまかなえるわ」

「おおは？」

「セント・ジョンズ病院よ。ヘンリー、なにがあったの？　わたしより先に警察が来ていたわ。ビーチにいた人たちがいっせいに、ふたりの男が人をバルコニーから吊りさげていると携帯電話で通報してきたっていうじゃない。あなたをよ、ヘンリー。外壁に血がついていたわ」

ピアスは腫れあがった目でニコールを見た。鼻梁の腫れと傷に貼ったガーゼのために、視界はふたつに割れていた。ウェンツが去り際に口にした言葉がよみがえった。

「思いだへないいんだ。ほあには？」

「それだけよ。警察はアパートメントの各部屋をノックしてまわったの。あなたの部屋の番になると、ドアは大きく開いていたそうよ。あなたは寝室にいた。わたしが着いたときには、あなたは運びだされようとしていた。ここに刑事がきてるわ。あなたと話したがっている」

「なにも思いだせない」

「ヘンリー、どんなトラブルに巻きこまれているの？」

できるだけ力強くそう口にした。しゃべるのが楽になってきた。やるべきことは練習だ。

「さあ」

「ロビンってだれなの？　それにルーシーって？　ふたりは何者なの？」

ピアスはふいに警告する必要があることを思いだした。

「ここに運ばれてどのぐらいになる？」

「二時間よ」

「電話したい。連絡をしないと」

「あの番号へは、十分おきに電話をかけつづけているわ。あなたが目覚めたときも、ちょうど電話していたのよ。相変わらずボイス・メール」

ピアスは目を閉じた。ルーシーはメッセージを聞き、あそこから逃げて、ウェンツから遠くはなれているだろうか。

「頼む、電話したいんだ」

「わたしにやらせて。あなたはあまり動かないほうがいいはずよ。だれにかけたいの？」

ピアスは自分のボイス・メールの番号と、それに暗証番号を伝えた。ニコールは暗証番号を聞いたことをべつに重視していないようだった。

「八件のメッセージがあるわ」

「リリーあてのメッセージは消して。必要ない」

そうするとニコールが聞くべきだと告げたメッセージは一件のみになった。ニコールは電話を裏返し、ピアスに聞こえるように差しだしてから再生した。コーディ・ゼラーの声だった。

「よう、アインシュタイン。例の頼み事の件で情報入手。だからポケベルを鳴らしてくれ。話をしよう。じゃあ、あとでな」

ピアスはメッセージを消去し、電話をニコールにもどした。

「コーディだったの？」ニコールが訊ねた。

「ああ」

「だと思った。どうしていまもあの呼び名を使うのかしら。まだ高校生気分なのね」

「アレッジいぶんだよ、正しうは」

〝カレッジ〟と発音すると痛んだが、思ったほどひどくなかった。

「コーディはなんの話をしていたの？」

「なんでもない。オンラインの調査を頼んでるんだ」

その件や今回の顚末いっさいを語ろうとした。しかし、言葉にするまえに、白衣の男がドアから入ってきた。クリップボードをもっていた。五十代後半で、銀髪とやはり銀色のあごひげを生やしていた。

「ドクター・ハンセンよ」ニコールが言った。

「ご気分はどうです？」ドクターが訊ねた。

ハンセン医師はベッドへ身をかがめ、ピアスのあごにふれて顔をわずかに動かした。

「息をすると痛みます。あるいは話すと。あるいはいまのようなことをされると」

ハンセンはあごをはなした。ペンライトでピアスの瞳孔を調べた。

「さて、あなたは極めて重い傷を負いました。第二段階の脳震盪を起こし、頭皮を六針縫ったんです」

その怪我のことは覚えてもいなかった。アパートメントの外壁にぶつかったとき負傷したにちがいない。

「おそらく、もやがかかったような感覚と不快な頭痛があるでしょうが、その原因は脳震盪です。ほかの傷を説明しましょう。肺挫傷と肩の深い挫傷。肋骨が二本骨折、それにもちろん、鼻の骨折がありますね。鼻と目の周囲の裂傷に関しては、一生ものの跡を残さず適切に縫合するには、形成外科医による処置が必要です。今夜だれかに手術をさせましょう。腫れの状態にもよりますが。あるいは、かかりつけの外科医があれば、連絡してもよろしいですよ」

ピアスは首を横に振った。この街では多くの人に、呼び出しに応じるかかりつけの形成外科医がいる。だが、ピアスはそうした人々のひとりではなかった。

「先生に手配してもらえる人ならだれでも……」

「ヘンリー」ニコールが言った。「いま話しているのは、自分の顔のことなのよ。手を尽くして最高の外科医をつけるべきだわ」

「わたしのほうで優秀な医師を用意できるでしょう」ハンセンは言った。「何本か電話をかけさせてください。それを待ってみませんか？」

「ありがとうございます」

はっきり発音できた。発声機能が口と鼻孔の新たな肉体的状況に急速に慣れてきたようだった。

「できるだけ横になっている状態を保つよう、心がけてください」ハンセンは言った。「また様子を見に来ます」

ドクターは会釈して、病室を出ていった。ピアスはニコールを見た。

「ぼくはしばらくここにいることになりそうだ。きみが残っていることはないよ」

「いいの」

ほほえむと顔が痛んだが、とにかくピアスはほほえんだ。ニコールの返事に有頂天になっていた。

「どうして夜中に電話してきたの、ヘンリー？」

すっかり忘れていたが、そう言われて、激しい気まずさをまたしても感じた。しゃべるまえに注意して答えを組み立てた。

「わからない。話せば長い。おかしな週末だったんだ。それをきみに話したかった。ぼくが考えていたことをきみに話したかった」

「どんなことなの？」

話すとあちこち痛かったが、ニコールに話さねばならなかった。

「正確にはわからない。いろいろあったおかげで、きみの視点がずっとはっきり理解できてきた。たぶん、あまりにもちっぽけなことで、あまりにも遅かったのはわかってる。けど、とにかく、ぼくにもついに光が見えたことを伝えたかった」

ニコールは首を横に振った。

「それはよかったわ、ヘンリー。でも、あなたはここで頭と顔にぱっくり傷を負って横になっている。だれかに十二階のバルコニーから吊るされたようで、警察はあなたと話したがっている。わたしの視点から見ると、あなたはひどいトラブルにどっぷり浸っているみたいだわ。だから、わたしが飛びあがって、自分は生まれ変わったと告白している男性に抱きつかないとしても許してほしいの」

言い返せば、いつもの喧嘩になるとわかっていた。だが、ニコールとまた議論する体力が残っているとは思えなかった。

「またルーシーにかけてくれるかい？」

ニコールは怒った様子で携帯電話のリダイアル・ボタンをふたたび押した。

「短縮ダイアルにいれておけばよかった」

ピアスはニコールの目を見ていたが、またもやボイス・メールだったことがわかった。

ニコールはぱちんと携帯電話を閉じ、ピアスを見た。

「ヘンリー、いったいなにが起こっているの？」

ピアスは首を振ろうとしたが、痛みが走った。

「まちがい電話がかかってきたんだ」ピアスは答えた。

22

ピアスは陰鬱な夢から目覚めた。目隠しをされ、どれだけ下に落ちるのか知らされずに自由落下していく夢だった。ようやく地面について目をひらくと、レンナー刑事が顔にゆがんだ笑みを浮かべてそこにいた。

「あなたか」

「ええ、またわたしです。気分はいかがですか、ピアスさん？」

「上々ですよ」

「悪い夢を見ていたようでしたが。ずいぶんうなされていましたよ」

「きっと、あなたの夢を見ていたんだろうな」

「ウイッカーシャムとはだれです？」

「え？」

「寝言でその名前を。ウイッカーシャム」

「猿の一団ですよ。ジャングルにいる。信じようとしない連中です」

「意味がわからない」

「わからないでしょうね。気にしないでください。なぜここにいるんです？　なにが望みなんです？　事件は――事件と呼べるとして――サンタモニカで起こった。サンタモニカの警官とすでに話をしています。なにがあったか思いだせないんです。脳震盪を起こしましたからね」

レンナーはうなずいた。

「あなたの怪我のことはすべて聞きました。看護師の話では、昨日の午前中に、鼻と目のまわりを形成外科医がごく細かいステッチで百六十針縫ったとか。それはいいとして、わたしはここにロス市警の仕事で来ました。もっともこの件では、ロサンジェルスとサンタモニカが協力してあたる必要が、ますます出てきたようですな」

ピアスは片手をあげてそっと鼻筋にふれた。ガーゼはなかった。縫い目と腫れにふれた。思いだそうとした。最後にはっきりと覚えているものは、まばゆい照明のなかで覆いかぶさるように立つ形成外科医だった。そのあとは、うつらうつらとして、暗闇のなかを漂っていた。

「いま何時です？」

「三時十五分です」

窓のカーテン越しに明るい日射しが入っていた。夜中じゃない。それに個室にいることに気づいた。

「月曜日ですか？　いや、火曜日？」

「きょうの新聞には火曜と書いてありますね。新聞にあることを信じるなら」

体力がもどっていた――おそらく十五時間以上、ぶっとおしで眠っていたらしい――しかし、いつまでも残っている夢の記憶で気分を害されていた。それにレンナーの存在も一因だ。

「なんの用です？」

「まずはじめに、障害物を片づけさせてください。あなたの権利を大急ぎで読みます。あなたとわたしを守る方法です」

刑事はベッドの食事用可動テーブルを引き寄せて、レコーダーを置いた。

「どういう意味です？　あなたを守るというのは。なにかから守られる必要があるんですか？　茶番はやめてくれ、レンナー」

「茶番どころか、大まじめですよ。捜査の公正さを守るためにこうする必要があるんです。さあ、ここからはすべて録音しますよ」

レンナーがレコーダーのボタンを押すと、赤いランプがついた。名前、時刻、日付、そして聴取の場所を述べた。ピアスの身元を確認し、札入れから取りだした小さなカードに記された法律で保証された権利をピアスに読みあげた。

「さて、わたしが読みあげたこれらの権利をご理解いただけましたか？」

「子どものころから何度も聴いたことがあるよ」

レンナーが片眉をあげた。

「映画やテレビで」ピアスはつけたした。

「質問に答えて、できれば気の利いた口をきくのは控えるように」

「ああ、権利は理解しましたよ」

「よろしい。では、二、三、質問をしてよろしいですか？」

「ぼくは容疑者なんですか？」

「なんの容疑者です？」

「さあ。教えてください」

「ふむ、そこが肝心のところじゃないですか。どうなっているのか、おたがいにわからずにいる」

「でも、そっちはぼくに権利を読みあげる必要があると考えている。もちろん、ぼくを守るためにね」

「そのとおりです」

「質問とはなんです？　リリー・クインランを見つけたんですか？」

「そちらは捜査中です。あなたはリリーがどこにいるかご存じないんですね？」

首を左右に振ると、少しばかり頭がふらつくように感じた。収まるのを待ってから話しはじめた。

「ええ。知っていたらいいのにと思います」

「そうでしょうな。もし、リリーが自分の足で出ていっただけなら、すこしばかり問題が易しくなるんでしょうけどね」

「まったくだ。ベッドにあったのはリリーの血だったんですか?」

「まだ調べているところです。予備テストでは、人間の血液だという結果が出ました。しかし、比較するためのリリー・クインランの血液サンプルがありません。かかりつけの医師の線をあたってみるつもりです。記録とサンプルにできるものがないか、確かめますよ。ああした女性は、定期的に血液検査をしているはずだ」

レンナーはリリーが性交渉でうつる病気の検査をしていたと話しているのだろう。とは言っても、わかりきっていたことが確認されて——ベッドで見つけたのは人間の血だと——ピアスはさらに憂鬱になった。リリー・クインランのために抱きつづけていた一縷の望みが滑り落ちていった。

「さて、質問させてください」レンナーが言った。「あなたが名前を挙げたロビンという女性についてです。その後、会われましたか?」

「いいえ。ぼくはここにいたので」

「話しましたか?」

「いいえ。あなたはどうです?」

「話してません。居場所を突き止めることができなかったのですよ。おっしゃったようにウェブサイトに電話番号はありました。ですが、メッセージが応答するだけです。メッセージを残してもみました。電話でしゃべるのがうまい署の者に、ほら、客のふりをさせたのですよ」

「ソーシャル・エンジニアリング」

「ええ、ソーシャル・エンジニアリングです。ですが、そのメッセージにもこの女は電話を返さなかった」

もはや完全に望みは絶たれたと思った。思いだしてみると、ニコールがルーシーに何度も連絡を取ろうとして、やはり成功していなかった。ウェンツに捕まったようだ――あるいは、いまも捕まったままなのかもしれない。腹をくくらねばならない。レンナーをごまかして、自分自身を守るために嘘のベールをまといつづけることもできる。あるいは、ルーシーを助けようとすることもできる。

「番号から居場所をたどれなかったんですか？」

「携帯電話でした」

「請求先の住所はどうです？」

「電話はこの女の固定客の名で登録されていたのです。その男は親切でやったと話しています。男は電話とファック場所の賃料の面倒をみて、かわりに女は毎週日曜日の午後、男の女房がマリーナ・デル・レイの〈ラルフズ〉でショッピングをするあいだに、ただでやらせていたんですよ。言わせてもらえば、親切にしていた度合いはロビンのほうが大きいでしょうね。この男は冴えないデブでして。とにかく、ロビンは日曜日の午後にこのファック場所――マリーナの狭いアパートですが――そこに現われなかった。われわれは行ってみました。この男に同行したのですが、女は姿を見せませんでした」

「それで、その男は住まいのほうは知らないんですか？」

「知らないですね。女は絶対に話そうとしなかったそうです。男は携帯電話と毎週日曜日に訪れるアパートメントの支払いをしていただけで。すべての費用を交際費で落としていました」

「くそっ」

ピアスはウェンツとシックス・エイトに捕まったルーシーを思い浮かべた。手を伸ばし、自分自身の顔の縫い目に沿って指を走らせた。ルーシーが逃げていればいいが。どこかに隠れているだけならいい。

「そうです、まさに〝くそっ〟とわれわれも言いました。それにですね、こちらにはフルネームすらわかっていない。ウェブサイトで写真は手に入れました。まあ、本人の写真だとしてですが。それにロビンという名前。それだけです。けれど、写真も名前も、どちらも偽物じゃないかという感触がするのです」

「ウェブサイトに行ってみたらどうです？」

「いまも言ったように、ウェブサイトにはすでに――」

「いや、現実の会社ですよ。ハリウッドにあるウェブサイト管理会社は？」

「訪ねましたが、弁護士がいましてね。てんで協力してくれませんでした。顧客の情報を得るには裁判所命令が必要です。そしてロビンに関するかぎり、裁判所命令を出すよう判事を説得するだけの材料がないんですよ」

　さらにもう一度、ピアスは自分の選択について考えた。自分自身を守るか、レンナーを助け、ひいてはルーシーを助けるか。もし、手遅れになっていないのなら。

「止めてください」

「え、このテープですか？　できません。正式な事情聴取なのです。繰り返しますが、録音しなければならないので」

「じゃあ、これで終わりです。でも、録音を止めてくれるなら、役に立ちそうな情報をお話しできますが」

　レンナーはためらい、考えこんでいるようだったが、ここまでのところ、刑事の思惑にしたがってなにもかもが筋書きどおりに運び、狙いどおりの方向に進んでいる気がした。

　刑事がレコーダーのボタンを押すと、赤い録音ランプが消えた。レコーダーは刑事のジャケットの右ポケットにしまわれた。

「いいでしょう。どんなことです？」

「彼女の名前はロビンじゃありません。ルーシー・ラポルだそうです。ニューオーリンズ出身です。見つけてください。ルーシーは危険な状態です。手遅れかもしれません」

「だれが危険な状態にしているのです？」

　ピアスは答えなかった。ウェンツが警察に話すなと言ったことを思いだしていた。私立探偵、グラスからの警告を思いだしていた。

「ビリー・ウェンツです」ピアスは結局明かした。

すね」

「いいですか、ぼくの言うことを信じるも信じないもそっちの勝手だ。でもロビンを、いえ、ルーシーをどうか見つけてください。無事を確かめてもらいたい」

「それだけですか？　あなたが話せることはそれですべて？」

「ウェブサイトの写真は本物です。ぼくは本人に会いました」

レンナーはずっとそう思っていたかのようにうなずいた。

「写真の件は少々クリアになってきましたね」レンナーは言った。「ほかにロビンのことで話せることは？　いつ会ったんです？」

「土曜日の夜に。ぼくをリリーのアパートメントへ連れて行ってくれました。ですが、なかへ入るまえにロビンは帰ったんです。なにも見なかった。だからロビンを巻きこむまいとしたんです。それが取引の一部でしたから。ロビンはウェンツに見つかることを恐れていました」

「それは賢かった。ロビンに金を払いましたか」

「ええ。でもそれが重要ですか？」

「重要ですよ、金は動機に影響しますから。いくらです？」

「七百ドルほど」

「ヴェニスへのドライブにしては、かなり高くつきましたね。車以外のものにも、乗ったのでしょうな？」

「いいえ、刑事さん。乗ってませんよ」

「それから、ウェンツはデジタル世界の凶悪なポン引きだというあなたの話が事実ならば、ロビンがあなたをリリーのアパートに案内したのは、自分を危険にさらすはめになるのじゃないですか？」

ピアスはうなずいた。今回、頭は金魚鉢のように揺れなかった。垂直方向の動きは平気で、問題が起きるのは水平方向の動きだった。

「ほかになにかありませんか？」レンナーがさらにうながした。

「ロビンはクレオという名前の女とマリーナのアパートメントをシェアしていました。クレオはおそらく同じウェブサイトに載っている女性だと思います。チェックしていませんが。クレオと話をしたら、手がかりを引きだせるかもしれない」

「かもしれないし、だめかもしれない。ほかには？」

「最後にもうひとつだけ。土曜日の夜、ロビンがグリーンとイエローのタクシーに乗りこむところを見ました。その線で住まいを割りだせるかもしれません」

レンナーはわずかに首を横に振った。

「映画ならうまくいくでしょうが。現実はそれほどうまくいかないんですよ。それに、おそらく女は仕事場のほうへもどったんでしょう。土曜日の夜はかきいれどきですからね」

病室のドアがひらき、モニカ・パールが入ってきた。レンナーを見ると、戸口で立ち止まった。

「あら、すみません。おじゃまで——」

「ええ、そのとおりですね」レンナーが言った。「警察の用件です。外で待っていただけますか？」

「あとでもどります」

モニカはピアスを見て、目にしたものに怯えたようだった。ピアスは無理に笑顔を作り、左手をあげて手を振った。

「電話します」モニカはそういって、ドアからひっこみ、姿を消した。

「どなたです？　べつのガールフレンドですか？」

「いや、ぼくのアシスタントです」

「さてと、日曜日にバルコニーでなにがあったか話してくれますね。ウェンツの仕業だったんですか？」

ピアスは長い間、口をつぐんだままでいた。質問に答えた報いについて考えていた。ウェンツを名指しして、告発したいのは山々だった。ウェンツと部下の巨人にやられたことで、相当プライドを傷つけられていた。顔の手術が成功し、外見上は跡が残らなかったとしても、あの襲撃をたえず思いだして生きていくのはきついとはっきりわかっていた。身体は治っても傷は残るのだ。

とは言え、ウェンツがピアスの心に刻みつけた脅しは、はったりではなかった——ピアス自身に、ロビンに、ニコールにさえ危険が迫りかねない。ウェンツがピアスを見つけだし、あれほど簡単に自宅に侵入できたのだから、ニコールだって見つけることができるだろう。

ようやくピアスは口をひらいた。

「あれはサンタモニカの事件でしょう、なぜあなたが気にするんです?」

「すべてひとつながりの事件です。わかっているはずだ」

「その件は話したくありません。なにがあったか、思いだすこともできないんです。アパートメントへ食料品を運んでいたことは覚えていますが、目が覚めてみると救急救命士に治療されてました」

「脳というものは、ずるいもんだ。都合の悪いことは封じこめてしまう」

皮肉のこもった口調と顔に浮かんだ表情から、ピアスが記憶を失ったのをレンナーは信じていないことがうかがえた。ふたりの男は長いこと見つめ合っていたが、刑事がジャケットに手を伸ばした。

「これはどうです。なくした記憶がよみがえりませんか?」

刑事が引っぱりだしたのは折りたたんだ8×10サイズの写真だった。画質の荒い引き伸ばし写真で、サンズ・アパートメント・タワーを遠くから撮したものだった。ビーチからだ。写真を引き寄せると、上のほうのバルコニーに小さな人影があった。十二階だった——それは自分とウェンツと部下のマッチョ野郎のシックス・エイトの写真だった。ピアスは足首をつかまれてバルコニーから吊るされていた。写真の人影はあまりにも小さく、人相まではわからなかった。写真をレンナーにもどした。

「いいえ。まったく」

「いまのところ、ここまで拡大するのが精一杯なのです。ですが、警察が写真でもビデオでも、なんでもいいから探しているといったんニュースで取りあげられれば、もっとちゃんとしたものが手に入るでしょう。あそこにはたくさんの人がいましたからね。だれかがいい写真を撮しているはずだ」

「幸運を」

レンナーは無言でピアスを見つめていたが、ふたたび口をひらいた。

「いいですか、もし奴に脅されているのなら、こちらであなたを守ることができるのですよ」

「繰り返しますが、なにが起こったか思いだせないんです。なにも覚えてないんです」

レンナーはうなずいた。

「なるほど、なるほど。わかりました、ではバルコニーの件は忘れるとしましょう。ほかのことを訊かせてください。どこにリリーの死体を隠しました？」

ピアスは目を丸くした。レンナーは汚い不意打ちをくらわすために、いままでフェイントをかけていたのだ。

「なんですって？　まさか――」

「どこだ、ピアス？　リリーになにをした？　それにルーシー・ラポルをどうした？」

ピアスの胸に冷たい恐怖がこみあげてきた。レンナーを見ると、刑事がいたって真剣であることがわかった。そしてふいに悟った。自分は容疑者の可能性がある対象ではない。本命の容疑者なのだ。

「ふざけるのもいい加減にしてくださいよ。ぼくが通報しなかったら、この事件の存在だってわからなかったくせに。リリーの心配をしていたのは、ぼくだけなんだ」

「ああ、われわれに通報したり、現場だの自宅だのを歩きまわったりしておまえが作りあげていたのは、もっともらしい言い訳のネタだ。それに、おまえがウェンツかほかの仲間にやらせた顔の怪我も、言い訳の一部だ。哀れな男はまちがった場所へ鼻を突っこんでつぶされたと。わたしの同情票は入れられないね、ミスター・ピアス」

ピアスは物も言えずに刑事を見つめていた。ピアスがこれまでにおこなってきたこと、あるいはこれまでにやられてきたことのすべてが、レンナーには完全に逆の視点から受け取られている。

「ひとつ話をしてやろう。すぐに終わる」レンナーは言った。「おれはむかしヴァレー署で働いていた。あるとき少女が行方不明になった。十二歳でいい家庭に育った子で、家出ではないと、おれたちにはわかっていた。とにかくわかるときもあるんだよ。それでおれたちは近隣の住民とボランティアで捜索隊を組織しエンシーノ・ヒルズを捜しまわった。すると、なんということだ！　近所の少年のひとりが少女を見つけた。レイプされ、絞殺され、排水溝に押しこまれていた。ひどい事件だった。それでどうなったと思う？　発見者の少年が犯行に及んだ人物だとわかった。まわりまわって少年にたどりつくにはしばらくかかったが、おれたちはたどりつき、少年は自白した。そんなふうに少女を発見した人物がだぞ。いわゆる、よきサマリア人コンプレックスだ。事件を嗅ぎつけた人間が事件を起こした人間でもある。しょっちゅう起こっている類の事件だ。そういった輩は警察に近づきたがり、手を貸したがる。自分が警察よりえらくなったと感じ、自分のおこないに酔いしれることができるからだ」

ピアスはなぜわが身にこんなことが降りかかったか、うまく理解すらできずにいた。

「ちがう」ピアスは小声で言った。声が震えていた。「ぼくはやってない」

「ほう？　おれがまちがっている？　では、手元にある情報を整理してみよう。失踪した女がいて、ベッドに血痕があった。おまえは山ほど嘘をつき、その女の家と連れこみアパートのいたるところに山ほど指紋を残している」

ピアスは目を閉じた。高速道路近くのアパートメントとアルタイル・プレイスのカモメのような家を思い浮かべる。あらゆるものにふれたことを覚えていた。あらゆるものに手を置いた。香水、クローゼット、郵便物。

「ちがう……」

そう言うのが精一杯だった。

「なにがちがう」

「なにもかも過ちだったんだ。ぼくがやったのは……リリーのものだった番号にあたっただけだ。確かめたかっただけなのに……リリーを助けたかった……その、あれはぼくの過ちだった……ぼくは考えたんだ、もし……」

ピアスは最後まで言わなかった。過去と現在がないまぜになっている。くっついて変形し、たがいを混乱させていた。日食のように片方がもう一方の前に移動してくる。目を開けて、レンナーを見た。

「なにを考えたんだ？」刑事が訊ねた。

「えっ？」

「最後まで話せ。なにを考えた？」

「わからない。話したくない」

「おいおい、坊や。道をくだりはじめたんだ。目的地まで行け。荷をおろすと楽になる。魂のためだ。リリーの死はおまえの過ちだった。それはどういう意味だ。事故だったのか？どうなったのか話せ。こちらもそれで納得できて、一緒に検事局へ行き、便宜を図ってやれるかもしれないぞ」

ピアスは急激に胸にあふれてくる恐怖と危機感を察知した。それが肌からたちのぼるにおいまでわかる気がするほどだ。恐怖や危機感が化学物質——通常の分子を共有する複合した元素——であるかのように、逃れようと体表に現われてくる。

「話すってなにを？　リリーだと？　それはぼくの過ちじゃない。会ったことさえないんだ。ぼくはリリーを助けようとしたのに」

「首を絞めることで？　喉を掻き切ることで？　それとも切り裂きジャックをまねたのか？　たしかジャックは科学者だと言われていたな。医者かなにかだった。おまえは新しい切り裂きジャックなのか、ピアス？　それがおまえの本業か？」

「出ていってくれ。あんたは頭がおかしい」

「頭がおかしいのは、おれのほうじゃないと思うがね。なぜ、あれはおまえの過ちだったんだ？」

「は？」

「こう言っただろう。あれはおまえの過ちだったと。なぜだ。リリーがなにをした？　おまえの自尊心を侮辱したのか？　ナニが小さいのか、ピアス？　そういうことか？」

断固として首を横に振ると、めまいの発作が爆発した。ピアスは目を閉じた。

「そんなことは言ってない。あれはぼくの過ちじゃない」

「言ったぞ。この耳で聞いた」

「ちがう。言ってもいないことを、あんたは勝手に作りあげてる。あれはぼくの過ちじゃない。ぼくは一切関係していない」

目を開けると、レンナーがコートのポケットに手を伸ばし、レコーダーを取りだした。赤いランプがついていた。最初に食事用テーブルにのせられ、スイッチを切ったものとは別の機器だと気づいた。刑事は会話をすべて録音していたのだ。

レンナーは巻きもどしボタンを数秒間押し、聞きたい箇所が見つかるまで操作して、先ほどピアスが口にしたことを再生した。

「なにもかも過ちだったんだ。ぼくがやったのは……リリーのものだった番号にあたっただけだ。確かめたかっただけなのに……リリーを助けたかった……その、あれはぼくの過ちだった……ぼくは考えたんだ、もし……」

刑事はカチリとレコーダーを止め、ピアスを見て勝ち誇った笑みを浮かべた。レンナーはピアスを窮地に追いこんだ。罠にかけられた。ピアスの法律に関する勘など限られているが、その勘全体がこれ以上は一言もしゃべるなと告げていた。しかし、黙っていられなかった。

「ちがいます」ピアスは言った。「彼女のことをしゃべってたんじゃない。リリー・クインランのことじゃない。ぼくは姉のことをしゃべっていたんだ。ぼくは――」

「われわれはリリー・クインランのことをしゃべっていた。そしておまえはこう言った。〝あれはぼくの過ちだった〟と。これは自白だよ、相棒」

「ちがう、言ったじゃないか、ぼくは――」

「おまえが話したことはわかっている。いい作り話だった」

「作り話じゃない」

「まあ、見てろ。作り話だろうと、そうでなかろうと、こちらが死体を見つけしだい、真実の物語がわかるんだ。ぐうの音も出ないようにしてやる」

レンナーはベッドに身をかがめ、ピアスの顔にふれそうなほど顔を寄せた。

「彼女はどこだ、ピアス？　避けられないことは承知しているだろう。おれたちはリリーを見つける。だからいま終わらせよう。なにをしたか話せ」

ふたりの視線は絡みあった。レコーダーがふたたびオンになるカチリという音がした。

「出ていけ」

「話したほうがいいぞ。時間切れになりつつある。この録音を済ませ、こいつがいったん検事の手に渡ると、もうおまえを助けてやれなくなる。話せ、ヘンリー。荷をおろせ」

「出ていけと言ったはずだ。弁護士を呼びたい」

レンナーは身体を起こし、さもありなんといった顔でほほえんだ。わざとらしい仕草でレコーダーをかかげ、ボタンを押して録音を止めた。

「当然、おまえは弁護士を呼びたいだろう」レンナーは言った。「それに必要になるはずだ。おれは地区検事局へ行くぞ、ピアス。すでに司法妨害と家宅侵入罪は堅い、手はじめとしてな。それはまちがいない。だが、そんなものはちっぽけなことだ。おれはでかいやつがほしい」

レンナーは捕獲した言葉が聖杯かなにかのように、レコーダーを捧げもった。

「死体が発見されたらすぐに、ゲームオーバーだ」

ピアスはもはや、ろくに聞いていなかった。レンナーから視線をそむけ、宙を見つめていた。これから先に起こることを考えて。そしてすぐさま、すべてを失うだろうと気づいた。会社も――なにもかも。一瞬、頭のなかですべてのドミノが倒れていき、最後のドミノがゴダードを押しやり、投資をよそへもっていくところが浮かんだ。〈ブロンスン・テク〉か、

〈ミダス分子工業〉か、ほかのライバル会社のどこかへ。ゴダードが手を引けば、アメデオへの投資に一枚噛みたがる投資家などいないだろう。犯罪捜査とおそらく裁判が待ち受けているという耳目を集める状況では。終わりだ。永久にレースからコースアウトしてしまう。

ピアスはレンナーに視線をもどした。

「あんたにはもう話をしないと言ったはずだ。出ていってくれ。弁護士を呼びたい」

レンナーはうなずいた。

「ひとつアドバイスをしてやろう。腕のいい弁護士にしておけ」

レンナーは医療用品を並べてあるカウンターに手を伸ばし、それまでピアスが気づいていなかった帽子を手に取った。茶色のポークパイ・ハットで、つばを下に折ってある。いまどきＬＡでだれもそんな帽子はかぶらないだろう。だれも。レンナーはそれ以上なにも言わずに病室を出ていった。

23

ピアスはしばらくじっと座ったまま、自分が陥った窮地について考えた。レンナーが地区検事局へ行くと話したことのどれほどが脅しで、どれほどが事実なんだろう。その考えを振り払い、電話があるかどうか病室を見まわした。サイドテーブルにはなにも置かれていなかったが、ベッドには両脇に手すりがあり、あらゆる種類の電子ボタンが並んでいた。マットレスの角度を変えたり、奥の壁に取りつけられたテレビを操作したりするためだ。右の手すりに電話を見つけ、ひっつかんだ。その隣のビニールポケットに小型の手鏡もあった。鏡をあげて、怪我をしてからはじめて顔をのぞきこんだ。

もっとひどい顔を想像していた。襲われた直後にさわったときは、傷はぱっくりと口を開け、大きな傷跡は避けられないと思った。あのときは、それでも気にならなかった。命があるだけで嬉しかったからだ。いまは多少、傷跡の状態が気になりだしていた。顔を見ると、腫れは治まりかけていた。目尻と鼻の下半分が少々腫れている。鼻の穴にはどちらも脱脂綿を詰めてあった。両目の下には紫がかった黒い縫い目。左目の角膜は虹彩の片側が充血、そして鼻をとても細かい目の縫合跡が横切っていた。

縫合跡はKの形になっていた。一本の線が鼻梁をのぼり、Kの字の腕の部分が、左目の下と、上の眉へ到達する線と、カーブを描いていた。左眉の半分は手術のために剃り落とされており、そこが鏡に映った顔でもっともおかしな部分に感じられた。

鏡を置くと自分が笑っていることに気づいた。顔はほとんど破壊された。見つけはしたが、やってもいない犯罪のために、自分を牢獄にいれようとしているロス市警の刑事がいる。夢でも幻でもなく、自分と自分に近い者たちを脅しているデジタル世界のポン引きとそのペットのモンスターがいる。それでも、ベッドに座ってほほえんでいる。

どういうことだ？　鏡に見えたものに関係しているらしい。命拾いしたが、顔を見るとそれも危ういところだったとわかる。そこに安堵感があり、そんな場合ではないのにほほえんでしまうのだ。

電話を手にして会社の特許弁護士のジェイコブ・カズに電話をかけた。電話は即刻つながれた。

「ヘンリー、だいじょうぶなのか？　襲われたとか聞いたぞ。いったい――」

「こみ入ってるんだ、ジェイコブ。話すのはあとになりそうだ。いまきみに聞きたいのは名前だ。弁護士が必要なんだ。刑事事件の被告側専門弁護士。腕のいいのが必要だが、テレビに顔を出したり、新聞に名前が出るのは好まない人物がいい」

自分でそう条件をつけながら、ロサンジェルスではそんな例は稀だとわかっていた。しかし、抱えている状況では、一刻も早くインチキの殺人告発に対して自分を防御しなければならない。すばやく、そして目立たぬように扱わなければならない。そうしなければ、ついさきほど想像した倒れていくドミノが、現実に崩れ落ちるブロックとなって自分と会社をつぶしてしまう。

カズは咳払いをしてから答えた。ピアスの要請がふつうではないだとか、いつもの仕事上の関係の話とはちがうだとか、そうしたことはいっさい指摘しなかった。

「ひとつ、心あたりがある」カズは言った。「きみはその女性が気に入るだろう」

24

ピアスが水曜日の朝にチャーリー・コンドンと電話で話していると、灰色のスーツを着た女性が病室に入ってきた。手渡された名刺には〝弁護士　ジャニス・ラングワイザー〟とあった。ピアスは通話口に手をかぶせ、電話を切るところだと弁護士に告げた。

「チャーリー、これで失礼するよ。ちょうどドクターがやってきた。とにかく先方には、週末か翌週にしてくれと伝えてくれ」

「ヘンリー、無理だ。うちが出願するまえに、先方はプロテウスを見たがっている。わたしはそれを遅らせたくないし、きみもそうだろう。それに、きみもモーリスには会ったことがあるだろう。延期は受けいれられないだろうな」

「とにかくもう一度電話をして、遅らせることができないか、やってみてくれ」

「わかったよ。がんばってみよう。また電話する」

チャーリーが電話を切ると、ピアスはベッド脇の手すりに電話をもどした。ラングワイザーにほほえもうとしたが、昨日より顔がひりひりするようになっていたので、笑顔になると痛んだ。ラングワイザーが手をさしのべ、ピアスは手を取って握手した。

「ジャニス・ラングワイザーです。お会いできて嬉しいわ」

「ヘンリー・ピアスです。いまの状況であなたに会えて嬉しいとは言えないな」

「刑事事件の被告弁護の仕事は、いつもそういうものです」

すでにジェイコブ・カズから、ラングワイザーの輝かしい経歴のことは聞き及んでいる。ラングワイザーは小さいが有力なダウンタウンの法律事務所、〈スミス、レヴィン、コルヴィン&エンリケ〉で、刑事事件の被告弁護の仕事を扱っていた。カズによれば、この事務所は上流の顧客しか相手にしないそうで、どんな電話帳にも掲載されていなかった。顧客は一流ばかりだが、そうした人々でさえ、刑事被告弁護が必要になることもある。そこでラングワイザーが登場する。地区検事局で、ロサンジェルスにおけるここ数年の有名事件の訴追を含むキャリアを積み、一年まえに辞職してこの事務所に雇われた。カズの話では、事務所はピアスと友好関係を作りあげる手段として、ピアスを顧客として受けいれるつもりだという。〈アメデオ・テクノロジーズ〉が先々有名になった際、その友好関係は双方にとって有益になると考えているのだ。現状に適切な対処がなされなければ、会社が将来的に有名になることはないだろうし、〈アメデオ・テクノロジーズ〉という存在すら危ういことはカズには告げていなかった。

ピアスの怪我と具合について礼儀正しく心遣いを示してから、ラングワイザーはなぜ刑事被告弁護人が必要と考えるのか訊ねてきた。

「ぼくを人殺しだと信じている刑事がいるからだ。検事局へ行き、複数の罪でぼくを告発してみると言われた。殺人罪も含めて」

「LAの刑事？　名前は？」

「レンナー。たぶんファースト・ネームは聞いていない。忘れたのかもしれないが。名刺をもっているが、見たことが――」

「ロバート・レンナー。その刑事のことは知っているわ。パシフィック署勤務ね。長年勤めている刑事」

「仕事で直接会ったことが？」

「検事局に勤めて間もないころ、告発を担当していたの。レンナーがもちこんだ事件を数件担当したことがある。いい刑事だわ。徹底している、それがあの刑事を表わす適切な言葉でしょうね」

「まさしくレンナーが自分で使った言葉だよ」

「レンナーは地区検事局（DA）に謀殺の告発に行くと話していたのかしら？」

「どうだろう。死体はないんだ。だけど、あの男はまず別件でぼくを起訴するつもりだと話していた。家宅侵入罪、らしい。それに司法妨害。そのあとで謀殺を成立させるつもりだろう。どの程度が脅しで、どの程度が実際にやれることなのか不明だ。だが、ぼくはだれも殺しちゃいない。だから弁護士が必要なんだ」

　ラングワイザーは顔を曇らせてから考えこむようにうなずいて、ピアスの顔を指さした。

「レンナーとの一件は、その怪我となにか関連しているのかしら？」

ピアスはうなずいた。

「最初から話してみて」

「この時点から弁護士とクライアントの関係は成り立っているのかい？」

「ええ、そうよ。自由に話して」

ピアスはうなずいた。つづく三十分間に、思いだせるかぎり詳しく話をした。自分がやったことを、罪にあたることも含めてすべて進んで語った。ひとつ残らず。

ピアスが話すあいだ、ラングワイザーは備品用のカウンターにもたれていた。大型のハンドバッグ、あるいは小型のブリーフケースの黒いレザーバッグから取りだした高そうなペンで、法律用箋にメモを取っていた。物腰全体から高級品に囲まれた自信がにじみでている。

ピアスが話し終えると、ラングワイザーはレンナーが自白と呼んだ箇所に話をもどした。いくつか質問された。最初はその箇所にいたるまでの会話の調子、ピアスがそのときどんな想いにふけっていたか、暴力をふるわれ、手術を受けたことで感じていた不調がどんなものだったか。つぎに、ぼくの過ちだったといったのは具体的にどういう意味だったのか訊ねられた。

「姉のイザベルのことだった」

「どういうことかしら？」

「姉は亡くなった。ずっと以前に」

「お願いよ、ヘンリー。想像させないで。どういうことかはっきり知りたいの」

ピアスが肩をすくめると、肩と胸が痛んだ。

「ぼくらがまだ子どものころに姉は家出した。そして殺されたんだ……犯人の男は多くの人の命を奪った。男がハリウッドで目をつけた女たちだ。それから男は刑事に殺されて、そして……それで終わりだ」

「シリアルキラーね……いつ頃のことかしら」

「八〇年代。犯人はドールメイカーと呼ばれていた。新聞でかなり書き立てられていたよ。少なくとも、その当時は」

ラングワイザーは当時の記憶をたぐっているようだった。

「ドールメイカーは覚えているわ。あれはUCLAのロースクールにいた頃だった。あとになって、ドールメイカーを撃った刑事と知り合いになったわ。その刑事は今年退職したばかり」

ラングワイザーは過去に想いを馳せているようだったが、すぐに我に返った。

「わかりました。では、レンナー刑事との会話で、なぜお姉さんのことをリリー・クインランと混同したのかしら？」

「そうだな、最近は頻繁に姉のことを考えていた。このリリーの件がはじまって以来。ぼくがやったことは姉のことが理由になっていると思う」

「お姉さんのことはあなたに責任があると考えている？　どうしてそうなるの、ヘンリー？」

ピアスは口をひらくまえに一瞬、間をおいた。頭のなかで念入りに話を組み立てた。話全体ではない。ラングワイザーに話しておきたい部分だけだ。初対面の相手に話せるはずがない部分は省いた。

「義理の父親とぼくで、あそこに何度も行った。住まいはヴァレー地区だったが、ハリウッドへ行き、姉を捜した。夜に。昼のこともあったが、たいていは夜だった」

ピアスは病室の奥の壁に取りつけられたテレビのなにも映っていない画面を見つめた。画面に映しだされた物語を見て、それをラングワイザーに聞かせているような口調になった。

「ぼくは古着を着ていったものだよ。あの子たちの仲間に――ストリート暮らしに見えるように。義理の父は、そうした子どもたちが隠れて寝る場所にぼくを送りこんだ。子どもたちが身体を売る場所さ、金かドラッグのために。なにかのために……」

「なぜ、あなたが？　なぜ義理のお父さんが行かなかったの？」

「当時は、ぼくが子どもで目立たず潜入できるからだと説明された。大人の男があぁした場所にひとりで入っていけば、みんな逃げてしまう。そうしたら、姉を見つけられなくなると」

ピアスはしゃべるのをやめ、ラングワイザーはつづきを待ったが、結局先をうながさないとならなかった。

「当時はそれが理由だと説明されたと言ったわね。その後は、なんと言われたのかしら？」

ピアスは首を横に振った。ラングワイザーは鋭い。話をあいまいにした部分を突いてきた。

「とくになにも。あれはただ……たぶん……つまり、姉は理由があって家出した。警察は姉がドラッグを使っていたと話したが、それはあとになってからだと思う。通りに立つようになってからだと」

「お姉さんが家出した理由は義理のお父さんだと思っているのね？」

ラングワイザーがあたりまえのように言ったので、ピアスはかすかにうなずくところだった。リリー・クインランの母親が、自分の娘とロビンという名で知っている女に共通する体験で話していた件を思い起こした。

「お姉さんはなにをされたのかしら？」

「わからないが、いまは重要なことじゃない」

「では、どうしてレンナーに、それがあなたの過ちだったとしゃべることになったの？　お姉さんに起こったことがあなたの過ちだと思うのはなぜ？」

「姉を見つけられなかったから。あれだけ幾晩も捜したのに、見つけられなかった。もしぼくが……」

ピアスは納得させるようにも、強調するようにもしゃべらなかった。それは嘘だった。本当のところ、一時間まえに会ったばかりのこの女に話すつもりはなかった。

ラングワイザーはこの点をさらに追及したいようだが、すでにプライベートな領域に踏みこんでいることをわかっている様子だった。

「わかったわ、ヘンリー。それで説明がつくでしょう。リリー・クインランの失踪に対するあなたの行動と、レンナーにあなたが話したことの両者に」

ピアスはうなずいた。

「お姉さんのことはお気の毒だわ。まえにやっていた仕事では、犠牲者の家族に接することが、なによりむずかしい部分だったの。少なくとも、あなたは決着と呼べるものを手にしているわね。これをやった男は確かに報いを受けているもの」

ピアスは皮肉なほほえみを浮かべようとしたが、あまりにも傷が痛んだ。

「ああ、決着ね。なにもかもましにしてくれるものか」

「義理のお父さんは元気でいらっしゃるの？　ご両親は？」

「義父は健在だ。最後に聞いたかぎりでは。長いこと義父とは話していない。母親はもう義父と暮らしていない。母はいまでもヴァレーに住んでいるよ。母とも長いあいだ、口をきいていない」

「実のお父さんはどちらに？」

「オレゴンにいる。再婚したんだ。でも、父とは連絡を取りつづけてる。親たちのなかで、ぼくが話をするのは父だけだ」

ラングワイザーはうなずいた。ひとしきりメモを熱心に見て、法律用箋のページをまえのほうへ繰り、会話の最初からピアスが話したことすべてを読み返していった。そしてようやくピアスのほうへ顔をあげた。

「さて、全部たわごとだと思うわ」

ピアスはかぶりを振った。

「ちがう、ぼくは正確になにが起こったかを……」

「いいえ、レンナーのこと。あの刑事、はったりをかましているのよ。なにも立証できないわ。例の些細な罪で告発するつもりはないはず。家宅侵入罪で告発するなんて言ったら、検事局でいい笑い者にされるでしょうね。あなたの目的はなんだったかしら。盗み？　いいえ、リリーが無事かどうか確かめたかったから。あなたがもちだした手紙のことは知られていないし、どちらにしても証明はされない。手紙は処分したあとですからね。司法妨害に関しては、たんなる根拠のない脅しよ。人は嘘をついて、警察には隠しごとをするのがふつうですものね。予期できることだわ。それを理由に告発するのはまた別の話。最後に司法妨害の事件が法廷で審理されたのはいつかも思いだせないくらいよ。少なくともわたしが検事局にいるあいだは、一件もなかったと思う」

「テープの件は？　ぼくは混乱していた。レンナーには自白したと言われた」

「いいように操られたのよ。あなたを揺さぶりにかけ、反応を見ようとした。おそらく、より決定的な自白を引きだしたかったのね。完全に究明するにはその箇所を聴く必要があるでしょうけど、あまり重要でないようね。お姉さんについての説明は確かに筋が通っているし、そのように陪審にも受け取られるでしょう。それに、あなたは各種の薬の影響下にあったのだし、あなたは――」

「陪審はだめだ。そこまで事件が進んだら、ぼくは終わりだ。破滅だ」

「それはわかっているわ。けれども、陪審のものの見方こそが、この件をながめる方法なのよ。告発するかどうか考える際に検事はそのように見ていくから。検事は、陪審が納得しようとしない事件に手を出したりしないから」

「納得するものなんかないさ。ぼくはやらなかった。ただ、無事かどうか知ろうとしただけだ。それだけなんだよ」

ラングワイザーはうなずいたが、無実の訴えにはとくに関心がないようだった。優秀な弁護士は弁護の戦略を練る際に、クライアントが有罪か無罪かという究極の質問には決して関心をもたないと、よく耳にしていた。弁護士が扱うのは法であり、正義ではない。ピアスはもどかしかった。ラングワイザーに自分の無実を認めてもらってから、戦略を練って弁護のために戦ってほしかった。

「第一に」ラングワイザーは言った。「死体がなければ、だれかを告発することはとてもむずかしいの。不可能ではないけれど、とてもむずかしいわね――とくにこの事件では。被害者の生活と収入源を考えてみるとね。つまり、リリーはどこかにいる可能性もある。もし亡くなっているとしたら、容疑者のリストはかなり長くなるでしょう。

第二に、現場その一での家宅侵入罪を、ほかの現場で起こったかもしれない殺人と結びつけることは、うまくいかないでしょう。検事局が進んで告発したがるとは思えない誇大解釈ね。いいこと、わたしは検事局で仕事をしていたの。そして警官たちに現実を教えてやることが、仕事の半分を占めていた。状況に大きな変化がないかぎり、あなたはだいじょうぶでしょう、ヘンリー。どの点についても」

「大きな変化とはどんなことを指す？」

「たとえば、死体が見つかった場合。死体が見つかって、それがなんらかの形であなたにつながっているとき」

ピアスは首を横に振った。

「ぼくにつながるものは皆無だろう。リリーとは一度も会ったことがない」

「では、よかったわ。それならば、あなたは無罪放免になるはずよ」

「なるはず？」

「百パーセント確実ということはないの。とくに法の世界では。じっと待って様子を見るしかない」

ラングワイザーはしばらくメモを見返してから、ふたたび口をひらいた。

「それでは」やがてラングワイザーは言った。「レンナー刑事に電話をしましょうか」

ピアスは眉を――残っている部分を――あげた。痛みが走る。顔をしかめて言った。「電話する？　なぜ？」

「あなたが弁護士をつけたと知らせ、レンナーがなんと言うか、確かめるために」

「札入れに名刺があったはず」ピアスは言った。「テーブルのひきだしにあるはずだ」

「だいじょうぶよ。番号は覚えているわ」

ラングワイザーがパシフィック署へ電話するとすぐに応答があり、ラングワイザーはレンナーを頼んだ。待ちながら電話のボリュームをあげ、耳元の受話器の角度を変えて、会話する両者の話がピアスに聞こえるようにした。まずピアスを指さしてから、自分のくちびるを手で覆い、会話に口を出すなと伝えた。

「どうも、ボブ。ジャニス・ラングワイザーよ。覚えているかしら?」

間があってから、レンナーが言った。「もちろん。あんたは悪者の側に寝返ったと聞いたがね」

「おもしろい冗談だこと。聞いて、わたしはセント・ジョンズ病院にいるわ。ヘンリー・ピアスを訪ねているの」

またもや間。

「ヘンリー・ピアス、よきサマリア人か。長年にわたり失踪した娼婦と迷子のペットを救ってきた男」

ピアスは顔が紅潮するのを感じた。

「きょうは趣味のいい冗談をよく思いつくわね、ボブ」ラングワイザーはそっけなく言った。

「最近はそのスタイルがお気に入りなの?」

「ヘンリー・ピアスこそ、とんだくわせ者だ。あの男の話はでっちあげだ」

「連絡したのは、まさにその話なのよ。ヘンリーからはもう話はないわよ、ボブ。わたしが代理人を務めますから、もうヘンリーはあなたと口をききません。あなたは手にしていたチャンスをふいにしたのよ」

ラングワイザーを見あげると、ウインクを返された。

「おれはなにもふいにしていない」レンナーは言い返した。「どんなときでもあいつがほんとのことをそっくり話したくなったら、おれはここにいる。さもないと――」

「ねえ、刑事。実際になにがあったか推理するより、わたしのクライアントを逮捕することにばかり興味があるのね。それはやめなさい。ヘンリー・ピアスはもうあなたの手のなかにはない。それにもうひとつ、この件を法廷にもちだそうとしたら、ふたつのレコーダーの罠をあなたのケツに突っこんであげる」

「あいつには録音していると、ちゃんと言ったぞ」レンナーは反発した。「被疑者の権利を読み、あの男は理解したと言った。おれはやるべきことはやっている。自発的な事情聴取のあいだ、法に反することはなにもしていない」

「本質的にはそうかもしれないわね、ボブ。でも、判事と陪審員は警官が罠を仕掛けることを嫌うわ。クリーンな方法が好まれるのよ」

レンナー側でさらに長い沈黙がつづき、ピアスはラングワイザーがやりすぎたのではないかと考えはじめた。刑事を追いつめ、純然たる怒りか憤慨から、ピアスに対する告発をいっそう押し進めさせることになったのではないだろうか。

「本当に線を越えてしまったんだな」ようやくレンナーは言った。「そっち側であんたがしあわせなことを祈るよ」

「ええ、ヘンリー・ピアスのように、善行をやろうとしただけのクライアントだけを担当できれば、しあわせでしょうね」

「善行？　ルーシー・ラポルは、あいつのおこないを善行だと思っているだろうかね」

「見つかったのか？」ピアスはうっかり口走った。

ラングワイザーはすぐさま片手をあげて、ピアスを制した。

「そこにいるのはミスター・ピアスか？　聞かれているとは知らなかったぞ、ジャニス。罠があきれるね、よくおれにそんなことが言えたものだ」

「わたしには教える義務はなかったわ」

「おれだって、いったん会話は録音されていると告げたからには、二番目のレコーダーの存在を教える必要はなかったぞ。だから突っこむのはそっちのケツにするんだな。切るぞ」

「待って。あなた、ルーシー・ラポルを見つけたの？」

「これは正規の警察業務だ、マダム。あんたは自分のテリトリー、おれは自分のテリトリーに留まる。じゃあな」

レンナーが電話を切り、ラングワイザーは電話を閉じた。

「黙っていてと言ったでしょう」

「すまない。ルーシーには日曜からこっち、ずっと連絡を取ろうとしていたから。どこにいるのか、無事なのか、それとも助けが必要じゃないか知りたかっただけなんだよ。なにかあったら、それはぼくの過ちだ」

〝またやってしまった〟。ピアスはそう思った。〝なにか事が起こると自分の過ちを見つけ、世間に向かって罪を自白してみせる〟

ラングワイザーは気づかなかったようだ。電話と法律用箋を片づけていた。

「何本か電話を入れてその件を探ってみましょう。パシフィック署でレンナー刑事より少しは協力的な人たちを知っているから。たとえば、レンナーの上司のような」

「なにか見つけたらすぐに連絡してくれるかい？」

「あなたの番号はどれも知っているから。けれど、この件には関わらずにおとなしくしていること。運がよければ、いまの電話でレンナーは怯えてしばらくは動かないでいるでしょう。どう行動するか考え直すかもしれない。それでもまだ森から抜けだせていないのよ、ヘンリー。あなたの身は、ほぼだいじょうぶになったと思うけれど、まだなにか起こる可能性はあるわ。下を向いて、この件には手を出さないこと」

「わかった。そうするよ」

「それから、つぎにドクターがやってきたら、レンナーが録音していた際にあなたの体内にあったと思われる薬品の一覧を手にいれて」

「わかった」

「いつ退院するか、もうわかっているのかしら？」

「すぐにでも退院できるはずなんだが」

ピアスは腕時計を見た。ドクター・ハンセンが退院許可にサインしてくれるのを、二時間近く待ちつづけているところだった。

　ふたたびラングワイザーに視線をもどした。帰る準備ができたようだ。しかし、なにか訊ねたそうにピアスを見ている。そして、どう訊ねたらいいか決めかねているようだった。

「なんだい？」

「はっきりとはわからないのだけど。ただ、あなたの論法には飛躍がある気がする。あなたがまだ少年だったころ、義理のお父さんの存在がお姉さんの家出の原因だと思っていたのでしょう？」

　ピアスは無言でいた。

「そのことで、なにかわたしに話したいことは？」

　ピアスはつけていないテレビの画面にふたたび目をやった。なにも映っていなかった。ピアスは首を横に振った。

「いや、あれで全部だ」

　ラングワイザーを納得させたとは思っていなかった。刑事被告弁護士というものは、当然のことながら嘘つきたちと渡り合い、そうするように設計された機械のように、目の動きや身体の動作にある微妙な点を見つけだす専門家だろう。しかし、ラングワイザーはただうなずいて、その件は軽く流した。

「では、わたしは失礼しなくては。ダウンタウンで罪状認否手つづきがあるので」

「わかった。ここまで足を運んでくれてありがとう。おかげで助かった」

「これが仕事ですから。これから運転中に何ヵ所かに電話して、ルーシー・ラポルやそのほかの情報についてわかればあとで知らせるわ。でも、いいこと、絶対に首を突っこまないで。わかったわね？　仕事にもどるのよ」

ピアスは両手をあげて降参の身振りをした。

「もう、こりごりだよ」

ラングワイザーはプロらしくほほえみ、病室を出ていった。

ピアスはベッドの手すりから電話を取ると、コーディ・ゼラーの番号を押した。そのとき、ニコール・ジェイムズが病室に入ってきた。ピアスは電話を元の場所へもどした。

ピアスがドクター・ハンセンに確認の診察を受けて退院できたら、ニコールが家まで送ってくれることになっていた。ニコールはピアスの負傷した顔をながめて、なにも言わずに苦しげな表情を浮かべた。入院中はしばしば来てくれていたが、縫い目のファスナーを見るのは慣れないようだった。

ピアスはニコールのしかめ面と同情のつぶやきを、じつはいい兆候だと受けとめていた。これでふたりがよりをもどせることになれば、これだけの災難も価値あるものだと考えていた。

「かわいそうに」ニコールはそっとピアスの頬にふれて言った。「気分はどう？」

「かなりいい」ピアスは言った。「けれど、ドクターがサインしてくれるのをまだ待っているところだ。もう二時間になろうとしている」

「どうなっているか見てくるわ」

ニコールはドアのところまで行ったが、そこでピアスを振り返った。

「あの女はだれだったの?」

「どの女だい」

「いまこの病室を出ていった女」

「ああ、あれはぼくの弁護士だよ。カズが見つけてくれた」

「カズがいるのに、なぜあの女が必要なの」

「彼女は刑事被告弁護士だよ」

ニコールは戸口からはなれ、ベッドの近くへともどってきた。

「刑事被告弁護士? ヘンリー、まちがい電話を受けた人はふつう弁護士を必要とはしないわ。なにが起こっているの?」

ピアスは肩をすくめた。

「もう自分でもさっぱりわからないんだ。あることに巻きこまれ、いまは五体満足にそこを抜けだそうとしているだけさ。ちょっと訊いていいかい?」

ピアスはベッドをおり、ニコールのほうへ歩いていった。最初はバランスが取れなかったが、すぐに平気になった。両手で軽くニコールの前腕にふれた。怪しむような表情がニコールの顔に表われた。

「なに?」

「ここを出たら、きみはどこに連れて行ってくれる？」

「ヘンリー、言ったでしょう。あなたの家まで送っていくわ。あなたの家よ」

腫れと縫い目のロードマップにもかかわらず、ピアスの失望は、はっきり顔に出たらしい。

「ヘンリー、少なくとも、別居を試してみることはふたりで了解しあったわ。だから試してみましょう」

「ぼくはただどうかなと思っただけで……」

最後まで言わなかった。正確には自分がなにを考えているかも、それをどう言葉にしたらいいかもわからなかった。

「わたしたちに起こったことが、ごくみじかい期間に起こったと考えているようね」ニコールは言った。「そして、短時間で修復できると」

ニコールは顔をそむけ、ふたたびドアのほうへ向かった。

「そしてぼくはまちがってる」

ニコールはピアスを振り返った。

「何カ月もよ、ヘンリー。わかっているはずよ。もっと長いかもしれない。もうずっと、ずっと長いこと一緒にいなかったのよ」

ニコールはドアを出てドクターを捜しに行った。ピアスはベッドに腰かけて、ふたりで観覧車に乗り、世界のあらゆるものが完璧に思えたころを、思いだそうとした。

25

いたるところ血だらけだった。血痕がベージュのじゅうたん一面に、真新しいベッドに、二面の壁に、そして電話全体に。ピアスは寝室の戸口に立ち、そのひどい有様を見た。ウェンツと手下のモンスターが去ってからなにが起こったのか、ほとんど思いだせなかった。

寝室に足をいれて電話の隣にかがみ、二本指でおずおずと受話器をもちあげ、七センチは遠ざけて耳元に寄せた。トーン音が聞こえ、メッセージがあるかどうか、かろうじて確かめられる距離だ。

メッセージは一件もなかった。手を伸ばして電話をプラグからはずすと、汚れを落とすつもりで浴室へ運んだ。

乾いた血が洗面台に飛び散っていた。キャビネットの扉に血の指紋がついていた。襲われたあとで浴室に入った記憶はなかった。だが、ここもめちゃくちゃになっていた。血がすっかり乾いて茶色に変色しており、警察がリリー・クインランのアパートメントから運びだしていたマットレスを思いださせた。

ウェットティッシュで電話からできるだけ血をふき取っていると、何年かまえにコーディ

・ゼラーと《フェティッシュ》という映画を見に行ったことを思いだした。警察が現場捜査を済ませたあとの、血まみれの現場の掃除を仕事にする女性の話だった。いま自分が頼めるような、そうした仕事やサービスは実在しているだろうか。あの寝室を磨きあげることを考えると、げんなりした。少しも張り切る気分にはなれなかった。

電話がそれなりに綺麗になると、寝室の壁のプラグにふたたびつなげ、マットレスの染みがない端のほうに電話をもって腰かけた。メッセージを確認したが、やはりなにも入っていなかった。めずらしいことだ。七十二時間近く家を不在にしていたのに、一件もメッセージがない。リリー・クインランのページが、ようやくLAダーリンのサイトから削除されたのかもしれない。そのとき、あることを思いだした。〈アメデオ・テクノロジーズ〉の自分のオフィスの番号を押し、モニカ・パールのデスクにつながるのを待った。

「モニカ、ぼくだ。ぼくの電話番号を変えたのか？」

「ヘンリー？　どこの――」

「アパートメントの電話番号を変えたのか？」

「ええ。そうするように、言われたでしょう。昨日から新しい番号になっているはずです」

「だと思ったよ」

そういえば、土曜日に〈オール・アメリカン・メール〉へ電話するようモニカを説得した際、月曜日に番号を変えるよう指示していた。あのときは、そのつもりでいた。だが、リリーの電話番号を失ってみると、おかしな話だが落ち着かなかった。あの番号は別の世界へ、リリーとルーシーへつながる接点だった。

「ヘンリー？　まだそこにいるんですか？」

「ああ。新しい番号は何番だ？」

「調べなくちゃなりません。退院されたんですか？」

「ああ、退院した。番号を調べてくれないか？」

「そうします、そうしますから。昨日お伝えするつもりでいたんですが、病室へ行ってみると先客があったので」

「わかっているよ」

「ありました」

モニカに番号を聞き、ピアスはベッド・テーブルからペンをつかんで手首にメモした。手元に手帳がなかったからだ。

「新番号の案内テープはまわるのかい？」

「いいえ。そうしたら、ああした男たちが、またあなたに電話してくると思ったので」

「そのとおりだな。いい判断だ」

「あの、ヘンリー、きょうは会社に来られますか？　チャーリーがあなたの予定について何度も訊ねています」

返事のまえに考えてみた。一日はすでに半分終わっている。チャーリーはおそらく、しゃべりたがり、モーリス・ゴダードへのプロテウスのデモンストレーションはピアスが延期をせっついているにもかかわらず、翌日に予定を組まれたままだと長々と話すことだろう。「行けるかどうかわからないんだ」ピアスはモニカに言った。「医者には安静にするよう言われてる。もしチャーリーが話したかったら、ぼくは自宅にいると伝え、新しい番号を教えてやってくれ」

「わかりました、ヘンリー」

「ありがとう、モニカ。また」

ピアスはモニカが挨拶するのを待ったが、モニカはなにも言わなかった。まさに電話を切ろうとしたときに、モニカがしゃべった。

「ヘンリー、だいじょうぶなんですか？」

「元気さ。ただ、会社に行ってこの顔でみんなを怖がらせたくないんだよ。昨日きみを怖がらせたみたいにね」

「わたしはそんな……」

「いいや、怖がっていたさ。だが、それは構わないんだ。それに体の具合を気遣ってくれてありがとう、モニカ。嬉しかったよ。さあ、切るよ。ああ、そうだ、きみが病室で会った男だが」

「はい？」

「あいつはレンナーという刑事だ。ロス市警の。ぼくのことで、おそらくきみに電話してくると思う」

ことだよ。神経質になっている。

「なんについてです？」

「きみに頼んだことについてだ。リリー・クインランのふりをして電話をかけたことだよ。そのへんのことをね」

みじかい間があり、それにつづいたモニカの声はがらりと調子が変わっていた。神経質になっている。

「ヘンリー、わたしはトラブルに巻きこまれているんですか？」

「ちっともそんなことはないさ、モニカ。レンナーはリリーの失踪を捜査している。それにぼくのことを捜査している。きみをじゃない。ぼくがやったことをたどっているだけさ。だからやつがきみに電話してきたら真実を話せば、なにも心配ないよ」

「本当に？」

「ああ、確かだ。心配しないでいい。もう切らないと」

ふたりは電話を切った。ふたたびトーン音が聞こえると、ピアスはいまや暗記しているルーシー・ラポルの番号にかけた。やはりボイス・メールだったが、今回は応答メッセージがちがっていた。ルーシーの声だが、休暇中なので十一月の中旬までは顧客の相手はできないと告げていた。

ひと月以上先だ。レンナーがほのめかしたこと、ウェンツと凶暴な手下、それに連中がルーシーにできるだろうことを考えると、胸が締めつけられるようだ。ルーシーが応答メッセージで語っている内容は無視して、伝言を残した。

「ルーシー、ヘンリー・ピアスだ。大事な話がある。電話をしてほしい。なにがあったか、やつらになにをされたかはともかく、すぐに電話してくれ。助けてあげられたらと思ってる。電話番号が変わったから、書き留めてくれ」

ピアスは手首に書いた番号を読みあげ、それから電話を切った。しばらく膝に受話器を置いたままにした。ルーシーが折り返し電話をしてくることをなかば予期し、なかば願っていた。だが、ベルは鳴らなかった。しばらくしてピアスは立ちあがり、寝室をあとにした。

キッチンのカウンターにからの洗濯かごがあった。車から食料品を運ぶためにかごを使っていたときに、エレベーターでウェンツとシックス・エイトに遭遇したことを思いだした。エレベーターから押しだされた際に洗濯かごは落とした。それがこうして置いてある。冷蔵庫を開けてなかを見た。運んでいたすべての品物が——おそらく割れてしまった卵をのぞいて——しまってあった。だれがやったのだろう。ニコール？　警察？　まだ会ったことさえない隣人？

そんなことを考えていると、レンナー刑事がよきサマリア人コンプレックスと口にしていたことが頭に浮かんだ。そのような説とコンプレックスが本物だとしたら、世界中の本物の善意の人々やボランティアが気の毒だ。彼らの努力がおそらく法執行機関の職員たちに皮肉な目で見られていると思うと、やりきれなかった。

そう言えば、まだBMWのトランクに食料品の袋を残していた。洗濯かごを手にして、取りに行くことにした。空腹を感じており、買ってきたプレッツェルやソーダやスナック類はトランクに残っているからだ。

暴行され傷を縫ったためにまだ身体に力が入らないので、車庫におりるとかごに袋を詰めすぎないようにした。二度に分けて運ぶことにし、二回目にかごをもって部屋へもどってから電話をチェックし、電話を受け損なったことを知った。メッセージが入っていた。

電話を取れなかったことで自分に悪態をつき、ボイス・メールのアクセス・コードの設定を急いでやり直した。まもなくメッセージが流れた。ルーシー・ラポルからだった。

「助けてあげる？　これ以上どう助けてくれるっての、ヘンリー。あいつらに痛めつけられたわ。全身青あざだらけで、これじゃ、だれにも身体を見せられない。あたしに電話するのも、助けたがるのも、もうよして。この電話を切ったら、もうあんたとは話さない。ここに電話するのはやめてよ、わかったわね」

メッセージはぷっつりと切れた。ピアスは受話器を耳元にあてたまま、傷ついた古いレコードのように脳内でメッセージの一部分を繰り返していた。〝あいつらに痛めつけられたわ。全身青あざだらけ〟頭がふらつきはじめ、手を伸ばして壁にふれてバランスを取った。それから壁にもたれ、ずり下がって壁に座りこんだ。受話器をふたたび膝に置いた。

数秒は身じろぎせずにいてからおもむろに受話器をあげ、ルーシーの番号にかけだした。番号を半分まで押したところで、手を止めて電話を切った。

「わかったよ」ピアスは声に出して言った。

目を閉じた。ジャニス・ラングワイザーに連絡し、ルーシーから伝言を受けたから、かろうじて生きてはいると伝えようか。そうすれば、今朝病院で会ってから、なにか新しい情報が入っていれば聞ける。

その考えを実行できないうちに、まだ手のなかにある受話器が鳴った。すぐさま電話に出た。またルーシーだと思った——ほかにだれが新しい番号を知っている？——ピアスのもしもしという声はせっぱつまった調子を帯びていた。

だが、ルーシーではなかった。モニカだった。

「伝えるのを忘れていたんですが、月曜日と火曜日にご友人のコーディ・ゼラーさんが直通番号あてにメッセージを三件残されています。よほどあなたに電話してほしいようです」

「ありがとう、モニカ」

ゼラーにこちらから電話をして直に話すことはできない。あいつはかかってきた電話は取らない。連絡をつけるにはポケベルを鳴らして、向こうから電話してくるのを待たなければならない。ゼラーはポケベルに表示された番号に見憶えがあれば、電話をしてくる。ここの番号は変わったから、ゼラーはだれの番号か気づくはずがない。ピアスは識別コードとして三つの七を頭につけた。ゼラーになじみのない番号から連絡を取ろうとしている友人か仕事仲間だと知らせるコードだ。たまに煩わしく、いつでもじれったい生活方法、仕事方法だったが、ゼラーは極めつきの偏執狂だから、こちらもそのやりかたにつきあうしかなかった。

電話してくるのを待つことにしたが、ただちにポケベルの返事があった。ゼラーにしてはめずらしい。

「なあ、おまえさ、いつになったら携帯電話をもつんだ？　三日間も連絡を取ろうとしていたんだぞ」

「携帯電話は好きじゃないんだ。どうした？」

「チップを寄せ集めて作れるだろうが」

「作れるけどな。どうしたんだ？」

「どうしたとは、こっちのセリフだぞ。土曜にはこの情報を特急でほしがっていたくせに、三日も電話をよこさないとは。おまえになにかあったんじゃないかという気がしてきて——」

「コード、入院していたんだ。退院したばかりなんだ」

「入院？」

「とある連中と少々いざこざがあった」

「〈起業コンセプト〉の連中じゃないだろうな？」

「わからん。連中のことでなにかわかったか？」

「リクエストどおり、全面的走査を実行したぜ。おまえのダンスの相手はやばい連中だぞ、ハンク」

「そうじゃないかと思いはじめたところさ。さあ、連中のことを話してくれるか？」

「それがな、いまは別件をやってる最中だし、どちらにしてもこの件は電話じゃ話したくない。でも、昨日フェデックスで全部送っておいたんだぜ——ところが、おまえからなにも言ってよこさないときた。今朝には会社に届いているはずだ。まだ見てないのか？」

ピアスは腕時計を見た。二時だった。フェデックスは毎朝十時ごろにやって来る。ゼラーからの封筒がずっとデスクにのったままだとまずい。

「オフィスへ行ってないんだ。だが、いまから取りに行くよ。ほかになにかないか？」

「封筒に入っているもの以外は、なにも思いつかないな」

「わかった。全部に目をとおしてから連絡する。ところで、頼みたいことがあるんだ。居場所と住所を探りたい女がいる。手元にはその女の名前と携帯電話の番号があるだけだ。だが、携帯電話の請求書は、知りたい住所へは配達されないんだ」

「じゃあ、そいつは意味がないな」

「ほかに、なにをあたったらいい？」

「骨は折れるが、やってみることはできる。その女、選挙権の登録は？」

「おそらくしてないだろうな」

「ふむ、公共料金とクレジット・カードの線でいくか。ありふれた名前か？」

「ルイジアナのルーシー・ラポルト」

たしかにルーシーには電話するなと言われた。だが、見つけるなとは言われていない。

「Lで韻を踏んでるのかよ」ゼラーは言った。「そうだな、やってみてもいい。なにかわかるか調べてみよう」

「ありがとう、コード」

「で、おまえはそれを昨日のうちにほしかった」

「そういうことだ」

「だろうな」

「切るぞ」

ピアスはキッチンへ行き、カウンターに置いていた袋からパンとピーナツバターを取りだした。手早くサンドイッチを作り、アパートメントをあとにした。忘れずにモールズの野球帽をかぶり、つばを額の下まで深くおろして。エレベーターを待ちながらサンドイッチを食べた。パンはかび臭かった。日曜日から車のトランクにあったのだから。

ガレージへ下るエレベーターは六階で止まり、女が乗ってきた。エレベーターに乗る際の常として、先に乗っているピアスのほうを見なかった。下りはじめると、女は扉のクロームの縁に映ったピアスの顔をこっそりうかがった。女は怯えてはっとした。

「まあ！」女は叫んだ。「みんなが話しているのはあなたのことね」

「なんです？」

「バルコニーからぶら下げられた人なんでしょう」

ピアスは長いこと女を見つめていた。そしてたちまちに悟った。ニコールとよりをもどす、もどさないは別にして、このアパートメントに留まることはできない。引っ越そう。

「なんのことでしょう？」

「もう平気なんですか？　なにをされたんです？」

「なにもされてませんよ。いったい、なんのお話ですか?」

「十二階に引っ越してきたばかりのかたじゃないの?」

「いえ、八階にいます。治るまで、八階の友人のところに滞在しているんですよ」

「じゃあ、その顔はどうされたんです」

「鼻の整形を」

女性は疑わしそうにピアスを見た。ようやく車庫の階に到着して扉がひらいた。ピアスは女が先におりるのを待たなかった。さっさとエレベーターを出て、車庫へ通じるドアに向かって角を曲がろうとした。ちらりと振り返ると、女はエレベーターをおりながらピアスのほうを見つめていた。

ふたたびまえを向き、トランクルームのドアのなかへ入ろうとしたときに、ドアがひらき、一組の男女が自転車を押して出てきた。ピアスはあごを下げ、さらに帽子を目深にかぶり、ふたりが通ってしまうまでドアを押さえていた。ふたりは揃って礼を言ったが、ピアスがバルコニーからぶら下げられた男である件はいっさい口にしなかった。

ピアスが車に乗ってまずやったことは、グラヴ・コンパートメントにしまっているサングラスを出して、かけることだった。

26

ピアスがオフィスに入るとフェデックスの封筒はデスクにのっていた。ここまでたどり着くには一苦労した。ほぼ一歩進むごとに、顔への視線と質問を受け流さないとならなかった。三階のオフィス棟にたどりつくころには、あらゆる質問に一言だけ答えるようになっていた——「事故」と。

「ライト」そう言って、デスクにまわりこんだ。

だが、明かりはつかなかった。鼻孔が腫れているために声がちがっているのだと気づいた。席を立ち、手で明かりをつけ、ふたたびデスクへもどった。サングラスをはずし、コンピュータのモニターの上に置いた。

封筒を手に取り、差出人住所を確認した。コーディ・ゼラーは痛みを伴う微笑をもたらしてくれた。差出人名をゼラーはユージーン・ブリッグスと記していた。ドゥームスターズがはるかむかしにターゲットにしたスタンフォードの学部部長だ。あのいたずらがドゥームスターズの人生を変えた。

封筒を開けようと裏返して、ピアスの微笑は消えた。開け口はすでに破れていた——封筒は開けられたのだ。なかを見ると、白い事務封筒があった。取りだしてみると、こちらもすでに開封されていた。封書の外側には、〝親展　ヘンリー・ピアス殿〟と書いてある。内容物は折りたたんだ書類の束だった。書類が引きだされた形跡があるかどうか、それはわからなかった。

立ちあがり、ドアから出て、アシスタントたちのスペースがある一画へ行った。モニカのデスクへ向かった。フェデックスの封筒となかにあった開封された封書をかかげた。

「モニカ、これを開けたのはだれだ？」

モニカはピアスを見あげた。

「わたしです。どうしてです？」

「どうして開けたんだ？」

「わたしが郵便物をすべて開封することになっているからです。郵便物の処理は、お嫌いでしたでしょ？　わたしが開封して、重要な郵便とそうでないものをより分けることになっているじゃないですか。もうそうしたくないのなら、そのように言ってください。わたしは構いません、仕事が減るだけですから」

ピアスは気を鎮めた。モニカは正しかった。

「いや、それでいいんだ。こいつを読んだかい？」

「まさか。あなたの電話番号を使っていた女の写真が見えたので、それは見ないことにしたんです。土曜日に話し合ったことを覚えてますか？」

ピアスはうなずいた。

「ああ、それでいい。ありがとう」

ピアスはオフィスへもどろうと振り返った。

「出社されたことをチャーリーに伝えましょうか？」

「いや、二、三分しかいない予定だから」

ピアスはドアまで歩くとモニカを振り返った。モニカはいつもの顔つきで見つめていた。ピアスにはわからない罪で有罪かどうか判断しているような顔つきだった。

ドアを閉め、デスクへもどった。封筒を開け、ゼラーのプリントアウトの束を取りだした。

モニカが言及した写真はウェブページのリリー・クインランの写真と同じではなかった。三年まえにラスヴェガスで撮影された顔写真で、売春行為で逮捕されたときのものだった。その写真では、ウェブサイトの写真のように息を呑むようなルックスではなかった。

リリー・クインランに関するゼラーのレポートはみじかかった。タンパからダラス、ヴェガス、そしてLAへとリリーの足取りを追っていた。実際は二十八歳で、ウェブページの広告文でうたっている二十三歳ではなかった。客引きでダラスでは二度、ヴェガスでは一度の逮捕歴がある。どの逮捕のあとも、数日を留置所で過ごしてから刑期は終わったとして釈放されていた。公共料金の記録によると、LAには三年まえにやってきている。以降、現在まで逮捕されたり、警察に目をつけられたりはしていない。

それで終わりだった。ピアスはもう一度写真を見て、落ちこんだ。顔写真は現実だった。

ウェブサイトからダウンロードし、週末に幾度となくながめた写真は幻想だった。タンパからダラス、そしてラスヴェガス、ロサンジェルスへの足取りはヴェニスのタウンハウスのベッドの上で途絶えた。どこかに殺人犯がいる。その一方で警察はピアスに狙いを定めている。

プリントアウトの束をデスクに置き、受話器を手にした。札入れから名刺を探しだし、ジャニス・ラングワイザーに電話をして現状を訊いてみることにした。たっぷり五分は待たされてからラングワイザーが電話に出た。

「ごめんなさい、別のクライアントと電話中だったの。あなたのほうは、なにかあったのかしら？」

「ぼく？　なにも。仕事をしている。そちらがだれからか、新しい情報を手に入れたかどうか、確認の電話をしてみたんだ」

つまり、〝レンナーはまだぼくを追っているのか〟の意味だ。

「いえ、新たな動きはなにもないわ。いまはじっと待っているときね。レンナーは警告されたので、あなたを脅せないとわかっている。こちらとしては、新たな動きとそれからの展開を見守るしかないわ」

ピアスはデスクの顔写真に目を向けた。きつい照明のせいでリリーはのっぺりした顔に写っており、検屍写真のようにも見えた。

「死体が発見されるといったような？」

「とはかぎらないけれど」

「その、きょうルーシー・ラポルから電話があった」

「そうなの？　どんな話を？」

「正確にはメッセージだった。ウェンツたちに痛めつけられたから、もうぼくには連絡をとってほしくないと言われた」

「少なくともルーシーが生きていることはわかったわ。彼女が必要になるかもしれない」

「なぜ？」

「この件がさらに大きくなるようなことがあれば、おそらく証人に使えるでしょう。あなたの動機と行動について」

「ああ、なるほど。レンナーはぼくがルーシーとおこなったことは、すべて計画の一部だと思っている。あれだよ、よきサマリア人ってやつだ」

「それはレンナーの見方にすぎないわ。裁判にはつねに両面からの見方があるの」

「裁判？　裁判沙汰にするわけには――」

「落ち着いて、ヘンリー。レンナーは万事心得ていると言いたいだけなのよ。向こうが主張できるだろう証拠のすべてが、同時にこちらの立場と見方を主張する機会になることを。検事もそれはわかっているわ」

「わかった。ルーシーがレンナーにどんな話をしたか聞きだせたのかい？」

　ピアスがコーディ・ゼラーにルーシーを捜させていると伝えようとしたとき、ドアを叩く鋭いノックの音がして、返答をする間もないうちにドアはひらいた。チャーリー・コンドンが顔を突きだした。笑顔だったが、それもピアスの顔を見るまでの話だった。

「なんてことだ（ジーザス・クライスト）！」

「だれなの？」ラングワイザーが訊ねた。

「パートナーだよ。切らないと。情報を知らせてくれ」

「情報が入ったらね。じゃあ、さよなら、ヘンリー」

ピアスは電話を切り、コンドンの同情のこもった顔を見あげた。ピアスはほほえんだ。

「いいや、イエス・キリストは廊下の突き当たりを左へ曲がったところにいる。ぼくはヘンリー・ピアスさ」

コンドンは落ち着かない様子でほほえみ、ピアスはゼラーから送ってきたプリントアウトをさりげなく裏返した。コンドンは室内に入り、ドアを閉めた。

「おい、具合はどうだ？　だいじょうぶなのか？」

「死なずにすむそうだ」

「その件で話したいか？」

「いや」

「ヘンリー、病院へ顔を出せずに本当に申し訳なかった。だが、モーリスの準備をするのに、会社でてんてこ舞いだったんだ」

「気にするな。じゃあ、やはりプレゼンは明日なんだな？」

コンドンはうなずいた。

「モーリスはすでに街に来ていて、こちらを待っている。延期できない。こっちが明日やらないと、モーリスは去ってしまう。そして金も一緒に。ララビーとグルームズと話をしたが、ふたりの話では――」

「準備はできていると。わかっているよ。ふたりには病院から電話した。問題はプロテウスじゃないんだ。延期したい理由はそこじゃない。この顔さ。フランケンシュタインのいとこみたいじゃないか。明日になっても、たいしてよくなっているとは思わないな」

「モーリスにはきみが交通事故にあったと話しておいた。きみの見た目は問題にはならないだろう。問題はプロテウスだよ。モーリスはプロジェクトを見たがっていて、こちらはだれよりも先に見せると約束した。特許の出願のまえに。いいか、ゴダードはその場で小切手を切るタイプの男だ。やらなきゃならないんだ、ヘンリー。乗り切ろう」

ピアスは降参の印に両手をあげた。金はいつでも切り札だ。

「それでも、この顔を見たら、ゴダードはあれこれ質問してくるぞ」

「いいか」コンドンは言った。「売りこみのためのショーだ。たいしたことはないだろう？きみならランチまでには説得できるさ。なにか訊かれたら、フロントガラスを突き破ったとでも言っておけばいいじゃないか。きみはなにがあったのか、わたしにも教えてくれない。ゴダードにもおなじ態度を貫けばいいじゃないか」

一瞬、パートナーの目に苦悩が浮かんだ。

「チャーリー、しかるべき時期が来たら話すよ。いまは話せないんだ」

「そうだぞ、パートナーとはそういうものだ。しかるべき時期に話をする間柄だ」

「なあ、きみとこの議論をして勝てないのはわかっている。ぼくの態度がまちがっているのは認める。だけど、いまはそっとしておいてほしい」

「いいとも、ヘンリー。お望みのままに。いまはなんの作業をしていたんだ？」

「べつに。つまらない書類仕事だ」

「じゃあ、明日の準備はいいいな？」

「ちゃんと整っている」

コンドンはうなずいた。

「とにかく、わたしたちは勝つ」コンドンは言った。「ゴダードの金を手に入れ、特許の認可を受け、プロテウスでマスコミに取りあげられる。そして来たる一月には、ETSでわれわれと話そうと《スター・ウォーズ》なみの列ができるさ」

ピアスはうなずいた。しかし、毎年恒例の先端技術シンポジウムのためにラスヴェガスへ行くのは嫌でたまらなかった。あれは世界一あざとい科学と資金調達とのあいだのせめぎ合いだ。偽物とDARPAのスパイがうようよしている。だが、やはり必要悪ではあった。十カ月まえにモーリス・ゴダードの代理人のひとりを最初に口説いたのはこのシンポジウムにおいてだった。

「一月までうちの会社を存続させようとしたら」ピアスは言った。「いますぐ金が必要だ」

「その心配はしなくていい。わたしの仕事は金を見つけることだ。中継ぎ用の魚を何匹か捕まえられると思う。ほかの鯨を捕獲するまで、それでもつだろう」

ピアスはうなずいた。パートナーに再確認させられた気がした。自分のいまの立場では、ひと月先を考えることさえ無謀のようだった。

「わかった、チャーリー」

「だが、いいか、問題は起こらない。モーリスを釣りあげるんだからな、そうだろう？」

「そうだ」

「よし。では、仕事のつづきをやってくれ。明日九時でいいな？」

ピアスは椅子にもたれ、うめいた。時間に関するせめてもの抵抗だった。

「その時間に来るよ」

「さすが、うちの恐れを知らないリーダーだ」

「ああ、そうとも」

チャーリーはドアの内側を鋭くノックした。たぶん、団結力でも示すサインのようなものだろう。そして去っていった。ピアスは一呼吸置いて、立ちあがり、ドアをロックした。もうじゃまされたくなかった。

ふたたびプリントアウトを見た。リリー・クインランのみじかい報告書のあとは、〈起業コンセプト〉オーナーで運営者のウィリアム・ウェンツに関する膨大な報告がつづいた。報告書は、ウェンツが急成長しているインターネットのいかがわしい帝国のトップに座っていることからはじまっていた。そこにはエスコート・サービスからポルノ・サイトまで含まれていた。こうしたサイトは、管理はロサンジェルスだが、十四の州の二十の都市で運営されている。そして、もちろん、世界中のどこからでもインターネット経由でアクセス可能だった。

ウェンツが運営しているインターネット会社は、総じていかがわしく見えるが、それでも合法だった。インターネットは大部分が規制のない商業活動の世界だ。セックスしている未成年者の写真を提供せず、適切な警告文をエスコート業のサイトに載せているかぎり、ウェンツは縛られるものもなく手広く運営できた。もしエスコート嬢のひとりが売春で捕まるようなことがあっても、ウェンツは易々と逃れることができる。サイトでは目立つ警告文にはっきりとうたってある。金銭や物品とひきかえの売春行為や、そのほかのいかなるセックス行為も勧めるものではないと。もしエスコート嬢が金のためにセックスすることに同意したら、それはエスコート嬢の決めたことであり、当人のウェブページはサイトから即刻削除されるのだった。

ウェンツの戦略については、私立探偵のフィリップ・グラスから概要は聞かされていた。しかし、ゼラーの報告書は、はるかに詳しく、インターネットの力と調査可能範囲を証明していた。ゼラーはフロリダ州とニューヨーク州でのウェンツの前科を暴いていた。プリントアウトの内容にはさらに顔写真が数枚含まれ、ウェンツと、グレイディ・アリソンと書かれたほかの男が写っていた。カリフォルニア州の企業年鑑には、アリソンは〈起業コンセプト〉の経理部長としてリストに載っていた。ルーシー・ラポルが話題にしていたことを思いだした。写真はざっと見るだけにして、ゼラーによる冒頭の要約に目をとおした。

ウェンツとアリソンは手を組んでいるらしい。ふたりは六年まえにひと月とあいだをおかずに、それぞれフロリダから出てきている。オーランドで何度か逮捕され、現地ではやりづらくなったものと考えられる。フロリダ州法執行局(FDLE)の情報ファイルによると、この男たちはオーランドのオレンジ・ブロッサム・トレイルでストリップ劇場のチェーン店を経営していた。裸の女をステージに立たせ、裏手でフェラチオを売り物にするよりも、インターネットで現実だろうが想像だろうがセックスがはるかに簡単に売り物になる以前の話だった。アリソンはフロリダで〝グレードA〟・アリソンとして知られ、それはオレンジ・ブロッサム・トレイルのステージに最高の才能の持ち主(グレードA)たちをスカウトしてくる才能ゆえだった。ウェンツとアリソンのストリップ・クラブは〈ノー・Gストリングス〉といい、ストリッパーは全裸だった。

重要注意書き――FDLEのコンピュータはこの二名と、フロリダ州ウィンターパークのドミニク・シルヴァ、七十一歳とを結びつけている。

そしてこの男はニューヨーク州とニュージャージー州北部の典型的な組織犯罪に結びついている。

気をつけろ！

ふたりにギャングの息がかかっていることに、驚きはしなかった。ウェンツと遭遇した際の、あれほど計算ずくの冷酷さや暴力を考えると驚くことではない。ピアスが違和感を覚えたのは、ウェンツのように平然と受話器を凶器として振りまわし、格好の骨削岩機として先の尖ったブーツを履く男が、知的なインターネットの帝国を裏で仕切る男になり得るということだった。

ピアスはウェンツが行動している場面を目の当たりにしている。第一印象でも、そしてその後も変わらない印象でも、ウェンツはまず筋肉ありきで、知性は二の次だった。戦略の背後に潜む頭脳というよりも、用心棒に思える。

ゼラーの報告書に名前があがっている年嵩のギャングの件を考えた。フロリダ州ウィンターパークのドミニク・シルヴァ。この男がそうなのか？　筋肉の背後に控える知能？　ピアスは探りだしたかった。

次のページへ進むと、ウェンツの前科がまとめてリストにしてあった。フロリダで五年以上にわたる期間に、何件もの過度の勧誘行為と、重罪ＧＢＩとしてあげられる二度の逮捕歴があった。さらに故殺でも一度逮捕されていた。

リストにこうした事件の最終的な処分は含まれていなかった。けれども、リストを読んで、五年間で何度も逮捕されているウェンツがどうして服役中でないのか、ピアスは首をひねった。

同じ疑問は、次のページへ進み、グレイディ・〝グレードA〟・アリソンの逮捕歴一覧に目をとおして、またもや脳裏に浮かんできた。アリソンもまた、繰り返し過度の勧誘行為をはたらいていたようだ。それにGBIのカテゴリーではウェンツを抜いて、四度逮捕されている。さらに〝未成年者への淫行〟と名づけられた逮捕も。ピアスは未成年者と肉体関係をもって告発されたと解釈した。

アリソンの顔写真をながめた。添えられた情報によると四十六歳だが、写真ではもっと老けて見えた。白髪まじりの黒髪をグリースでうしろになでつけている。生気のない青ざめた顔では、一度ならず折られたふしのある鼻が目立っていた。

ピアスは受話器を取り、もう一度ジャニス・ラングワイザーにかけた。今回はそれほど待たずに取り次がれた。

「二、三、簡単な質問があるんだ」ピアスは言った。「法律用語で過度の勧誘行為とは、なんのことだろう」

「ポン引きの罪よ。金銭か物品と引き換えに性行為目的で女性を提供すること。どうして？」

「ちょっと待ってくれ。重罪GBIは？　GBIとはなんだい」

「カリフォルニア州の刑法典にある言葉ではないようだけど、通常、GBIとは〝重大な肉体的損壊〟を意味するわね。暴行罪の一種よ」

ピアスはじっくりその意味を考えた。GBI。なるほど、人の顔を受話器で殴り、それから十二階のバルコニーから吊りさげる、といったやつか。

「なぜそんなことを訊くの、ヘンリー？　レンナーと話をしたの？」

ピアスはためらった。ラングワイザーに電話したのはまずかった。手を出すなと言われたことを、まだ追いかけているとばれてしまうからだ。

「いや、そういうことじゃない。従業員の履歴書の背景をチェックしているところなんだ。法律用語はひどく理解しづらいことがあってね」

「それでは、その志望者は一緒に働きたい相手ではなさそうね」

「どうもそのようだ。おかげでわかったよ、ありがとう。顧問料を請求しておいてくれ」

「そんなことは気にしないで」

電話を切ると、ピアスはゼラーの報告書の最後のページを見た。ウェンツとECUに関連するすべてのウェブサイトのリストだった。行間なしで打たれたリストはまるまる一ページを占めていた。サイトの名前とアドレスに含まれた性的な語呂合わせと二重の意味は、思わず吹きだすような代物だが、これだけの量があると胸の悪くなるほうが先だった。たったひとりの男が運営しているのだ。圧倒されるような量だった。

リストを目で追っていくとある項目――フェティッシュ・キャッスル・ネット――に視線が釘づけになり、聞いたことがあると気づいた。しばらくかかったが、ルーシー・ラポルが最初にリリー・クインランと出会ったのはフェティッシュ・キャッスル・ネットのために写真撮影をしたときだと話していたことを思いだした。

椅子をくるりとまわしてコンピュータに向き合うと、立ちあげてオンラインにつないだ。数分でフェティッシュ・キャッスルのホームページにたどりついた。最初の画像は、太腿まである黒いブーツ以外は服らしい服を着ていないアジア系の女だった。裸の腰に両手をあて、いかめしい学校教師のポーズをとっている。このサイトでは登録者に膨大な数のフェチ写真のダウンロード、ストリーミング・ビデオ、ほかのサイトへのリンクを約束していた。すべて無料だった――無論、登録料は必要だ。ぼかしているが容易に解読できる内容のリストには、支配、服従、鞭打ち、水責め、窒息などが含まれていた。

〝参加〟ボタンをクリックすると、何パターンかある登録プランを提供し、その場での承認とアクセスを保証するメニュー画面へジャンプした。登録料は月に二十九ドル九十五セントで、月々のクレジット・カード払いも選択できる。メニュー画面は、すべてのクレジット・カード請求書にはECUエンタープライズと表示されることを、大きな文字で親切丁寧に知らせていた。もちろん、請求書が配達された際に妻や上司に見られても、そのほうがフェティッシュ・キャッスルよりも言い逃れが簡単だろう。

五ドル九十五セントのお試し登録があり、これはサイトに五日間アクセスできるものだった。期間終了時に、ひと月か一年のプランに申しこまなければ、それ以上クレジット・カードの請求がくることはない。クレジット・カードごとに一度きりの申しこみができるサービスだった。

ピアスは札入れを取りだし、アメリカン・エキスプレスのカードを使ってお試し登録に申しこんだ。数分のうちにパスワードとユーザーネームを手に入れ、サイトに入ると、項目別のタブがある検索窓つきのページが表示された。検索窓に〝ロビン〟と打ちこみ、エンター・キーを押した。検索結果は該当なしだった。〝リリー〟で検索してもやはり同様の結果だったが、ルーシーがリリーとの撮影をどう表現していたかを思いだして、〝ガール・ガール〟と入力するとヒットした。

サムネイルの写真が並ぶページが表示された。六枚が六列だ。ページの下のほうに、三十六枚の写真がある次のページへ進むか、ガール・ガール写真の四十八ページのうちどれかへスキップするか促す言葉があった。

ピアスは最初のページのサムネイル写真に目をとおした。すべて二人以上の女の写真で、男の姿はいっさいなかった。モデルたちはさまざまな形の性行為とボンデージ場面を繰り広げており、どれも支配する女と支配される女がいた。写真は小さかったが、ひとつひとつをクリックして拡大する時間が惜しかった。デスクのひきだしを開け、虫眼鏡を取りだすと、モニターに近づいて碁盤の目に並んだ写真をすばやく確かめられるようにして、ルーシーとリリーを捜した。

三十六枚の写真の四ページ目で、ルーシーとリリーの写真を一ダース以上見つけた。どの写真でも、リリーが支配する側でルーシーが支配される側を演じていた。ルーシーは小柄なリリーよりずっと背が高かったのだが。サムネイルの一枚を拡大すると、写真が画面いっぱいに広がった。

セットはどうやら石造りの城壁に似せてペンキ塗りしたようだった。地下牢の壁だろう。床は藁敷き、近くのテーブルでは蠟燭に火が灯っていた。ルーシーは裸で、壁に鎖でつながれ、中世風というより光って新しく見える手錠をはめられている。リリーは女王様といえばこれしかないらしい黒いレザーに身を包み、蠟燭を手にルーシーのまえに立って、熱い蠟のしずくがルーシーの胸にかろうじて落ちる程度に手首を曲げていた。ルーシーの顔には苦悶と恍惚を同時に伝えているらしい表情が浮かんでいた。絶頂の表情。リリーの顔は、いかめしい承認と誇りの表情となっていた。

「ああ、すみません。もう帰られたのかと」

振り返るとモニカがドアから入ってくるところだった。アシスタントとしてモニカはピアスのオフィスのドアのロックを解除する暗証番号を知っている。ピアスはラボにいる時間のほうが多く、モニカはオフィスに出入りできる必要があるからだ。モニカはデスクに郵便物の束を置こうとした。

「二、三分しかいない予定だと言われたので――」

モニカはモニターに映っている画像を見て、動きを止めた。口がまんまるに開いた。ピアスはモニターに手を伸ばし、電源を切った。顔が傷だらけで変色していてよかった。狼狽心を隠してくれた。

「モニカ、いいかい――」

「それ、あの人なんですか？　あなたが、わたしにまねさせた女ですか？」

ピアスはうなずいた。

「ぼくはただ……」

いまおこなっていたことを、どう説明したらいいのか。虫眼鏡まで手にしているのだから、まぬけもいいところじゃないか。

「ドクター・ピアス、この会社での仕事は気に入っていますが、これ以上、あなたの直属では働きたくありません」

「モニカ。ぼくをそんな名で呼ばないでくれ。それに、仕事が云々の話を蒸し返すのもやめてくれないか？」

「元のセクションにもどしてもらえませんか？」

ピアスはモニターに手を伸ばし、サングラスを取りあげてかけた。数日まえ、ピアスはモニカを取り除きたいと思っていたが、いまはモニカの非難するような目つきを見る勇気が出てこなかった。

「モニカ、好きにしていいよ」ピアスはなにも映っていない画面を見つめながら言った。

「だが、きみはぼくのことを誤解している」

「ありがとうございます。チャーリーに話をします。それから、こちらが郵便物です」

モニカは後ろ手にドアを引いてオフィスをあとにした。

ピアスは椅子に腰かけたまま身体をゆっくり揺らしつづけ、暗いサングラスごしに空白の画面を見つめていた。すぐに焼けつくような羞恥心は消えていき、怒りを感じはじめた。理解してくれないモニカに対する怒り。自分の苦境に対する怒り。そして大部分は自分自身に対する怒りだった。

手を伸ばしてボタンを押すと画面が復活した。そこにはルーシーとリリーの写真があった。ルーシーの肌についいて固まった蠟をしげしげと見つめた。とがった乳首に落とされた冷えたしずくを。ふたりにとってこれは仕事で、指示されてやっていることだった。ここに記録された瞬間まで、会ったこともなかったのだ。

だが、それぞれの顔に浮かんだ表情やふたりが見つめ合う様子からは、そうしたことは微塵もうかがえなかった。表情は本物のように見え、そこにピアス自身は興奮をかきたてられた。城やほかのものはすべて、もちろん偽物だが、顔はちがう。そうだ、顔は見る者に異なる物語を告げる。だれが支配し、だれが操られているか、だれが頂上にいてだれが底にいるのか告げる。

ピアスは長いあいだ写真をながめていた。ふたりの写真をひとつひとつ見てから、コンピュータの電源を落とした。

27

ピアスは水曜日の夜に自宅へは帰れなかった。オフィスでチャーリー・コンドン相手に示した自信とは裏腹に、病院で数日過ごしたためにラボの現状から遠のいてしまったのを感じていた。それに、血まみれの状態と掃除が待っているアパートメントへもどるのだと考えると、帰る気力も失せていた。その夜はアメデオの地下で過ごし、留守中にラビーとグルームズがおこなった作業に目をとおし、自分自身のプロテウスの実験をおこなった。実験は成功し、成功したときの常として一時的にピアスは元気になった。しかし、夜明けまえになるとついに疲労に勝てなくなり、横になろうとレーザー・ラボへ向かった。

レーザー・ラボは、もっともデリケートな計測をおこなう場所で、厚さ三十センチのコンクリート壁の外側は銅で、内側を分厚い発泡プラスチック材で覆い、ナノ単位の読みとりを歪曲させる可能性のある外部からの震動や電波の侵入を排除している。ラボ・ネズミのあいだでは地震避難ルームとして知られ、それはこの建物一、いや、ひょっとしたらサンタモニカ一、安全な場所だからだった。ここにはベッドサイズの発泡プラスチック材がマジックテープ付のストラップで壁に留められている。ラボが使用されていないかぎり、残業したラボ

・ネズミが、レーザー・ラボへ来てそのパッドをおろし、床に敷いて眠るのはいつものことだった。ラボの上級研究員たちはそれぞれの名前をラベルにつけた専用パッドを所有しているほどだ。そして、パッドは使用者の身体の曲線を繰り返し受けとめてきた。壁にかかっていると、不格好なへこんだパッドのおかげで、ラボは人が壁から壁へ投げつけられた派手な喧嘩かレスリングの試合をおこなった場所の様相を呈していた。

二時間眠って目覚めると、活力を恢復し、モーリス・ゴダードを迎える準備が整っていた。二階の男性用ロッカー・ルームにシャワー設備があり、ピアスはロッカーに着替えを常備していた。かならずしも洗濯したてではなかったが、一晩身につけていた服よりも清潔だった。シャワーを浴び、ブルー・ジーンズと、小さなバショウカジキのマークがついたベージュのシャツを着た。ゴダード、コンドン、それにほかの者もみな、プレゼンテーションで印象づけるための服装で現われることは予想できたが、ピアスは気にしなかった。ラボ外の世界のうわべだけの装飾を避ける科学者の選択だ。

鏡を見て、顔の縫合跡が昨日よりも赤くなり、さらに目立つことに気づいた。傷がほてり、かゆくて、一晩中ピアスは何度も顔をこすっていた。ドクター・ハンセンからそうなるだろうと聞かされていた。皮膚が治癒する過程で傷がむずがゆくなるだろう、と。そしてドクターは炎症を防ぐため、傷口にすりこむ塗り薬を出してくれた。しかし、ピアスは薬をアパートメントに置いてきてしまった。

鏡に顔を近づけ、目を調べた。左目の虹彩の充血はほぼ完璧に消えていた。両目の下の紫がかった出血跡は、黄色に変わっていた。手で髪をうしろになでつけ、ほほえんだ。ファスナーのおかげで、ちょっとやそっとでは忘れられない顔になっている。だがそこで、自分が外見を気にかけていることが恥ずかしくなり、ロッカー・ルームにだれもおらず、鏡にへばりついている場面を見られずにすんでよかったと思った。

朝九時には、ラボへもどっていた。ララビーとグルームズがいて、ほかの技術者たちも集まりつつあった。ラボには期待感が満ちあふれていた。だれもがそのうねりを感じ、プレゼンテーションを待って興奮していた。

ブランドン・ララビーは長身の痩せた研究者で、白衣を着る習慣を好んだ。そんな人間はアメデオでただひとりだ。ピアスは自信の問題だと考えていた。本物の科学者のように見えれば、本物の科学ができるのだ、と。ピアスはララビーやほかの社員らがなにを着ようが構わなかった。仕事さえできればいい。そしてララビーについては、仕事ができる免疫学者であるのは疑いようがなかった。ピアスより数歳年上で、一年半まえに製薬会社から転職してきた。

スターリング・グルームズは正社員のなかで、ピアスや〈アメデオ・テクノロジーズ〉ともっともつきあいが長かった。三度の移転をすべて経験したラボ責任者で、アメデオが誕生し、ピアスが最初のラボをゼロから自分ひとりで立ち上げた空港近くの古い倉庫時代から勤めている。ラボで長時間働いたあと、ふたりの男は過去を慈しんであの〝むかし〟について語り合う夜もあった。〝むかし〟からまだ十年も経っていないことは、どうでもよかった。

グルームズはピアスより数歳若いだけだ。ＵＣＬＡで博士課程を修了してすぐに入社した。ライバル会社から二度声をかけられたが、ピアスは社の株、取締役の椅子、特許の一部を与えてつなぎとめた。

九時二十分に、チャーリー・コンドンのアシスタントから連絡がきた。モーリス・ゴダードが到着した。一世一代のショーがはじまろうとしている。ピアスはラボの電話を切り、グルームズとララビーを見た。

「エルヴィスが到着した」ピアスは言った。「準備はいいか？」

ふたりがうなずき、ピアスもうなずき返した。

「じゃあ、あのでかい蠅を叩きつぶそう」

ピアスがかつて好きだった映画のセリフだった。ピアスはにやりとした。コーディ・ゼラーならばピンときただろうが、グルームズとララビーは、ぽかんとしていた。

「気にしないでくれ。連れてくるよ」

マントラップを抜け、エレベーターで管理オフィスのある階へあがった。一行は会議室にいた。コンドン、ゴダード、ゴダードの右腕のジャスティン・ベッキー。チャーリーが陰で公正な（ジャスト）・ベッキーと呼んでいる女で、ゴダードのために特許の抵触審査をおこない、投資財産の門を守ることにかけては、クォーターバックを守る百五十キロ級のラインマンと大差のない、なりふり構わぬ熱意を見せる。それから特許弁護士のジェイコブ・カズも広く長いテーブルについていた。クライド・ヴァーノンは端のほうに立ち、必要とあらばセキュリティ

・スタッフの準備ができていることを誇示していた。
ゴダードが特許出願についてなにか話している途中で、ピアスは会議室に入り、会話を中断させる大声で挨拶して一同の視線を集め、そして負傷した顔に対する反応を引きだした。

「まあ、なんてこと」ベッキーが叫んだ。「まあ、ヘンリー！」

ゴダードはなにも言わなかった。見つめるばかりで、顔にはかすかにぼんやりとした笑みが浮かんでいるようだった。

「ヘンリー・ピアス」コンドンが言った。「登場の仕方を心得ている男だな」

ピアスはベッキー、ゴダード、カズと握手を交わし、幅の広い磨きあげられたテーブルをはさんで来訪者たちと向かい合う位置の椅子を引いた。チャーリーの高価なスーツに包まれた腕にふれ、ヴァーノンを見やり、うなずいてみせた。ヴァーノンもうなずき返したが、そんな行為ひとつにもどうやら苦労しているようだった。ピアスには、とにかくこの男は理解できなかった。

「本日はわたしたちのために時間を割いてくださり、心からお礼を申しあげます、ヘンリー」ミーティングを予定から動かさなかったのはピアスの側で望んだことだとにおわせる口調でベッキーが言った。「あなたの怪我がそれほどひどいものだとは、夢にも思わなかったので」

「ああ、いいんですよ。実際よりひどく見えるんです。昨日からラボにもどって仕事をしています。もっとも、この顔とうちのラボとは、およそ不釣り合いのようですが」

遠回しにフランケンシュタインのことを言ったのだが、だれも気づかなかったようだ。またもやピアスの空振りだ。

「よかったわ」ベッキーは言った。

「交通事故だと聞いたが」ゴダードが言った。ピアスが到着してから初めての言葉だった。

ゴダードは五十代初めで、豊かな髪と鋭い目つきをしていた。全盛期には二億五千万ドルの餌を集めていた鳥の目だ。クリーム色のスーツ、白いシャツ、黄色のネクタイ、そしてテーブルにスーツと揃いの帽子が置かれていた。アメデオ初訪問のあと、会社ではゴダードは作家のトム・ウルフの外見をまねているのだという話になった。唯一欠けているのは、杖だった。

「ええ」ピアスは答えた。「壁にぶつかりまして」

「事故はいつ起こったんだね？　場所は？」

「日曜日の午後です。ここサンタモニカで」

話題を変える必要があった。真相にふれられはしないかと落ち着かず、ゴダードの質問が何気ないものでも、心配してのことでもないとわかっている。鳥は千八百万ドルの餌を供出することを考えている。質問は必要な注意の一部だ。ピアスはゴダードがなにを探ろうとしているのか、突き止めようとした。

「酔っていたのかね？」ゴダードが遠慮なく訊ねた。

ピアスはほほえみ、首を横に振った。

「いいえ。運転すらしていませんでした。とにかく、酒は飲みませんし、運転もしないんです、モーリス。おっしゃりたいのはそういうことであるなら」

「ふむ、きみが無事でよかったよ。機会があれば、事故報告書のコピーをもらえるかね。ただの記録のためだが」

みじかい沈黙が流れた。

「どうでしょう。アメデオやここで話し合う件とはなんの関係もないことですし」

「それはわかっている。だが、ざっくばらんにいこうじゃないか、ヘンリー。きみという人間は〈アメデオ・テクノロジーズ〉そのものじゃないか。この会社を動かしているのはきみの創造性に富む才能だ。これまでに、多くの創造性にあふれる天才たちに会ってきた。最後の一ドルまで投資したい相手もいれば、たとえ百ドル持っていたとしても一ドルたりとも渡したくない相手もいる」

ゴダードはそこで口を閉じた。ベッキーがその先を引き継いだ。ゴダードより二十歳若く、黒髪をショートにし、肌は白く、自信と強気を発散する態度だった。それでも、ピアスとコンドンは以前に同じ意見をみたことがある。ベッキーがいまの地位を保っているのは、既婚者であるゴダードと仕事以上の関係にあるからだとふたりは信じていた。

「モーリスが言いたいのは、〈アメデオ・テクノロジーズ〉に巨額の投資を考えているということなの」ベッキーは言った。「安心して実行するためには、あなたのことで安心できなければ無理。あなたのことを知る必要があるわ。危険をおかすかもしれない人には投資したくない。投資を無謀に扱うかもしれない人とはね」

「投資は科学に関してだと思っていましたが。プロジェクトに」

「そのとおりよ、ヘンリー」ベッキーは言った。「でも、それは不可分なものでしょう。科学は科学者なしには成り立たない。あなたには、科学とプロジェクトに身を捧げ、没頭してほしいの。ラボの外での生活で無茶をするのは困るわ」

ピアスは長いことベッキーと見つめ合った。ふいに、ベッキーにはなにが起こったのかも、ピアスがリリー・クインランの失踪に関する捜査に没頭している真相も知られているのではないかと疑問が頭に浮かんだ。

コンドンが咳払いをして会話に割りこみ、ミーティングを先に進めようとした。

「ジャスティン、モーリス。あなたがたが望むいかなる個人的な調査にも、ヘンリーは喜んで協力するでしょう。わたしは長いつきあいですし、さらに長い期間、先端技術畑で仕事をしてきました。ヘンリーはこれまで出会ったなかで、もっとも温厚で、研究に集中している研究者のひとりですよ。だからわたしはこの会社にいるのです。わたしは科学が好きですし、このプロジェクトが気に入っていますし、この男といてたいへん安心できるのです」

ベッキーはピアスと見つめ合うのをやめて、コンドンに視線を移し、同意してうなずいた。

「あなたの意見を参考にしましょう」ベッキーはひきつった笑顔でそう言った。

いまのやりとりでは、あっというまに会議室にひろがった緊張を少しもほぐせなかった。

ピアスはだれかがなにか話すのを待ったが、沈黙が流れるばかりだった。

「その、では、話しておかないとだめだろうな」ついにピアスは口をひらいた。「どのみち、わかってしまうことだから」

「では、話してみて」ベッキーは言った。「そうすれば、わたしたちみんなの時間を節約できるわ」

チャーリー・コンドンの筋肉が千ドルのスーツのなかで緊張したことがわかるようだった。なにも知らされていないことが明らかになるときに備えて、覚悟を固めていた。

「では、話というのはですね……むかしぼくはポニーテールにしていたんですよ。なにかまずいでしょうか？」

最初はまたもや沈黙がはびこっていたが、ふいにゴダードの石のような顔が弾けて笑顔になり、つづいて口から笑い声が発せられた。そしてベッキーも笑顔になり、そこで全員が笑いはじめ、ピアスも参加した。もっとも、傷が痛んだが。緊張は消えた。チャーリーは拳を作ってテーブルを叩いていた。場を盛りあげようとしているらしい。その反応は発言のユーモア度には過ぎたものだった。

「さて、それでは」コンドンは言った。「あなたがたは、ショーを見にいらした。ラボにおりて、このコメディアンがノーベル賞を獲るだろうプロジェクトを見に行くとしましょうか」

チャーリーは両手をピアスの首の前後にあて、首を絞めるふりをした。ピアスの顔から笑みが消え、頰が紅潮した。コンドンが首を絞めるふりをしたからではなく、ノーベル賞についての冷やかしが原因だった。あれほど重要な栄誉を卑小化することはクールじゃない。そのうえ、ノーベル賞などあり得ないとわかっていた。個人のラボの経営者に賞が与えられることなど決してないだろう。政治というやつに反することだ。

「下へ向かうまえにひとつ」ピアスは言った。「ジェイコブ、不開示書類はもってきたかい？」

「ああ、そうだ、ここにあるよ」弁護士は答えた。「忘れるところだった」

ジェイコブはブリーフケースを床からもちあげ、テーブルでひらいた。

「本当に必要なのか？」コンドンが訊ねた。

すべて演出の一部だった。ラボに入室してプレゼンテーションを見るまえに、ゴダードとベッキーには不開示書類に署名させるよう、ピアスは主張していた。そしてコンドンはゴダードのような信頼のおける投資家を侮辱することになると心配し、難色を示した。しかし、ピアスは反対をものともせず、引きさがろうとしなかった。ピアスのラボ、ピアスのルールだ。そこでふたりは、煩わしい手順に見えるよう計画を練ることで落ち着いたのだった。

「ラボのポリシーだ」ピアスは言った。「例外を作るべきじゃない。ジャスティンはリスクを避けることがどれだけ重要か話したばかりじゃないか。もしうちが――」

「じつにいい考えだな」ゴダードが口をはさんだ。「それどころか、きみたちがそうした段階を踏まなかったら、心配になったところだ」

カズが二ページからなる書類を二部、ゴダードとベッキーに向けてテーブルを滑らせた。

スーツの内ポケットからペンを取りだし、ねじってから、ふたりのまえのテーブルに置いた。

「ごく標準的な書類です」カズは言った。「要するに、ラボ内の所有権のあるプロセス、処置、実験もすべて守られているという書類です。訪問中に見聞きしたいかなることも、守秘されなければなりません」

ゴダードは書類を読む手間をかけなかった。それはベッキーに任せた。ベッキーはたっぷり五分をかけて書類に二度目を通した。ピアスたちは黙って見つめていたが、ベッキーは熟読し終わると無言でペンを取り、署名した。つぎにペンをゴダードに渡し、ゴダードは目のまえの書類に署名した。

カズは書類を集め、ブリーフケースにしまった。一同は席を立ち、ドアのほうへ向かった。ピアスはほかの者を先にやった。廊下に出てエレベーターへ歩いていると、ジェイコブ・カズに腕をポンと叩かれ、ふたりは一瞬、ほかの連中から遅れた。

「ジャニスとは、万事うまくいってるかい？」カズはささやいた。

「だれだって？」

「ジャニス・ラングワイザーだよ。電話はあったか？」

「ああ、そのことか。電話があった。万事良好だ。ありがとう、ジェイコブ、紹介してくれて。ジャニスはとても有能なようだ」

「なにかほかにわたしにできることはないか？」

「いや、万事良好だ。ありがとう」

ラボのエレベーターの扉がひらき、一同は乗りこんだ。

「ウサギの穴を落ちていくアリスの心境だよ、ヘンリー」ゴダードが言った。

「わかります」ピアスは答えた。

振り返るとヴァーノンも廊下に留まっていた。どうやらピアスとカズがふたりだけでしゃべっていたあいだ、まうしろに立っていたようだ。ピアスは腹立たしく思ったが、なにも言わなかった。ヴァーノンが最後にエレベーターに乗った。スクランブル・カードをコントロール・パネルのスロットに差しこみ、Bのボタンを押した。

「Bは地下のBです」扉が閉まると、コンドンが訪問者たちに話した。「ラボの階にLとつけると、ロビーのことだと思われるでしょうから」

コンドンは笑ったが、だれもつきあわなかった。コンドンが漏らしたのは、意味のない情報だった。だが、それで、コンドンがどれほどプレゼンテーションのことで神経質になっているかピアスにわかった。どうしてだか、それでピアスはわずかに笑顔になった。顔が痛まない程度の笑顔だ。コンドンはプレゼンテーションに対する自信が欠けているのだろうが、ピアスはまったくそんなことはなかった。エレベーターが下降するにつれ、反対にやる気がどんどん増していった。背筋が伸び、視野さえ広くなった。ラボはピアスの領域だ。舞台だ。外の世界は暗く、修羅場かもしれない。戦争と荒廃。カオスを描いたヒエロニムス・ボッシュの絵。捕まえられ、閉じこめられ、傷つけられ、殺される可能性さえある見知らぬ男に身体を売る女たち。しかし、ラボはちがう。ラボには平和があった。秩序があった。そしてピアスがその秩序を作った。そこはピアスの世界だった。

科学やラボでの自分自身には、まったく迷いがなかった。これからの一時間で、モーリス・ゴダードの世界を見る目が変わるはずだ。そして、ゴダードを信じる人に変えさせる。ゴダードは投資される金が世界を変えるために使用されると信じて疑わないだろう。そして嬉々として金を出すだろう。そしてゴダードは自分のペンを差しだしてこう言う。どこに署名したらいいんだ、どこに署名するか早く教えてくれ、と。

28

一同はラボのなかで小さな半円をこしらえ、ピアスとララビーのまえに立った。五人の訪問者と、仕事をしようとしているいつものラボの職員で部屋は混み合っていた。紹介も、個々のラボへの手短な案内も済んでいた。いまこそショーの時で、ピアスは用意が整っていた。くつろいだ気分だった。自分はそんなに口が達者だと思ったことなどないが、先端技術シンポジウムや大学のキャンパスの講堂でしゃべるより、プロジェクトが生まれた心地よいラボでそのプロジェクトについて話すほうが、はるかに容易だった。

「この数年間、当社のラボにおける研究でいちばん力を入れてきた対象については、ご存じのことと思います」ピアスは言った。「最初にいらした際にお話ししました。本日は、そこから分岐したあるプロジェクトについてお話ししたいと考えています。すなわち、プロテウス・プロジェクトです。去年、新たに誕生したものですが、ほかの作業から生まれたことは確かです。この業界では、すべての研究は相互に関連しています。ひとつのアイデアが、べつのアイデアにつながる。ドミノが次々に倒れていくようなものです。連鎖反応なんです。プロテウスはその連鎖の一部です」

ピアスは自分が追いつづけている魅惑を、ナノテクノロジーの医学／生物学への応用の可能性と、二年ほどまえに、この追求の生物学的問題のためにブランドン・ララビーをアメデオの重要人物となるべく迎えたことを交えて語った。

「雑誌や学術誌で、どの記事を読んでも、ナノテクの生物学的な側面について書かれています。つねに注目を浴びる話題ですから。電解質のバランス異常の排除から、血液に存在する疾病治療の可能性まで幅広く。はっきり申しあげて、プロテウスはこうしたことを一切やりません。こうした治療が現実となる日は、まだまだ遠い先の話です。もはやSFではありませんが、それでも遠い未来のことなんです。では、プロテウスはなにかといえば、デリバリー・システムなのです。いま話題にした未来の意匠や装置が、体内で働けるようにするバッテリー・パックです。当社で成し遂げたのは、血流中の細胞に、こうした将来の発明物を動かす電気量を生じさせる製法の創造です」

「まさしく、鶏と卵の議論です」ララビーがつけ足した。「どちらが先か？　われわれは、エネルギー源が先でなければと結論づけました。ボトムアップ――物は基礎から作るものです。エンジンからはじめ、それにデバイスを足していくものです。対象がなんであれ同じです」

ララビーが口を閉じると、沈黙が流れた。科学者が非科学者に言葉のかけ橋をつなごうとすれば、いつも予期される状態だ。コンドンがここで、振り付けでも担当していたように勢いよく立ちあがった。コンドンがかけ橋に、つまり通訳になるつもりだ。

「きみが言おうとしているのは、この製法、このエネルギー源が、同分野のほかの研究や発明のすべてが依存するであろう基盤になるということだ。そうだね？」

「そのとおり」ピアスが言った。「この件が学術誌やシンポジウムなどでいったん確認されたら、今後の研究と発明の里親となる役割を果たすだろう。研究分野を活性化させることになる。科学者たちはこの分野へ、いま以上に惹かれる。なぜなら、これで入り口の問題は解決されたのだから。いまから、その方法をお見せします。月曜日の朝に、この製法への特許保護を申請します。つづいてわれわれの発見を公表します。そして、当社はこの分野の研究を追求している人たちと、ライセンス契約を交わすことになるでしょう」

「血中で働く装置を考案し、製造する会社と」

それはゴダードの言葉で、疑問ではなく、当然のこととして口にされた。いい兆候だ。ゴダードはのってきた。しだいに興奮してきているのだ。

「まさしく」ピアスは言った。「動力を供給できれば、さまざまなことが可能になります。エンジンのない車はどこにも行けません。そう、プロテウスはエンジンなんです。そしてこの分野の研究者を、どこへでも望みの場所へ運んでいくのです」

「たとえば」ラランビーが言った。「アメリカ国内だけでも、百万人以上が糖尿病を抑制するためにインシュリン注射の自己投与に頼っています。じつは、わたしもそのひとりです。ですが、細胞デバイスが作られ、プログラムされ、血中に入れられ、そのデバイスがインシュリン濃度を測り、必要量を製造して放出する——そう遠くない未来に、こうしたことが可能になるのも夢ではありません」

「炭疽菌のことを話してくれ」コンドンが言った。

「炭疽菌は」ピアスは言った。「昨年の事件で、これがどれほど致命的な種類の細菌か、そして、空気中にあると、どれほど感知することがむずかしいか、みないやというほど知ることになりました。この分野の研究が目指しているのは、そうですね、すべての郵便関係職員や、ひょっとしてわが国の兵士、あるいはもしかして国民全員が、炭疽菌のような物質が体内で培養され、広がるまえに、そうした物質を感知し、攻撃できるバイオチップを身体に埋めこむことのできる日なんです」

「つまり」ララビーが言った。「可能性は無限なのです。重ねて申しあげますが、科学はすぐにその日を迎えます。けれども、体内でそうしたデバイスをどうやって動かすのでしょう？　そこがこの研究の障害でした。長いあいだ、取り除けなかった問題だったんです」

「そして、当社では、その解決法はわれわれのレシピだと考えています」ピアスは言った。「うちの製法であると」

またもや沈黙。ピアスはゴダードを見て、捕まえたと思った。相手の白目が見える距離に近づくまでは撃つな、さもなければ撃ち損じる、ということわざがある。いま、その白目が見えた。これまでゴダードはおそらく、正しい時に正しい場所に居合わせ、永年にわたってうまみのある投資の種を目にしてきただろう。けれども、これだけのものはなかったはずだ。いつでも金を――それも大金を――生みだし、同時にゴダードを英雄にするようなものはなかっただろう。利益を受け取って気分がよくなるようなものは。

「では、デモンストレーションを見せてもらえるかしら」ベッキーが訊ねた。

「もちろん」ピアスは言った。「SEMにセットしています」

ピアスは一同をイメージング・ラボへ案内した。寝室ほどの大きさの部屋で、事務机に二十インチのモニターとともに、コンピュータ制御の顕微鏡がのせてある。

「走査電子顕微鏡(SEM)です」ピアスは言った。「うちで扱っている実験は小さすぎて、普通の顕微鏡では見ることができないんです。それで、プロジェクトを検証できるよう、あらかじめ定められた反応を設定しておきました。SEMの試料室に実験試料を入れ、結果を拡大してモニターに映しだします」

ピアスはモニター横の台座に置かれた箱のような構造物を指さした。箱の扉を開け、シリコン基板が置かれたトレイを取りだした。

「製法に使用しているタンパク質の名を詳しく説明することはやめておきますが、一般的な用語でいえば、基板にのっているのは人間の細胞です。その細胞と結びつく、あるタンパク質の化合物を次に加えます。この結びつく過程で、お話ししているエネルギー変換が生じます。放出されたエネルギーを、先ほど話に出た分子デバイスが利用できるんです。この変換を検証するため、すべての試料を化学溶液に入れました。溶液はこうした電気的刺激に敏感で、反応して光を発します。合図を送る明かりです」

ピアスがトレイを試料室へもどして扉を閉めるあいだ、ララビーが実験手順の説明をつづけた。

「電気エネルギーはアデノシン三リン酸（ATP）と呼ばれる生体分子へ変換されます。ＡＴＰは身体のエネルギー源。いったん生成されると、ＡＴＰはロイシン――ホタルを光らせる分子と同じもの――に反応するのです。化学ルミネセンスと呼ばれる現象です」

　ピアスはララビーが専門的になりすぎていると思った。聞き手の興味を失いたくない。ララビーにモニターのまえにある椅子を身振りで示した。ララビーは腰をおろし、キーパッドを叩きはじめた。モニターの画面はまっ暗だった。

「ブランドンが試料を合わせています」ピアスは言った。「モニターをご覧になれば、結果がたちまちはっきりと現われてきます」

　ピアスはあとずさり、ララビーの肩ごしに見るようゴダードとベッキーにまえへ行くように勧めた。ピアスは部屋の奥へと移動した。

「ライト」

　天井灯が消え、ピアスは自分の声が音声認識装置のパラメーター内に収まるだけ通常にもどっていることに安堵した。窓のないラボでは暗闇は真の暗闇で、モニターの灰色がかった暗い画面のくすんだ光が残るのみだった。部屋にいるほかの者たちの顔を観察できるほどの明かりではない。ピアスは壁に手をあて、熱感知ゴーグルをぶらさげているフックを探り当てた。フックからはずし、顔にかけた。左側のバッテリー・パックに手をやり、スイッチをいれた。しかし、すぐにゴーグルを頭のうえにやった。まだ使用する場面ではない。ゴーグルをフックにかけておいたのは今朝だった。レーザー・ラボで使用しているものだが、このイメージング・ラボに置きたかったのは、こっそりゴダードとベッキーを観察して反応を評価したかったからだ。

「では、はじめましょう」ラビーが言った。「モニターを見てください」

画面は三十秒近く灰色がかった黒のままだったが、おもむろに、曇った夜空の切れ目から見える星々のように、ごく小さな明かりの点が数個見えた。そしてまた、つづいてもう一度。最後に画面は天の川のように見えた。

全員が無言だった。ただ見つめるばかりだった。

「サーマルに行ってくれ、ブランドン」ついにピアスは言った。

演出の一部。盛りあげて終えろ。ラビーはキーパッドを叩いた。打っているコマンドが見える明かりなど必要ないほどに熟練しているのだ。

「サーマルに行くとは、色を見るという意味です」ラビーが言った。「刺激の強さに応じたグラデーションで、もっとも低い温度では青、そして緑、黄色、赤、最後に高い温度では紫になります」

モニター画面に色の波が映しだされた。ほとんどは黄色と赤だが、紫も印象に残るだけは映った。色が画面を横切る連鎖反応となってさざ波を起こしている。夜の海面のように波立っていた。九千メートルの高さから見たラスヴェガス・ストリップ（大通り）。

「北極光（オーロラ）だ」だれかがつぶやいた。

ピアスはおそらくゴダードの声だと思った。ゴーグルを下げると、色も見えるようになった。室内のだれもがゴーグルの視野のなかで赤と黄色に輝いていた。ピアスはゴダードの顔に集中した。色のグラデーションのおかげで、暗闇でも見ることができた。ゴダードはコンピュータ画面に熱心に見入っていた。口は開いていた。額と頬は濃い赤えび茶色から紫に見える——で、興奮で顔が熱くなっているようだった。

このゴーグルは科学の力でのぞき見をする道具だ。人が隠している考えを読みとることができる。ゴダードはモニターを見つめながら、大きく、赤く、顔をほころばせていた。その瞬間、契約はいただきだとピアスは思った。金を手にいれ、未来を確保した。暗くなった部屋を見まわすと、チャーリー・コンドンが反対側の壁にもたれていた。チャーリーはゴーグルをしていなかったが、やはりピアスを見ていた。暗闇のなかで、ピアスが立っているはずの場所を見ている。そして一度うなずいた。ゴーグルなしでも、ピアスと同じ結論に達したのだ。

えもいわれぬ瞬間だった。ふたりは裕福に、そしておそらくは有名人になる途上にいる。だが、ピアスにとってそれは二の次だった。まだほかに、金よりいいものがある。ポケットにしまうことはできないが、頭と心にしまうことはでき、誇りに相場があるならば、驚くべき利率で金利を稼ぐものだった。

それこそ、科学がピアスに与えてくれるものだった。何物にも揺るがぬ誇り。これまでに悪い結果となったすべてのもの、自分が選択してきた誤った道すべての、贖いとなってくれるもの。

とりわけ、イザベルへの贖いに。

ゴーグルをそっとはずし、フックへもどした。

「北極光か」ピアスは低い声でひとりごちた。

29

新しい基板を使用し、SEMでさらに実験を二度おこなった。どちらも画面はクリスマスのように輝き、ゴダードも満足した。そこでピアスは最後を締めくくるためだけに、グルームズがおこなっているラボの別プロジェクトの説明をさせた。なんと言っても、ゴダードはプロテウスだけではなく、すべてのプロジェクトに投資することになる。十二時三十分にプレゼンテーションを終え、会議室でランチ休憩にした。コンドンはアボット・キニー大通りにあるレストラン〈ジョーの店〉のケータリングを手配していた。人気があり、なおかつ味もよいという、珍しい特徴を合わせもつ店だ。

昼食会は盛況だった――ベッキーでさえ楽しんでいるようだった。科学の可能性について多くの会話が交わされた。可能性から生みだされるはずの金についての会話はなし。途中、ゴダードが隣に座っていたピアスに顔を向け、しずかに打ち明けた。「わたしにはダウン症の娘がいてね」

ゴダードはほかになにも言わず、そうする必要もなかった。ゴダードはタイミングについて考えつづけていたのだ。バッド・タイミングだった。そうした疾患も発症するまえに除去できる未来が、もうすぐ訪れるはずなのに。

「でも、あなたはお嬢さんを心から愛されているのでしょう」ピアスは言った。「それに、お嬢さんのほうも、それをきっとわかってますよ」

ゴダードは一瞬、目を閉じてから答えた。

「ああ。わたしは愛しているし、娘もそれをわかっている。わたしは投資をする際に、よく娘のことを考える」

ピアスはうなずいた。

「お嬢さんに先々の不安がないよう、投資で失敗するわけにはいきませんからね」

「いや、そうじゃない。あれは財産面ではなんの不安もない。考えるのは、わたしがどれだけこの世界に貢献しても、娘を変えることはできないということだ。逆立ちしても、あれを治してやることはできん……たぶんわたしが言いたいのは……未来はそこにあるということだ。この……きみがやっていることに」

ゴダードは考えを言葉にできずに、目をそらした。

「おっしゃりたいことはわかると思います」ピアスは言った。

静寂の時はふいに、ベッキーの派手な笑い声で終わった。ベッキーはテーブルの向かいのコンドンの隣に座っている。ゴダードはほほえみ、なにかとてつもなく笑える話を聞いたようにうなずいた。

その後、キーライム・パイのデザートのあいだに、ゴダードがニコールの話題をもちだした。

「会いたい顔がいないようだな」ゴダードは言った。「ニコール・ジェイムズだ。きょうはどこにいるのかね？　せめて、挨拶ぐらいしたいものだが」

ピアスとコンドンは見つめ合った。ニコールについての説明はすべてチャーリーが扱うと、すでに同意済みだった。

「残念なことに、もうここに勤めていないのですよ」コンドンは言った。「じつは、先週の金曜日を最後にアメデオを退職したのです」

「本当かね？　どこへ移ったんだ？」

「目下のところは、どこへも。次の仕事について、時間をかけて考えているんじゃないでしょうかね。ですが、競合はしない契約にサインしていますから、ライバル会社に移る心配はしなくてよいでしょう」

ゴダードは顔を曇らせてから、うなずいた。

「たいへん微妙な立場か」ゴダードは言った。

「返事はそうであり、そうでないとも」コンドンは答えた。「ニコールは社内ではなく、社外に集中していましたので。当社のプロジェクトに関しては、ライバル社の情報を探すなかで知る程度しか、知識がないのです。たとえば、ニコールは、ラボへのアクセス権を持っていませんでしたし、先ほどご覧になったデモンストレーションも見たことがないんですよ」

それは嘘だった。ただ、チャーリー・コンドンが知らないだけで。ニコールがプロジェクトについてどの程度見聞きしているか、ピアスがクライド・ヴァーノンに吹きこんだ嘘と同じだった。本当は、ニコールはすべて見たことがある。ピアスは日曜日の夜にニコールをラボへ入れたことがある。北極光のようにSEMの画面をライトアップし、実験を見せるためだ。ふたりの関係が悪くなりだしたころで、うまくやっていく方法をなんとか見つけだし、ニコールをつなぎとめたくて必死だった。自分自身のルールを破ってニコールをラボへいれ、あれだけ何度もニコールを家でひとりきりにしてピアスを惹きつけるものを見せた。しかし、成果を見せても、ふたりを運んでいる破滅の勢いを止めることはかなわなかった。一ヵ月も経たぬうちに、ニコールは関係を終わらせた。

ゴダード同様、ピアスはいまこの瞬間もニコールに会いたかったが、理由はちがっていた。それからの食事時間、ピアスは言葉少なになった。コーヒーが出され、そして下げられた。食器類が片づけられ、あとに残ったのは磨きあげられたテーブルの表面とぼやけて映る参加者の顔だけとなった。

ケータリング業者が会議室から引きあげると、ふたたびビジネスの時間となった。

「特許の件を聞かせて」ベッキーが腕組みをしてテーブルに寄りかかりながら言った。

ピアスはカズにうなずいてみせ、カズが質問に答えた。

「実質的には、段階的な特許になっています。九つの部分に分かれ、きょうご覧になったものに関係するすべての手順を網羅しています。徹底的にあらゆるものをカバーしたと思っています。現段階でも、また、将来的にも、どのような挑戦にも勝てる特許出願でしょう」

「それでいつ出願するのかね？」

「月曜日の朝です。わたしが明日か土曜日にワシントンへ飛びます。月曜日の朝九時に、特許商標庁へ自分の手で申請に行く予定です」

ゴダードは隣に座っているので、ピアスからはベッキーのほうを容易に、そしてよりさりげなく観察することができた。手配の速さに驚いているようだった。願ってもない。ピアスとコンドンは契約の件を強気に押し進めたかった。いま決断しないと、考えているあいだに契約を失ってしまう危険があるとゴダードに焦らせたかった。

「ご存じのように、これはたいへん競争の激しい科学分野です」ピアスは言った。「うちの製法がまちがいなく最初に記録されるよう、確実を期さねばなりません。ブランドンとぼくは論文も完成させており、あとは発表するだけになっています。こちらは明日送る予定です」

ピアスは手首をあげ、腕時計を確かめた。二時になろうとしていた。

「では」ピアスは言った。「お先に失礼して、仕事にもどらないと。チャーリーに答えられない件がありましたら、ぼくのオフィスかラボに連絡してください。もし電話が通じなければ、それは顕微鏡のひとつを使用中で電話線をはずしているという意味ですから」

椅子をうしろへ引いて立ちあがろうとすると、ゴダードが片手をあげてピアスの二の腕をつかみ、引き留めた。

「少しいいかね、ヘンリー？　頼む」

ピアスはふたたび腰をおろした。ゴダードはピアスを見て、それからゆっくりとテーブルについたすべての顔をながめていった。ピアスにはなにが起ころうとしているのかわかった。胸が締めつけられる思いがしていた。

「全員が揃っているあいだに、きみらの会社に投資するつもりであることを話しておきたくてね。きみがおこなっているすばらしい研究の一部になりたい」

やんやの喝采が巻き起こり、大きな拍手がつづいた。ピアスが手を差しだし、ゴダードは派手な握手をした。そして、テーブルの向こうから手を伸ばしてきたコンドンと握手をした。

「みなさん、そのままで」コンドンが言った。

コンドンは立ちあがり、会議室の隅へ向かった。そこには小ぶりのテーブルに電話がのっている。コンドンは内線を示す三つの番号を押し、電話の相手になにかをささやき、席へもどった。すると数分後に、モニカ・パールとコンドンの個人アシスタントのホリー・カンハイザーが会議室へやってきた。ドン・ペリニョン二本とシャンパン・グラスののったトレイを手にしていた。

コンドンがシャンパンを抜栓し、グラスに注いだ。ふたりのアシスタントたちも、この場にとどまりグラスを手にするよう勧められた。だが、ふたりとも使い捨てカメラを手にしており、シャンパンに口をつける合間合間に写真を撮らなければならなかった。

コンドンが最初に乾杯の音頭を取った。

「モーリス・ゴダードに。喜んでうちの魔法のアトラクションにお迎えします」

つぎはゴダードの番だった。グラスをかかげ、シンプルにこう言った。「未来に」

ゴダードはそう言いながらピアスを見た。ピアスはうなずき、ほぼからになったグラスをあげた。会議室にいる全員の顔を――モニカも含め――見てから、口をひらいた。そしてこう言った。「わたしたちの家は、きみにはひどく小さく見えることだろう。でも、ちっぽけなわたしたちにとっては、すばらしく大きな家なんだよ」

ピアスはシャンパンを飲み干し、周囲を見た。だれも意味がわからなかったようだ。

「子どもの絵本からの引用です」ピアスは説明した。「ドクター＝スースですよ。ほかの世界の可能性を信じることについて書かれています。埃の大きさの世界を」

「いいぞ！」コンドンがそう言って、ふたたびグラスをかかげた。

ピアスは会議室のなかをまわりはじめ、握手をし、礼と激励の言葉を交わした。モニカのところにくると、モニカの顔から笑みは消え、ピアスを冷淡に扱っているように見えた。

「最後まで我慢してくれてどうも、モニカ。チャーリーに異動の件を相談したかい？」

「まだです。でも相談します」

「わかったよ。ミスター・レンナーは電話してきたかい？」

ピアスは意図して〝刑事〟という言葉を使わなかった。だれかに会話を聞かれていたら困る。

「まだです」

ピアスはうなずいた。ほかに話すことは思いつかなかった。

「デスクに何件か伝言があります」モニカがピアスに言った。「ひとつは弁護士からです。重要と言われましたけど、プレゼンテーションのじゃまはできないと伝えておきましたので」

「わかった、ありがとう」

できるだけしずかにゴダードのところへもどり、投資の契約についてはコンドンの手に任せると伝えた。ふたたび握手を交わすと、会議室をあとにして廊下を自分のオフィスへ向かった。走りたかった。だが、しっかりした足取りを保った。

30

「ライト」

ピアスはするりとデスクに腰を滑りこませ、モニカが残していた伝言メモを三枚取りあげた。二件はジャニス・ラングワイザーからで、至急の印がついていた。メモの内容は、両方とも、〝大至急連絡されたし〟だった。残りの一件はコーディ・ゼラーからだった。

ピアスはメモをデスクに置き、メッセージを検討した。どう考えても、ラングワイザーからの電話は悪い知らせ以外にあり得ない。会議室での祭り気分から一転してこれでは、いまにも倒れてしまいそうだ。高熱があるような、閉所恐怖症のような感覚。窓へ近づき、ハンドルを動かして窓を開けた。

まず、ゼラーに電話しよう。きっと友人は新しい情報を手に入れたのだろう。ゼラーのポケベルを鳴らすと、一分足らずで電話があった。

「すまん、相棒」ゼラーが挨拶がわりに言った。「なにもできない」

「どういう意味だ」

「ルーシー・ラポルの件だ。見つけられない。なんの形跡も見つけられないんだぜ。この女、携帯じゃない電話すらもってないぞ」

「そんな」

「本名にまちがいないか？」

「本人にそう言われたんだ」

「例のウェブサイトの女たちのひとりか？」

「ああ」

「ちっ、どうしてそう言わなかった。あいつら、本名は使わないぜ」

「リリー・クインランは使っていた」

「まあな、だが、ルーシー・ラポルはどうだ？　どうも《欲望という名の電車》を見たあとに思いつきそうな名前じゃないか（主人公がブランチ・デュボワでフランス系の名）。この女の話すことが真実である可能性は、たとえ自分の名前でもだぞ、たぶん百にひとつ――」

「あれは真実だったよ。心がかよった瞬間で、真実を話したんだよ。自信がある」

「心がかよった瞬間。確か、おまえはこの女とは寝て――」

「ないさ。その瞬間ってのは、電話していたときだ。本名を聞いたとき」

「はあ、なるほど。テレフォン・セックスはまったく別の話だしな」

「よせよ、コーディ。もう切らないと」

「おい、ちょっと待て。きょうの大富豪との一件はどうだったんだ？」

「うまくいった。チャーリーが契約をつめているところだ」

「すげえな」

「もう切るぞ、コーディ。面倒をかけたな」

「気にするな。請求書は送る」

ピアスは通話を切り、ラングワイザーのメモを一枚取りあげた。そこにある番号に電話した。秘書が電話に出て、すぐさま取り次がれた。

「どこにいたの？」ラングワイザーがこう切りだした。「アシスタントに、メッセージをすぐさま伝えるよう言ったのに」

「アシスタントはやるべきことをやったまでだ。ぼくはラボにいるあいだは、じゃまされるのを好まないので。なにか起こっているんだろうか？」

「そうね、あなたが雇った弁護士はかなりの情報通だと言えば充分かしら。わたしは警察に情報源がいるの」

「それで？」

「これから話すことは、極秘を厳守して。わたしが知っているはずのない情報だから。もし漏れたら、この件だけでも捜査の対象になる」

「わかった。どんな話だい？」

「情報源の話では、レンナーは今朝デスクでかなりの時間を費やして、捜索令状を作成していたそうよ。それから判事の元へもちこんだ」

ラングワイザーの伝言の逼迫（ひっぱく）した様子と、いまの警告のギャップに、ピアスは気が抜けてしまった。

「なるほど。で、それにどんな意味が？」

「あなたの所有物を捜索したがっているという意味。あなたのアパートメント、車、おそらくは引っ越しのまえに住んでいた家も。犯罪が発生した際のあなたの居住地だった可能性があるから」

「犯罪とは、リリー・クインランの失踪とおそらくは殺害？」

「そのとおり。でも――そしてこれは強調すべき〝でも〟なのだけど――捜索令状の発行は拒否された。判事は令状を発行するには弱いと話したそうよ。レンナーは令状を正当化するだけの充分な証拠を提示できなかった」

「じゃあ、よかったんじゃないか。終わったということだろう？」

「いいえ、レンナーはいつでもやりたいときに、再チャレンジできる。さらなる証拠をつかんだときね。今回レンナーは録音テープに頼っていたのだと思うわ――あなたの告白とやらに。だから、判事がテープの件を吟味して不充分だと言ったことは、わかってよかった」

ピアスはこうした情報をすべて熟考してみた。自分の持ち場からはずれており、法的な戦略が意味するところをどう考えたらいいのか確信をもてなかった。

「おそらく、向こうは判事あさりをやる道を選ぶでしょうね」

「つまり、別の判事に令状をもちこむと？」

「ええ。もっと融通の利く判事に。注目すべきは、おそらく、もっともやりやすいと考えた判事に最初にもちこんだであろうこと。ほかをあたれば、問題が生じるでしょうね。もし、すでに同僚が一度拒否した令状だとわかれば、ぷんぷん臭う令状となるでしょう」

法律の微妙なかけひきについていこうとしても、時間のむだに思えた。今度の件に対しては、ピアスよりもラングワイザーのほうがずっと狼狽しているようだ。ラングワイザーはピアスが無実だと完全に確信がもてないからだ。疑いの余地があるぶん、警察に所有物を捜索されたら発見されるかもしれない物への不安が高まるのだ。

「令状なしで捜索させたらどうだろう？」ピアスは訊ねた。

「だめよ」

「なにも見つけられるはずがないんだ。ぼくはやってない、ジャニス。リリー・クインランには会ったこともない」

「それは問題じゃないの。わたしたちは協力しないの。協力したら、罠に向かって歩きだすようなものなの」

「わからないな。ぼくは無実なのに、どんな罠が仕掛けられるというんだ？」

「ヘンリー、あなたはわたしのアドバイスが必要なのでしょう」

「そうだ」

「では、耳を澄まして、わたしのアドバイスを受けいれなさい。こちらからは、敵側になんの申し出もしません。わたしたちはレンナーに警告した。こちらがやるのはそこまでよ」

「仰せのとおりに」

「ありがとう」

「あいつが判事あさりをするか、もとの判事にもう一度申請したら、きみにわかるのかな？」

「耳を澄ませているわ。たぶん警告がくると思う。どちらにしても、彼が令状を手に現われることがあれば、驚いたふりをしなくてはだめよ。わたしは情報源を守らないと」

「わかった」

ピアスの頭に突然ある考えが浮かび、恐怖が短剣のように胸を突き刺した。

「ぼくのオフィスも対象か？　ラボは？　会社の令状も取る気だろうか」

そうなれば、情報を封じこめるのは無理だろう。話は外部に漏れ、先端技術が語られる場へと流れる。確実にゴダードとベッキーにも知られるだろう。

「はっきりとは言えないけれど、それはありそうにない。向こうは、犯罪がおこなわれたと思われる場所を探すでしょう。ビジネスの場は殺人がおこなわれたとは、まず考えられない。捜索できるよう判事を納得させようとしたら、かなりの困難を伴うでしょうね」

ピアスはコピー室のキャビネットに隠したアドレス帳のことを考えた。ピアスがもっていることを知られていない、リリー・クインランに直結する物証。なんとかして、排除しなければならない。

そこでべつの考えも浮かんできた。

「そう言えば」ピアスは言った。「やつらはすでにぼくの車を捜索してるよ。あの夜、リリーのアパートメントの外で車に乗ってそれがわかったんだ」

一瞬の間があってから、ラングワイザーが返事をした。

「もしそうならば、それは法律に反しているわ。もっとも、証人がいなければ、警察の違法行為を証明することはできないでしょうけどね」

「あそこには警察以外の人間はいなかったな」

「まちがいなく、警察は懐中電灯で調べただけね。手早い不法な調べよ。向こうが令状を承認させたら、法律にのっとって、じっくりと調べるでしょう。毛髪や繊維、そういった証拠を探すはず。懐中電灯では小さすぎて見えなかったものを」

ピアスは三十分足らずまえにあげたばかりの祝杯を思いだしていた。埃のサイズに、自分のどちらの未来もかかっているわけだ。

「そうか、先ほども言ったが、やらせればいい」ピアスは挑むような調子で言った。「ぼくが無実だとわかれば、真犯人を捜しはじめるかもしれない」

「心当たりはあるの？」

「まるでない」

「そう、では、いまのところは、自分の心配をしたほうがいい。現状の深刻さがわかっていないようだから。家宅捜索令状の件ね。警察はなにも見つけられないから、あなたは無罪放免になると思っているようだけど」

「いいかい、ジャニス。ぼくは弁護士じゃなくて、化学者だ。そしてわかっていることは、今度の件に巻きこまれているが、自分はやってないってことだけなんだよ。現状の深刻さがわかっていないとしたら、ぼくになにを理解させたいのか、はっきり言ってくれないかな」

　不満をラングワイザーにぶちまけたのは初めてのことで、ピアスはすぐさま後悔した。

「はっきり言いましょう。刑事があなたにぴったりついていて、一度令状を拒否されたぐらいではあとに引きそうにない。レンナーにしてみたら、拒否は一時的なもの。我慢強い男だから、令状に署名をもらうために必要なことを見つけるか、手に入れるまで、この件を追いつづける。わかるかしら？」

「ああ」

「そしてこれははじまりにすぎない。レンナーは仕事ができる。できる警官のほとんどは、執念深いから仕事ができるのよ」

　ピアスはまた熱があがってきたように感じた。言うべきことが見つからなかったので、なにも言わずにいた。長い沈黙が流れ、ラングワイザーが沈黙を破った。

「まだあるわ。土曜日の夜にあなた、警察にリリー・クインランの家のことを話して、住所を教えたわね。そして警察はリリーの家を調べたけれど、レンナーが捜索令状を手に入れた日曜日の午後まで、正式な捜索はおこなわれなかった。リリーの生死がわからず、おまけに、売春行為とその他の不法行為を含む職業に携わっている、あるいは携わっていたことが明らかだった」

　ピアスはうなずいた。レンナーがどう考えたのか理解しだしていた。

「だから自分自身を守るために、レンナーは令状を取った」ピアスは言った。「ほかの不法行為に関するなにかを発見したときに備えて。あるいは、リリーが生きて姿を現わし、こう言ったときのために。うちでいったいなにをしてるのかと」

「そのとおり。でも、ほかにも別の理由がある」

「ぼくに不利になる証拠を集めるため」

「また正解」

「だけど、どうやったら証拠がぼくに不利になることがあるんだ？　言ったように、ぼくはあの家に入った。指紋があらゆるものについているのは、ぼくがリリーを捜していたからで、なにが起こったか見つけだそうとしていたからだ」

「それはあなたがしゃべった話で、わたしはあなたを信じているけれど、レンナーはそうではない。あなたがリリーの家にいた事実に正当性をもたせるためにでっちあげた話だと信じている」

「まったく、信じられないな」

「信じたほうがいいわよ。そして法律では、レンナーは捜索令状報告と呼ばれるものを四十八時間以内に提出しなければならなかった。それは、基本的には警察による捜索で押収したすべてのものに対する受け取りなの」

「あいつは提出したのか？」

「ええ。提出して、わたしはコピーを手に入れたわ。封をされていなかったのよ。その点は、レンナーの失敗ね。とにかく、そこには押収された個人の所有物がリストにされているわ。DNA鑑定のためのヘアブラシであるとか、そうしたもの。多くの品物は指紋分析のために押収された。郵便物、デスクのひきだし、アクセサリー類、香水瓶、ひきだしで発見された性行為用の器具類までも」

ピアスは黙りこくった。あの家にいるあいだに香水瓶を手にしたことを覚えていた。そんな何気ないことが、有罪にする材料に使われるのだろうか。激しく心が乱れ、顔が上気した。

「黙ってしまったようだけど、ヘンリー」

「わかってる。ちょっと考え事を」

「まさか、この性行為用の器具類にさわったなんて言わないで」

ピアスは首を横に振った。

「さわってないよ。あったことに気づきもしなかった。でも、ぼくは香水瓶を手にしたんだ」

ラングワイザーが息を呑んだ音がした。

「どうした？」

「なぜ香水瓶を手にしたの？」

「わからない。なんとなく。香水でなにかを思いだしたんだろう。だれかを。それが重要なことなのかい？　香水の瓶を手にしても、殺人と同じことにはならないだろう」

「状況証拠の一部よ。警察にはこう話したでしょう。リリーを調べるため、リリーが無事かどうか確かめるために、家に入ったと」

「そう話したよ、それがぼくのやったことだからね」

「では、あなたは香水瓶を手にしてにおいをかいだことも話したの？　下着をしまったひきだしも調べなかった？」

ピアスは返事をしなかった。吐いてしまいそうだ。かがんでデスクの下からごみ箱を引っぱりだし、椅子の隣の床に置いた。

「ヘンリー、わたしが検事のようにふるまっているのは、自分が危険な小径に入りこんでいることを理解してもらう必要があるからよ。言うこと、やること、どんなことでもねじ曲げられるかもしれないの。あなたと他人では、同じものがまったくちがって見える可能性がある」

「わかった、わかったよ。指紋の調査が終わるまでどのくらいかかるだろう？」

「おそらく二、三日ね。死体がないのでは、この事件はレンナー以外の人には優先事項にならないでしょう。レンナー自身のパートナーがほかの事件の捜査をしているらしいわ。そしてふたりはこの件では目と目を合わせようとせず、レンナーがひとりでやっているとか」

「パートナーがきみの情報源か？」

「情報源について、あなたと話をするつもりはありません」

ふたりともしばらく黙っていた。ピアスはほかに話すことはなにもなかったが、ラングワイザーと電話でつながっているかぎりは希望がもてる気がした。

「わたしたちが話をできる人々のリストを作っているところよ」ようやくラングワイザーが言った。

「どういうことだい？」

「この事件になんらかの形で関わっている人々と、訊きたい質問のリスト。つまり、必要に備えて」

「なるほど」

ピアスが逮捕され、告発された場合にと言いたいのだ。裁判にかけられた場合にか。

「だからもう少し、作業をさせて」ラングワイザーはつづけた。「なにかわかったら、連絡するわ」

ピアスはあきらめて別れの挨拶をして、電話を切った。身じろぎせずに椅子に座ったまま、聞いたばかりの情報について考えた。レンナーが行動を起こした。死体がないにもかかわらず。ニコールに連絡して、警察がピアスを殺人者だと考えており、かつて一緒に暮らしていた家を捜索にくる可能性があると、なんとか説明しなければならない。

そう考えると、またもや吐き気がした。ごみ箱を見おろした。水かコーラを飲みに行くため立ちあがろうとしたそのとき、ノックの音がした。

31

チャーリー・コンドンがオフィスに顔を突きだした。にっこりしていた。笑顔はロサンジェルス川のコンクリートの川床のように大きく、そして崩れそうになかった。

「やったじゃないか、こいつ。きみはやったんだぞ！」

ピアスは呼吸を整え、電話での会話が残した感情から自分を切り離そうとした。

「やったのは、会社のみんなさ」ピアスは言った。「ゴダードはどこに？」

コンドンはオフィスに身体を滑りいれてドアを閉めた。シャンパンを飲んだあとだからか、コンドンはネクタイをゆるめていた。

「わたしのオフィスにいるよ。電話で弁護士と話している」

「ジャスト・ベッキーが弁護士じゃなかったのか？」

「ベッキーは弁護士だが、つまり、上の位の弁護士じゃないのさ」

ピアスはコンドンの話に集中するのは難しいことに気づいた。ラングワイザーとの会話をつい考えてしまい、それがじゃまになる。

「ゴダードのファースト・オファーを聞きたいか？」

ピアスはコンドンを見あげ、うなずいた。

「四年間に二千万ドルの出資をしたいそうだ。望みは株式の十二パーセントと、社の会長になること」

ピアスはレンナーのイメージを無理に頭から追いだし、コンドンのまばゆい笑顔に集中した。ゴダードからのオファーはいい条件だった。最高じゃないが、いい条件だ。

「悪くないな、チャーリー」

「悪くないだって？　このオファーはすばらしいよぉお！」

コンドンはケロッグのトニー・ザ・タイガーのように最後の言葉を強調しすぎた。シャンパンを飲み過ぎたようだ。

「そうだな、まだファースト・オファーだからな。まだよくなるだろう」

「そうだ。よくなるさ。いくつか、きみに確かめたいことがある。まず、会長だ。構わないか？」

「そっちが構わないのなら」

コンドンが現在の会長だった。しかし、取締役会に実権はなかった。ピアスがいまでも会社を支配しているからだ。コンドンが十パーセントを保有し、八パーセントをすでに以前の投資家――モーリス・ゴダードに匹敵する人物ではない――に分けていた。それに、従業員の報酬としてさらに十パーセント。残り――社の七十二パーセント――はいまでもピアスのものだった。だからゴダードに形式的な意味合いが強い会長職を渡しても、たいした譲歩には思えなかった。

「ゴダードに会長職をやるといって、喜ばせてやろう」コンドンは言った。「さて、株式割当はどうする。三年間で二千万ドルに交渉できたら、提示のパーセントを渡していいか？」

ピアスは首を横に振った。

「だめだ。十パーセントと十二パーセントの差は、二億ドルに達するだろう。譲渡株式パーセントは譲れない。その上で、きみが三年間で二千万ドルに交渉できたら、それはすばらしいことだ。だが、十パーセントのままで最低でも三年で千八百万をよこさないなら、ゴダードはニューヨークへ送り返せ」

「途方もない注文だな」

「いいか、この件は検討したじゃないか。こうして話しているいま現在、うちは年間三百万ドルを使っている。拡張してトップでありつづけたいならば、二倍が必要だ。年間六百万ドルが境界線だ。それで説得してくれ」

「説得の条件に、会長の椅子しかくれないんだな」

「いいや、説得条件に渡したのは、この十年で最高の発明だけさ。チャーリー、照明をつけたあとの、あの男の目を見ただろう。餌に釣られただけじゃない。わたを抜かれて、もうフライパンにのせられていたぞ。きみはもう細部をつめるだけでいい。だから、契約を済ませて、最初の小切手を第三者預託にしてくれ。余分な株式はやらず、年に六百万をとってくるんだ。あの仕事にはそれだけ必要だ。ゴダードがうちという乗り物に乗りたいのなら、それがチケットの値段だ」

「わかった、やってみよう。だが、自分でやったほうがいいんじゃないか？　わたしより説得がうまいじゃないか」

「いや、とんでもない」

コンドンがオフィスをあとにすると、ピアスはふたたびひとりとなって、考えはじめた。もう一度、ラングワイザーに言われたすべてのことを思い返していった。レンナーは自宅と車を捜索するつもりでいる。車をもう一度捜索する。今回は、正規に、法律にのっとって。おそらく、小さな物証を探すために。死体を運ぶあいだに残されるような証拠を。

「なんてことだ」ピアスは声に出した。

ラボで実験の分析をするのと同じように、自分の状況を分析することにした。ボトムアップだ。まず片面から見て、つぎに裏側から見る。粉に砕いて、顕微鏡で観察だ。

最初は、なにも信じずにやれ。

手帳を取りだし、新しいページにラングワイザーとの会話での、鍵となる要素を書き留めた。

捜索――アパートメント
アマルフィ・ドライブ
車――二度目。物証

オフィス／ラボ？
　捜索令状報告——指紋
　いたるところ——香水

そのページを見つめたが、なんの答えも、なんの新たな質問も思い浮かばなかった。結局、そのページを破り取り、丸めて、オフィスの隅にあるごみ箱に向かって投げた。入らなかった。

椅子にもたれ、目をつぶった。ニコールに連絡し、避けられない事態に対して準備するよう伝えねばならない。警察が出向いてすべてを捜索する。ニコールのもの、ピアスのもの、どちらでもお構いなしに。ニコールはプライベート・ライフを大事にするタイプだ。捜索でニコールは大いに傷つくだろうし、捜索の理由はピアスの和解の望みを潰えさせるだろう。

「ああ、どうしよう」ピアスはそう言って、立ちあがった。

ピアスはデスクをまわり、丸めた紙くずを拾いあげた。ごみ箱に捨てず、椅子へもってもどった。紙を広げ、デスクの上でしわを伸ばそうとした。

「なにも信じるな」

しわくちゃの紙に書いたいくつもの文言はピアスをあざけっていた。文言になんの意味も見いだせなかった。なぎはらうように腕を動かし、紙をつかんで、ふたたび手のなかで丸めた。肘を曲げ、もう一度ごみ箱にいれようと構えたところで、あることに気づいた。手をおろし、ふたたび紙を広げた。自分が書いたある一行を見つめた。

車——二度目。物証

なにも信じるな。たとえば、最初に車を捜索したのが警察だとは信じるな。ひらめきが頭のなかで爆発した。なにかつかんだ。警察が車を捜索したのじゃないとすれば？　では、だれがやった？

次の問いはあきらかだった。そもそも、車が捜索されたことはどうやってわかった？　実際は、わかってなどいなかった。わかったのは、あの路地に駐めているあいだに、何者かが車に乗りこみ、室内灯のスイッチが動かされていた、それだけだ。しかし、車は本当に捜索されたのだろうか？

早まって、警察が——レンナーという姿をとって——車を捜索したと仮定してしまったのだ。実際には、警察である証拠はなにもないし、示唆するものすらない。わかっているのは、何者かが車にいた、それだけだ。警察の捜索は可能性のひとつに過ぎない。別のグループによる調査の可能性もある。何者かがなにかを奪うために車に乗りこんだという考えも、また可能性がある。

そして、何者かが〝なにかを置くために〟車に乗りこんだ可能性もまたある。

ピアスは立ちあがり、急いでオフィスをはなれた。廊下でエレベーターのボタンを押したが、待てないとすぐに思い直した。階段へ走り、急いで一階へおりた。警備員に挨拶することなしにロビーを通り抜け、隣接する駐車場へ行った。

ＢＭＷのトランクからはじめた。貼ってある布を引きあげてスペア・タイアの下をのぞき、ディスク・チェンジャーと工具袋を開けた。なにも加えられず、なにも奪われていない。座席に移動し、十分近くかけて同様の調査をおこなった。なにも加えられず、なにも奪われていない。

エンジン部分が最後で、時間は最短だった。なにも加えられず、なにも奪われていない。

残るはバックパックだった。車をロックするとアメデオのビルへもどり、エレベーターを待つよりは、やはり階段を選んだ。オフィスへもどる途中でモニカのデスクを通り過ぎると、モニカがふしぎそうな目つきで見ていた。

「なんだい？」

「なんでもありません。なんだか……おかしなまねをなさってますね」

「まねじゃないさ、本当におかしいんだよ」

ピアスはドアを閉めて、オフィスに鍵をかけた。バックパックはデスクにあった。立ったままで、バックパックをつかみ、ファスナーを開けていき、たくさんある仕切りのなかを調べていった。ノートパソコン用にクッションを入れた仕切り、書類とファイル用の分断された仕切り、ペンや手帳、携帯電話やＰＤＡといった細かな品を収納するためのファスナーつき仕切りが三つあった。

なにもおかしなものは見つからなかったが、表の、仕切りのなかに別の仕切りがある部分になると話はちがった。パスポートやおそらくは折りたたんだ現金をしまうほどのサイズで、ファスナーつきの小さなポケットだ。隠しポケットではないが、移動中は本やたたんだ新聞の奥となり、簡単に隠れてしまいやすい。ピアスはファスナーを開け、なかに手をいれた。

指がクレジット・カードのようなものにふれた。古いカードかもしれないと思った。旅のあいだにそのポケットにしまい、忘れてしまったカードだ。しかし、取りだしてみると、目のまえにあったのは黒いプラスチックのスクランブル・カードだった。片側に磁気テープがあった。反対側には会社のロゴがあった。〈ユー・ストア・イット〉とある。以前に見たことがないのはまちがいない。これはピアスのものではなかった。

カードをデスクに置き、長いこと見つめた。〈ユー・ストア・イット〉は全米展開している会社で、通常はトラックや、フリーウェイ脇にある倉庫のトランクルームのレンタルをおこなっている。LAだけでも、フリーウェイ四〇五から見える〈ユー・ストア・イット〉の店舗が二軒思いだせる。

ひどい虫の知らせを全身で感じていた。土曜日の夜に車に入ったものがだれにしろ、その人物がこのスクランブル・カードをバックパックにいれたのだ。ピアスは自分が支配できないなにかに足を突っこんでいる。利用され、まったくなにも知らないなにかに、はめられている。

この考えを振り払おうとした。恐れは無気力を育てるし、じっと立ちつくしている余裕はない。行動しなければ。なにかしなければ。

　コンピュータのモニター下にあるキャビネットへ手を伸ばし、重い電話帳を取りだした。ひらいて、個人向けのレンタル・トランクルームのリストと広告があるページをすぐに見つけた。〈ユー・ストア・イット〉は半ページぶんの広告とロサンジェルス地区で八つの異なる店舗を載せていた。ピアスはサンタ・モニカにもっとも近い店舗からはじめた。受話器を取りあげ、カルヴァー・シティの〈ユー・ストア・イット〉にかけた。若い男の声が応答した。ピアスは〈オール・アメリカン・メール〉のにきびだらけの若者、カートを思いだした。

「おかしな話に聞こえるだろうが」ピアスは言った。「トランクルームを借りたと思うんだが、思いだせなくてね。〈ユー・ストア・イット〉は確かだが、どの店舗だったか思いだせないんだよ」

「お名前は？」

　若者はごくあたりまえの電話と要請のように受け答えした。

「ヘンリー・ピアス」

　受付係がキーボードを叩いている音がした。

「ありません、ここじゃないですね」

「そいつはほかの店舗とつながっているかな。どこにわたしのトランクルームがあるか――」

「いえ、ここだけです。つながってないんですよ。フランチャイズですから」

フランチャイズ制がなぜ集中コンピュータ登録システムの妨げになるのかわからなかったが、あえて訊かなかった。声の主に礼をいって電話を切ると、電話帳に並ぶ次に地理的に近い店舗にかけた。

三回目の電話でヒットした。〈ユー・ストア・イット〉ヴァン・ナイス店だった。電話を受けた女は、ピアスが六週間まえにヴィクトリー大通りのサイズ十二×十のトランクルームを借りていると話した。温度調節つきで電力使用できる警報装置付きのスペースだという。二十四時間出し入れ可能だそうだ。

「記録ではこちらの住所はどこになっているかな？」

「それはお知らせできません。そちらから住所を教えていただけましたら、コンピュータで調べることはできますが」

六週間まえは、結局サンズに決まることになったアパートメント探しをはじめてもいなかった。だからアマルフィ・ドライブの住所を伝えた。

「そこです」

ピアスは無言だった。デスクの黒いプラスチック・カードを見つめていた。

「トランクルームの番号は何番だろう？」ようやくピアスは訊ねた。

「それをお伝えできるのは、写真つきのＩＤで確認できたときだけなんです。六時まえにいらして、運転免許証を見せてください。そうしたら、何番かお知らせできます」

「わからないな。きみは二十四時間出し入れ可能だと言ったじゃないか」

「お客さまはそうですが。でも、オフィスは九時から六時までの営業なのです」

「ああ、なるほど」

ほかに訊くべき質問を考えようとしたが、なにも思いつかなかった。店員に礼を言って電話を切った。

じっと座っていたが、ゆっくりとスクランブル・カードを手にして、シャツのポケットに滑りこませた。ふたたび受話器に手を置いたが、もちあげなかった。

ラングワイザーに電話してもよかったが、あの冷静で落ち着いたプロの態度は必要なかったし、ほうっておけと言われるのを聞きたくなかった。ニコールに電話してもよかったが、声を荒らげた言い争いになるだけだった。どちらにしても、迫っているだろう警察の家宅捜索の件を知らせるときに、言い争うことになるのだ。

それからコーディ・ゼラーに電話してもよかったが、皮肉に耐えられそうになかった。過ぎゆく時間のなかで、ルーシー・ラポルに電話する考えが頭に忍びこんできた。急いでその考えを打ち消したが、この逡巡が自分についてなにを告げているかは打ち消せなかった。いまここで、自分は人生最大の危機のまっただなかにいる。だれに電話して助けとアドバイスを求める？

答えは、そんな相手はだれもいない、だった。そしてその答えはピアスを身体の芯から凍えさせた。

32

サングラスと帽子を身につけ、ピアスはヴァン・ナイスの〈ユー・ストア・イット〉の事務所へ入り、運転免許証を手に受付へ向かった。緑色のゴルフシャツと黄褐色のパンツ姿の若い女が、受付に座って『終わりなき孤独』という本を読んでいた。本から視線をはずしてピアスに向けることは一苦労のようだった。そしていざピアスを見ると、サングラスの下からピアスの鼻を気ままにくだる醜い縫合痕のファスナーに驚愕して、女はぽかんと口を開けた。

普通ではないものに気づかなかったかのように、女は急いでごまかそうとした。

「いいんだ」ピアスは言った。「同じ反応には慣れっこだよ」

ピアスは運転免許証をカウンターに置いた。

「先ほど、借りているトランクルームの件で電話をした者だ。番号を思いだせなくて」

店員は運転免許証を手に取ってながめてから、ピアスの顔に視線をもどし、しげしげと見つめた。ピアスは帽子を取ったが、サングラスは取らなかった。

「本人だよ」

「申し訳ありません、確かめないとなりませんでしたので」

店員は足で床を蹴って椅子ごとうしろへ下がり、曲がったり回転したりして、受付とは反対側にあるテーブルのコンピュータまでたどり着いた。

画面はピアスから遠すぎて、なんと書いてあるか読めなかった。受付はピアスの名をキーボードに打ちこんだ。すぐにデータが画面に現われ、受付は運転免許証の情報とデータとの照合をはじめた。免許証はまだアマルフィ・ドライブの住所になっているが、その住所がトランクルームのレンタル記録に載っていることはすでに聞いている。

納得した様子で店員は画面をスクロールさせ、なにかを読んだ。画面に指を走らせている。

「三三一」店員は言った。

店員は奥の壁を蹴り、曲がったり回転したりして、カウンターへもどってきた。運転免許証がカウンターにぴしゃりと置かれ、ピアスは手に取った。

「エレベーターであがればいいんだね？」

「暗証番号を覚えていますか」

「いや。すまないね、きょうは完全にどうかしているよ」

「四五四に、ご自分の運転免許証番号の最後の四桁をつづけて」

ピアスは礼のつもりでうなずき、カウンターから振り返ろうとした。そこでまた受付の女のほうを見た。

「きみに借金をしているのかな？」

「どういうことかしら？」

「トランクルームの支払いをどうしたか思いだせなくてね。請求書がきたかどうかずっと考えていたんだよ」

「あら」

店員はふたたび椅子を蹴って、床を横切りコンピュータまでたどり着いた。ピアスはそのやりかたが気に入った。なめらかに回転していく動き。

ピアスの情報はまだ画面にあった。店員はスクロールさせ、ピアスのほうを振り向かずに言った。「いえ、だいじょうぶですよ。前払いで六カ月ぶんを現金で支払われています。まだ当分ありますね」

「わかった。よかったよ。どうもありがとう」

ピアスはオフィスをあとにして、エレベーターのほうへ向かった。暗証番号を打ちこみ、三階へあがって人影のない廊下におりたった。フットボールのフィールドほどの長さがあり、両側に巻き上げ式の扉が並んでいた。壁は灰色、床も同じ色のリノリウムで、数え切れないほど台車の黒い車輪が通ったようで摩耗していた。ピアスは廊下を進み、三三一と記された巻き上げ式扉までやってきた。

ドアはくすんだ茶色だった。黄色の印字で記された番号をのぞけば、なんの印もなかった。扉の右側にスクランブル・カードの読みとり機があり、その隣に赤いランプが輝いていた。しかし、扉の下部にある掛けがねが南京錠でしっかり留めてある。バックパックに入っていたスクランブル・カードは、たんなる警報解除カードだったのだ。これではドアは開かない。〈ユー・ストア・イット〉のカードをポケットから取りだし、読みとり機にかけた。ランプが緑に変わった――トランクルームのアラームが解除された。次にかがんで錠を手にした。引っ張ってみたが、びくともしなかった。扉を開けることができない。

しばらくかけて次の行動をじっくり考えてから、立ちあがってエレベーターのほうへもどった。車にもどり、もう一度バックパックを調べてみることにした。錠を開ける鍵があるはずだ。罠にはめるためスクランブル・カードだけいれて、鍵をいれないはずがあるか？　もし鍵がバックパックになければ、〈ユー・ストア・イット〉の事務所へもどってみよう。受付に、錠を切り取る専用カッターがまちがいなくあるだろう。鍵を忘れたと説明して借りればいい。

駐車場で電子キーをもった手をあげて車のロックを解除した。ロックがはずれる音を耳にした瞬間その場で立ち止まり、あげた腕を見おろした。過去の映像が頭のなかで再現される。ウェンツがまえを歩き、アパートメントの玄関へと廊下を進んでいく。あの小柄な男の手で、自分の鍵束がたてる音がよみがえった。ＢＭＷの職人技についてのコメント。

ピアスは鍵束のキーをひとつずつ見ていった。どの錠を開けるものか確認しながら。アパートメント。車庫。スポーツジム。アマルフィ・ドライブの玄関、裏口。オフィスのスペア。デスク。ラボのスペア。コンピュータ・ルーム。それに自分が育った家の鍵もある。もっとも、はるかむかしに家族の所有物ではなくなっていたが。ピアスはつねにこの鍵をつけたままにしていた。あの頃、あの家に通じる、姉に通じるたったひとつ残されたもの。自分はもう住んでいない家の鍵をもちつづける癖があるようだ。

二個を残して、すべての鍵を確認した。見知らぬ鍵はステンレス製で小さく、ドアの鍵ではなかった。ひとつは、もう片方よりやや大きかった。両方とも、つまみの部分に〝マスター〟のスタンプがあった。

鍵を見つめていると、頭を万力で締めつけられる気がした。どちらかの鍵が、トランクルームの扉を開けるものだと勘でわかった。

ウェンツ。あの小男がやった。あいつが廊下を歩きながら、鍵束にこのふたつの鍵をこっそりつけたのだ。あるいはもう少しあとで、ピアスがバルコニーからぶら下げられたときかもしれない。退院した際、ピアスは建物の警備員に部屋へ入れてもらわなければならなかった。自分の鍵束はリビングの床で見つけた。ウェンツがキーを鍵束につける時間はたっぷりあったはずだ。

ピアスは解せなかった。なぜだ？　あいつはなにをする気だったんだ。答えは見つからなかったが、答えが見つかるあるいは答えを見つける出発点となる場所はもちろんわかっていた。振り向いて、エレベーターへと引き返した。

三分後、見知らぬ鍵のうち大きなほうを、トランクルーム三三一の扉の下部にある南京錠に差しこんだ。鍵をまわすとカチリと音がして、設計されたとおり正確に錠がはずれた。掛けがねから取り外し、床に落とした。そして扉のハンドルをつかみ、巻きあげはじめた。

扉があがっていくと、金属がきしむ大きな音がしてピアスを突き抜け、廊下の奥まで鳴り響いた。最上部まであがると、扉は騒々しい大きな音をたてた。ピアスは腕をあげ、ハンドルをもったまま立ちつくした。

内部の大きさは十二フィート×十フィートで暗かった。しかし、廊下の照明が肩ごしに内部を照らした。トランクルーム中央に大きな白い箱がある。内部から低いうなるような音がする。なかへ入ると、頭上の照明からぶらさがる白い紐が目に留まった。紐を引くと、トランクルームはぱっと明るくなった。

白い箱は冷凍庫だった。胸高の冷凍庫で、上部のふたに小さな南京錠がついていた。第二の見知らぬ鍵で開くにちがいない。

なかを確かめるために冷凍庫を開ける必要はなかったが、それでも開けることにした。ピアスは自分が押しつぶされそうな気がした。なかは空っぽで、これは手のこんだいたずらの一部にすぎないという夢にだろう。それ以上に、とにかく自分の目で見る必要があり、そうすると疑問の入る余地はなくなって、引き返すことはできなくなるとわかっているせいなのだろう。

第二の見知らぬ鍵、小さなほうの鍵をかかげて南京錠を開けた。錠をはずし、ラッチを弾いて開けた。そして冷凍庫のふたをもちあげると、密封状態が解けてゴム・パッキンがしゅっと音をたてた。さらにふたをあげていくと冷たい空気が流れだし、湿った強い悪臭が鼻に充満した。

片手でふたを開けたままにした。幽霊のように立ちのぼってくる霧ごしになかを見おろした。冷凍庫の底に身体の輪郭が見えた。その女は裸で胎児の格好をしており、首は血まみれで傷だらけだった。身体の右側を下にしている。血がたまって冷凍庫の底で黒く凍っていた。白い霜が黒い髪と上側の腰を覆っている。髪が顔に落ちかかっているが、完全に隠してはいなかった。すぐにだれの顔かわかった。写真でしか見たことはないが、それでもわかった。

リリー・クインランだった。

「ああ、神よ……」

ピアスはしずかにそう言った。驚いたからではなく、残酷な事実を確認しての言葉だった。手をはなすと、ふたが重い音をたてて閉まった。予想よりも大きな音でびくりとしたが、ピアスを包みこむ完全な恐怖の感覚が薄れるほどではなかった。ピアスは振り返ると冷凍庫の前面にもたれて腰を落としていき、床に座りこみ、膝に肘を突き、両手で髪を後頭部へ集めた。

目を閉じると叩きつけるような音が聞こえた。まるでだれかが廊下をこっちへ駆けてくるように激しくなっていく。それは体内の音、耳のなかで血がどくどくと流れる音で、ピアスの頭はふらついてきた。失神してしまうと思ったが、気を確かにもって警戒をつづけなければと思い直した。失神したらどうなる？　倒れているところをここで見つかったら、いったいどうなると思う？

ピアスはその考えを振りはらい、冷凍庫のふたに手を伸ばし、立ちあがった。懸命にバランスを取り、胃からこみあげてくる吐き気を抑えた。冷凍庫の上に身体をあずけて腕をまわし、冷たく白いふたに頬をのせた。深々と息をすると、すぐにすべてが消えて頭がはっきりしてきた。背筋を伸ばして立ち、冷凍庫からあとずさった。低いうなりを聞きながら冷凍庫をじっくり見つめた。いまこそ、さらにAEの作業をやるときだ。分析と評価(A&E)だ。未知、あるいは予測外のことがラボでもちあがると、手を休めてAEモードに入る。なにを見たか。なにがわかっているか。どんな意味なのか。

ピアスはその場に立ちつくし、自分が——事務所の記録によれば——借りたトランクルームの中央に置かれた冷凍庫をながめた。そのなかには、一度も会ったことはないが、その死に対してピアスが責められることは確実であろう女の死体がある。

わかっているのは自分が、計算ずくでいかにも納得がいくように罠にはめられていたということだ。ウェンツがその背後にいるか、少なくとも一部には関わっている。わからないのは、動機だった。

動機で悩まないことにした。いまのところは。動機を解明するにはさらなる情報が必要だ。かわりに、もっとAEをやることにした。罠を分解してすべての動作しているパーツを子細に調べることができれば、動機と裏で糸を引いている黒幕を見破るチャンスが出てくるかもしれない。

冷凍庫まえの狭いスペースを歩きまわりながら、この罠を発見するにいたった事柄から検証をはじめた。スクランブル・カードと南京錠の鍵。どちらも隠されていたか、そこまで断言できなくても、カムフラージュはされていた。こちらに発見させる意図があったのか？　歩みを止め、長いこと一心不乱に考えて、ちがうと判断した。車に何者かが侵入したことに気づいたのは偶然だった。この計画の規模と複雑さでは、そうした偶然に頼ることはできない。

そこでピアスは自分に強みがあると結論づけた。知るはずのなかったことを知っている。死体と冷凍庫とトランクルームについて知っている。罠がいきなり出現するまえに、罠の場所を知ることができた。

次の質問。もしスクランブル・カードを見つけずに、死体に行き着くことがなかったらどうなった？　じっくり考えた。ラングワイザーから差し迫っているらしい警察の家宅捜索について警告されている。もちろん、レンナーと仲間は隅々まで捜索するだろう。スクランブル・カードが発見され、トランクルームの発見につながる。鍵束のキーがトランクルームの扉と冷凍庫、ふたつの南京錠と照合され、死体が見つかる。一巻の終わり。どう見ても完璧な罠に対して、自分ひとりで抗弁するしかない。

頭が熱をもってきた。いかに際どいところで、そうした状況を回避できたのか悟ったからだ——たとえ、一時的なことだとしても。同時に、罠がいかに周到に準備されたものであるのか、骨の髄まで沁みるほど理解した。警察の捜査を見こした罠だった。レンナーの行動を見こした罠。

それにピアスの行動を見こした罠でもある。それを理解すると、髪のあいだを汗が伝いだした。シャツの下が熱くなってきた。エアコンが要る。圧倒的に感じていた混乱と悲しみは――この入念な計画をまのあたりにして生じた畏怖の念も――いまや怒りに変化し、尖った鋼のように鋭い憤怒にまで達した。

この罠――自分が仕掛けられた罠――は、ピアス自身の行動を読んでのことだと理解した。ひとつひとつの行動を。ピアス自身の過去と、その過去に基づいて行動する予測に基づいている。現行のシリコン基板の化学物質のように、素子が予測可能な状態で動作することや、予想したパターンに結びつくことを見こした罠だ。

一歩まえに出て、ふたたび冷凍庫を開けた。そうしなければならなかった。もう一度見て、冷水のようなショックに顔を打たせる必要があった。行動しなければ。ナノチップのように予測不可能なパターンで行動しなければならない。計画を立てなければ。そのためには、頭を冷やさなければ。

リリーの身体は明らかにまったく動いていなかった。冷凍庫のふたを片手で開けたままにして、もう片方の手をきつく口元にあてた。永遠の眠りにつくリリー・クインランは小さく見えた。まるで子どもだ。リリーがウェブページで正直に書いた身長と体重を思いだそうとしたが、最初に読んだ日から長い時間が経過しており、思いだせなかった。

体重を自分の足にかけなおすと、体勢が変わったために頭上の明かりが冷凍庫に射しこんだ。リリーの髪のきらめきが目に留まり、ピアスは冷凍庫にかがみこんだ。

空いた手でリリーの顔から髪をどけようとした。凍りついており、動かそうとするとそれぞれの毛束が崩れた。上になっている耳が見え、耳たぶにイヤリングがついていた。銀の台に、琥珀が埋めこまれ、その下に銀の羽がついている。冷凍庫に射しこむ明かりが、もっと琥珀にあたるように手を動かした。そのとき、それが見えた。琥珀のなかで凍りついたようになっている小さな昆虫。はるかむかしに甘味と滋養に引きつけられ、自然の致命的な罠にかかったもの。

ピアスは虫の運命について考え、やらねばならないことがわかった。自分もまた、この女性を隠さねばならない。リリーを隠せ。移動させろ。発見されないようにしろ。レンナーから。だれからも。

ため息をもらしながら懸命に頭を働かせた。現実ばなれして、奇妙なほどに感じられる瞬間だった。凍った死体を隠す方法を、直接自分に結びつかないようにしておけるように隠す方法を必死になって考えているとは。難度の高い課題だった。

手早くふたを閉じ、冷凍庫にふたたび南京錠をかけた。そうすることが、中身を暴露され、ピアスにまとわりつくことを止めさせる手段であるかのように。

しかし、その単純な行動で、それまでの無気力感が消えた。頭が働きだした。

冷凍庫を移動させねばならない。ほかの選択肢はない。このままではレンナーに見つかる。鍵やスクランブル・カードという手がかりがなくとも、このトランクルームの発見は可能だ。この罠を仕掛けた者がだれにしろ、匿名の通報をすることができる。楽観などできない。リリーは移動させなければ。レンナーが冷凍庫を発見したら、そのときは一巻の終わりだ。アメデオ・テック、プロテウス、人生、すべてが。その後は琥珀のなかの昆虫となってしまう。

ピアスは身を乗りだし、冷凍庫の前面の角に両手を置いた。動かせるかどうか確かめようと押してみた。トランクルーム奥の壁まで十五センチを、たいした手応えもなく冷凍庫は滑っていった。キャスター付きだ。動かせる。そこで次の質問だ。どこへ動かす？

とりあえずの弥縫策が必要だ。長期展望の計画を考えだすあいだ、短期間でいいから安全を確保できる策が。トランクルームを出て、急いで廊下をくだりながら、鍵のかかっていない、レンタルされていないトランクルームを探して左右に視線を走らせた。

エレベーターまえを通り過ぎ、反対側の棟をなかばまで来たところで、掛けがねに南京錠のない扉を見つけた。扉には三〇七と記されていた。扉の右手にあるカード読みとり機のランプは、緑にも赤にも光っていなかった。アラームは動いていないようだった。おそらくスペースがレンタルされるまでそのままなのだろう。手を伸ばし、掛けがねをはずし、扉を巻きあげた。倉庫内は暗かった。アラームは鳴らなかった。照明のスイッチを見つけて明かりをつけてみると、ピアスの名でレンタルされているスペースと同じタイプのトランクルームだった。奥の壁を調べると、コンセントがあった。

廊下を走って三三一号へとって返した。冷凍庫の奥にまわり、プラグを引っこ抜いた。冷凍庫の電気の心臓が送りだすうなりが消えた。コードを冷凍庫の上にほうり、そこで体重をかけた。冷凍庫は比較的らくに廊下へ向けて滑っていった。数秒のうちに、トランクルームから廊下に出ていた。

冷凍庫のキャスターはまっすぐに固定してあった。狭いスペースで前後に動かす際に都合がよく、点検しやすいように設計されている。だから廊下で曲がるときに、腰をかがめて全体重をかけて押さなければならなかった。車輪は床にこすれて大きな音をたてた。正しい方向に向かせ、さらに強く押し、勢いよく重い箱を動かしていった。三〇七まで半分も行かないうちに、エレベーターの動く音がした。ピアスはさらに上体を低くして、もっと力をいれて冷凍庫を押そうとした。しかし、どれだけ力を強めても、スピードはいっかなあがりそうにない。キャスターは小さく、スピードが出るようには作られていないのだ。

エレベーターのまえをちょうど通り過ぎているところで、エレベーター・シャフトからの音がやんだ。顔をエレベーターからそむけて冷凍庫を押しつづけながら、エレベーターのひとつの扉が開く音を待って耳を澄ませた。

音はしなかった。エレベーターはどうやら別の階で止まったようだ。安堵と消耗から息を吐いた。そしてひらいたままの三〇七の扉までちょうどたどり着いたときに、ピアスに近い側の廊下の突きあたりにある階段室のドアが勢いよく開いて、男が廊下に入ってきた。ピアスはぎょっとして、声に出して悪態をつくところだった。

その男はペンキ屋の白い作業服を着ており、髪にも肌にも白いペンキが飛び散った姿で近づいてきた。階段をあがったせいで息を切らしているようだった。

「エレベーターを止めていたのは、あんたかい？」男は愛想よく言った。

「ちがうよ」ピアスはややむきになって言った。「ずっとここにいたから」

「訊いてみただけだって。手伝おうか」

「いや、だいじょうぶだ。ここに入れるだけ……」

ペンキ屋はピアスの反応を無視して、隣にやってきた。冷凍庫の背面に手をやり、トランクルームのひらいた扉のほうへあごをしゃくった。

「ここかい？」

「ああ。どうも」

協力してふたりは冷凍庫を押し、きゅっと直角に曲がってトランクルームに入れた。

「やれやれ」ペンキ屋はふたたび息を切らした様子で言った。次に右手を差しだした。「フランク・アイエロだ」

ピアスは握手をした。アイエロは左手をシャツのポケットに入れ、名刺を取りだした。それをよこした。

「どんな仕事でも必要になったら、電話してくれ」

「わかった」

ペンキ屋は冷凍庫を見おろした。トランクルームに入れるために移動を手伝ったものがなにか、初めて気づいたようだ。

「クマのようにでかいな。ここになにをいれてるんだい、凍った死体か？」

ピアスはうけたふりをして小さく笑い、首を横に振った。そのあいだもずっと、あごを下げたままでいた。

「じつを言うと、空っぽなんだ。冷凍庫そのものを預けるだけでね」

アイエロは手を伸ばし、冷凍庫の南京錠をはじいた。

「なかの空気をだれも盗まないようにかい、うん?」

「いや、ぼくは……あれさ、子どもたちがなかに入りこんで云々って言うだろう。だからいつも錠をつけている」

「それにこしたことはないだろうな」

ピアスが身体を動かすと、照明が顔にあたった。ペンキ屋は鼻を走る縫合痕のファスナーに気づいたようだ。

「痛そうだな」

ピアスはうなずいた。

「いろいろあってね」

「聞いて楽しい話じゃなさそうだ。おれが言ったことを忘れないでくれよ」

「というと?」

「ペンキ屋が必要になったら、電話してくれってこと」

「ああ。そうするよ。名刺をとっておくから」

ピアスはうなずき、アイエロはトランクルームを出ていった。足音が廊下を遠ざかっていった。ピアスは冷凍庫に死体があるという冗談について考えた。偶然に思いついただけなのか、それともアイエロは見かけどおりの人物じゃないのか?

廊下で鍵束をじゃらじゃらいわせる音がして、錠がはずれる金属音がつづいた。そして扉が頭上へあがっていく甲高い音。アイエロが自分のトランクルームから道具を取りだそうとしているのだろう。次の音を待ちかまえていると、数分後に扉がおろされ、閉じられる音が聞こえた。すぐにエレベーターのうなりがつづいた。アイエロは階段ではなくエレベーターでおりるつもりのようだ。

この階にふたたび自分ひとりになったと確信したとたんに、ピアスは冷凍庫のプラグを差しこみ、コンプレッサーが稼働をはじめる音がするまで待った。

そしてズボンからシャツを引っぱりだし、裾のうしろの部分を使って、冷凍庫と電気コードのふれたと思われる場所をくまなくふいた。自分の跡形を消し取ったと満足してから、廊下へでて扉をおろした。三三一の南京錠をかけ、やはりシャツの裾で錠と扉をふいた。

トランクルームをはなれてエレベーター・ホールへ向かいながら、ひどい罪の意識と恐怖に圧倒されていた。この半時間はもっぱら本能とアドレナリンで身体を動かしていた。ただ動いただけで行動の意味を深く考えていなかった。いまはアドレナリンのタンクの目盛りが空っぽで、空白を満たすものといえば考えることしか残されていない。

危機を脱してなどいないと自覚していた。冷凍庫の移動は弾丸の孔にバンドエイドを貼るようなものだ。自分になにが起ころうとしているのか、そしてその理由を知る必要がある。人生を救う計画を考えだす必要があった。

33

冷凍庫の死体と同じ格好ですぐにでも床に丸くなってしまいたかったが、一時のプレッシャーでつぶれてしまえば、みずからの終焉が確実になる。ピアスはドアの鍵を開けて自宅に入り、恐れと怒り、そしてこの暗いトンネルの出口を見つけるために頼りにできるのは自分だけだという真実を振りはらった。キャンバスから立ちあがることを自分に約束した。そして戦うのだ、と。

その決意を強調するかのように拳を握り、モニカ・パールが注文し、カウチの隣に立てていた新品五日目の床置きランプを殴りつけた。ランプは壁に叩きつけられ、もろいベージュのシェードはゆがみ、電球は砕けた。パンチドランカーのボクサーのように、ランプは壁から床へずるずると落ちた。

「ふん、ざまあみやがれ！」

カウチに腰をおろしたが、すぐさま立ちあがった。ピアスのピストンはすべて火を噴いている。死体——殺人被害者の——を動かし、隠してきたばかりだ。腰をおろすことはなぜか、もっとも愚かなことに思えてならなかった。

それでも、腰をおろさねばならない。座ってこの件をながめてみなければ。刑事のようにではなく、科学者のように考えなければならない。刑事は直線的に平面を動く。手がかりから手がかりへ移動し、それから全体図を完成させる。しかし、手がかりが誤った全体図を描くこともある。

ピアスは科学者だ。科学者としていつもうまくいく方法で進めるべきだ。車が捜索された件にアプローチして解決した方法で、死体の件にもアプローチすべきだ。基本から。論理の突破口を探し、ワイヤーが交差する場所を探せ。罠を分解して、設計と構造を研究しろ。直線的な考えかたを捨て、まったく新しい角度から対象にアプローチしろ。対象物をながめ、裏返してからまたながめろ。砕いて粉にして、顕微鏡で観察するのだ。人生は制御できない環境でおこなわれる実験だ。活発な反応があり、予測がつかない、ひとつの長い化学反応だ。だが、この罠はちがう。制御された環境で発生した。反応は予測され予期された。そこに鍵がある。分解できるものがあるということだ。

腰をおろし、バックパックから手帳を取りだした。書く準備、攻撃の準備が整った。まず吟味すべき対象はウェンツだ。襲撃されるまではよく知らず、会ったこともなかった男。当初の見解では、全体像のかなめに思えた男。問題は、なぜウェンツはピアスに殺人の罪をかぶせることを選んだのか、だった。

数分間にわたって、裏返し、粉にして、さまざまな角度からながめ、ピアスは基本的な論理パターンをいくつか導きだした。

結論その一――ウェンツはピアスを選びはしなかった。選んだと考えられるだけの、論理的なつながりや接点はない。現在では憎悪が存在しているが、ふたりの男は死体の罠が仕掛けられる以前に会ったことはなかった。それは確かだった。よってこの結論からは、ピアスはウェンツ以外の何者かにウェンツのために選ばれたことがわかる。

結論その二――罠には第三者が絡んでいる。ウェンツとシックス・エイトと呼ばれる筋肉男はたんなる道具である。罠という車の歯車。罠の奥で何者かが操っている。

第三者。

ここでピアスは第三者について考えた。どうして第三者は落とし穴をこしらえる必要があった？　この罠は複雑で流動的な環境下のピアスの予測可能な行動に拠っていた。制御された環境では、分子の行動は予測できる。自分自身はどうだろう。疑問を裏返し、ふたたびながめた。そのとき、自分と第三者について基本的なことに気づいた。

結論その三――イザベル。姉。罠はピアスの個人的な過去を知る第三者によって演出された。第三者は、ある制御された環境のもとで、もっともあり得るピアスの反応を理解していることになる。顧客がリリーへ電話をしてくることは、実験を煽る要素だった。第三者はピアスがどのように反応するか理解していた。調査し、追跡するはずだ、と。姉の亡霊を追いかけるだろう、と。それゆえに、第三者はピアスが取り憑かれている亡霊たちについての知識がある。第三者はイザベルについての知識がある。

結論その四――まちがい電話は正しい電話だった。無作為にリリー・クインランの古い電話番号を割り当てられたのではない。故意だった。罠の一部だった。

結論その五――モニカ・パール。あの女が加担していた。電話の手つづきをしたのはモニカだ。追跡に必要な電話番号を特別に要請しなければならなかったはずだ。

ピアスは立ちあがり、せわしなく歩きはじめた。この最後の結論はすべてを変える。罠がモニカと結びついているならば、アメデオと結びついていることになる。つまり落とし穴はより上級職の命令による陰謀の一部となる。そうなると狙いはピアスを殺人罪に陥れることではない。なにかほかにある。こう考えると、リリー・クインランはウェンツと同じだった。罠の道具、車輪の歯車。リリー殺害はたんにピアスを陥れる方法でしかなかった。

この恐ろしい考えをいったん脇へ置いておき、ピアスはふたたび腰をおろして、もっとも基本的な疑問に集中した。その答えですべてが説明されるだろう疑問。動機はなんだ？

なぜピアスは罠の標的にされた？　相手の望みはなんだ？

ピアスは疑問を裏返し、別の角度からながめた。もし罠が成功していたらどうなっただろう。先々まで考えると、逮捕され、裁判にかけられ、おそらくは――そしてきっと――有罪となっただろう。服役することになる。それどころか、死刑もあり得る。さしあたってどうなるか考えると、マスコミの注目が集まり、スキャンダルになって、世間のさらし者になる。モーリス・ゴダードとその金は去っていく。〈アメデオ・テクノロジーズ〉はおしまいだ。

これを裏返してみると、この疑問は検証を終わりにする手段のひとつとなった。なぜトラブルを起こす必要が？　なぜ苦心して計画を？　なぜリリー・クインランを殺害して、途中のどこかで地に落ちる可能性のある遠大な計画をたくらんだ？　なぜ単純に自分を標的にしなかったのか？　リリーのかわりに自分を殺し、ずっと簡単な手段で同じ結果を達成すればいい。自分が姿を消し、ゴダードが歩き去り、アメデオがおしまいになるのは同じじゃないか。

結論その六――標的がちがう。ピアスでもなく、アメデオでもない。ほかに狙いがある。科学者として、ピアスは顕微鏡の視界がはっきりする瞬間、どんなときよりも心が躍る。物事がひとつのものを形成する瞬間、分子があるべき姿で、そうなるだろうと予測した形態で結合するときだ。それはピアスが日々の生活で目にしている魔法だった。

同じようにはっきりする瞬間が訪れ、ピアスは窓の外の海を見つめた。大きな全体図をつかみ、物事のあるべき姿を知った瞬間だった。

「プロテウス」ピアスはささやいた。

相手はプロテウスを欲しがっている。

結論その七――罠はピアスを窮地に追いつめ、敵が欲しがっているものを渡す以外に選択の余地がなくなることを意図していた。すなわち、プロテウス・プロジェクトを。ピアスは自由と引き替えならばプロテウスを手放すだろう。人生を取りもどすためならば。

ピアスは思考を逆行した。確実にいかねばならない。いま一度、頭のなかですべてを考えていき、やはりプロテウスにたどりついた。身を乗りだし、両手で髪をなでた。吐き気がした。最終目標はプロテウスだったという結論のせいではなかった。すぐにその先にあるものを考えついたからだった。ピアスは岸までずっとつづく明瞭な波に乗っていた。すべてを考え合わせた。ついに大きな全体図が見え、そのまんなかに第三者が立っていた。彼女がほほえみかけている。輝く瞳が美しかった。

結論その八――ニコール。

ニコールが接点だ。すべての点をつなぐ者。プロテウス・プロジェクトについて秘密の知識をもっている。ピアスが教えたからだ――ご丁寧にデモンストレーションを見せてやったじゃないか！　そしてニコールはピアスがなによりも秘密にしている過去を知っている。ニコールにしか話したことのない、イザベルについての本当の完全な話を。

ピアスは首を横に振った。信じられなかったが、やはり信じた。説明がつく。ニコールはエリオット・ブロンスンか〈ミダス分子工業〉のギル・フランクスの元へ行ったのかもしれない。ＤＡＲＰＡかも。それはどうでもいい。はっきりしているのは、ニコールがピアスを売ったということだ。プロジェクトの話を漏らし、盗みだすか、あるいはひょっとして製法をコピーし、ライバルがまず特許商標庁に持ちこむまでアメデオを遅らせるよう同意したといったところか。

胸のまえできつく腕組みをすると、吐き気を感じた瞬間は去っていった。

計画が必要だ。どうにかして結論をテストし、発見したことに対処しなければ。ＡＥをやるときだった。実験の時間だ。

そうする方法はただひとつ。ニコールに会いに行き、対決し、真実を手に入れる。

戦うという誓いを思いだしていた。最初の一発を繰りだそう。受話器を手に取り、ジェイコブ・カズのオフィスにかけた。遅い時間になっていたが、特許弁護士はまだオフィスにいて、取り次がれた電話をすぐに取った。

「ヘンリー、きょうのきみはすばらしかったぞ」カズは挨拶にそう言った。

「きみも立派だった、ジェイコブ」

「ありがとう。どんな用事かな?」

「出願の準備はできてるのか?」

「ああ。とっくにね。ゆうべ終わらせた。残るは出願だけさ。土曜日に飛んで、メリーランド州南部の兄を訪ねる。ひょっとしてヴァージニア州のベイリーズ・クロスローズの友人たちにも会うかもしれない。そして、月曜日の朝一番に出願。モーリスにきょう話したように。その計画どおりにするつもりだ」

ピアスは咳払いをした。

「計画を変更する必要がある」

「そうか。どのように変える?」

「ジェイコブ、きみには今日の夜行便で飛んでほしい。明日の朝一番に出願してほしいんだ。特許商標庁が開いたらすぐに」

「ヘンリー、わたしは……これほど差し迫った時間で今夜の便を取ると、ちょっとばかり高くつくぞ。わたしはいつもビジネス・クラスを使うし、それに——」

「いくらかかっても構わない。きみがどこに座ろうが構わないんだ。とにかく今夜の便に乗ってほしい。明日の朝、手つづきが済んだらすぐに電話をくれ」

「問題があるのか、ヘンリー？　きみは少々——」

「ああ、問題があるんだ、ジェイコブ。だからきみを今夜送りだしたいのさ」

「そうか、その件で話をしてくれないか？　助けてあげられるかもしれない」

「きみが夜行便に乗り、明日一番に申請してくれたら、なにより助けになる。それ以外のことはまだ話せない。とにかく、ワシントンへ飛んで特許の申請をして電話してくれ。カリフォルニアがどんなに早い時間でも構わない。電話してくれ」

「わかった、ヘンリー。そうしよう。すぐに手配をするよ」

「特許商標庁は何時からだ？」

「九時だ」

「わかった。じゃあ、こっちで六時少しすぎに話せるな。それから、ジェイコブ」

「なんだ、ヘンリー？」

「今夜出発することは、奥さんと子どもたち以外には絶対に内緒だ。いいな」

「う……チャーリーは？　今夜こっちに電話をよこして、最終チェックをすると話していたが——」

「チャーリーから電話があったら、きみが今夜出発することは言うな。出発したあとにかかってきたら、奥さんに伝えてもらうんだ、ほかのクライアントと出かけたと。緊急の用とかなんとか」

カズは長いこと押し黙っていた。

「いま話したことを了解してくれたかい、ジェイコブ？　ぼくはチャーリーがどうのと言ってるんじゃない。目下のところ、だれも信頼できないってだけだ。わかってくれたか？」

「ああ、わかった」

「よし、じゃあ、こっちは電話を切って、きみが航空会社に連絡できるようにするか。よろしく、ジェイコブ。ワシントンＤＣから電話してくれ」

ピアスは通話を切った。後味が悪かった。おそらくチャーリー・コンドンを非難しているようにカズは思ったはずだ。しかし、危険はおかせない。また電話をする準備をして、コンドンの直通番号にかけた。まだ会社にいた。

「ヘンリーだ」

「たったいま、きみを探してオフィスに行ったところだったぞ」

「家にいるんだ。どうした？」

「きみがモーリスに別れの挨拶をしたいかもしれないと思ったんだ。だが、会えなかったな。モーリスはもう会社を出たよ。明日ニューヨークへ帰るそうだが、発つまえにきみと話をしたいそうだ。朝に連絡があるだろう」

「結構だ。契約は済んだか？」

「ほぼ同意に達した。来週の終わりには連絡がくるはずだ」

「契約はどんなふうに落ち着いた？」

「二千万ドルだが、なんと三年間でだ。内訳はボーナスとしてまず二百万。それから隔月で百万ずつ。モーリスが会長になり、株式の十パーセントを手にする。株式は段階的に与えられる。先払いで一パーセント、それから四カ月ごとに一パーセントだ。もし、何事かが起こってモーリスが出資を中止することがあれば、その時点でたまっているだけの株式だけをもって手を引く。うちは一年以内に時価の八割でその株を買いもどすオプションを保持している」

「オーケイ」

「オーケイだけか？　嬉しくないのか？」

「いい契約だ、チャーリー。うちと相手の双方にとって」

「わたしはたいへん満足だよ。それに先方も」

「先払いのボーナスはいつ手に入るんだ？」

「第三者預託の期間は三十日だ。ひと月。そうしたら全員昇給だな？」

「ああ、そうだ」

コンドンは契約のことで興奮か、せめて陽気な反応を求めている。それはわかっていたが、ピアスには与えられなかった。自分がひと月後に会社にいるかどうかさえ霧のなかだ。

「それで、きみはどこへ消えたんだ？」コンドンが訊ねた。

「その、自宅だ」

「自宅？　どうして。てっきり祝杯を一緒に――」

「やることがあったんだよ。いいか、モーリスかジャスティンはぼくのことでなにか質問しなかったか？　事故の件でなにか」

無言だった。コンドンはどうやら考えているようだ。「いいや。実は、事故報告書をほしいとまた蒸し返すだろうと思ったんだが、向こうはその話をしなかった。ラボで目にしたものですっかり心を奪われ、きみの顔になにがあったかもう気にならなくなったんだろう」

ピアスは熱感知ゴーグルの視界で、ゴダードの顔がまっ赤な血の色に見えたことを思いだした。

「そう願いたいね」

「なにがあったのか、いつかわたしに話してくれる気はあるかね？」

ピアスはためらった。コンドンに隠し事をして悪いと思っていた。しかし、警戒をつづけなければならない。

「いまはだめだ、チャーリー。その時期じゃない」

そう話すとコンドンの返事に間ができた。その沈黙に、ふたりの関係にピアスが自分でつけている傷を感じとった。コンドンは信頼できると確信する方法さえあれば。問いただすことのできる質問があれば。ソーシャル・エンジニアリングの手腕は、ピアスを見捨て、沈黙を残すばかりだった。

「そうか」コンドンが言った。「もう切るよ。おめでとう、ヘンリー。きょうはいい一日だった」

「きみにもおめでとう、チャーリー」

電話を切るとピアスは鍵束をとりだして、あることを確かめた。南京錠のキーではない。あれはトランクルームに置いてきた。三階の非常口サイン上部の見えないところに。ピアスはいま一度鍵をあらため、まだアマルフィ・ドライブの家の鍵があることを確認した。ニコールが不在でも、とにかくピアスはなかに入るつもりだった。そしてニコールを待てばいい。

34

ピアスはカリフォルニア・インクラインからパシフィック・コースト・ハイウェイに入って北へ進み、サンタ・モニカ渓谷の麓(ふもと)へ向かった。チャンネル通りで右折し、最初に見つけた空きパーキングメーターに駐めた。それからBMWをおりてビーチのほうへ徒歩でもどった。約十メートルごとに、尾行がないかと肩ごしに振り返り、あたりを見まわした。曲がり角までくるともう一度周囲を見まわしてから、ハイウェイの下をビーチへと抜ける歩行者用トンネルへつづく階段を急いでおりた。

トンネルの壁は落書きだらけだった。最後にこのトンネルを歩いたときから一年は経っていたが、いくつか覚えのあるものもあった。ニコールと良好な関係だったころ、日曜日の朝には新聞とコーヒーを買いに、このトンネルを通ってビーチへ向かったものだ。しかし、去年はほぼ毎日曜日にピアスがプロテウスの仕事をしていたので、ビーチへ行く余裕はなかった。

トンネルの反対側はふたつの階段に枝分かれしている。遠くにあるほうの階段は、地表水が渓谷から海へと注ぐ排水溝のすぐ隣の砂浜に通じている。そちらの階段を選び、日射しのなかへ出てみるとビーチに人影はなかった。ライフガードの黄色い監視台を見やった。ニコールとコーヒーを飲み、新聞を読んだ場所。ふたりの日曜日の儀式と同様にうち捨てられたように見える。ニコールのいる丘へあがるまえに、ただ監視台を見つめ、記憶に刻みつけておきたかった。しばらくして振り返り、トンネルの入り口へ引き返して、階段をくだった。

六十メートルほどのトンネルを四分の一ほど進んだところで、反対側の階段を男がおりてきた。頭上からの明かりのために、逆光で男はシルエットになって見えた。トンネルのなかでレンナーと対決することになると思い、ピアスはふいに身体を硬くした。あの刑事が尾行しており、逮捕するためにここにやってきたのだ。

男は敏捷な足取りで近づいてきた。まだ顔は見えない。どうやら大柄のようだ。少なくとも恰幅がいい。ピアスは歩調をゆるめたが、ふたりが出会うことは避けられなかった。振り向いて逃げれば、愚かにも罪を認めるようなものだ。あと六メートルの距離で、近づいてくる男は咳払いをした。もう一メートル距離が縮まったところで男の顔が見えた。レンナーじゃなかった。ピアスが見たこともない男だった。二十代初めの燃え尽きたサーファーに見える。不釣り合いなごついスキージャケットのまえを開けたまま着て、下の素肌をさらしていた。なめらかな肌で日焼けして胸毛がなかった。

「やあ、なにかお楽しみを探して――ちょっと、その顔はどうしたんだい？」

ピアスは男の横をすり抜け、歩みを速めて返事をせずに前進しつづけた。まえに何度か、このトンネルで声をかけられたことがある。チャンネル通りにはゲイ・バーが二軒あり、このあたりは縄張りなのだ。

数分後に縁石から車を出しながら、ピアスはBMWのミラーで尾行がないことを確かめた。胸の固まりがほぐれてきた。ほんの少し。まだニコールと対決しなくてはならない。

サンタモニカ渓谷の小学校が角にある交差点で左に折れてエントラダ通りへ入り、アマルフィ・ドライブまで進んだ。左折してアマルフィ・ドライブを走り、曲がりくねったヘアピン・カーブを抜けて、渓谷の北の斜面をのぼった。むかしの家のまえにさしかかり、ドライブウェイにちらりと視線を走らせると、ニコールの古いスピードスターが車庫にあった。家にいるようだ。ぐっとブレーキを踏み、道路脇に止まった。しばしじっと座ったまま、頭を働かせ、勇気をかき集めようとした。前方に、ぼろぼろの古いフォルクスワーゲンが車道でアイドリングしていた。青っぽい排気ガスが使い果たされたツイン・パイプから吐きだされ、ドミノ・ピザのサインが屋根に乗っている。それを見て腹が減っていることを思いだした。プレゼンテーションとゴダードと契約を結ぶという期待のおかげで、あまりにも舞いあがってしまいケータリングの昼食をつまんだだけだった。

しかし、食べ物の件はあとにしなければ。ピアスは車をおりた。

玄関まえのポーチに立って、ドアをノックした。ドアはガラス面に桟のないタイプのフランス窓なので、ニコールは廊下に立った瞬間にピアスだとわかったはずだ。しかし、ガラスはどちらからも反対側が見える。ニコールがピアスを見ると同時に、ピアスもニコールが見えた。ニコールはためらったが、不在のふりをして逃げることはできないとわかっている。

歩み寄ってきて、錠を開け、ドアをひらいた。

しかし、ニコールはドアのひらいた箇所に立ち、ピアスをなかにいれようとしなかった。色褪せたジーンズとネイビーブルーの軽いセーターを着ている。セーターはすそを切って、日焼けした平たい腹とへそのゴールドの輪のピアスが見えていた。裸足だった。どこか近くに愛用のサンダルがあるはずだ。

「ヘンリー、ここでなにをしているの？」

「話をする必要がある。いれてもらえないか？」

「そうね、何本か電話がかかってくることになっているのよ。少し――」

「だれからだ、ビリー・ウェンツか？」

ニコールはひるんだ。いぶかしげな色が瞳に浮かんだ。

「だれですって？」

「だれだかわかっているはずだ。エリオット・ブロンスンかギル・フランクスはどうだ？」

ニコールはピアスを哀れむかのように首を横に振った。

「ねえ、ヘンリー。嫉妬する元ボーイフレンドが騒ぐの巻なら、見当ちがいよ。ビリー・ウェンツなんて知らないし、エリオット・ブロンスンやギル・フランクスの会社に勤めようともしていないから。同業者には再就職しない旨サインしているのよ。忘れたの？」

この言葉でピアスの鎧にひびが入った。ニコールが最初の攻撃を見事にそつなく自然にかわしたので、絶対だと思った結論に一抹の不安を感じた。一時間まえに裏返し、粉にし、ながめたすべてが、ふいに疑わしくなってきた。

「あの、いれてもらえるのか、もらえないのか？　玄関先でやりあいたくない」

ニコールはやはりためらったが、あとずさり、ピアスに入るよう手招きした。ふたりは廊下の右手にあるリビングへ歩いた。広々とした落ち着いた色調の部屋で、床と五メートル近い高さの天井はサクラ材だった。ぽっかり空いたスペースがある。そこにはピアスの革張りのカウチがかつて存在していた――もちだした唯一の家具だ。それ以外は、リビングはいまも変わっていなかった。一面の壁は床から天井まである巨大な書棚で、奥行きに本を二重に並べていた。棚のほとんどはニコールの本が埋めている。しかも、各棚に二列だ。ニコールはこの書棚に読了した本だけを置く。読書家だった。ピアスがニコールをもっとも好ましく思ったことに、夜に映画と〈シノワ・オン・メイン〉でのディナーに出かけるよりも、カウチで読書をしながらピーナッツ・バターとゼリーのサンドイッチを食べて過ごすほうが好きだったことが挙げられる。それに、ニコールの趣味は自分にとっても都合がよかった。本を読むのにピアスは必要ない。それでラボでの残業がたやすくなった。あるいは残業の頻度を増すことが。

「具合はどう？」ニコールは誠意を尽くそうと努力している。「だいぶ、よくなったようね」

「ぼくはだいじょうぶだ」

「きょうのモーリス・ゴダードとの件はどうだったの？」

「うまくいった。どうしてきみがそれを知っている？」

ニコールの顔に苛立った表情が浮かんだ。

「金曜日まで会社で働いていて、プレゼンテーションはすでに予定されていたからよ。覚えてないの？」

ピアスはうなずいた。そうだった。なにも疑わしい点はない。

「忘れていたよ」

「ゴダードは役員に？」

「そのようだ」

ニコールは腰をおろさなかった。リビングの中央に立ち、ピアスと向かい合っている。書棚が要塞のように背後にそびえ、ニコールを小さく見せ、すべての本が無言でピアスを糾弾しているようだった。ニコールのいる家にもどらなかった一晩につき、一冊の本が。

本に威圧されたが、それでもニコールとの対決では怒りを研ぎ澄ます必要があるとわかっていた。

「いいわ、ヘンリー。あなたはここにいる。わたしもここに。どういうことなの？」

ピアスはうなずいた。いまこそ対決のときだった。しかし、ここにきて、じつはなんのプランも練っていなかったと悟りはじめていた。即興でやることにした。

「ああ、どういうことか、ね。それはおそらくもう重要じゃないが、ぼくも知っておきたい。

少しでも楽に生きていけそうだから。いいから教えてくれ、ニッキ。だれかに捕まったのか、圧力をかけられたのか、脅されたのか？　それとも、ただあっけらかんとぼくを売っただけか？」

ニコールはぽかんと口を開けた。ピアスは三年間ともに暮らしていたから、ニコールの表情はすべて知っていると信じていた。いままで見たこともない顔つきはできないだろう。そしてぽかんと口を開けた表情はまえにも見たことがあった。しかし、この顔はなにかを見つけられた驚愕の表情じゃない。混乱の顔だ。

「ヘンリー、いったいなんの話なの？」

遅かった。もう引き返すわけにはいかない。

「なんの話かわかっているはずだ。きみはぼくをはめた。理由と黒幕がだれかを知りたい。ブロンスンか？　ミダスか？　だれなんだ？　連中が彼女を殺すつもりだと知っていたのか、ニコール？　知っていたなんて言わないでくれ」

ニコールの瞳にスミレ色の火花が宿りはじめた。怒りの合図だ。あるいは涙か。両方の場合も。

「なんの話かさっぱりわからないわ。あなたをなんにはめたですって？　殺すですって？」

「おいおい、ニコール。連中はここにいるのか？　ブロンスンが家に隠れているのか？　あいつらのプレゼンテーションはいつだ？　いつ取引できるんだ？　プロテウスと引き換えにぼくの人生を取りもどすための」

「ヘンリー、あなたはどうかしたみたいね。バルコニーにぶらさげられ、壁にぶつけられたときかしら。たぶん――」

「ごまかすな！　イザベルの話を知っているのはきみだけだ。ぼくはきみにしか話していない。それをどうだ、きみは今回の件に利用したんだ。どうしてそんなまねができた？　金のためか？　それとも、こんなにこっぴどく引っかきまわして、ぼくに仕返しをしたのか？」

ニコールが震え、弱まってきたのがわかった。ひびをいれられたのかもしれない。ニコールは指を広げて両手をあげ、そしておろした。廊下へ引き返そうとする。

「出ていって、ヘンリー。あなた、変になってるわ。壁にぶつかったせいじゃないなら、ラボで働きすぎたせいよ。とうとう、ぷつんと切れたのね。病院で診てもらったほうが――」

「きみは手にできない」ピアスはおだやかに言った。「プロテウスは手にできない。明日きみが目覚めるより早く、出願されることになっている。わかったか？」

「いいえ、ヘンリー。わからない」

「ぼくが知りたいのは、だれが彼女を殺したかだ。きみだったのか、それともウェンツにやらせたのか？　あの男が汚れ仕事の面倒を全部みたんだろう？」

その言葉でニコールは立ち止まった。振り返り、叫んばかりにこう言った。

「**なに**？　なんの話？　だれを殺したって？　自分がなにを言ってるのかわかっているの？」

ピアスは口をつぐみ、ニコールが落ち着くことを願った。あらかじめ考えていたようにも、そうなればいいと願っていたようにも事は運んでいなかった。ニコールの告白を引きだしたかった。それなのに、ニコールは泣きだした。

「ニコール、ぼくはきみを愛していた。自分でもどうかしてると思うが、くそっ、いまでも愛している」

ニコールは落ち着きをとりもどし、頬をぬぐい、胸のまえで腕を組んだ。

「いいわ、ひとつお願いしていいかしら、ヘンリー？」ニコールはしずかに言った。

「まだ奪い足りないのか？　これ以上、なにが必要なんだ」

「そこの椅子に座ってくれたら、わたしはここに座るわ」

ニコールはピアスに椅子を示してから、自分はいつも座っている椅子のうしろにまわった。

「とにかく座って、わたしの頼みをきいて。なにがあったのか話して。わたしがなにも知らないのだと思って話してみて。物語のように話してみて。あなたはそうだとは信じていないようだけど、そのつもりになって話してほしいの。物語のように話してみて。その物語のなかでは、わたしのことを好きなように話していいわ。どんな悪いことでもね。でも、とにかく話をして。最初から。いいかしら、ヘンリー」

ピアスはゆっくりと勧められた椅子に腰をおろした。そのあいだ、ずっとニコールを見つめていた。瞳を。ニコールが椅子のまえにまわりこみ、ピアスのむかいに腰をおろすと、ピアスは物語をはじめた。

「この件は二十年まえにはじまったんだ。ぼくがハリウッドで姉を見つけた夜に。そしてぼくはそのことを義理の父に教えなかった」

35

一時間後、ピアスは寝室に立ち、なにも変わっていない様子を目にしていた。ベッド横のニコール側の床に積まれた本も、なにも変わっていないようだった。ベッドに近づき、自分がかつて使っていた枕にひろげたまま置かれた本をながめた。『イグアナ・ラブ』――なんの本なんだろう？

ピアスの背後にニコールが近づき、指先でそっと肩にふれた。ピアスが振り返ると、ニコールは両手でピアスの顔をつつみ、鼻から目に走る傷跡をしげしげと見つめた。

「ごめんなさい」ニコールは言った。

「ぼくも一階で話したときはすまなかった。きみを疑って。この一年のすべてのことで謝りたい。きみをつなぎとめたまま、ハードな仕事をつづけられると思いこんで――」

ニコールがピアスのうなじに両手をまわし、引き寄せてキスをした。ピアスはニコールを抱いてやさしくベッドの端に座らせた。それから床に膝をつき、そっとニコールの膝を押し広げ、身体をあいだに入れた。そこでニコールに身体を預け、ふたりはふたたびくちびるを合わせた。今度はずっと長く、激しく。ピアスが最後に自分のくちびるに合わさるほかのくちびるを感じてから、長い時間が経っていたように思えた。

ピアスは手をニコールの腰に滑りおろし、引き寄せた。やさしく引き寄せはしなかった。すぐにニコールの片手をうなじに感じ、もう片方の手がピアスのシャツのボタンをまさぐりはじめた。ふたりはたがいの服を脱がそうともつれあったが、やがて身体をはなして自分で服を脱ぎだした。なにも言わなくても、そのほうが早いとふたりともわかっていた。

ふたりはすさまじい勢いで手を動かした。ピアスがシャツを脱ぐと、胸と脇腹の傷跡を見たニコールは顔を曇らせた。しかし、すぐさま身を乗りだして傷跡にキスをした。ついに裸になるとふたりはベッドに乗り、たがいを引き寄せ抱きしめ合った。ふれあった部分で欲望がうずき、切ない感情が燃えあがった。ピアスは気づいた。ずっとニコールがいなくて寂しくて、ニコールの感覚、そしてふたりの関係における心のふれあいが恋しくてならないあいだ、ニコールの身体も恋しくてならなかったのだ。この身体にふれ、味わいたくてたまらなかった。

顔をニコールの胸に押しつけ、そこからゆっくりと下へ動かしていった。肌に鼻をあて、ニコールの皮膚を貫くゴールドのリングを一瞬くわえ、さらに下へいくまえにリングを軽く引っ張った。ニコールが頭をのけぞらせ、喉はさらされ、無防備に見えた。ニコールは目を閉じて手の甲を口元にあて、拳の山のひとつを嚙んでいた。

ニコールの準備ができるとピアスの準備もでき、ピアスはニコールの上に乗って手を取り、自分の中心に添えさせて、ニコールがなかに導けるようにした。それがふたりのやりかた、ふたりの手順だった。ニコールはゆっくり動かし、ピアスを自分にあて、脚をピアスの脇腹にあげて背中で組んだ。ピアスは目を開け、ニコールの顔を見おろした。一度自宅に熱感知ゴーグルをもちかえり、ふたりで順番にかけてみたことがある。この瞬間、ニコールの顔は視界にすばらしく深みのある紫に見えることを知っていた。

ニコールが動きを止め、彼女も目を開けた。身体をはなしていく。

「どうした？」

ニコールはため息をついた。

「できないわ」

「なにができないんだ？」

「ヘンリー、とても申し訳ないけれど、こんなことはできないわ」

ニコールは脚をはなし、ベッドにおろした。そして両手をピアスの胸にあて、押しやろうとした。ピアスは抵抗した。

「わたしからはなれて、お願い」

「冗談なんだろう？」

「いいえ。はなして！」

ピアスはニコールの隣に脇腹を下にして寝転がった。すぐさまニコールはベッドの端に起きあがり、背中を向けた。腕組みをして背中を丸め、まるで自分を抱きしめているようだった。むきだしの背中で背骨が美しい稜線を描いていた。ピアスは起きあがり、そっとニコールのうなじにふれ、ピアノの鍵盤に滑らすように、背骨に沿って親指を走らせた。

「どういうことだ、ニッキ？　どうしたんだ？」

「下で話をしたあとでは、こうすることがいいと思ったわ。ふたりに必要なことだと思った。でも、そうじゃない。わたしたちはこんなことできないわ、ヘンリー。正しくない。もうつきあっていないのに、こんなことをしたら——どうなるかわからない。とにかく、できないの。ごめんなさい」

ピアスはほほえんだ。もっとも背中を向けているニコールには見えないが。手を伸ばして右の腰にあるタトゥーにふれた。小さくてふだんはほとんど見えない。ふたりがベッドをともにした最初の夜にピアスは初めて見つけた。へそのリングと同じように、このタトゥーにも惹きつけられ、惚れこんだ。ニコールは、そのタトゥーを「漢字」と言った。〝フ〟と発音し（「福」を指す）、中国の象形文字で〝幸福〟を意味するという。幸福は内から生じるもので、物質的な存在から生じるのではないことを忘れないためのタトゥー、そうニコールは語った。

ニコールが振り返り、ピアスを見た。

「なぜ笑っているの？　怒ると思ったのに。ほかの男ならそうなるわよ」

ピアスは肩をすくめた。

「どうしてだろうな。たぶんきみの言うとおりだと思ってるからだ」

しかし、徐々にニコールは悟りはじめた。ピアスがやったことを。ニコールはベッドから立ちあがり、ピアスのほうを見た。枕に手を伸ばし、まえを隠した。意味するところは明らかだった。もはやピアスと裸でいたくないのだ。

「どうした？」

「この卑怯者」

「なにを言ってるんだ？」

ニコールの瞳に火花が弾けたが、今度は泣いてはいなかった。

「これはテストだったのね？　倒錯めいたテストだったんだわ。もしわたしがあなたと寝たら、下で話したことすべては嘘だと考えたのよ」

「ニッキ、どういうことか――」

「出ていって」

「ニコール……」

「あなたといまいましいテストに実験。言ったでしょ、出ていって！」

自分がやってしまったことにまごついて、ピアスは立ちあがり、服を身につけはじめた。下着とジーンズを一緒にしたままはいた。

「聞いてくれないか」

「いや。なにも聞きたくない」

ニコールはそっぽを向いて浴室へ歩いていった。枕を落として無頓着に歩いていく。ピアスをあざけるように背中を見せて。二度とこの姿をながめることはないとピアスに思い知らせている。

「すまない、ニコール。ぼくは――」

ニコールは浴室のドアを大きな音をたてて閉めた。一度もピアスのほうを振り返らなかった。

「帰って」浴室のなかでニコールの声がした。

つづいてシャワーの音がした。最後にピアスがふれたあとを洗い流している。

ピアスは身繕いを済ませ、一階へおりた。最後の一段に腰をおろし、靴を履いた。どうしてニコールについて取り返しのつかない勘ちがいをしたのだろう。

出ていくまえに、もう一度リビングへ入り、書棚のまえに立った。ぎっしり詰まっている。ハードカバーの本だけだ。ここは知識と経験と冒険の祭壇だ。以前、リビングに入ると、ニコールがカウチに座っていたことがある。読書はしていなかった。ただ本をながめているだけだった。

棚のある一段は、すべてタトゥーとグラフィック・デザインについての本で揃えてあった。ピアスは近寄り、そこにあるはずだと知っている本が見つかるまで指でたどり、目当ての本を引きだした。中国の象形文字について書かれた本で、ニコールはその本からタトゥーの字を選んだ。フのページが出てくるまで本をめくり、説明文を読んだ。『論語』からの引用だった。

粗末な飯を食べ、ただの水を飲み、曲げた腕を枕にする。それで充分しあわせだ。

ピアスは悟るべきだった。ニコールではないと悟らなければならなかった。ロジックがまちがっていた。科学がまちがっていた。科学はピアスが当然信じるべきものを疑わせた。

ピアスは〝シュウ〟の字が出てくるまでページをめくった。赦しの象形文字だ（「恕」を指す）。

「〝赦しとは心のおこないである〟」ピアスは声に出して読んだ。

本をコーヒーテーブルへ運び、シュウが描かれたページをひらいたまま置いた。すぐにニコールが見つけるだろう。

後ろ手にドアを閉めて鍵をかけると、ピアスは車へ向かった。運転席に座ったまま、自分がやったこと、自分の罪について考えた。報いを受けた。ほとんどの者は報いを受ける。

キーをイグニションに差しこみ、エンジンをかけた。ピアスの脳内RAMが、先ほど見かけたピザ宅配の車のイメージを頭に浮かばせた。空腹だと思いだした。

その瞬間に原子と原子が勢いよくぶつかり、新しい元素を創りだした。ピアスはひらめいた。いいアイデアを。エンジンを切り、ふたたび車をおりた。

ニコールはまだシャワーを浴びているか、玄関に出たくないかどちらかだった。しかし、ピアスは構わなかった。まだ鍵をもっている。ドアの鍵を開け、廊下からキッチンへ向かった。

「ニコール」ピアスは呼びかけた。「ぼくだ。ちょっと電話を借りるだけだから」

返事はなく、おそらく家の遠くのほうでする水音のために聞こえないのだろうと思った。

まだシャワーを浴びているのだ。

キッチンの電話でヴェニスの番号案内にかけ、ドミノ・ピザの番号を訊ねた。二軒あり、どちらの番号も聞いてから、ニコールが電話の横に置いているメモ用紙に書き留めた。最初の番号にかけて応答を待ちながら、電話の上の戸棚を開けてイエロー・ページを取りだした。ドミノ・ピザがだめなら、ひらめきを実行するためにヴェニスのすべてのピザ宅配業者に電話をするつもりだった。

「ドミノ・ピザです。毎度ありがとうございます」

「ピザを注文したい」

「電話番号からよろしいでしょうか？」

記憶をたぐり、ルーシー・ラポルの携帯電話の番号を伝えた。コンピュータに打ちこむ音がする。返事を待っていると、電話の向こうの男性が言った。「ご住所をよろしいでしょうか？」

「記録がないってことかい？」

「ええ、そうです」

「すまない、かけまちがえたようだ」

ピアスは電話を切り、次のドミノ・ピザの番号にかけて同じ手順を繰り返し、ルーシーの番号を電話の向こうの女性に伝えた。

「ブリーズ通り九〇九でしょうか？」

「なんだって?」

「ご住所はブリーズ通り九〇九、お名前はラポルさま、でよろしいでしょうか?」

「そう、そうなんだよ」

ピアスは住所を書き留めた。アドレナリンが血中に噴出する。おかげでメモ用紙に書いた字は、のたくった細かい字になった。

「ご注文をどうぞ」

「ふむ、コンピュータには前回頼んだ記録が残っているかい?」

「レギュラー・サイズ、トッピングはオニオン、ピーマン、マッシュルームです」

「それがいい。同じものを」

「お飲物はいかがですか。ガーリック・ブレッドは?」

「いや、ピザだけでいい」

「かしこまりました。三十分でお届けします」

女性は別れの挨拶もせず、ピアスに言わせる隙もあたえず、電話を切った。ピアスも電話を切り、振り返ってドアに向かおうとした。

ニコールがそこに立っていた。髪は濡れ、白いテリークロスのローブを着ていた。ピアスのものだったローブだ。一緒に暮らしはじめて最初のクリスマスにニコールがプレゼントしてくれたものだが、ピアスは一度も身につけたことがなかった。バスローブを着るような柄じゃなかった。結局ニコールが自分のものにした。大きすぎたが、このローブを着るととてもセクシーに見えた。バスローブ姿の自分がピアスにもたらす効果を知っていたニコールは、翻す旗のようにローブを利用した。ニコールがシャワーのあとにそのローブを身につけると、それはふたりがベッドへいくことになると意味していた。

しかし、今回はちがう。もうちがう。ニコールの表情は挑発や色気とは無縁だった。ニコールはピザ宅配の広告のページがひらかれたイエロー・ページを見おろした。

「信じられないわ、ヘンリー。あんなことが起こって、いえ、あんなことをやったあとで、何事もなかったようにキッチンに来てピザを注文するなんて。あなたには常識があるとばかり思っていたのに」

ニコールは冷蔵庫まで歩いていき、扉を開けた。

「出ていってと頼んだはずよ」

「出ていくよ。だが、きみが考えているようなことじゃないんだよ、ニコール。ぼくは人を見つけようとしているだけで、これが唯一の方法なんだ」

ニコールは冷蔵庫から水のボトルを取りだし、キャップをはずしはじめた。

「出ていってと頼んだでしょう」ふたたび同じセリフ。

「わかった、出ていくよ」

ピアスはニコールとキッチンのアイランド型調理台とのあいだをすり抜けようとした。しかしふいにコースを変えて、ニコールに向かった。肩をつかみ、振り向かせた。くちびるにキスをした。ニコールは急いでピアスを押し、水がふたりにこぼれかかった。

「さようなら」ニコールがしゃべるまえにピアスは言った。「いまでもきみを愛してる」

ピアスは玄関へ歩きながら、鍵束からこの家の鍵を抜き取った。ドア横の鏡の下にある小さな玄関テーブルに鍵を置いた。ドアを開けながら振り返ってニコールを見た。するとニコールは顔をそむけた。

36

ブリーズ通りはヴェニスの徒歩道路のひとつだ。つまりピアスが近づくためには、どこかで車をおりなければならなかった。ヴェニス近隣の何区画かでは、小さなバンガローが向かい合って建築され、あいだに歩道が一本あるだけとなっている。車が通る道はない。そうした家の背後に狭い路地が走り、オーナーたちがそこを通って自分の車庫へ行けるようになっている。しかし、バンガローの前面は共有の歩道に接しているわけだ。これはヴェニス独特のプランで、ご近所意識を高め、同時に狭い土地にできるだけ家を建てられるように計画された結果だった。徒歩道路の家々は高く評価されている。

ピアスは手書きの戦没者記念碑近くにあるオーシャン通りの縁石に駐車スペースを見つけ、ブリーズ通りまで歩いた。七時近くになっており、空はスモッグのかかった夕陽で燃え尽きそうなオレンジ色を帯びはじめていた。ドミノ・ピザから入手した住所はブロックを半分進んだところだった。夕陽を見ようとビーチへ歩いていく途中を装い、ぶらぶらと歩道を進んだ。九〇九番地に通りかかると、何気なく視線を向けた。黄色のバンガローで、同じブロックの家より小さく、古いブランコがついた幅広いポーチがあった。近隣の家と同じように、前面には門のついた白い垣根があった。

前面の窓にはカーテンが引かれていた。ポーチの天井灯が灯っており、ピアスは悪い兆候だと見なした。明かりをつけるには早い時間だから、昨夜からつけたままになっているのだろう。心配になってきた。レンナー刑事もコーディ・ゼラーも発見できなかった住所をようやく見つけたのに、ルーシー・ラポルは姿を消してしまったかもしれない。

ピアスは歩きつづけ、ブリーズ通りがスピードウェイと交わる地点までできた。ビーチの駐車場がある場所だ。車までもどり、ここに移動させようかと思ったが、わざわざ時間をかけてやる必要はないと判断した。さらに十分ほど駐車場をうろついて、太陽が水平線へと沈むのをながめた。それからブリーズ通りを引き返していった。

今回はさらにゆっくりと歩き、動きがないかとあたりの家すべてに目をこらした。ブリーズ通りは静かな夜を迎えていた。人っ子一人、見かけなかった。話し声もしない。テレビの音さえしなかった。ふたたび九〇九番地にさしかかった。小さな家に現在、人が暮らしている兆候はなにもなかった。

ブリーズ通りの突きあたりまで来たときに、青いピックアップ・トラックがやってきて、歩道の入り口で止まった。屋根に見慣れたドミノ・ピザのサインがあった。小柄なメキシコ系男性が赤いピザ保温ケースを手に飛びおり、足早に歩道を進んだ。ピアスは充分先に行かせてから、あとを尾けた。保温ケースに包まれていても、ピザの香りがした。いい香りだった。腹が減っていた。配達人が九〇九番地のポーチを横切りドアへたどり着くと、ピアスは歩みを止め、隣家の赤いブーゲンビリアの木陰に隠れた。

配達人は二回にわたってノックをした——二度目は最初より大きな音で——そしてあきらめようとしたときに、ドアがひらいた。ピアスは場所の選択に失敗したと気づいた。この角度では九〇九番地がよく見えない。だが、そのとき声がした。ノックに応えたルーシー・ラポルの声だった。

「頼んでないわ」

「確かですか？　ブリーズ通り九〇九番地と聞いてますが」

配達人は保温ケースの横から平たい箱を引っぱりだした。箱の横に書いてあることを読みあげた。

「ラポル、レギュラー、オニオン、ピーマン、マッシュルーム」

ルーシーがくすくす笑った。

「ええ、それはあたしの名だし、いつも頼むものだけど、今夜は注文してないよ。コンピュータの誤作動かなにかで、まえの注文がまたカウントされたんじゃないの」

配達人はピザを見おろし、悲しげに首を横に振った。

「そうですか、わかりました。そう言っときます」

配達人はケースに箱を突っこみ、ドアに背を向けた。ポーチをはなれると、家のドアが背後で閉まった。ピアスはブーゲンビリアの花のところで、二十ドル札を手に配達人を待ちかまえていた。

「なあ、あの人がいらないんだったら、ぼくがもらうよ」

ピザ配達人の顔がぱっと明るくなった。

「いいですとも、問題ないです」

ピアスはピザと二十ドル札を交換した。

「釣り銭は取っておいてくれ」

配達人の顔はますます明るくなった。誤配が大きなチップに変わったのだ。

「どうも！　どうぞいい夜を」

「がんばってみるよ」

一刻も躊躇せず、ピアスはピザを九〇九番地へ運び、門を抜け、ポーチをあがった。ドアをノックした。ありがたいことに、のぞき穴はなかった——少なくとも、ピアスが気づく範囲では。今回はほんの数秒でルーシーが出てきた。視線は下むきになっていた——小柄なピザ配達人を予期した高さだ。その視線をあげて、ピアスを見て顔の怪我を認めると、ルーシーのあざも傷跡もない顔がショックでゆがんだ。

「やあ、ルーシー。今度はピザをもってこいと言っただろう。覚えてるかい？」

「ここでなにしてるの。お呼びじゃないのよ。あたしを煩わせないでと言ったはずよ」

「きみは、電話するなと言っただろう。ぼくは電話しなかった」

ルーシーはドアを閉めようとしたが、ピアスは予想済みだった。手を突きだしてドアが閉まらないようにした。開けようとすると、ルーシーが閉じようとする。しかし、力が弱かった。本気で閉じようとしたわけではなく、そうする気力もなかったようだ。ピアスはウェイターのように片手にピザをもったまま、もう片方の手でドアを開けたままにしておけた。

「話がある」

「いまはだめ。帰ってよ」

「いまだ」

ルーシーは抵抗をやめ、弱々しい力でドアを押すことをやめた。まんいち、見せかけだといけないのでピアスはドアに手をかけたままにした。

「わかったわよ、なにが望みなの？」

「まず、なかに入りたい。ここに立っているのはごめんだ」

ルーシーがドアからあとずさり、ピアスはなかに入った。リビングは狭く、カウチ、ひとりがけのソファ、コーヒーテーブルがひとつずつでほぼ埋めつくされていた。台にテレビが置いてあり、ハリウッドのニュースとエンターテインメントの番組が映っていた。小さな暖炉があったが、数年は火をおこしていないようだった。

ピアスはドアを閉めた。さらにリビングに足を踏み入れ、ピザの箱をコーヒーテーブルに置き、テレビのリモコンを取りあげた。テレビを消してリモコンをテーブルにほうった。テーブルはエンターテインメント雑誌とゴシップ誌、吸い殻があふれそうな灰皿が所狭しと並んでいた。

「見てたんだけど」ルーシーは言った。

ルーシーは暖炉のそばに立った。

「知ってる」ピアスは言った。「座って、ピザを食べたらどうだ」

「ピザはいらない。ほしかったら、さっきの配達員から買ったわよ。ピザ宅配からあたしを見つけたの？」

ルーシーはカットオフのブルー・ジーンズと緑の袖なしTシャツを着ていた。靴はなし。かなり疲れているように見えたが、もっとも、最初に会った夜はルーシーは化粧をしていたのかもしれない。

「ああ、きみの住所が登録されていた」

「店を訴えてやろうかな」

「店のことは忘れろ、ルーシー。そしてぼくに話してくれ。きみは嘘をついた。あいつらに痛めつけられたと言ったじゃないか。青あざだらけで、人には見せられないと」

「嘘はついてないけど」

「へえ、じゃあ、治りが早いんだな。その秘訣を教わりたいもの――」

ルーシーがTシャツをめくりあげ、腹と胸をさらした。左脇腹に、肋骨が肌の下で突きだしている線に沿って、濃い紫色のあざがついていた。右胸はゆがんでいた。小さくはっきりとしたあざが複数ついており、指の跡だとわかった。

「ひどい」ピアスはつぶやいた。

ルーシーはTシャツをはなした。

「嘘はつかなかった。痛いのよ。それに奴はインプラントをつぶした。漏れてるかもしれないけど、明日まで病院へは行けないの」

ピアスはルーシーの顔を見つめた。痛がっていることは明らかだった。そして怯え、心細いことも見て取れた。ピアスはのろのろとカウチに腰をおろした。ピザをどうするつもりだったにしろ、頭から消え去っていた。いまはピザをつかんでドアを開け、歩道に投げつけたい気分だった。頭のなかはルーシーがシックス・エイトにつかまれて、ウェンツに痛めつけられている場面で埋めつくされた。ウェンツの顔に楽しんでいる表情がはっきり見えた。以前、この目で見たことがある。

「ルーシー、ぼくは後悔してるよ」

「あたしも。あんたと関わり合いになって後悔してるわ。だから、あんたは帰らないとだめ。あんたがここに来たことがばれたら、あいつらがもどってきて、もっとひどい目に遭いそう」

「ああ、わかった、帰るよ」

だが、ピアスは立ちあがろうとはしなかった。

「わからない」ピアスは言った。「今夜は失敗ばかりだ。ここに来たのは、きみが一味だと思ったからだ。ぼくはだれにはめられたのか見つけだすために来た」

「なんにはめられたって？」

「リリー・クインランの件。リリーの殺人だ」

ルーシーはゆっくりとソファに身体を沈ませた。

「あの子、確かに死んでるの?」

ピアスはルーシーを見て、次にピザの箱を見た。冷凍庫で見たものを思いだし、うなずいた。

「警察はぼくがやったと考えている。立件しようとしているんだよ」

「あたしが話をした刑事が?」

「ああ、レンナーだ」

「あいつには、あんたがあの子を見つけようとしただけだと話すわよ。無事を確かめようとしただけだって」

「ありがとう。でも、それじゃ役に立たないだろう。レンナーはそれもぼくの計画の一部だといっている。きみやほかの人たちを利用し、通報もしたが、すべて自分がやったことをごまかすためだと思われているのさ。レンナーに言わせると、殺人者がよきサマリア人を装うことが多いそうだよ」

次はルーシーの番だったが、ずっと黙りこくっていた。ピアスはテーブルにのった古い《ナショナル・インクワイアラー》紙の見出しを見ていった。そして自分が世間にかなり遅れを取っていることに気づいた。トップページに載った名前も、そして有名人の写真も、ひとつもわからなかった。

「刑事にはこう話せるかも。あんたをあの子のアパートに案内するよう人に命令されたって」ルーシーはしずかに言った。

ピアスはルーシーを見あげた。

「それは本当なのかい？」

ルーシーはうなずいた。

「でも誓うよ。あいつがあんたをはめるつもりだなんて、知らなかったんだって、ヘンリー」

「〝あいつ〟とは？」

「ビリー」

「なにをしろと言われたんだ？」

「あたしが命令されたのは、あんたから、ヘンリー・ピアスから電話があるだろうってこと。そうしたらデートの約束をして、あんたをリリーのアパートに案内しろって。あそこに行くのは、あんたの考えのように思わせろと言われた。あたしがやれって言われたのはそれだけ。知ってることとも。そんなことだとは知らなかったのよ、ヘンリー」

ピアスはうなずいた。

「それはいいんだ。わかるよ。きみに怒っちゃいないさ、ルーシー。あいつに命じられたことを、しなくちゃならなかった」

ピアスは考えてみた。いま聞いたことを裏返し、重要な情報かどうか確かめようとした。罠である明確な証拠に思えるが、同時にこの証拠の情報源が警察、弁護士、陪審団にあまり重きを置かれないことを自覚する必要がある。それにふたりが会った夜にルーシーに支払った金のことも思いだした。刑事法についてはろくに知らないが、それでもあの金が問題になることはわかる。証人としてのルーシーの傷になるか、悪ければ不適格とされるかもしれない。

「刑事に話そうか？」ルーシーは言った。「そうすれば、計画の一部だとわかってくれるはずだよ」

ピアスは首を横に振り、ただちに、自分中心に考えていたことに気づいた。この女が自分を助けることができるか、あるいは傷つけはしないか、そればかりに気を取られていた。ただの一度もルーシーの立場を考えてやらなかった。

「いや、ルーシー。それではきみが危険になる。ウェンツが。それに……」

ピアスはもう少しで、売春婦の言葉は警察ではたいしてあてにされないだろうと話すところだった。

「それに、なに？」

「よくわからない。レンナーが考えを変えるには充分じゃないと思うんだ。それに、あの刑事はぼくがきみに金を払ったことを知っている。そのことで、事実をゆがめて考えている」

ひらめいたことがあり、ピアスは話題を変えた。

「ルーシー、ウェンツに言われてきみがやったことがそれだけなら、なぜやつらはここに来た？　なぜきみを痛めつけた？」

「あたしを怯えさせるためよ。あいつら、警察があたしと話をしたがるってわかってた。どう話すかまできっちり言いつけられた。したがわなくちゃならない台本があったの。それに、あたしがしばらく姿を消したほうがよかったみたいね。二週間で万事平常にもどると言われたけど」

二週間か。それまでには芝居も終わるだろう。

「では、きみがリリーについて話したことにも、すべて台本があったんだな？」

「いいえ。その台本はないわ。たとえばどの話？」

「きみがリリーのアパートメントに行った日、リリーが現われなかったこととか。ぼくがアパートメントへ行きたくなるように、でっちあげたんだろう？」

「ちがうよ、その部分は真実。それどころか、全部が本当。あんたには嘘をつかなかったのよ、ヘンリー。ただ、案内しただけ。真実を使って、ビリーがあんたを行かせたかった場所へ案内した。それにあんたも行きたかった場所へ。客も、車も、起こった面倒も、全部本当なんだよ」

「車？　どういう意味だい」

「まえに話したよ。駐車スペースがふさがっていたって。客のために空けてるはずだったのに。あたしの客ね。あれは大迷惑だった。別の場所に駐めて、それから歩いてもどらなくちゃならなくて、客は汗びっしょりになってね。あたしは汗をかいた男はキライなの。それでいざアパートに行ってみたら、返事がなくて。力が抜けたわ」

ピアスは、あっと思った。最初に聞いたときはその点を見逃していた。訊ねるべきことを知らなかったからだ。なにが重要か、わかっていなかった。リリー・クインランがその日ルーシーの呼びかけに応えなかったのは、アパートメントのなかで死んでいたからだ。だが、リリーはひとりではなかったかもしれない。車があった。

「そのスペースにあったのは、リリーの車だったのか？」

「ううん。さっきも話したけど、あの子はいつもそのスペースを客のために空けといたから」

「そこにあったのはどんな車か覚えてるかい？」

「ええ、幌をおろしていたから覚えてる。あたしなら、あの界隈であんな車の幌をおろしたままにはしないね。ビーチをうろついてるごろつきが、すぐそこにいるのに」

「どんな車だった」

「黒のジャガー」

「幌をおろした」

「そう。そう言ったでしょ」

「二人乗りの？」

「そう、スポーツ・カー」

ピアスは長いこと無言でルーシーを見つめていた。一瞬ピアスはめまいがして、カウチに崩れ落ちそうだと思った。顔からピザの箱に突っこんで。ありとあらゆることが、一度に頭のなかに押し寄せた。すべてが照らされ輝いて、あらゆるものがぴたりとはまった。

「北極光」

ピアスは息を殺してつぶやいた。

「なに？」ルーシーが訊ねた。

ピアスはなんとかカウチから立ちあがった。

「帰らないと」

「だいじょうぶ？」

「だいじょうぶになった」

ピアスはドアへ向かったが、ふいに立ち止まり、ルーシーを振り返った。

「グレイディ・アリソン」

「あいつがどうかしたの」

「車があの男のものだった可能性は？」

「さあ。あいつの車を見たことないもの」

「アリソンはどんな風貌の男だ」

ピアスはゼラーが送ってきたアリソンの顔写真を思い描いた。青ざめ、鼻が折れて、髪をグリースでうしろに流した凶悪犯。

「そうね、若い感じで、日に焼きすぎて、顔がなめし革のようになってて」

「サーファーのように？」

「そうね」

「ポニーテールにしてる、そうだね？」

「たまに」

ピアスはうなずき、ドアのほうを向いた。

「ピザをもっていく？」

ピアスは首を横に振った。

「食べられそうにない」

37

コーディ・ゼラーがようやく〈アメデオ・テクノロジーズ〉に現われるまで二時間かかった。準備をするためにピアスは自分でも時間が必要で、真夜中まで友人に電話もできなかった。それからコンピュータ・システムに侵入されたから、来てもらわなければならないとゼラーに伝えた。するとゼラーは人と一緒だから朝まで抜けだせないと言い張った。ピアスは朝では手遅れになると言った。言い訳は一切無用、ゼラーが必要で、これは緊急だと告げた。口には出さずに、今後もアメデオの仕事とふたりの友情を無傷にしておきたかったら、来るしかないと明確に伝わるようにした。抑制の利いた声を保つことはむずかしかった。その時点で、友情はすでに切り裂かれるどころではなかった。

その電話から二時間後、ピアスはラボでひたすら待ちつづけ、コンピュータ・ステーションのモニターで監視カメラの映像を見つめつづけていた。マルチシステムなのでゼラーの足取りをずっと追うことができた。黒いジャガーをガレージに駐め、正面玄関からビルに入り、警備員の台座へ進み、ひとりきりで任務にあたっている警備員からスクランブル・カードを受け取り、ラボにいるピアスに会うための指示を受ける様子を。ゼラーはエレベーターで下降し、マントラップを抜けてきた。そのときピアスは監視カメラの映像を切り、コンピュータの聞き取りプログラムをスタートさせた。モニター上部のマイクを調整し、モニターの電源を消した。

「よし」ピアスは言った。「さあやるぞ。あのでかい蠅を叩きつぶすときだ」

ゼラーはスクランブル・カードがあって初めてマントラップを抜けることができる。二番目のドアには暗証番号の入力が必要だ。もちろん、ゼラーは暗証番号を知っているはずだ。暗証番号は毎月変更され、新しい番号はメールでラボのスタッフに送られる。しかし、ゼラーはトラップをくぐり、内側のドアまで来ると、単純に銅張りのドアをドンドン叩いた。

ピアスは立ちあがり、なかに招いた。ラボに入ってきたゼラーは、無理じいされてひどくむっとしている男の態度を見せつけていた。

「よおし、ハンク。来たぞ。大いなる危機ってなんだ？　電話をよこしたとき、おれはいい女とお楽しみのまっ最中だったんだぞ」

ピアスはコンピュータ・ステーションの席にもどり、腰をおろした。椅子を回転させながら、ゼラーを見つめた。

「ここへ来るのに、だいぶ時間がかかったじゃないか。だから、こっちのせいで途中でやめたとは言わせないぞ」

「友よ、まったくの誤解だぜ。長くかかったのは、おれが完璧なる紳士だからだ。彼女をヴァレーへ送ってやったんだが、マリブ渓谷で、いまいましい山崩れがまたあったんだよ。だから迂回して、延々とトパンガを行かないとならなかった。これでも、できるだけ急いでここに来たんだ。ところで、このにおいはなんだ？」

ゼラーはとても早口だった。おそらく酔っているか、ラリっているか、その両方だろう。これが実験に影響するかどうかは、わからない。設定に新たな項目が加わった。

「カーボンだ」ピアスは言った。「おまえを待っているあいだに、ワイヤーを焼けると思ったんだ」

ピアスはワイヤー・ラボの閉ざされたドアのほうへあごをしゃくった。ゼラーは記憶からなにかを引きずりだそうとするように、何度も指を鳴らしていた。

「あのにおい……ガキのころを思いださせるぞ……プラスチックの小さな車に火をつけたとき。そう、プラモデルだ。接着剤を使う組み立てキットで作るようなやつ」

「そいつはましな記憶だ。あのラボに入ってみろよ。もっとひどいにおいがする。深呼吸をしたら、全部思いだせるかもしれんぞ」

「ごめんだ。また今度にしておく。さて、来たぞ。なんの騒ぎだ？」

その質問はコーエン兄弟の映画《ミラーズ・クロッシング》のセリフだった。ゼラーの好きな作品で、ゼラーがそこから頻繁に引用してくる会話の宝庫だ。しかし、ピアスは引用に気づいたことを顔に出さなかった。今夜はそのゲームをゼラーとするつもりはない。この芝居に、すなわち、管理された状況のもとで自分がおこなっている実験に集中するつもりだった。

「電話で話したように、システムに侵入された」ピアスは言った。「難攻不落のはずのおまえのセキュリティ・システムは役立たずだったぞ、コード。何者かがうちの極秘情報をすべて盗みだしてる」

その非難にゼラーはたちまち動揺した。両手を胸のまえであわせたが、手がたがいに争っているように見えた。

「落ち着け、落ち着け、まずはじめにだな、何者かが極秘情報を盗んでいると、どうやってわかった？」

「とにかくわかった」

「そうか、とにかくわかったと。その言葉、そっくり受けいれるとしよう。よし、じゃあ、盗まれたのはデータ・システムを通じてだとどうしてわかる？　だれかのおしゃべりで漏れたか、情報が売られたんじゃなくてさ？　チャーリー・コンドンはどうだ？　あの男とは何度か飲んだことがある。話し好きだぞ」

「あいつの仕事は話すことだ。だが、極秘情報というのはチャーリーでさえ知らないことさ。ぼくと数名が知るだけの。ラボの連中だ。そしてぼくが話しているのはこれのことだ」

ピアスはコンピュータ・ステーションのひきだしを開け、中継スイッチの箱のような小型の装置を取りだした。電源プラグと小さなワイヤー・アンテナがある。片方の端から十五センチの長さのケーブルが伸び、先にスロット・カードがついている。ピアスは装置をデスクに置いた。

「もしや思ったから、メンテナンス・ファイルを調べたが、なにも見つからなかった。それで、大型汎用コンピュータのハードウェアを調べてみたら、この小さなスロットが差しこまれていた。ワイヤレス・モデムがついてる。おまえたちが、スニッファーと呼ぶものだろう」

ゼラーがデスクに近づき、装置を手にした。

「おれたち？　企業コンピュータ・システムのセキュリティ・スペシャリストのことか」

ゼラーは手にしたまま装置を裏返した。それはデータ・キャッチャーだった。プログラムし、汎用コンピュータに取りつけて、コンピュータ・システム内のすべてのメールのやりとりを傍受し、集める。そしてワイヤレス・モデムであらかじめ定められた場所へデータを送りだす。ハッカー世界での用語で、嗅ぎ屋（スニッファー）と呼ばれている。この機器はあらゆるものを集め、盗人はすべてのデータを自由に嗅ぎまわって宝石を探すことができるからだ。

ゼラーの顔は深刻な懸念を表わしていた。かなりいい芝居だとピアスは思った。

「手作りだ」ゼラーは装置を調べながら言った。

「ふつう、どれもそうじゃないのか？」ピアスは訊ねた。「〈ラジオ・シャック〉へふらりと出かけて、スニッファーを選ぶわけにはいかないだろ」

ゼラーはそのコメントを無視した。口をひらくと、声がひどく震えていた。

「なんだって、こんなものがついてたんだ？　なぜ、おまえのところのシステム・メンテナンス担当者は気づかなかった？」

ピアスは椅子にもたれ、できるだけ冷静に演じようとした。

「へたな芝居はやめて、話したらどうだよ、コーディ」

ゼラーは手にした装置から視線をピアスに移した。驚き、傷ついたようだった。

「おれが知るわけないだろう。システムはおれが作ったが、この装置は作ってないぞ」

「ああ、おまえがシステムを作った。そして、その装置は汎用コンピュータについていた。うちのメンテナンス担当が気づかなかったのは、おまえに買収されていたか、あまりにもうまく隠されていたからか、どちらかだ。ぼくはそのつもりで探したから、見つけられただけだ」

「おいおい、スクランブル・カードをもった奴なら、だれでもコンピュータ・ルームへ入ることができるし、こいつを取りつけることもできる。内部設計のときに、汎用コンピュータはこのラボに設置すべきだと話したじゃないか。安全面から」

ピアスは三年まえの議論をふたたび繰り返し、自分の決定を確信しながら首を横に振った。

「汎用コンピュータは実験にあまりにも多くの妨害を生じさせる。それはわかってるだろう。だが、それはまた別の問題だ。そいつはおまえのスニッファーだ。スタンフォードでコンピュータ・サイエンスから化学に専攻を変えたぼくだが、それでもまだ少しはわかる。自分のノートパソコンにモデム・カードをつなげて、自分のダイアル・アップで使ってみたよ。プログラムされていた。データをためておくサイトにつながった。登録されたサイトの名はドゥームスターズインク」

　ピアスは反応を待ったが、ゼラーはほとんど視線を動かさなかった。

「ひとつの単語だ。ペンに入っている〝インク〟がついてる」ピアスは言った。「けど、おまえはもう知ってることだな。とてもアクティヴなサイトだったと想像できるよ。うちがここに移転したときに、おまえがスニッファーをインストールしたんだろう。三年間にわたっておまえは見てきた、聞いてきた、盗んできた。どれでも好きなように呼ぶがいい」

　ゼラーは首を横に振り、目は伏せたまま装置をデスクへもどした。ピアスは先をつづけた。

「一年ほどまえ――ララビーを雇ったあとに――プロテウスと呼ばれるプロジェクトについて、ぼくがララビーと何度もメールをやりとりしていることにおまえは気づきはじめた。次に、チャーリーともプロテウスの件で何度もメールを交わし、つぎはうちの特許弁護士とだった。調べたんだよ。自分のメールはすべて保存している。我ながら偏執的だよな。ぼくは調べてみたんだ。おまえはなにが起ころうとしているかメールから推察したんだろう。製法自体からじゃない。ぼくらはそれほどバカじゃない。だが、うちに製法があり、それでなにをするつもりかは、おまえにもよくわかった」

「わかったよ、おれがやったとして、それがどうした？　おれが監視していたとしてさ、お偉いさん（ビッグ・ディール）」

「一大事（ビッグ・ディール）とは、おまえがうちを売ったことだよ。手に入れた情報で、おまえはだれかと取引をしたんだ」

　ゼラーは寂しげに首を横に振った。

「おいおい、ヘンリー。おれは帰るよ。おまえはラボで働きすぎたんだろうよ。プラモデルの車を溶かすと、あのにおいで、マジにやばい頭痛がしたもんさ。つまり、身体に悪いにおいだってことさ。こんなところにいると、おまえも……」

ゼラーはワイヤー・ラボの扉のほうを示した。

ピアスは立ちあがった。怒りは喉に詰まった拳大の岩のように感じられる。

「おまえはぼくをはめた。どういう芝居かはわからないが、おまえが罠にかけた」

「おまえ、どうかしてるぞ。罠なんぞ、おれは知らない。ああ、そうさ、おれは嗅ぎまわっていたよ。おれのなかにあるハッカーの本能だ。いったん血に交じったら最後、それはわかるだろ。そうとも、システムを作ったときに、その機器を置いたのはおれさ。正直にいうと、存在を忘れかけてたよ。最初に見ていたものが、あんまり退屈だったからな。あのサイトは少なくとも二年まえにチェックするのを止めてる。それで終わりさ。罠のことなんかなにも知らないぜ」

ピアスはひるまなかった。

「ウェンツとのつながりも推測できた。たぶんおまえは、あいつのシステムのセキュリティを作ったんだろう。システムのテーマが気になったとは思えないね。ビジネスはビジネス、そうだったな？」

ゼラーは返事をせず、ピアスも期待していなかった。ピアスは先に進めた。

「おまえがグレイディ・アリソンだ」

ゼラーは顔にかすかな驚きを浮かべたが、すぐにごまかした。

「ああ、顔写真とマフィアとのつながりは見たよ。すべて偽物だったんだ。すべて芝居の一部だった」

やはりゼラーは無言で、ピアスのほうを見ようともしなかった。しかし、ゼラーが全神経をこちらに集中させていることはわかった。

「それにあの電話番号。あの番号が鍵だった。最初はアシスタントだと思った。計画がはじまるためには、アシスタントがあの番号をとくにリクエストするしかなかったと思った。だが、ほかの方法があることに気づいたんだよ。おまえはぼくが送ったメールで新しい電話番号を知った。そこで細工してサイトにその番号を載せたんだな。リリーのウェブページに。そうやって、すべてがはじまった。電話の何本かは、おそらくおまえが手配した連中からだったんだろう。残りはおそらく本物だ――それも、より真実味が増す役に立った。だが、だからこそ、リリーの家で電話の請求書は見つからなかったんだ。それに電話もなかった。あのウェブページの番号を、リリーは使ってなどいなかったからだ。ロビンと同じように仕事をしていたんだ――携帯電話だけで」

もう一度ピアスは反応を待ったが、なにも返ってこなかった。

「だが、いまだにわからないのは姉のことだ。姉が今度の件の一部だった。知っているはずがないのにおまえは知っていた。ぼくが姉を見つけ、そして見逃した時のことを。これが計画の一部、プロファイルの一部のはずだった。今度こそ、ぼくがほうっておかないことを知っていたはずだ。リリーを捜し、罠へまっしぐらに歩いていくとわかっていたんだ」

ゼラーは反応しなかった。顔をそむけ、ドアのほうへ歩いていった。ドアノブをまわしたが、ドアはびくともしなかった。暗証番号は入るときも、出ていくときも入力しないとならない。

「ドアを開けろ、ヘンリー。出ていきたい」

「芝居の全貌がわかるまで、おまえはここにいるんだ。だれのためにやった？　いくらになるんだ？」

「わかった、いいよ。自分でやる」

ゼラーが暗証番号を打ちこみ、ドアがぱっとひらいた。ゼラーはドアを引いて開け、ピアスを振り返った。

「神の恵み（バージャ・コン・ディオス）をな」

「なぜ暗証番号を知ってる？」

その言葉でゼラーの歩みが止まり、ピアスは思わずほほえみそうになった。ゼラーが暗証番号を知っておりそれを使用したことは、自白だった。大きくはないが、それでも数に入る。

「なあ、どうやって番号がわかった？　毎月変えるんだぞ――おまえのアイデアだな、そういえば。メールでラボ・ネズミ全員に知らせるんだが、おまえはスニッファーを二年間チェックしていなかったと話した。じゃあ、どうやって番号がわかった？」

ピアスは振り返り、スニッファーを指さした。ゼラーの視線が指先を追い、装置で止まった。それから目の焦点がわずかにずれ、ゼラーがなにかに目を留めたことがわかった。ゼラーはラボへもどり、バタンと音をたてマントラップのドアを後ろ手に閉じた。

「ヘンリー、なぜモニターがオフなんだ？　タワーの電源はついてるが、モニターはオフだ」

ゼラーは返事を待たず、どちらにしろ、ピアスも答えるつもりはなかった。ゼラーはコンピュータ・ステーションに歩み寄り、手を伸ばしてモニターの電源ボタンを押した。

画面が映ると、ゼラーは身をかがめ、両手をデスクについて見入った。画面にはふたりの会話を文字にしたものが映しだされていた。最後の行はこうだった。「ヘンリー、なぜモニターがオフなんだ？　タワーの電源はついてるが、モニターはオフだ」

これはよくできているプログラムで、セイクリッド・ソフトウェア社の第三世代高感度音声認識システムだった。ラボの研究者は実験の記録読みあげや、おこなったテストの記述に日常的に使用している。

ゼラーがキーボードを引きだして、プログラムを止めるコマンドを打ちこんだ。そしてファイルを消去した。

「それでも、復旧はまだできる」ピアスは言った。「わかっているだろう」

「だから、ハード・ドライブをもっていくのさ」

ゼラーはコンピュータのタワー本体のまえにしゃがみ、するりとまわして方向を変え、カバーを止めているねじをはずせるようにした。ポケットから折りたたみ式ナイフを取りだすと、プラスのねじまわしを出した。電気コードを抜き、カバーの最上部のねじをはずしにかかった。

だが、そこで手を止めた。電話線がコンピュータの裏からつながっていることに気づいた。プラグを抜くと、電話線を手にしたまま言った。

「おい、ヘンリー。おまえらしくないな。おまえみたいな偏執狂が。なぜコンピュータに電話線をつなげていた？」

「なぜなら、オンラインにしていたからだよ。おまえが消したばかりのファイルを、話の内容そのままに送りたかったからだ。セイクリッド・ソフトのプログラムだ。おまえのお勧めの。覚えてるか？　どの声にも、認識コードがつく。おまえ用のファイルを作っておいたよ。テープで録音したようにはっきりしている。必要とあれば、おまえの声とそこにある言葉を照合できる」

ゼラーはしゃがんだ姿勢から身体を起こし、ナイフをぴしゃりとデスクに叩きつけた。ピアスに背を向け、顔をあげた角度からは、コンピュータ・ステーションの奥の壁にテープでとめたダイムを見あげているように見えた。

ゼラーはのろのろと立ちあがり、ふたたびポケットに手をいれた。シルバーの携帯電話をひらきながら、振りむいた。

「ふむ、おまえの自宅にコンピュータがないことはわかってる、ヘンリー」ゼラーは言った。

「偏執症も度が過ぎてる。だからおそらく、ニッキだろう。人をやって、ニッキのハード・

ドライブも回収させよう。そうさせてもらうぜ」

一瞬ピアスは恐怖を感じたが、自分を落ち着かせた。ニコールへの脅迫はあてにならなかったが、まったく予期できないことでもない。しかし、じつは電話線はただの芝居の一部だった。聴き取りファイルはどこにも送っていなかった。

ゼラーは電話が通じるのを待っていたが、いつまでたっても通じなかった。耳元から電話をはずし、裏切られたように電話を見つめた。

「腹の立つ電話め」

「ここは壁に銅を張っている。忘れたのか。なにも外部から侵入しない。それになにも内部から出ていけない」

「そうか、じゃあ、すぐにもどるぜ」

ゼラーはドアの暗証番号をふたたび打ちこみ、マントラップへ移動した。ドアが閉まるやいなや、ピアスはコンピュータ・ステーションへ向かった。ゼラーのナイフを拾いあげ、刃を出した。タワーのまえに膝をつき、電話線を手に取って輪にすると、ナイフで刻んだ。

立ちあがり、刻んだ電話線に添えてデスクにナイフをもどしたところで、ゼラーがマントラップからもどってきた。片手にスクランブル・カード、もう片方に携帯電話をもっていた。

「残念だったな」ピアスは言った。「おまえには、入ることはできても、出ていけないスクランブル・カードを渡すよう手配した。そういうふうにプログラムできるんだ」

ゼラーはうなずき、デスクにのった刻まれた電話線を見た。

「そして、そいつがラボに通じるただ一本の電話線だったわけか」

「そのとおりだ」

ゼラーはベースボール・カードを道ばたに放り捨てるかのようにスクランブル・カードをピアスに向かって指に挟んで放った。

「おまえのカードはどこだ？」

「車に置いてきた。警備員に入れてもらったのさ。ぼくらは閉じこめられている、コード。電話はない、監視カメラはない、だれも来ない。少なくとも五時間か六時間はだれも出してくれないぞ。ラボ・ネズミたちが出勤してくるまではな。だからおまえもくつろげよ。おまえも腰をおろして、物語を聞かせてくれ」

38

コーディ・ゼラーはラボを見渡し、天井、デスク、壁にかかった額縁入りのドクター＝スースのイラストと、あらゆる場所をながめたが、ピアスだけは見なかった。なにかひらめいたようで、急にラボのなかを生き返ったように元気よく歩きまわりはじめた。特定の目標を探しはじめ、頭を盛んに動かしていた。

ピアスはゼラーがやっていることがわかった。

「火災報知器はあるよ。だが、直通システムだ。引けば、消防局と警察がやって来る。来てほしいのか？　どういうことか説明したいのか？」

「どうでもいい。おまえが説明しろよ」

ゼラーはワイヤー・ラボのドア横の壁に取りつけた赤い緊急時アラームに気づいた。歩み寄り、ためらわずに引きおろした。ピアスのほうを振り返り、顔に得意そうな笑みを浮かべた。

だが、なにも起こらなかった。ゼラーの笑顔は消えた。視線に疑問符がこめられ、ピアスはこう言うようにうなずいた。〝そう、システムを切っておいた〟と。

苦労が失敗に終わったことに落胆して、ゼラーはラボ内でピアスからもっとも遠い位置にあるプローブ・ステーションのほうへ歩いていき、デスクの椅子を引き寄せて、どさりと腰をおろした。目を閉じ、腕を組み、テーブルに足をのせた。二十五万ドルする走査型トンネル顕微鏡からほんの五センチほどの場所に。

ピアスは待った。必要ならば、丸一晩という時間がある。ゼラーは横柄にピアスをもてあそんだ。いまは立場を逆転させるときだ。ピアスがゼラーをもてあそぶ。十五年まえ、キャンパスの警備員はドゥームスターズを捕まえたとき、メンバーを別々にして、話しはじめるのを待った。警備員はなにもしなかった。しゃべったのはゼラーで、なにもかも話した人間だった。恐れからでも、疲れからでもない。話したかったから、自分の才能をひけらかす必要からだった。

ピアスはゼラーのひけらかそうとする性向をいま当てにしていた。

約五分が経過した。ゼラーがついに口をひらいたときは、同じ姿勢のまま、目は閉じたままだった。

「あれはおまえが葬儀からもどったときだった」

ゼラーがそれだけ言って、また長い時間が過ぎた。ピアスは残りの話がどうつづくか確信のもてないまま、待った。結局、直接話しかけてみた。

「なんの話だ？　だれの葬儀だ？」

「おまえの姉さんだよ。おまえはパロアルトにもどってくると、その話をどうしてもしようとしなかった。口をつぐんでいたよ。それがある夜、すべてぶちまけた。ある晩、おれたちは酔っぱらった。マウイでのクリスマス休暇のときに残しておいたブツがあったんで、おれたちはそいつを吸った。そうすると、おまえは話しはじめて止まらなくなったんだよ」

ピアスには覚えがなかった。もちろん、イザベルの死後の数カ月はしこたま飲んで、さまざまなドラッグを摂取したことは覚えている。ただ、ゼラーやほかのだれかに、あの話をしたことは覚えていなかった。

「義理のおやじさんと捜しまわっているときに、じつは姉さんを見つけたんだとおまえは言った。家出したガキが部屋を占拠している放置されたホテルで、姉さんは眠っていた。おまえは姉さんを見つけて、助けだして連れだし、家に連れもどそうとした。だが、姉さんはそうしないよう、義理のおやじさんに言わないよう、おまえを説得した。義理のおやじさんになにをされていたか、おまえに話したと。レイプされているとか。だから家出したんだと。家でおやじさんと一緒にいるよりも、通りにいるほうがずっといいと姉さんに納得させられたって話した」

ピアスは目をつむった。その話は、話題にされた瞬間に思いだせる。大学のルームメイトに酔って打ち明けたことは思いださなくても。

「そしておまえは姉さんを残して、おやじさんには嘘をついた。姉さんはいなかったと言ったのさ。その後、まるまる一年、おまえたちふたりは夜になると外出して、姉さんを捜しつづけた。本当はおまえは姉さんを避けているのに、おやじさんはそれを知らなかった」

ピアスは当時計画していたことを思いだした。大きくなって、家を出て、それから姉を捜しにきて、見つけだし、救う。だがそのチャンスが来るまえに、姉は死んだ。それからというもの、自分が姉の話に耳を傾けて信じさえしなければ、姉は生きていたはずだという思いが片時も頭をはなれない人生を送ってきた。

「あの夜以降、おまえは二度とその話をしなかった」ゼラーは言った。「けど、おれは覚えてた」

ピアスは義理の父とついに対峙したときを思いだしていた。何年もあとのことだった。ピアスは母に自分が知っていることを言えない足枷をされていた。あの話をばらせば、イザベルの死に自分自身が荷担していたことがばれてしまうからだ。

だが、ついに、暴露して自分が受ける傷よりも、秘密を抱えるほうがつらいほどに荷が重くなった。対峙はキッチンでおこなった。あの家では対峙はつねにそこでおこなわれた。拒否、脅迫、非難。母はピアスを信じようとしなかった。ピアスを信じないことで、失った娘のこともまた否定していた。ピアスはそれ以降、母と口をきかなかった。

ピアスは目を開け、さいなまれている記憶と現在の悪夢を交換できて安堵した。

「おまえは覚えていた」ピアスはゼラーに言った。「おまえはその話を覚えていて、きつく握りしめ、いつかくるチャンスのためにとっておいたんだ。このときのために」

「そんなふうじゃなかった。あることがもちあがり、おれの知っていることが適合した。役に立った」

いるのか」

「みごとな侵入だ、コーディ。ロゴを飾っている自宅のあの壁に、今頃ぼくの写真を飾って
「そんなふうじゃなかったんだ、ハンク」

「その名で呼ぶな。義理の父がそう呼んでいた。二度と、その名で呼ぶな」

「おまえの気が済むようにしよう、ヘンリー」

ゼラーは組んだ腕をさらに強く身体に押しつけた。

「それで、罠はどういう仕組みだったんだ？」ピアスは訊ねた。「おそらく、契約を守るにはおまえが製法を届けなくちゃいけないんだろう。だれが黒幕だ？」

ゼラーは首を巡らせてピアスを見た。瞳には挑戦にも抵抗にも見えるものが浮かんでいる。どちらとは判別しにくかった。

「なぜこんなゲームをつづけてるかわからんな。壁は四方からおまえに迫ってるんだぜ。おまえはそれをわかってもいない」

「壁ってなんだ？　リリー・クインランの事件のことを話しているのか？」

「そうだとわかっているくせに。おまえに接触してくる連中がある。すぐに。そいつらと取引をしたら、ほかの厄介ごとは消えるさ。取引しなければ、まあ、神頼みだな。なにもかもが、一トンもの煉瓦のようにおまえをつぶしにかかるだろう。だからおれのアドバイスはこうだ。クールにやれ、取引をして生きて厄介ごとから抜けだせ。楽しくリッチにやれよ」

「取引の内容は？」

「単純だ。おまえはプロテウスをあきらめる。特許を渡す。おまえはまた分子メモリと分子コンピュータを作り、そっちの方面で大金を稼げ。生物学からは手を引け」

ピアスはうなずいた。いま理解した。製薬会社。ゼラーのクライアントのひとつが、なにかの点でプロテウスに脅威を感じているのだ。

「本気なのか」ピアスは言った。「製薬会社が黒幕なんだな。おまえ、そいつらになにを話した？　プロテウスが製薬会社の役に立つとわからないのか。あれはデリバリー・システムだ。なにを運ぶかって？　治療薬だ。製薬業界が誕生して以来、最大の進化になり得るんだぞ」

「まさしく。プロテウスはすべてを変えるだろうが、連中はその準備がまだできていない」

「それは重要じゃない。時間はある。プロテウスはほんのはじまりに過ぎない——実用化には最低十年はかかるだろう」

「ああ、十年な。それでも、プロテウス以前より十五年も縮まっている。あの製法は研究を活性化させるだろう。おまえ自身のメールから引用すればな。弾みがつく。実用化まで十年かもしれないし、五年かもしれない。四年、三年かもな。それは重要じゃない。おまえは脅威なんだよ。大企業にとって」

ゼラーはうんざりした様子で首を左右に振った。

「おまえたち科学者は、世界ってやつは自分の思いのままにでき、発見でなんでも好きなものを変えて、それでだれもが喜ぶと考えてやがる。だがな、世界には秩序ってもんがあるんだよ。企業という巨人がおまえのような小さな働きアリにしてやられるのを許すと思っていたら、甘い夢を見て生きてるぜ」

ゼラーは腕組みをほどき、『ぞうのホートン　ひとだすけ』の額縁入りイラストのひとつを指し示した。ピアスが目でたどると、そのイラストはホートンがジャングルの他の動物たちから、からかわれている場面だった。ピアスは該当する文章を頭のなかでそらんじることができた。〝ジャングルの高い木のてっぺんからてっぺんへ、うわさはあっというまに広がりました。ホートンはホコリに、はなしかけてるぞ。あたまがへんになってる！〟

「おれはこうやって、おまえを助けてやってるんだよ、アインシュタイン。わかってるか？こいつがおまえへの現実という薬だ。半導体の連中だって、おまえにしてやられるのを、手をこまねいて見ていると思っちゃならないからだ。その現実をしっかり頭を起こして考えてみろ」

ピアスは声をたてて笑うところだったが、それではあまりにもみじめだった。

「頭を起こしてだと？　まったく、すばらしいな。感謝するよ、コーディ・ゼラー。ぼくに、いやというほど世間というものを思い知らせてくれて」

「おやすい御用だ」

「で、このすばらしい教示と引き換えに、おまえはなにを手にするんだ？」

「おれか？　金だよ。たんまり」

ピアスはうなずいた。金。究極の動機。点数を稼ぎつづける究極の道。

「で、どうなるんだ？」ピアスはしずかに訊ねた。「取引をしたら、どうなる？」

ゼラーは一瞬しずかになり、答えをこしらえた。

「こんな都市伝説を覚えているか？　車庫を作業場にしている発明家が、強靭で絶対に摩耗しないだろうゴムを創りだしたってやつ。偶然の産物だった。別のものを創りだそうとしていたら、そのゴムが生まれた」

「その男はゴムをタイヤ会社に売った。世界が絶対に摩耗しないだろうタイヤをもてるように」

「ああ、そのとおりだ。その話だ。タイヤ会社の名前は話す人間によって変わる。だが、話と結末はいつも同じだった。タイヤ会社は製法を買って、金庫にしまいこんだ」

「会社はそのタイヤを生産することはなかった」

「生産しなかったのは、そんなタイヤを作ったら、それ以上タイヤを生産する必要がなくなるからだろ？　計画的陳腐化はどうなる、アインシュタイン。それが世界を動かしているんだぜ。訊かせてくれよ。この話が都市伝説だとどうしてわかるんだ？　つまりな、現実には起こらないってなんでわかる？」

ピアスはうなずいてから、口をひらいた。

「連中はプロテウスを闇に葬るだろう。特許を取ろうとすることはない。プロテウスが日の目を見ることはない」

「製薬会社は何百種類という新薬について、ひとつひとつを開発し、研究し、試験し、食品[F]

医薬品局がじっくり検分してからようやく市場に出るんだぞ。コストがどれだけかかるか、わかってるのか？　製薬会社ってのはでかい、巨大なマシンなんだよ、ヘンリー。エネルギーと運動量があって、おまえには止められない。連中が許すもんか」

ゼラーは片手をあげて、なにかジェスチャーをしてみせてから、椅子の肘掛けにもどした。ふたりとも長いこと黙りこくって座っていた。

「連中はぼくに手を伸ばして、プロテウスを奪おうとしている」

「連中は、おまえに代価を払うつもりだ。たっぷりな。オファーはすでに提示されているだろ」

ピアスは腰かけたまま、勢いよく身を乗りだした。落ち着いた物腰はすっかり消え失せていた。ゼラーを見やる。こちらに視線を向けない相手を。

「ゴダードのことか？　ゴダードが黒幕なのか？」

「ゴダードはたんなる使い走りだ。隠れみのだな。明日ゴダードが電話をよこすから、取引をしろ。おまえはゴダードにプロテウスを渡す。黒幕がだれか知る必要はない。そんなことは知らなくていいんだよ」

「ゴダードはプロテウスを奪い、会社の株の十パーセントを保有し、うちの会長に収まるんだぞ」

「きっと連中は、おまえが体内治療に舵を向けないよう、確実にしたいんだろうよ。それに連中には、ちゃんと目をひらいていれば、いい投資先はわかるしな。おまえがこの分野のリーダーだとわかってるのさ」

ゼラーは気前よくボーナスを弾んででもいるようにほほえんだ。ピアスはプレゼン後の祝賀昼食会でのゴダードとゴダードが言った——打ち明けた——ことを思いだしていた。娘についての話。未来についての話。あれはすべてまやかしだったのか？　芝居の一部にすぎなかったのだろうか。

「もし取引しなかったら？」ピアスは訊ねた。「ひるまずに特許を出願し、連中にくたばれと言ったらどうなる」

「連中はおまえに出願する機会を与えはしないよ。そしておまえは、このラボでもう一日たりとも働く機会は得られなくなるぜ」

「連中はなにをするつもりだ、ぼくを殺すのか？」

「その必要があればな。だが、その必要はないさ。なあ、おまえは事態がどうなっているかわかっているだろ。警察の手がすぐそこに迫ってるんだぞ」

ゼラーは右手をかかげ、親指と人差し指を二センチほどはなした。

「リリー・クインラン」ピアスは言った。

ゼラーはうなずいた。

「愛しのリリー。警察が見つけてないのは、ただひとつのものだけだな。あれが見つかったら、おまえは終わりだ。ここで言われたとおりにやれば、あれは速やかに片づけられる。うまく処理されることは保証するぜ」

「殺しはやってないし、おまえもそれは知っているはずだ」

「やってるかどうかは問題じゃない。死体が見つかれば、それはおまえを指さすことになっている。そうしたら、やってないことなんか問題じゃなくなるね」

「じゃあ、リリーは死んでいるのか？」

ゼラーはうなずいた。

「ああ、そうさ。死んでる」

そう言ったとき、ゼラーの声にほくそ笑んでいる響きがあった。顔は笑っていないが。ピアスはうつむいた。膝に両肘をつき、両手に顔を埋めた。

「すべてぼくのせいで。プロテウスのせいで」

ピアスはしばらく動かなかった。ゼラーが究極の過ちをおかすとすれば、いまやるとわかっていた。

「じつは……」

無言。その先の言葉はなかった。ピアスは両手から顔をあげた。

「じつはなんだ？」

「こう言おうとしたのさ。その件で、あんまり自分を責めるなよ。リリーは……あの女は計画に巻きこまれるのが必至の状況にいたとでも言おうか」

「どういう――なにが言いたい？」

「つまりな、こんなふうに考えろ。リリーはおまえがこの件に絡んでいようがいまいが、どのみち命を落としたんだ、と。とにかく、リリーは死んだ。それでおれたちは、この取引の舞台を作るために使える手段は全部使うことにしたのさ」

ピアスは立ちあがり、ゼラーが座っているラボの奥へと歩いていった。ゼラーはまだプローブ・ステーションのテーブルに脚をあげていた。

「この人でなしが。おまえは全部知っているんだな。おまえがリリーを殺したんだろう？リリーを殺してぼくを罠にはめた」

ゼラーは微動だにしなかった。しかし、目をピアスと合わせると、奇妙な表情を顔全面に浮かべた。変化はごくかすかだったが、ピアスにはわかった。自慢と困惑と自己嫌悪がちぐはぐにないまぜになった表情。

「リリーがLAに来たときから、あいつのことは知っていた。LAダーリンでの報酬の一部のようなものだな。ところで、おれがウェンツのために仕事をしたなんて侮辱するなよ。ウェンツがおれのために仕事をしてるんだ、わかったか？　あいつらはみんなそうしてる」

ピアスは納得した。こんなことは見抜くべきだった。ゼラーは勝手にしゃべりつづけた。

「まったく、あいつは極上だったよ。愛しのリリー。だが、おれのことを知りすぎた。だれにも秘密を全部知られたくなんかないだろう。少なくともこの手の秘密は。だから、手元にあった仕事にリリーを割り当てた。プロテウス・プランとおれは呼んでいた」

ゼラーは遠い目をしていた。記憶のなかの映画を見てなつかしがっている。ゼラーとリリー。スピードウェイ近くのタウンハウスで最後に会ったときを思いだしているのかもしれない。思わずピアスは《ミラーズ・クロッシング》から引用していた。

「人のことなど、わかりはしない。それほど深くは」

「《ミラーズ・クロッシング》」ゼラーがほほえみ、うなずきながら言った。「じゃあ、おれが言った〝なんの騒ぎだ〟がわかっていたんだな」

「ああ、わかってたよ、コーディ」

ややあって、ピアスはしずかにつづけた。

「おまえがリリーを殺したんだな？　殺して、必要になったら、ぼくに罪をなすりつける準備をした」

ゼラーは最初は返事をしなかった。顔を観察したピアスは話したがっているとわかった。天才的な計画の詳細すべてを話したくて、うずうずしている。ゼラーの性格では黙っていられない。だが、常識がゼラーに話すなと告げ、安全を守れと告げている。

「こんなふうに言っておこうか。リリーはこれまでにおれの役に立ってくれた。さらにもう一度、役に立ってくれるんだ。それ以上のことを告白する気はないぞ」

「それで結構だ。とにかくおまえがやったんだな？」

ピアスは口をひらいていない。それは新たな声だった。男たちが揃ってその声のほうを振り向くと、ロバート・レンナー刑事がワイヤー・ラボのひらいた戸口に立っていた。銃をもった手を脇に垂らしている。

「なんだ、おまえ、だれなんだ？」ゼラーが床に足をおろし、椅子から立ちあがりながら言った。

「ロス市警だ」レンナーが言った。

ラボの戸口から、背後に手をやりながらゼラーのほうへ近づいていく。

「おまえは殺人容疑で逮捕される。ほんの手はじめにな。余罪がたっぷりありそうだな」

背中からまえに現われたレンナーの手には手錠が握られていた。ゼラーに近づき、うしろを向かせてプローブ・ステーションに上体を押しつけた。銃をホルスターに収めてから、ゼラーの腕を背中にまわし、手錠をかけはじめた。何千回とこの作業をこなしてきた男のプロ意識と熟練された手さばきで、てきぱきと進めた。その途中でゼラーの顔を顕微鏡の硬いスチール・カバーに押しつけた。

「気をつけてくれ」ピアスは言った。「その走査型トンネル顕微鏡は、とても精密なんだ――それに高価だ。それじゃ壊してしまう」

「そんなことはしたくないな」レンナーは言った。「あんたはここで重要な発見の数々を生みだしているんだからな」

レンナーはそう言ってピアスに視線を走らせた。おそらくレンナーにとっては、完璧な笑顔と呼べそうなものを浮かべて。

39

ゼラーは手錠をかけられるあいだ、なにも言わなかった。ただ振り返り、ピアスを見つめただけだった。そしてピアスもまっすぐに見つめ返した。ゼラーがレンナーに確保されると、武器の点検がはじまった。刑事が右脚を軽く叩くと、なにか見つかった。ズボンの折り返しをもちあげると、アンクル・ホルスターから小型の拳銃が出てきた。レンナーが拳銃をピアスに見せ、プローブ・ステーションのテーブルにのせた。

「護身用だ」ゼラーは言い訳した。「こんなこと、茶番だぜ。立件できるわけがない」

「そうだろうか？」レンナーは陽気に訊ねた。

ゼラーをテーブルから引きあげ、手荒に椅子に座らせた。

「そこでおとなしくしてろ」

レンナーはピアスに歩み寄り、胸元に向かってうなずいた。

「開けてくれ」

ピアスはシャツのボタンをはずしはじめ、左胸にテープで留めたバッテリー・パックと無線機をあらわにした。

「首尾はどうだ」レンナーは訊ねた。

「ばっちり。一言も漏らさず」

「汚い手を」ゼラーは鋼鉄のような硬い声でささやいた。

ピアスはゼラーを見た。

「そうとも、ぼくは無線を身につけるような汚い奴さ。おまえはぼくを殺人の罠に陥れておいて、ぼくが無線をつけているからって失望するのか。コーディ、おまえは――」

「わかった、わかった、もうやめろ」レンナーが言った。「ふたりとも黙れ」

言いたいことを強調するように、レンナーはピアスの身体に留めた音声監視装置のテープを、一気に引きはがした。ピアスは金切り声をあげるところだったが、「痛いじゃないか！」と言うにとどめることができた。

「よし。そこに座ってくれ、ミスター正義。すぐに痛みは引く」

レンナーはゼラーを振り返った。

「おまえをここから連れだすまえに、おまえの権利を読みあげる。だから黙って聞くように」

レンナーはボマー・ジャケットの内ポケットに手を入れ、カードの束を取りだした。束をめくっていき、ピアスが先に渡しておいたスクランブル・カードを見つけだした。レンナーは手を差しだし、ピアスにカードを渡した。

「あんたが先頭に立て。ドアを開けてくれ」

ピアスはカードを受け取ったが、立ちあがらなかった。脇腹がまだ燃えるように痛んでいた。レンナーは探していた被疑者の権利が書かれたカードを見つけ、ゼラーに向かって読みあげをはじめた。

「あなたには黙秘する――」

そこで大きなカチリという金属音がした。マントラップのドアの錠が勢いよくはずれた音。ドアが大きくひらいて、エントランスの台座に立っていた警備員が現われた。うつろな顔をして髪が乱れていた。なにかを隠してでもいるように片手を背中にまわしている。

視界の端のほうで、レンナーが身体を硬くした。読んでいたカードを手から落とし、ジャケットに手を入れてホルスターを探りはじめた。

「うちの警備員だ」ピアスは口走った。

そう口にしたのと同時に、ふいに警備員が背後から見えない力に押され、ラボのなかへ突進した。ルドルフォ・ゴンサルベスという名の警備員はコンピュータ・ステーションに激突して乗り越え、床に着地したところでモニターが胸に落ちてきた。つづいて見覚えのあるシックス・エイトの姿がドアのところに現われた。大柄な男は頭を低くして戸口を通った。ビリー・ウェンツがつづいて入ってきた。大きな黒い銃を右手に構えている。ラボの奥に三人の男がいるのを見て目つきが険しくなった。

「なにをそんなに手間取って――」

「警察だ！」ゼラーが叫んだ。「こいつ、刑事だ！」

レンナーはすでにホルスターから銃を抜いていたが、ウェンツに分があった。最小の動きで、小柄なギャングは銃をラボの奥に狙い定め、引き金を引いた。発砲しながら前進し、五センチほどの弧を描いて銃身を前後させた。耳をつんざかんばかりの音がした。

ピアスには見えなかったが、レンナーも撃ち返した。右から発砲した音がして、ピアスは本能的に左へ飛んだ。転がりながら振り返ると、刑事が倒れようとしていた。大きな血の滴がレンナーの背後の壁にぱっと広がった。別の方向を見ると、ウェンツはまだ前進していた。逃げ場がない。ウェンツはピアスとマントラップのドアとを結ぶ直線上にいる。

「ライト！」

ラボは一瞬にして暗闇となった。ウェンツが発砲した最後の二発で閃光が二度走ってからは、完全な暗黒に包まれた。ピアスはただちに、右へと転がった。ウェンツに最後にいたと覚えられている場所に留まりたくなかった。四つんばいになり、完全に動きを止め、呼吸を整えようとした。耳を澄まして、自分のものではない音を聞き取ろうとした。

右手後方から低いうめき声がした。レンナーかゼラーだ。負傷している。レンナーに呼びかけることはできない。ウェンツの次の標的にされてしまう。

「ライト！」

ウェンツの声だったが、音声認識装置はラボ・チームの上級職員の声だけを受け付け、認識するように設定されている。ウェンツの声では明かりがつくはずもない。

「ライト！」

やはりなにも起こらない。

「シックス・エイト？　スイッチがあるはずだ。照明のスイッチを探せ」

返事はなく、衣擦れの音もしなかった。

「シックス・エイト？」

沈黙。

「シックス・エイト、おい！」

やはり返答はなかった。そのとき、前方、右手方向でドンという音がした。ウェンツがなにかにぶつかったようだ。その音から、少なくとも六メートルはウェンツと離れていると判断した。ウェンツは部下か照明のスイッチを探して、おそらくマントラップの近くにいる。あまり時間がない。照明のスイッチはマントラップのドア脇にはないが、そこから二メートル足らず、電子制御パネルの横にある。

ピアスは振り返り、音をたてず、しかし急いでプローブ・ステーションへと這っていった。レンナーがゼラーから取りあげた銃があることを思いだした。

テーブルにたどり着くと、手を伸ばして表面を探った。なにか厚みがあり、濡れたものを指先がかすった。そしてふれたものは、だれかの鼻とくちびるだとはっきりわかった。初めは手を引っこめたが、すぐにまた手を伸ばし、その顔をなであげ、頭のてっぺんを通り越し、ついに後頭部で結んだ髪にさわった。ゼラーだった。息絶えているようだった。

一瞬手を止めてから、捜索をつづけると、ついに手が小さな拳銃をつかんだ。ふたたびマントラップの入り口のほうを向いた。その動きの途中で、足首がテーブルの下にあったスチールのごみ箱にひっかかり、ごみ箱は派手な音をたててひっくり返った。

その場でかがみ、床を転がったところ、またもや二発の銃声がラボに響き渡り、暗闇のなかでウェンツの顔が二マイクロ秒ほど見えた。ピアスは撃ち返さなかった。ウェンツの射程から抜けだすのに忙しかった。甲高い〝カン、カン〟という弾丸の音に、部屋の突きあたりにあるレーザー・ラボの外壁の、銅の覆いに当たったのがわかった。

ピアスは銃をジーンズのポケットに突っこみ、もっと早く効率的に這っていけるようにした。いまいちど気を鎮め、呼吸を整えることに集中し、前方左手に向かって這っていった。

ピアスは片手を伸ばし、壁にふれると、自分の位置を把握した。つぎに、壁を頼りにしずかに前方へ這っていった。ワイヤー・ラボの戸口を通りすぎ――焼けるカーボンのきついにおいでわかった――そして隣のラボへと移動した。イメージング・ラボに。

近くでなにかが動く音はしないか耳を澄まして、ゆっくりと立ちあがった。沈黙しかなかったが、そこで部屋の反対側から金属的なカチカチという音がした。薬莢が銃から排出される音だ。銃の経験はそれほどないが、その音は頭のなかで想像している場面にぴったりくる。ウェンツが弾を補充しているか、マガジンに残っている弾丸の数をチェックしているか。

「おい、天才坊や」ウェンツがそこで呼びかけた。暗闇を貫く稲妻のような声だ。「もうおまえとおれだけだ。心の準備をしやがれ、いますぐ捕まえてやる。おまえに明かりをつけさせるだけじゃ、すまねえからな」

ウェンツは暗闇のなかでけたたましい笑い声をあげた。

ピアスはゆっくりとイメージング・ラボのドアノブをまわし、ドアを開けた。なかに入り、ドアを閉めた。記憶を頼りに動いた。部屋の奥へと二歩進み、次に右へ三歩進んだ。手を突きだし、さらに一歩進んで壁にふれた。両手の指を大きく広げ、壁をなでていき——両手は8の字を描いていた——ついに左手が熱感知ゴーグルをかけたフックにさわった。この朝、ゴダードへのプレゼンテーションで使用したものだ。

ピアスはゴーグルをして、カバーを頭に押しあげてレンズを調整した。部屋は電子顕微鏡のコンピュータ端末とモニターの黄色と赤に輝くランプを除けば、紺色の世界になった。ポケットに手を伸ばし、銃を取りだし、見おろした。視界にかなり青く映っていた。赤い指をガードに入れて引き金に添えた。

しずかにラボのドアを開けると、メイン・ラボにさまざまな色が見えた。左手にはシックス・エイトの巨体がマントラップ・ドア近くに手足を広げて横たわっていた。胴体は赤と黄色のまだらで、手足へいくにつれて青へと変化していた。死亡しており、冷たくなりかけている。

あざやかな赤と黄色の男の姿が、メイン・コンピュータ・ステーションの右手の壁で丸くなっている。ピアスは銃をあげて狙いをつけたが、ルドルフォ・ゴンサルベスのことを思いだし、手を止めた。丸くなっている男は、ウェンツがラボへ入るために利用した警備員だ。

ピアスはさらに右側を向き、やはり動かない二体の人影を見つけた。ひとりはプローブ・

ステーションに覆いかぶさり、手足が青くなりはじめている。コーディ・ゼラー。もうひとりは床に伸びていた。視界では赤と黄色だった。レンナー。生きている。デスクの下に首を突っこんでいるようだった。刑事の左肩には高熱を示す箇所があった。滴が垂れる形状をしている。紫は傷口から流れている温かい血だった。

左、そして右を見た。ほかに目につくものはなかった。室内のモニターの画面と、頭上の照明が反応している黄色だけだ。

ウェンツは消えていた。

しかし、そんなことはありえない。ウェンツはラボの一室へ移動したにちがいない。おそらく、窓か、なにか明かりを、あるいは奇襲できるような場所を求めて。

戸口から一歩踏みだすと、いきなり手が目のまえに現われて喉元をつかまれた。壁に押しつけられ、動きを止められた。

視界は燃えるように赤い額と想像上のビリー・ウェンツの目でいっぱいになった。温かい銃身があごの下の柔らかい場所に荒々しく押しつけられた。

「よし、天才坊や。これで終わりだ」

ピアスは目を閉じ、できるだけでも発砲に備えようとした。

しかし、弾丸は飛びださなかった。

「明かりをつけて、ドアをひらけ」

ピアスは動かなかった。ウェンツは殺すまえにピアスの助けが必要だった。その瞬間に、ピアスは自分が銃を手にしていることを、おそらくウェンツが予測してもいないと気づいた。シャツと喉をつかんでいる手に、激しく揺さぶられた。

「明かりと言ったはずだ」

「わかった、わかったよ。ライト」

その言葉と同時に、ピアスは銃をウェンツのこめかみに押しあて、引き金を二度引いた。ほかの道はなかった、ほかの選択肢は。爆風とほぼ同時にラボの明かりがふたたび灯った。視界はまっ暗になり、ピアスは片手をあげてゴーグルをかなぐり捨てた。ゴーグルはウェンツのまえの床に落ちた。ウェンツはなんとか数秒はバランスを保って立っていたが、左目とこめかみがピアスが撃った弾丸で吹き飛ばされていた。ウェンツはまだ銃口を上に向けて銃を手にしていたが、もはやピアスのあごに当たってはいなかった。ピアスは手を伸ばし、危険ではなくなるまで銃を後方へ押しやった。同時にウェンツも押しやられた。ウェンツは仰向けに床に倒れ、動かなくなった。死んだのだ。

ピアスは十秒ほどウェンツを見おろしてから、ようやく息をした。それから我に返ってあたりを見まわした。ゴンサルベスが転ばぬよう壁を支えにしてゆっくりと立ちあがった。

「ルドルフォ、だいじょうぶか？」

「ええ」

ピアスは視線をさっとデスクの下へ向けた。レンナーが這っていった場所。警官特有の目が見えた。しっかり見開かれ、警戒を怠っていない。呼吸は荒く、シャツの左肩と胸は血まみれだった。

「ルドルフォ、上に行って電話してくれ。救急救命士に連絡し、警官が負傷しているというんだ。銃創だと」

「わかりました」

「それから警察に通報し、同じことを話してくれ。つぎにクライド・ヴァーノンに連絡して、ここに来るよう伝えてくれ」

警備員は足早にマントラップのドアに向かった。暗証番号パネルにふれるには、シックス・エイトの死体越しに手を伸ばさねばならなかった。それからその巨体を大きくまたいでドアを通らねばならなかった。怪物の喉の中央に銃弾の孔があった。レンナーが見事に撃ち抜き、シックス・エイトは即死したのだ。そういえば、結局、この巨人の声は聞かずに終わった。

レンナーの元へ行き、負傷した刑事に手を貸して、デスクの下から這いださせた。息は荒かったが、くちびるには血がついていなかった。肺は無事ということだ。

「どこを撃たれた？」

「肩だ」

レンナーは動いてうめき声をあげた。

「動かないで。じっとして。助けがすぐに来る」

「利き腕を撃たれた。この距離で右手に銃では、おれは役に立たない。隠れているのが一番だと思った」

レンナーは上体を起こして、デスクに寄りかかって座った。右手をコーディ・ゼラーに向けた。手錠をされ、プローブ・ステーションのテーブルにだらりと身体を預けている。

「こんなことになるはずじゃなかった」

ピアスは元友人の死体を長いこと見つめていた。それから無理に視線をはずして、またレンナーのほうを見た。

「心配にはおよばない。弾道検査で、あれはウェンツの撃った弾だとわかるでしょう」

「そう願う。手を貸して立たせてくれ。歩きたい」

「そんな、だめですよ。怪我をしてるのに」

「手を貸してくれ」

ピアスは言われたとおりにした。レンナーの右腕をつかんで立たせると、服に染みついたカーボンのにおいがした。

「なにを笑っているんだ?」レンナーが訊いた。

「ぼくらの計画があなたの服をだめにしたと思って。弾丸で孔が開くより早くに。あなたがあんなに長くかまどにこもっているとは思わなかったですよ」

「服の心配はしていない。ただ、ゼラーは正しかった。頭痛がするよ」

「でしょうね」

レンナーは右手でピアスを押しやり、ひとりでウェンツの死体が横たわっている場所へ歩いた。レンナーは無言で長い時間見おろしていた。

「いまはそれほどタフに見えないな、え？」

「ええ」ピアスは言った。

「おまえはよくやったよ、ピアス。じつによくやった。あの照明はうまい手だった」

「パートナーのチャーリーに感謝しないと。ライトはあいつのアイデアだったから」

ピアスは心のなかで、二度とこの小道具に文句を言わないと誓った。そして、チャーリーにどれだけ隠し事をしていたか、どれだけ疑っていたかを改めて思いだした。どうにかして償いをしなければならない。

「パートナーといえば、おれのパートナーは手に入れそこねたことを知ったら歯がみして自分をののしるだろう」レンナーは言った。「それに自分がやったことで、おれも自分に悪態をつくことだろう」

レンナーはデスクの端に腰かけ、ふさぎこんで複数の死体を見た。ピアスはレンナーがおそらく経歴に傷をつけたことになったと悟った。

「あの」ピアスは言った。「だれもこんなことになるとは予想できなかったでしょう。ぼくにやってほしいことや、言ってほしいことがあれば、教えてください」

「ああ、そりゃどうも。おれに必要となるものは、おそらく仕事だろう」

「ふむ、では、職を用意しましょう」

レンナーはデスクをはなれ、椅子に腰を沈めた。苦痛で顔がゆがんでいる。ピアスは自分になにかできたらと願った。

「いいですか、歩きまわるのはやめるんです。しゃべるのも。じっとして救命士を待ってください」

しかし、レンナーはピアスを無視した。

「ゼラーがしゃべっていたことだが。あんたが子どものころ、姉さんを見つけたが、だれにも言わなかった話」

ピアスはうなずいた。

「もうそのことで、自分を責めるな。人は自分自身で選択する。どの道を行くか、自分で決める。わかるな？」

ピアスはまたうなずいた。

「わかりました」

マントラップのドアが大きな音をたててひらき、ピアスはびくりとしたが、レンナーは動じなかった。ゴンサルベスが室内へ入ってきた。

「こちらへ向かっています。みんな。救急車の到着予定は四分後だそうです」

レンナーはうなずき、ピアスを見た。

「きっとそれまで、もつよ」

「よかった」

ピアスはゴンサルベスを見た。

「ヴァーノンに連絡したか?」

「ええ、こちらに向かっています」

「わかった。上でみんなの到着を待って、ここにおろしてくれ」

警備員が出ていくと、自分が守ることになっているラボで起こったことにクライド・ヴァーノンはどう反応するだろう、と考えた。あの元FBIの男は怒りを爆発させるだろう。対処しなければならない。自分も、ヴァーノンも。

ピアスはコーディ・ゼラーの死体が倒れているデスクへと近づいた。永年知り合いだったが、じつはちっとも理解していなかったと、いまになってわかった男を見おろす。深い悲しみがピアスを満たしはじめていた。友はいつ方向を誤ったのだろう。パロアルト時代に遡って? それとも、もっと最近になってだろうか? 金が動機だと話していたが、それが絶対の理由だとは言い切れなかった。長年にわたって逡巡してきたなにかがあるはずだった。

ピアスは振り返ってレンナーのほうを見た。弱ってきているようだった。身体を前のめりにして、背中を丸めている。顔はまっ青だった。

「だいじょうぶですか? 床に横になったほうがいいのでは?」

刑事は質問も助言も無視した。まだ事件のことを考えつづけているらしい。

「情けないのは、だれもかれも死んだことだ」レンナーは言った。「これで、リリー・クインランが見つかることはないだろう。彼女の死体が、ということだが」

ピアスはレンナーに近づき、デスクにもたれた。

「その、まだ話していないことが少々あって」

レンナーは長いことピアスを見つめていた。

「そうじゃないかと思っていたよ。話せ」

「死体がどこにあるか知ってます」

レンナーはいっときピアスを見つめてから、うなずいた。

「予想してしかるべきだった。いつから知ってた?」

「まえからじゃないんです。今日はじめて知ったんです。あなたが助けてくれるとはっきりするまで、話すわけにはいかなかった」

レンナーはむっとして首を横に振った。

「そのほうがよかったんだろうよ。話してみろ」

40

ピアスは三階のオフィスで腰をおろし、ふたたび刑事たちと対面するときを待っていた。金曜日の朝の六時三十分だった。郡検屍局の捜査員たちはまだラボにいた。刑事たちは検屍局がすべて調べあげたという合図を待って、その待ち時間にこの建物の地下でなにが起こったのか、秒刻みの詳細を厳しくピアスに問いつめて過ごした。

一時間後に、ピアスは休憩が必要だと言った。取り調べがおこなわれていた会議室を退き、自分のオフィスへやってきた。ひとりになって五分もしないうちに、チャーリー・コンドンがドアを開けて顔を突きだした。寝ていたところをクライド・ヴァーノンに叩き起こされたのだ。もちろんそのヴァーノンもルドルフォ・ゴンサルベスに寝ていたところを叩き起こされていた。

「ヘンリー、入っていいか?」

「もちろん。ドアを閉めてくれ」

コンドンはオフィスに入り、震えるようにかすかに首を振ってピアスを見た。

「ふーっ!」

「ああ、まったく〝ふーっ〟だったよ」

「ゴダードがどうなるかだれかに聞いたか？」

「詳しくは聞いてない。警察がゴダードとベッキーの滞在先を知りたがったから、教えたよ。ホテルへ向かい、逮捕するつもりだろう。共犯だかなにかで」

「ゴダードたちの黒幕はやはりわからないのか？」

「ああ。コーディは言わなかった。あいつのクライアントだろう。警察が見つけだすさ。ゴダードから聞きだすか、ゼラーの家を捜索して」

コンドンはピアスのデスクの向かいにあるカウチに腰をおろした。いつものスーツとネクタイ姿ではなかった。楽な服装をしているとずっと若く見えることにピアスは気づいた。

「最初からやり直しだ」ピアスは言った。「新しい投資家を見つけてくれ」

コンドンは信じられない様子だった。

「冗談だろう？　この一件のあとでか。いったいだれが――」

「うちはまだ営業中だよ、チャーリー。科学はまだ生きてる。特許も。それがわかる投資家がどこかにいるよ。外に出かけてエイハブ船長の仕事をやるんだ。でかい白鯨を見つけてこい」

「言うは易く、おこなうは難し」

「この世界ではあらゆることが、言うは易くおこなうは難しだ。昨夜、そして先週、ぼくに起こったこともそうだった。だが、やれたよ。ぼくはやり抜いた。そしていままで以上に熱い火がついた」

　コンドンはうなずいた。

「もうだれもわたしたちを止められない」

「そうさ。きょうはマスコミから取材攻勢があるだろう。これから数週間は。だが、うちはマスコミでの露出を有利に変える手段を探りださないと。投資家が怯えて引くんじゃなく、引きこむようにね。ぼくが話題にしているのは日々のニュースの話じゃない。学術誌、業界紙のことだ」

「やってみよう。だが、困った点がある。なにかわかるか？」

「なんだ？」

「ニッキだよ。彼女がうちのスポークスマンだった。われわれには、ニッキが必要だ。連中を知り抜いているからね。記者たちを。この件でだれがマスコミに対応するんだ？　数日はそこらじゅうに群がっているだろう。最低でも。あるいは、次にマスコミの注目を集める大きな事件が起こるまでは」

　ピアスはこの件を少し考えてみた。額縁入りのポスターを見あげた。潜水艇プロテウスがさまざまな色の海を進んでいる。人体の海を。

「ニッキに電話して、もう一度雇うんだ。退職金は返さなくていい。ニッキがやるべきことは、もどってくることだけだ」

　コンドンは一瞬、間をおいてから反応した。

「ヘンリー、そうするときみたちふたりの関係はどうなる？　ニッキが考え直すとは思えないが」

ピアスはふいにこのアイデアに乗り気になってきた。ニコールには、再雇用は厳密に仕事上に限られたことで、ふたりは職場の外では関係はもたないと話すつもりだった。そして自分がどれだけ変わったか見せる。いまはダイムのほうがピアスを追い、その逆ではないことを。

コーヒーテーブルにひらいて置いてきた中国の象形文字の本を思い浮かべた。赦し。自分にはできると決断した。ニコールを取りもどし、今度はうまくやっていく。

「もし、そのほうがよければ、ぼくが電話するよ。説得して――」

直通ラインの電話が鳴り、ピアスはただちに受話器を取った。

「ヘンリー、ジェイコブだ。そっちは朝早いだろう。ボイス・メールが答えると思っていたよ」

「いや、ぼくは一晩中ここにいたんだ。出願したか？」

「二十分まえに出願したよ。プロテウスは保護された。きみは保護されたよ、ヘンリー」

「お疲れ、ジェイコブ。きみにゆうべ行ってもらってよかった」

「そっちは万事うまくいってるかい？」

「万事な。ゴダードを失ったことをのぞけば」

「そんな！　なにがあった？」

「話せば長い。いつもどってくる？」

「メリーランド州南部のオーイングズにいる兄一家を訪ねるつもりだ。日曜日にもどるよ」

「オーイングズにはケーブルテレビがあるだろうか？」

「ああ、まずまちがいなくある」

「CNNから目をはなすな。うちが派手に取りあげられる予感ありだ」

「なにか——」

「ジェイコブ、やりかけのことがあるんだ。もう切るよ。お兄さんに会って、ゆっくり休め。夜行便じゃ眠れないからな」

カズは指示にしたがい、電話を切った。ピアスはコンドンを見た。

「やったぞ。ジェイコブは特許を出願した」

コンドンの顔が輝いた。

「どうやって？」

「ぼくはゆうべ、ジェイコブを夜行便で行かせたんだ。連中も、もうぼくらにふれることはできない、チャーリー」

「なぜ、ジェイコブを行かせることをわたしに話してくれなかった？」

ピアスはコンドンをじっと見るしかできなかった。コンドンの顔に理解の色が浮かんだ。ピアスに信用されていなかった。

「わからないんだ、チャーリー。はっきりするまで、だれにも話せなかった」

コンドンはうなずいたが、傷ついた表情は変わらなかった。

「きつかっただろうな。それほど疑心暗鬼になって生きていくことは。あまりの孤独。きつかったにちがいない」

今度はピアスがうなずくしかない番だった。コンドンはコーヒーを取りにいくといい、ピアスをオフィスにひとり残した。

しばらくピアスは動かなかった。コンドンと、コンドンが言ったことを考えた。パートナーの言葉は辛辣だったが真実だった。そんな生きかたをすべて変えるときだ。

まだ朝早かったが、ピアスは待ちきれなかった。受話器を取り、アマルフィ・ドライブの家に電話した。

解説

作家
典厩五郎

マイクル・コナリーは私にとって驚異の作家である。コナリーの長篇は二〇〇六年末現在で十四作が翻訳されているが、ただの一作とて凡作がない。すべての作品に共通する恐るべき緊張感の持続性。とりわけ驚異なのは、一行とて無駄にしない目配りと気配りからなる細部へのこだわりと偏執である。断言してもいい。コナリーはまちがいなく完全主義的偏執症とでも呼ぶべき重症なパラノイアである。

偏執症——偏見を固執して他人の意見を受けつけず、まとまった妄想体系がつねに頭脳を支配し、物事に執着してこだわり続ける精神構造。しかも思考、意欲およびその行動には完全なる明確性と秩序が絶えず保たれている——いってみれば、まとまった妄想体系から創作をつむぎだす作家という人種は、多かれ少なかれ偏執症であるにちがいない。だがコナリーの場合は度が過ぎている。登場人物の造形やプロット展開への精緻なこだわりは当然として、ストーリーに直接関係のない背景描写でさえもそれぞれに意味がある。何ひとつ揺るがせにしようとはしないのである。たとえば記念すべきデビュー作の『ナイトホークス』において、主人公のハリー・ボッシュはモダン・ジャズが趣味であり、それもサキソフォンをこよなく偏愛していて、ジョン・コルトレーンとソニー・ロリンズのサックスを聴いている場面がさらりと出てくる。この何気なく読みすごしてしまう場面にしたところで、アート・ペッパーやスタン・ゲッツでなくしてコルトレーンとロリンズでなければならないことは明白である。

本書の『チェイシング・リリー』ではハリウッド映画の場面や台詞（せりふ）を主人公が小道具として使用している。『市民ケーン』、『博士の異常な愛情』、『欲望という名の電車』、『ミラーズ・クロッシング』などであるが、この各映画の時代背景は『博士の異常な愛情』をのぞいて第二次大戦よりはるかに大昔なのだ。これはなんとも奇妙である。なぜなら本書の主人公の年齢はやっと三十歳を超えたあたりであり、第二次大戦後が時代設定の『博士の異常な愛情』のときでさえまだ生まれてもいない。じつは作者コナリーは異常なほど過去への偏愛とこだわりを持つ。彼の全作品が過去へのこだわりから出発しているといってよいほどであり、コナリー・ワールドの特徴と性癖は過去への妄執にこそある。その特徴は本書においてもあますところなく発揮されており、主人公の潜在心理はつねに過去のある忌わしい出来事に捉われていて、そのことが物語の大いなる伏線となっているのである。

ところで巷間伝わるところによると、コナリー作品は玄人受けはするものの、一般ミステリ読者の間ではいま一つビッグネームとなっておらず、残念ながらブレイクするまでに至っていないという。その理由として、あっと驚く意外性にやや乏しく、常識的で安定感はあるが地味で大向こうを唸らせる派手さに欠けるということであるらしい。冗談ではない。どこを見て物を言っているのか。私はコナリーの新作を読むたび、いつもいつもあっと驚きっ放しだ。地味どころかそのド派手な物語展開に唸りっ放しである。ここでコナリーの正当な評価のために論陣を張る紙数はないが、一つだけいうなら、むしろあっと驚く意外も意外な展開こそがコナリーの真骨頂なのだ。本書にしてからがそうである。本書の主人公ヘンリー・ピアスは天才的といってよいほどの化学者である。名門スタンフォード大学を卒業して立ち上げたベンチャー企業が大成功し、いまや時の人となってわが世の春を謳歌している。若き野心家のピアスはさらなる甘き果実を手にしようと研究に励むが、大事な商談を控えて引っ越したばかりのマンションへ、「リリーはいるか？」と間違い電話攻勢をかけられる。どうやらリリーとは売春婦で、ピアスが取得したばかりの電話番号を商売用として使用していたらしい。当初、頭にきたものの、いつしかピアスはリリーに強烈な興味を覚えてその行方を探し出そうとする。やがて気づいたときにはどっぷりと深みにはまり、リリー殺しの殺人犯に仕立てられて一切を失う危機状態に追いこまれていた。

私は実作者の経験と勘でいうが、本書のような設定と物語をふと思いついたとしても没にすること絶対である。どだい無茶苦茶である。得意の絶頂にいて金にも女にも不自由しない若き天才的化学者が、なぜに見も知らぬ売春婦の行方に興味を抱くのか。間違い電話がわずらわしければすぐにも電話番号を変更すればよい。リリーが殺された可能性があるなら警察に任せるべきだ。会社の将来を決めるかもしれない商談を控えながら、ロサンゼルスの裏街を探しまわるに至っては虎魚の沙汰もほどほどにしてくれである。こんな非常識で不安定な発端を持ってくれれば、読者は呆れて本を放り出すだろう。いや、その前に果たして出版社が出版を承知するかどうかだ。結果からいうと、コナリーは持ち前の偏執症にものをいわせ、比類なき腕力と頭脳力をもってして我々読者を納得させてしまうのである。しかも納得して眼を皿のようにして読み進む読者を最後の最後で待ちうけているのは、主人公の行動を瞬時に理解できるあっと驚くどんでん返しである。ネタバレになるので具体的にはいえないが、第一作の『ナイトホークス』での重大事件と密接につながっていたのである。本書は単発作品であってみればいきなり本書を読んでも差し支えないが、『ナイトホークス』をさきに読めば本書の面白さは三倍になるであろうことを保証する。

もうおわかり頂けただろうか。コナリーはプロ中のプロなのである。どうだ驚いただろうといわんばかりの芸のない展開と剝き出しの派手さを嫌って当然ではないか。プロ中のプロとしてのコナリーの矜持と含羞が、安易で薄っぺらな作劇法を許さないのだ。このことは、彼の全作品についていえることである。

さきに私はコナリーの偏執症的こだわりについて再三ふれたが、これまでのコナリー作品十四作のほとんどがどこかでおたがいにつながっている。もっとも顕著であるのは登場人物の交流であろう。きわめつけは『夜より暗き闇』におけるハリー・ボッシュと『わが心臓の痛み』の主人公テリー・マッケイレブの共演そろい踏みだが、これほど大物同士でなくとも思わぬところに懐かしい人物が出てきたりするのもコナリー本の大いなる楽しみである。本書に主人公の弁護士として登場するジャニス・ラングワイザー女史は、以前、『堕天使は地獄へ飛ぶ』で地区検事だった。その間、三年の歳月が流れているが彼女にどのようなドラマがあったのだろうか。

今回、私は本書の解説を書くにあたって単行本を読み返し、二つの新発見に気づいた。一つは、主人公のピアスがその魅力にあらがえずに行方を追う美しきブルネットの売春婦リリー。これは第二次大戦後、同じロサンゼルスで惨殺された娼婦ブラック・ダリアの現代版ではないのか。もっとも英国の「切り裂きジャック」と米国の「ブラック・ダリア」はどちらもいまや伝説的殺人事件であり、ミステリ作家はつねに潜在的影響力を心に宿しているはずだから偶然ということもあり得る。だが私はコナリーが明確に意識していた確信犯であることを疑わない。もう一つの新発見に即つながっているからである。

そのもう一つとは、『ブラック・ダリア』として小説化したジェイムズ・エルロイのことである。エルロイは十歳の時に母親を惨殺されており、その母親は娼婦をしていたらしく、ロス郊外の雑木林で発見されたという。エルロイは十七歳で父親とも死別。以来、十年以上もの放浪生活を送ったのち、やがて作家となった。このエルロイの経歴はなんとハリー・ボッシュそのものではないか。ボッシュの母親も娼婦であり、十歳のとき同じロスで惨殺されている。養護施設で育ったボッシュは十七歳で独立し、翌年、陸軍に入隊してヴェトナム戦争に従軍。二年後、除隊してロス市警に採用されて現在に至っている。これが偶然などであるものか。リリーとブラック・ダリア、エルロイとボッシュ、そしてコナリーは円い環になってつながっている。エルロイとコナリーは親しい友人同士とのことだが、どのような話し合いが持たれたのか、あるいは持たれなかったのか。

最後になったが、本来、私は映画中毒の脚本家崩れであり、小説大好きの活字中毒者では全然ない。その私が小説を書こうとありもしない勇気を奮い起こすことになった原因は、教祖レイモンド・チャンドラーの『簡単な殺人法』を読んでしまったからである。それまでチャンドラーの小説は何作も読んでいたが、ファンとして楽しんでいただけでみずから小説を書こうとは露おもわなかった。だが『簡単な殺人法』はちがった。恐ろしいほど攻撃的なアジテーションの猛毒を私は全身に浴びて洗脳されてしまったのである。

いまから八年前の一九九九年のことである。『ミステリマガジン』三月号に「マイクル・コナリーのチャンドラー論」が掲載されていた。それによるとコナリーは、「筋立てや主人公の性格を造形する場合、チャンドラーのエッセイ『簡単な殺人法』に書かれた内容を厳粛な気持ちでおさらいするんです」（門倉洸太郎訳）とあった。私はなぜにかくもコナリーが好きであるのか納得した。まったく納得した。コナリーはやっと五十の坂を超えたばかりであり、このさきも私にとって驚異の作家であり続けてくれるにちがいない。

本書は、二〇〇三年九月に早川書房より単行本として
刊行された作品を文庫化したものです。

HM=Hayakawa Mystery
SF=Science Fiction
JA=Japanese Author
NV=Novel
NF=Nonfiction
FT=Fantasy

チェイシング・リリー

〈HM㉚①-2〉

二〇〇七年一月三十一日　発行
二〇一三年三月　十五日　二刷
（定価はカバーに表示してあります）

著　者　マイクル・コナリー
訳　者　古沢嘉通
　　　　三角和代
発行者　早川　浩
発行所　株式会社　早川書房

郵便番号　一〇一 - 〇〇四六
東京都千代田区神田多町二ノ二
電話　〇三 - 三二五二 - 三一一一（大代表）
振替　〇〇一六〇 - 三 - 四七七九九
http://www.hayakawa-online.co.jp

乱丁・落丁本は小社制作部宛お送り下さい。
送料小社負担にてお取りかえいたします。

印刷・精文堂印刷株式会社　製本・株式会社明光社
Printed and bound in Japan
ISBN978-4-15-175202-5 C0197

本書は活字が大きく読みやすい〈トールサイズ〉です。